PIVOINE

ISSN : 1251-5264
ISBN : 2.7028.0570.1

I

C'était le début du printemps dans la cité de K'Aifeng. Printemps tardif pour cette province de Honan, au nord de la Chine. Derrière les hautes murailles, à l'intérieur des cours, les pêchers fleurissaient plus tôt que ceux des fermes éparpillées sur les plaines unies qui s'étendent autour des fossés de la ville. Mais, malgré cet abri, les pêchers ne montraient encore à la pâque que leurs boutons rosés.

Dans les cours de la maison d'Ezra ben Israël, des branches avaient été coupées plusieurs jours à l'avance, ce qui permettait aux boutons de fleurir pour la fête. Chaque printemps, Pivoine, la petite esclave chinoise, tapissait de ces rameaux fleuris les murs du grand hall. Et, chaque année, Ezra, son maître, et Mme Ezra, sa maîtresse, ne manquaient pas de prêter attention à ce qu'elle avait fait. Ce jour-là, songeant au printemps si froid et aux vents poussiéreux du nord qui avaient soufflé sur la ville, ils félicitèrent tout spécialement la jeune fille.

– Voyez quel miracle a accompli notre petite Pivoine, dit Ezra, en montrant les fleurs d'un geste de sa main dodue.

Mme Ezra s'arrêta pour admirer ; son expression tendue s'adoucit :

– Très joli, mon enfant, fit-elle.

Pivoine gardait le silence, comme il se doit, ses petites mains jointes au-dessus de ses manches flottantes. Elle rencontra le regard de David et détourna le sien, mais elle répondit avec un léger frémissement des lèvres au sourire chaleureux de Leah. Le vieux rabbin restait immobile car il était complètement aveugle ; quant à son fils Aaron, Pivoine ne le regarda même pas.

Ils prirent place autour de la vaste table ronde, au centre du hall, et Pivoine dirigea le service, à sa manière, silencieuse et pleine de grâce. Quatre serviteurs étaient sous ses ordres, et Wang Ma, la plus âgée des servantes, versait le thé.

Aussi loin que remontaient ses souvenirs, Pivoine avait toujours assisté à ce festin d'un soir, dans la demeure d'Ezra. C'est elle qui surveillait la disposition du couvert, et les domestiques lui obéissaient car elle connaissait la place de chaque objet comme si elle était la fille de la maison. On gardait, soigneusement rangés, toute l'année, les plats qui ne servaient qu'à ce repas donné tous les ans la veille de la pâque. Les cuillers d'argent et les baguettes, les grands chandeliers à sept branches brillaient à la lueur des lanternes suspendues aux hautes solives rouges. Sur un large plateau d'argent, Pivoine avait posé, comme chaque année, les symboles dont elle ignorait le sens : un œuf dur, des herbes amères, des pommes, des noix et du vin. Curieux symboles d'une religion étrangère !

Au milieu de l'indifférence de la ville chinoise, toute cette journée-là semblait bizarre. Et quoique familiarisée avec les rites, Pivoine s'en étonnait à chaque printemps. Tout d'abord, la recherche, dans la maison, des morceaux de pain pétris avec la levure ! Ce matin-là, Ezra, le maître, avait fouillé dans tous les coins, en riant, comme d'habitude, étourdiment. Autrefois, Mme Ezra cachait les restes de pain, mais depuis plusieurs années, elle avait confié ce soin à Pivoine, et Ezra demandait à la petite servante de compter les morceaux pour savoir quand il en aurait fini. Il tournait cela un peu en plaisanterie, assez gêné devant les domestiques. Lorsqu'ils étaient enfants, David et Pivoine riaient de tout leur cœur et se joignaient gaiement aux recherches, montrant du doigt chaque miette du pain défendu. Mais Pivoine ignorait alors qu'elle n'était qu'une esclave.

A présent, elle savait. Elle se tenait tranquille, attentive, pendant que le festin se déroulait. Elle connaissait plus ou moins chaque convive. Surtout David ! C'était à cause de lui qu'on l'avait achetée, une année de famine, lorsque le fleuve Jaune avait rompu ses digues et inondé les terres basses. Elle était si jeune alors ! Et malgré ses efforts pour retrouver le passé, elle ne se rappelait aucun visage avant celui de David. C'était son premier souvenir : le visage d'un garçon, de deux ans son aîné, toujours plus grand, plus fort qu'elle, si bien qu'instinctivement elle se tournait vers lui et se mettait sous sa protection. Autrefois, elle lui confiait ses pensées, ses chagrins et il avait été dur de rompre cette habitude. Mais, elle savait que c'était nécessaire. L'intimité entre deux enfants ne doit pas continuer au-delà de l'enfance, lorsque l'un est le maître et l'autre l'esclave.

Pivoine ne se plaignait pas ; elle se sentait heureuse dans cette bonne maison juive. Ezra ben Israël, le chef de famille, était un commerçant corpulent et enjoué. Sans sa barbe touffue, se disait Pivoine, il eût ressemblé à un Chinois, car sa mère était Chinoise. Personne n'y faisait jamais allusion et Mme Ezra en souffrait, mais elle se consolait en voyant que David, son fils, lui ressemblait, à elle, plus qu'à son père, et encore davantage au grand-père maternel dont il portait le nom. Chacun craignait Mme Ezra tout en lui devant quelque bienfait personnel, car sa bonté risquait à tout instant de disparaître dans ses sautes d'humeur. Elle approchait de la cinquantaine ; c'était une femme grande, forte, et belle pour celui qui ne dédaigne pas un nez busqué et un teint coloré. Sa foi rigide, ses habitudes immuables se mêlaient bizarrement à la générosité de son cœur. Chaque année, elle invitait le rabbin et ses deux enfants, Leah et Aaron, à la fête de la pâque. Aaron, pâle et dissimulé, avait dix-sept ans ; Pivoine le méprisait à cause de son visage blême et barbouillé, et de sa corruption. Elle se demandait si le rabbin ou la famille d'Ezra connaissait les méfaits de ce garçon, mais il ne lui appartenait pas de questionner les autres à ce sujet. Peut-être que les Sept Surnoms et les Huit Familles, comme on appelait les Juifs à K'Aifeng, ignoraient les agissements du fils du rabbin, et les Chinois étaient trop délicats pour le leur apprendre.

Leah ne ressemblait pas à son frère. Elle était bonne : c'était une de ces créatures exceptionnelles, nées à la fois bonnes et belles. De sa place de servante, près de la table, Pivoine la regardait avec un plaisir mêlé d'une tristesse qui ne deviendrait pourtant jamais de la jalousie. Ce soir-là dans sa robe rouge couleur de vin et avec sa ceinture d'or, Leah était parfaitement belle malgré sa haute taille. Les Chinois n'aimaient pas les femmes grandes, mais la peau laiteuse, les yeux sombres qui luisaient entre les cils, compensaient ce défaut. Quant au nez, moins fort cependant que celui de Mme Ezra, il était, lui aussi, trop busqué pour le goût chinois.

Leah était plus que belle. Il y avait en elle une spiritualité, une élévation que Pivoine admirait sans comprendre. Les Chinois disaient de la jeune Juive : « Elle possède la bonté du Ciel. » Et cela signifiait que cette bonté lui était naturelle, et jaillissait d'une source intérieure. Assise à côté de son père, prompte à lui venir en aide au moindre signe, elle éclairait le festin de sa joie, bien qu'elle parlât rarement.

Peut-être avait-elle hérité cela de son père ; long et maigre, le rabbin était revêtu de sainteté comme d'une robe de lumière. Des années auparavant, il avait contracté une maladie des yeux dont souffrent beaucoup de Chinois. A ce mal il n'existait aucun remède connu, et le rabbin devint aveugle, d'autant plus rapidement qu'étant étranger il n'était pas immunisé. Sa femme, qu'il devait perdre plus tard, avait trente ans lorsqu'il la vit pour la dernière fois et ses enfants étaient encore tout petits. Il semblait n'être qu'esprit dépouillé de la chair. Peut-être l'impossibilité de voir des visages humains l'obligeait-il à ne contempler que la face de Dieu, ou n'était-ce qu'un effet de sa bonté naturelle? Ses cheveux, qui avaient blanchi peu après sa cécité, encadraient son noble visage; ses yeux enfoncés, au-dessus de sa barbe blanche, lui donnaient un air calme et altier.

Pivoine ne perdait aucun geste, aucun sourire de ces convives autour de la table du festin. Elle vit David regarder Leah en face de lui, puis détourner les yeux, et elle dut réprimer le choc qu'elle en ressentit. Par la taille, David était l'égal de Leah, et plus beau aux yeux de Pivoine. A dix-neuf ans, David ben Ezra approchait de la plénitude de sa jeunesse d'homme. Ses vêtements juifs, qui ne plaisaient pas à Pivoine car ils mettaient entre eux une note étrangère, étaient très seyants. En général, il portait les robes chinoises, plus confortables; mais, ce soir-là, il avait revêtu une tunique bleu et or, et le bonnet de soie bleue des Juifs s'enfonçait sur ses courtes boucles noires. Pivoine ne pouvait s'empêcher de garder les yeux fixés sur lui; il rencontra ce regard et sourit à la jeune servante. Aussitôt elle courba la tête et se retourna pour demander à Vieux Wang, le plus âgé des serviteurs, d'apporter le pichet qui contenait le vin de la pâque.

– Donnez-le au maître, fit-elle.

– Je sais bien, cria le domestique d'une voix sifflante. Inutile de me le répéter après toutes ces années! Vous êtes aussi terrible que ma vieille.

Au même instant, Wang Ma, sa femme, entra suivie de plusieurs serviteurs chargés de coupes, de cruches d'eau et de serviettes pour la cérémonie de l'ablution des mains. Ezra avait quitté son siège garni de coussins, mais au lieu de bénir le vin, il emplit le verre du rabbin.

– Bénissez le vin pour nous, père, dit-il.

Le rabbin, debout, leva son verre, bénit le vin, puis tous se levèrent et burent. Dès qu'ils furent de nouveau assis, Wang Ma fit entrer les serviteurs qui versèrent l'eau dans les coupes, et chaque convive se lava et s'essuya les mains puis, prenant une herbe amère, la trempa dans le sel et la mangea.

Ces rites, familiers aux domestiques chinois, leur semblaient cependant toujours étranges. Ils se tenaient dans la salle, silencieux, leurs yeux noirs fascinés, pleins d'étonnement et de respect. Sous leurs regards, Ezra ne se sentait pas très à l'aise, tout en procédant au cérémonial.

« David, mon fils, dit-il, Leah est plus jeune que toi, c'est elle qui posera les quatre questions, ce soir. »

Et Leah, rougissante, posa les quatre questions de sa voix profonde et douce qui conservait encore une note enfantine.

– En quoi ce soir diffère-t-il de tous les autres soirs ?

Elle posa cette question quatre fois et quatre fois les convives répondirent ensemble, leurs voix dominées par la voix solennelle du rabbin :

– Tous les autres soirs nous pouvons manger du pain levé, mais ce soir seulement du pain sans levain.

– Tous les autres soirs nous pouvons manger des herbes quelconques, mais ce soir seulement des herbes amères.

– Tous les autres soirs il est inutile de tremper cette herbe ne serait-ce qu'une seule fois, mais ce soir nous devons la tremper deux fois.

– Tous les autres soirs nous nous tenons droits à table, mais ce soir nous pouvons nous étendre à demi.

Questions et réponses terminées, Ezra demanda :

– Contez-nous à présent l'histoire d'Haggadah, père.

Mais ici, Mme Ezra s'interposa, indignée.

– Oh ! Ezra, c'est à vous, le père de notre famille, que cela revient. Vous devez l'avoir oubliée, car chaque année vous refusez de la raconter. Encore si vous saviez lire l'hébreu, vous pourriez nous en faire la lecture !

– Je n'oserais pas, en présence du rabbin, répondit Ezra en riant.

Le vieux rabbin répéta donc la vieille histoire. Il dit comment leur peuple, jadis esclave dans un pays étranger, vit surgir un homme appelé Moïse qui se dressa pour libérer les Juifs. Moïse ordonna de cuire en hâte des pains sans levain, de tuer une brebis et de marquer de son sang l'imposte de chaque maison hébraïque. Les oppresseurs, vaincus par des calamités nombreuses, avaient fini par céder et, voyant périr le premier-né de chaque famille, leur roi laissa partir les Juifs. Tous les ans, à cette date, on fête le souvenir de leur libération.

– Jusqu'au jour, ajouta le rabbin, en levant bien haut la tête, où nous retournerons au pays qui nous appartient, notre pays à nous.

– Que cette heure vienne bientôt, s'écria Mme Ezra en s'essuyant les yeux.

– Qu'elle vienne bientôt, répéta gravement Leah.

Mais Ezra et David se turent.

Quatre fois, durant ce long récit, Pivoine avait fait signe aux serviteurs de remplir les coupes de vin et quatre fois tous les convives burent en souvenir d'un événement que Pivoine ignorait. Simplement, elle savait qu'à ce moment-là, le vin devait être versé. Comme tous les Chinois, elle ignorait jusqu'à la signification du mot Juif. On avait vu venir ces étrangers, il y avait de cela longtemps, d'un pays lointain, le pays des Juifs, disait-on, et ces étrangers avaient prospéré dans cette ville chinoise, si riche. Les Juifs avaient traversé la Perse et l'Inde, par terre et par mer. D'une génération à l'autre, à plusieurs reprises dans l'histoire, commerçants et trafiquants étaient arrivés par petits flots humains. Puis ils vinrent par centaines, amenant leurs familles et leurs prêtres Les ancêtres d'Ezra avaient émigré ainsi plusieurs vingtaines d'années auparavant, avec soixante-dix autre familles, chargés de cotonnades, véritable trésor pour les Chinois qui ne connaissaient que la fabrication de la soie. Ces cotonnades furent offertes à un empereur d'une ancienne génération, qui, en échange, accorda ses faveurs à la famille et la dota du nom chinois de Chao, sous lequel on connaissait encore Ezra dans la ville de K'Aifeng.

Ces modestes invasions étaient vues d'un bon œil par les Chinois. Les Juifs se montraient intelligents, énergiques, spirituels, et plus d'un Chinois, rendu indolent par des années de bonne chère, chargeait un Juif de s'occuper de son commerce et lui donnait parfois sa deuxième ou troisième fille en mariage. Mais jamais un Juif n'accordait la sienne en retour.

– Dépêche-toi, navet, chuchota Wang Ma à Vieux Wang lorsque le rabbin s'assit : Apporte les œufs !

Wang Ma, elle aussi, avait été esclave dans la maison. Autrefois, jeune et jolie, elle surveillait les repas comme faisait aujourd'hui Pivoine. Trop bonne et trop vieille pour se montrer jalouse de la jeune fille, elle se mettait cependant parfois en avant.

Vieux Wang se précipita à la porte et appela deux servantes qui apportèrent des plats d'œufs durs, cuits dans l'eau salée et pelés. Chacun, à table, en prit un et le mangea en silence.

– En signe de nos larmes et de notre espoir, murmura le vieux rabbin.

Et sa voix profonde fit écho autour de la table.

Les œufs mangés, Ezra frappa dans ses mains :

– Allons, s'écria-t-il, voici le moment du festin !

Wang Ma et Vieux Wang étaient sortis avec les autres domestiques ; ils repoussèrent alors les tentures et rentrèrent suivis d'une procession de serviteurs chargés de plats de toutes sortes, poissons, volailles et viandes diverses à l'exception de celle de porc. Ils disposèrent ces mets sur la table en un vaste cercle. Ezra brandit ses baguettes et pria les convives de commencer. Lui-même choisit les meilleurs morceaux qu'il plaça sur les bols du rabbin et de Leah.

Et ils se mirent à manger ; Ezra but et mangea si bien que les veines ressortaient, rouges, sur son cou, et qu'il bavardait constamment, joyeux, insistant pour servir ses hôtes. Seul parmi les convives, Aaron, pâle, gardait le silence. Il mangeait vite et goulûment comme s'il avait été privé de nourriture depuis longtemps. Leah lui lança un regard de reproche, mais il n'y prêta aucune attention. Une fois, rencontrant le regard de sa sœur, il lui fit la moue. David s'en aperçut et en fut indigné. Sans rien dire, il choisit avec ses baguettes un morceau de viande bien tendre dans son assiette et le déposa dans celle de Leah. Et Pivoine vit cela.

Le festin continua, selon la coutume. Ezra devint de plus en plus gai sous l'influence du vin et de la nourriture, et Mme Ezra elle-même riait des plaisanteries et des coq-à-l'âne de son mari. Aaron ricanait. David et son père se renvoyaient la balle, Leah riait de bonheur, et, à la grande admiration de ses parents, David finit par plaisanter dans le seul but de la faire rire de plus belle. Et Pivoine vit cela.

Elle ne laissa rien paraître. Un doux sourire figé demeura sur ses lèvres tandis qu'elle s'affairait. Elle finit par congédier les domestiques. Elle remplit seule les coupes de vin et renouvela les friandises jusqu'au départ des invités, une fois la fête terminée. Elle courut alors préparer le lit de David, détourna la courtepointe de soie et libéra les rideaux brodés de leurs lourds crochets d'argent. Mais elle ne s'attarda pas pour accueillir le jeune homme. Elle se retira dans sa chambre et demeura longtemps éveillée, sur son lit étroit, revoyant l'expression de David lorsqu'il se tournait vers Leah ; ce souvenir l'empêchait de dormir.

Le lendemain matin, Pivoine s'éveilla de bonne heure. Sous ses paupières, elle conservait encore le souvenir de l'expression de David regardant Leah, la veille au soir. Elle se secoua : « Que je suis stupide ! » se dit-elle. Elle quitta son lit, se lava et s'habilla, tressa ses cheveux et mit sa chambre en ordre pour la journée. Puis elle alla dans le jardin des pêchers. Il reposait dans le silence d'une matinée de printemps. La rosée restait suspendue dans l'herbe en brume brillante et, dans le bassin au milieu du jardin, l'eau ruisselait sur les parois de pierre et les poissons faisaient luire leurs flancs dorés à la surface de cette eau limpide.

La grande maison basse qui enserrait le jardin de ses divers bâtiments était encore ensommeillée. Des oiseaux, sans crainte d'être dérangés, gazouillaient sous les auvents, et une petite chienne pékinoise dormait sur le seuil comme une lionne minuscule. Elle avait dressé vivement l'oreille, en entendant glisser un panneau, et lorsqu'elle aperçut Pivoine, elle se leva et s'avança, majestueuse, vers sa maîtresse, puis elle attendit au milieu de l'allée que la jeune fille se penchât et lui caressât la tête de ses doigts délicats.

– Chut, Petite Chienne, fit Pivoine à voix basse. Tout le monde dort.

La chienne reçut la caresse avec dignité et se recoucha. Pivoine, debout, souriait et laissait errer ses regards aux alentours avec le même bonheur que si, après tant d'années passées dans cette demeure, elle voyait ce jardin pour la première fois. Et, comme cela lui arrivait souvent, son oppression de la nuit disparut. Avec le matin, les joies de sa vie, si nombreuses, s'éclairaient. Elle aimait le confort, elle aimait la beauté, et il y en avait ici en abondance! Certes, elle ne se trouvait pas au cœur même de la chaleur et de la tendresse de la maisonnée, mais cette richesse était telle que le flot en débordait sur la petite servante. Pivoine repoussa ses craintes de la nuit, elle longea l'allée pavée sur la pointe des pieds et s'approcha d'un pêcher qui fleurissait enfin. Elle en coupa un rameau à l'aide de ses cisailles. Sa veste et ses pantalons de satin rose étaient de la couleur des fleurs, et au milieu de ce rose et de ce vert tendre, son visage au teint d'ivoire, avec ses yeux sombres, ressortait comme sculpté, encadré par des cheveux noirs. Sa tresse s'enroulait sur une oreille et une frange retombait sur son front. Pivoine était petite et mince, et dans sa figure ronde et grave, ses yeux aux prunelles noires, étrangement grandes au milieu d'un blanc très pur, pétillaient de gaieté au-dessus de sa petite bouche, charnue et rouge. Ses mains habiles coupaient les hautes branches et ses manches roses découvraient de jolis bras ronds.

Elle achevait à peine sa cueillette qu'elle s'entendit appeler :

– Pivoine!

Elle se retourna et aperçut David qui arrivait d'un autre côté du jardin. Aussitôt sa peine s'effaça. Ne comprenait-elle pas David mieux que personne? Il était grand, presque un homme, mais derrière cette haute silhouette qu'il avait aujourd'hui, Pivoine voyait toujours l'enfant d'autrefois, qu'elle connaissait si bien. Elle lui trouvait cependant un air étranger à cause de sa taille et aussi de ses yeux sombres, de forme arrondie, de ses cheveux noirs, bouclés, et de sa peau brune sans trace de la teinte dorée caractéristique des Chinois. Il portait ce matin-là une robe chinoise en mince soie bleu foncé serrée par une ceinture de soie blanche, et Pivoine songeait à lui comme s'il avait été sien. Il prit l'air boudeur et sa belle bouche encore un peu enfantine se plissa.

– Pourquoi ne m'as-tu pas répondu quand je t'ai appelée?

Pivoine mit un doigt sur ses lèvres :

– Vous m'aviez promis de ne pas me suivre au jardin, murmura-t-elle.

Puis elle ajouta :

– Jeune Maître. »

Il demanda, très bas, mais sur un ton farouche :

– Tu ne m'as jamais appelé Maître, – pourquoi ce changement depuis hier?

Pivoine arrangeait les rameaux de pêcher :

– Hier, votre mère m'a dit de vous appeler Jeune Maître.

Hésitante, d'une voix timide qui contrastait avec l'expression pétillante de malice de ses yeux, noirs sous les longs cils droits, elle expliqua :

– Nous sommes grands à présent. Votre mère l'a dit.

C'était vrai. La veille au matin, Mme Ezra, prise d'une saute d'humeur au milieu des préparatifs du festin, avait brusquement grondé la jeune fille.

– Où faut-il placer David? avait demandé étourdiment Pivoine.

– Tu oses appeler mon fils par son nom! s'était écriée Mme Ezra.

– Mais, madame, ne l'ai-je pas toujours appelé ainsi?

– Il ne faut pas que ça continue. Tu aurais dû être la première à te rendre compte que vous n'êtes plus des enfants.

Elle s'était interrompue pour reprendre :

– Du reste, puisque je te parle de ça, je te défends d'aller dans sa chambre quand il s'y trouve, sous aucun prétexte!... Et je ne veux pas non plus qu'il aille dans la tienne. Est-ce compris?

– Oui, Maîtresse.

Pivoine s'était détournée pour cacher ses larmes et Mme Ezra s'était adoucie.

– Mon enfant, je ne te reproche pas de grandir. Mais il y a une chose qu'il faut que tu saches : quoi qu'il arrive, c'est toujours de la faute de la femme.

– Oui, Maîtresse, avait répondu Pivoine.

A présent, David grommelait :

– Oh ! tu connais ma mère !

Pivoine lui lança un regard malicieux.

– Elle vous gronderait de porter votre robe enroulée de cette façon. Hier encore, elle m'a recommandé de veiller à ce que votre tenue reste soignée. « C'est le devoir d'une esclave », m'a-t-elle dit.

Tout en parlant, elle déposa les fleurs sur le sol avec soin, puis elle vint vers David. Il rit, le rire nonchalant, amoureux, taquin d'un jeune homme, et il se soumit aux doigts agiles de Pivoine. Il la dominait de sa haute taille et l'empêchait d'être vue de la maison ; il lança cependant un rapide coup d'œil par-dessus son épaule.

– De qui es-tu l'esclave ? demanda-t-il.

Elle releva ses longs cils.

– La vôtre, fit-elle. (Puis ses lèvres réprimèrent un sourire.) Ça ne veut pas dire que je vaux grand-chose ; vous savez ce que j'ai coûté quand on m'a achetée pour vous : cent dollars et un costume.

– Oui, du temps où tu n'étais qu'une petite maigrichonne de huit ans, répondit-il en plaisantant. A présent tu vaux, – voyons ! dix-sept ans, jolie mais très désobéissante, somme toute, un beau brin de fille ! Tu dois valoir dix fois plus.

– Taisez-vous, dit-elle. Ce bouton ne tient pas. Venez avec moi, je vais vous le recoudre.

– Dans ta chambre ?

Elle secoua la tête :

– Votre mère a dit que ça devait cesser.

– Alors viens dans la mienne.

Elle secoua de nouveau la tête ; elle hésitait, lorsque le bruit du glissement d'un panneau leur parvint. Aussitôt, David se faufila, par un sentier tortueux, derrière un grand rocher, et Pivoine se baissa pour ramasser les fleurs. Ce n'était que Wang Ma, venue balayer le seuil.

– Je t'ai vue, dit-elle à Pivoine.

– Et puis après ? répondit Pivoine avec insolence.

Et elle entra dans la pénombre de l'immense hall pour disposer les fleurs de pêcher dans deux vases bleus décorés d'aubépine, placés sur la table contre le mur. Ce matin-là, un observateur superficiel se serait cru dans la grande salle d'une famille chinoise. Après la fête de la veille, on avait enlevé la table ronde, et rangé les meubles selon l'ordre conventionnel chinois. La table appuyée au mur faisait face à la large porte donnant sur le jardin, et devant cette table très longue, une deuxième table carrée du même bois ciré, sombre et massive, était flanquée de deux énormes fauteuils assortis. De loin en loin, d'autres tables plus petites, chacune avec sa paire de chaises, s'alignaient le long des murs. Des portières de satin rouge masquaient les ouvertures et, en guise de fenêtres, il n'y avait que les portes à coulisse, grillagées, qui donnaient sur le jardin. A travers les treillis ornés d'incrustations de nacre, le soleil s'infiltrait, irisé et pâle, sur les antiques carreaux gris et unis du sol, sur les murs enduits de plâtre et jusque sur la voûte dont les solives jadis vernies, d'un rouge sang de bœuf, avaient pris avec l'âge un ton plus foncé, plus riche.

Mais un œil attentif eût discerné ce qui, même ce jour-là, donnait une note étrangère à cette salle chinoise. A la place d'honneur, au-dessus de la longue table, pendait une immense tenture de satin. Sur le tissu d'un bleu terne, des caractères hébreux ressortaient, brodés d'or ; au-dessous, brillaient les deux candélabres de cuivre à sept branches, et dans un coin de la pièce se trouvait une antique arche de prière juive.

Pivoine recula pour juger de l'effet que faisaient ses branches fleuries. Avec son habituelle adresse, elle avait formé un ensemble qui possédait la beauté d'un tableau. Elle sourit, la tête légèrement penchée de côté. Une expression de plaisir sensuel passa sur son exquis visage.

– Quand les pêchers fleurissent, c'est le printemps, murmura-t-elle à Wang Ma. Quelle bénédiction du Ciel que notre festival du printemps vienne après leur triste fête, si étrange.

Elle haussa les épaules, agita les mains et s'assit sur le bord de l'un des immenses fauteuils.

– Wang Ma, je vous le demande, à vous qui avez été si longtemps dans cette maison, d'où leur vient ce goût de se lamenter ?

Wang Ma pinça ses grosses lèvres :

– Tu te lamenteras à ton tour si Vieille Maîtresse entre et te trouve assise dans son fauteuil. Quelle insolence ! l'idée ne m'est jamais venue de m'asseoir sur un de ces sièges. Il est vrai que je ne suis ici que depuis trente ans.

– Ne vous fâchez pas contre moi, Wang Ma, fit Pivoine d'une voix douce.

Elle se leva et ouvrit la boîte laquée posée sur la table, et qui contenait les friandises. Elle était pleine de petits gâteaux de sésame. Pivoine en prit un et mordit dedans.

– Je ne toucherais pas non plus à un de ces gâteaux, dit Wang Ma.

Pivoine continua à manger.

– Ces gâteaux sentent la graisse de porc, dit sévèrement Wang Ma. (Elle en prit un, le renifla.) Graisse de porc, c'est certain. Je t'avais dit de les acheter à la confiserie bouddhiste.

– Je l'ai dit moi aussi à votre Vieux Wang. C'est lui qui les a achetés. Pas moi.

– Toi! s'écria Wang Ma. Oser lui dire ça...

Pivoine sourit sans répondre. Le panier qui contenait la théière se trouvait à côté de la boîte. Pivoine l'ouvrit et tâta la théière. Elle était encore chaude. La jeune fille versa du thé dans un des bols de porcelaine à grains de riz et le but à petites gorgées, entourant le bol de ses deux mains pour en absorber la chaleur.

– Je n'ai jamais bu, moi, dans un de ces bols, poursuivit Wang Ma. (Elle grignota un gâteau.) Pas de doute, c'est de la graisse de porc, murmura-t-elle d'un ton lugubre, tout en continuant à le manger.

– Pourquoi n'aiment-ils pas la graisse de porc? demanda Pivoine. C'est bizarre qu'après avoir vécu au milieu de toutes leurs superstitions, je ne sache pas encore ce qu'elles signifient.

– C'est leur religion, dit Wang Ma, en prenant un autre gâteau. Les gens font de drôles de choses quand ils sont religieux. J'avais une vieille tante qui s'était faite nonne bouddhiste après la mort de son fiancé. Elle n'a jamais mangé de viande depuis. On lui a rasé la tête et elle dormait sur un lit de bambou, couchée sur le bois, si bien que lorsqu'elle se réveillait le matin, elle était toute zébrée. Pourquoi? Qui peut savoir? Mais ça la rendait heureuse.

– Notre Maîtresse est si raisonnable pourtant, observa Pivoine.

Elle versa un bol de thé pour Wang Ma qui secoua la tête Pivoine prit le bol à deux mains et le lui présenta.

– Buvez, Bonne Mère, vous le méritez après toutes ces années, dit-elle. Et puis, ils ne le sauront pas.

– Qui peut dire ce que tu iras rapporter? fit Wang Ma d'un ton sévère.

– Je ne répète jamais rien de ce que je sais, répondit gravement Pivoine.

Wang Ma posa le bol:

– Que sais-tu?

– Alors, maintenant vous voulez que je parle, dit Pivoine en souriant.

– Je sais certaines choses, moi aussi, rétorqua Wang Ma.

– Quelles choses?

Le son de la voix de Pivoine, et l'expression de ses grands yeux noirs, ne pouvaient laisser aucun doute sur son innocence.

– Toi et ton Jeune Maître, déclara Wang Ma.

– Moi et notre Jeune Maître! N'allez pas vous imaginer que c'est comme vous autrefois avec Vieux Maître.

Le regard de Wang Ma devint fixe. La rougeur envahit son cou.

– Oser dire ça! s'écria-t-elle.

Pivoine haussa ses jolies épaules :

– Ce n'est pas moi qui irait jamais rien raconter.

Wang Ma serra les lèvres, ses paupières s'abaissèrent.

– *P'ei!* Tu mérites la mort! marmotta-t-elle.

Pivoine posa une main sur la manche de Wang Ma :

– Si nous ne nous entendons pas bien toutes deux, dans cette maison, qui aurons-nous comme amies?

Elle s'interrompit, puis continua :

– Je ne suis qu'une servante. Et alors quoi? C'était mon devoir de m'occuper de lui, de jouer avec lui, de chanter quand il était agité, de lui faire la lecture lorsqu'il ne dormait pas et de lui apporter à manger s'il avait faim... d'être son esclave en tout. Hier...

Elle haussa de nouveau les épaules.

Wang Ma se rapprocha :

– Tu sais ce qui doit se passer?

Pivoine secoua la tête. Puis elle ajouta d'un air triste :

– Non, je ne veux pas mentir. Je le sais, bien sûr. Mais il ne sera jamais heureux avec Leah.

– Il doit l'épouser, comme son père a dû épouser quelqu'une des leurs.

Et Wang Ma affirma :

– Les fiançailles ont été décidées lorsque les enfants étaient dans leur berceau, je m'en souviens. Tu n'étais pas née.

Pivoine répondit doucement :

– Pensez-vous qu'on ne me l'ait pas dit? Leah elle-même m'en a parlé quand nous étions enfants et que nous jouions ensemble, David, elle et moi. « Je dois épouser David », voilà ses propres paroles, et lui, il répétait toujours : « Leah, ne dis pas ça! »

– Elle a dix-huit ans et lui dix-neuf, à présent. (Wang Ma soupira.) Le moment est venu.

– Chut! murmura Pivoine.

Elles prêtèrent l'oreille. Des pas réguliers approchaient, mesurés et vigoureux. Très vite, elles replacèrent la théière, fermèrent la boîte, enlevèrent les miettes et nettoyèrent les bols. Un instant après, Wang Ma balayait de nouveau le carrelage à l'aide de son balai à manche court, et Pivoine essuyait la table et les fauteuils sculptés avec le mouchoir de soie qu'elle venait de tirer de son sein.

Une main brune et forte, couverte de bagues, écarta la portière de satin rouge à l'est de la salle, et Mme Ezra parut sur le seuil. Sa toilette, ce matin-là, formait un bizarre mélange : une jupe et une robe chinoises en soie grise, et une coiffure juive en taffetas rayé. Les deux servantes, la vieille et la jeune, se tinrent immobiles devant elle et murmurèrent en la saluant :

– Vieille Maîtresse.

Elles étaient sur leurs gardes et redoutaient une tendance à l'humeur, après la fête de la veille.

– Vous deux, répondit Mme Ezra, d'une voix ferme, hâtez-vous et finissez votre tâche. Le père de mon fils doit arriver bientôt.

Elle traversa le carrelage lentement ; sa longue jupe d'un gris argent ondulait autour d'elle.

Elle s'assit dans le fauteuil, à gauche de la table carrée, face au jardin :

– Il devrait être ici, à présent, dit-elle. Mais s'est-il jamais montré ponctuel ?

Wang Ma remplit un bol de thé et le présenta à Mme Ezra en le tenant à deux mains.

– Notre Maître aime à s'attarder dans la maison de thé, quand il y prend son premier bol du matin, dit-elle. (Wang Ma avait le ton insouciant, les façons assez familières d'une vieille servante depuis longtemps dans la famille.) Songez donc, Maîtresse, ajouta-t-elle, il espère chaque jour apprendre quelque chose sur l'arrivée de la caravane.

– Cette caravane ! s'écria Mme Ezra. Elle sert d'excuse à tout.

– Nous l'attendons, nous aussi, avec impatience, Maîtresse.

Et Wang Ma ajouta en riant :

– C'est comme un second jour de l'An, ces jouets qui arrivent des pays lointains.

Cette caravane était l'une de celles qu'Ezra envoyait à l'étranger chaque année sous les ordres de son associé Kao Lien, en qui il avait toute confiance. La route par mer, d'Afrique et d'Europe, est plus rapide que celle de terre par le Nord, mais cette dernière, avec le transport des marchandises à dos de chameaux, est à la fois moins coûteuse et plus sûre. Cette année-ci, écrivait Kao Lien, la caravane avait subi des retards et passé l'hiver à l'étranger pour des raisons qu'il ne pourrait donner qu'à son retour. Le tournant de l'année une fois pris, lorsque les jours s'allongeraient, il se mettrait en route. Depuis un mois, ne recevant aucun message de Kao Lien, Ezra s'attendait à le voir arriver et, avec lui, la plus longue caravane, les objets les plus riches reçus jusqu'ici. Distribuer ces marchandises pour en tirer le plus de profit possible, était le souci de son existence et il négociait depuis longtemps avec le marchand chinois Kung Chen qui possédait des magasins dans chaque grande ville de la province et qui se proposait d'en ouvrir un dans la capitale du Nord, sous le yeux mêmes des dames du palais.

Mme Ezra n'écoutait pas Wang Ma. Elle leva la tête et renifla, d'un air inquisiteur.

– Qu'est-ce que je sens ?... Oui, en effet. (Elle se retourna, très décidée.) Wang Ma, ouvrez la boîte des sucreries.

Wang Ma prit la boîte, la tendit à Pivoine qui s'avança pour la recevoir, puis la vieille servante dit d'un ton ferme :

– Je viens à l'instant de faire remarquer à Pivoine qu'il y avait eu erreur à propos de ces gâteaux. Nous les avons goûtés, elle et moi.

– De la graisse de porc ! s'écria Mme Ezra.

– C'est la faute de mon vieux, dit Wang Ma. Un paresseux, – trop paresseux pour traverser la rue jusqu'à la confiserie bouddhiste. Vous me l'avez vous-même fait épouser, Maîtresse, avec tous ses défauts. Ce que j'ai enduré, toutes ces années !

– Mais avoir été les mettre dans la boîte aux friandises ! dit Mme Ezra d'un air de reproche. Emportez-les.

Pivoine, chargée de la boîte, glissa en silence vers une porte ; elle s'éloignait avec grâce, d'une manière presque imperceptible, et, avec un doux et rapide sourire, elle disparut. Dans le large couloir, elle s'arrêta et souleva un rideau derrière lequel Vieux Wang, un petit homme grisonnant, s'aplatissait contre le mur. Il mit un doigt sur ses lèvres et suivit la jeune fille à pas de loup le long du corridor et jusqu'à la bibliothèque. Pivoine lui tendit la boîte de gâteaux.

– Vous avez entendu ?

Il fit un signe affirmatif.

– J'allais entrer pour annoncer que Vieux Maître était en chemin, lorsque je l'ai entendue, elle, qui me tombait dessus, alors je suis resté là.

– Vous voyez les ennuis que vous nous causez, à votre vieille femme et à moi, dit doucement Pivoine tandis qu'une expression mutine passait dans ses grands yeux noirs et qu'un sourire frémissait sur ses lèvres rouges.

Vieux Wang répondit à cet air malicieux en se dandinant :

– Les gâteaux doivent toujours être mangés par quelqu'un. Quelle importance cela a-t-il pour le Ciel, à condition que ce soit par un être humain ?

Il tendit la boîte à Pivoine qui, remontant sa manche de satin, prit délicatement un gâteau.

– Goûtez-en un, Vieux Wang, dit-elle. Vous aussi, vous êtes un être humain.

Ils mangèrent ces friandises avec une sorte de solennité, en fraternelle communion, et lorsque Pivoine eut fini, elle tira un mouchoir de soie de sa manche et s'essuya les doigts.

– Après tout, ce n'est pas un péché pour notre peuple à nous de manger des gâteaux faits avec de la graisse de porc. Pourquoi les étrangers refusent-ils la bonne chair et la bonne graisse d'un porc ?

– Comment le saurais-je ? répondit Vieux Wang. Croire aux dieux amène toujours de la confusion.

Une porte s'ouvrit et ils se retournèrent.

– Vieux Maître ! s'écria Vieux Wang.

Pivoine courba la tête avec grâce lorsque Ezra entra. Dans son âge mûr, il conservait sa belle prestance, et semblait joyeux ce matin-là. Pivoine s'en aperçut et sourit, les cils baissés. Cette gaieté du maître ne la surprenait pas. A mesure que la fête approchait, il devenait sombre et irritable, observant d'un air assez maussade les rites imposés par Mme Ezra. Dès le lendemain, il redevenait enjoué, pressé de se remettre à son commerce prospère.

– Te voilà, Pivoine, dit-il en se caressant la barbe. Tu es bien jolie, mon enfant. As-tu ramassé de nouvelles fleurs de pêcher ce matin ?

– Elles sont dans les vases, Vieux Maître, répondit docilement Pivoine. Celles que l'on avait forcées étaient fanées après la fête.

– Et où est mon fils ?

– Je ne l'ai pas vu, Vieux Maître.

– Si tu le vois, retiens-le au loin... tu seras une bonne fille. (Il resserra sa ceinture autour de sa taille corpulente et assujettit son turban sur sa tête, comme s'il se préparait à quelque cérémonie.) Je ne veux pas que David surprenne notre conversation, ce matin, dit-il tout bas à Pivoine. Sa mère désire que je consente au mariage. Mais il n'a pas envie de se marier, n'est-ce pas ?

– Je n'en sais rien, Vieux Maître, dit faiblement Pivoine.

– C'est vrai, comment le saurais-tu ? Avant la fête d'hier soir, depuis quand n'avait-il pas vu Leah ?

Pivoine releva les yeux :

– Il la voit à la synagogue, Vieux Maître.
– Causent-ils ensemble, quand ils sont seuls ?
– Pas depuis qu'elle a eu ses seize ans.
– C'est-à-dire...
– Plus de deux ans, Vieux Maître.
– Parle-t-il d'elle quelquefois ?
– Pas à moi, Vieux Maître.
– S'écrivent-ils ?
– Non, Vieux Maître.

Ezra regardait machinalement autour de lui. Il aperçut la boîte de gâteaux que Vieux Wang tenait tout en écoutant ce qui se disait.

– Qu'y a-t-il là-dedans ? Des gâteaux ?

Pivoine expliqua :

– Vieux Wang les emporte, ils sont faits avec de la graisse de porc.

– C'est dommage, fit Ezra d'un air distrait. De la graisse... Bah ! je ne suis pas orthodoxe... hum. (Il prit un gâteau et l'avala vivement.) Très bon... oui, c'est dommage. Mais on ne peut pas garder ça dans cette maison.

Il s'éloigna rapidement. Pivoine et Vieux Wang échangèrent un regard et éclatèrent de rire. Puis ils se séparèrent, lui pour regagner sa cuisine et elle pour reprendre sa place dans le hall. Elle suivit Ezra de près et son entrée passa inaperçue.

– Je vous attendais, Ezra, dit Mme Ezra d'un ton assez irrité.

Ezra répondit avec le plus grand calme :

– Moi aussi, ma chère, je vous attends.

Il s'assit dans le grand fauteuil en face de sa femme, but le thé que Wang Ma lui offrit, et lui demanda d'allumer sa pipe. Elle retira du support une allumette de papier brun, souffla sur la flamme qui couvait, et l'approcha du tabac. Un narguilé est une grande ressource dans une conversation comme celle que méditait Ezra. Il faut remplir, puis remplir de nouveau le minuscule fourneau de la pipe, allumer le tabac, aspirer une ou deux bouffées, souffler sur la cendre, enfin tout recommencer. Autant d'excuses pour retarder une réponse, s'interrompre, se répéter.

– Quand je dis que je me trouverai ici entre le premier déjeuner et celui de midi, je m'y trouve, déclara Mme Ezra. Même au lendemain d'un jour de fête, ajouta-t-elle.

– Personne ne le met en doute, répondit tranquillement Ezra.

C'était un homme de forte carrure, avec une barbe noire, un teint olivâtre, et il remplissait complètement le large fauteuil. Ce matin-là, une longue robe chinoise, rouge foncé, en satin broché, avec des dessins circulaires, lui tombait jusqu'aux pieds. Pardessus, il avait enfilé une veste sans manches, en velours noir et sur sa tête s'enroulait un turban de soie aux couleurs vives dont les franges s'étalaient sur son oreille droite ornée d'une grosse boucle en or. L'autre oreille était nue. Les pieds, nus aussi, dans les sandales de cuir garnies de clous dorés, étaient très grands, comme les mains, et s'harmonisaient avec la pesante stature d'Ezra et son visage aux traits forts. Ses mouvements, alourdis par sa taille massive, lui donnaient l'air endormi ; il était cependant plus volontaire que nonchalant.

Mme Ezra le considérait, avec une impatience grandissante. A eux deux, ils formaient un couple très bien assorti. Elle le savait et aimait son mari de tout son cœur, mais personne n'éveillait sa colère autant que lui.

– Avez-vous vu David ? demanda-t-elle.

– Je le vois rarement le matin, répondit Ezra. Et je suis resté dans la maison de thé depuis mon lever. J'avais promis à Kung Chen de l'y rencontrer.

Il toussa derrière sa large main, brune et lisse, puis il reprit :

– Quel commerçant avisé ! Lui et moi... quelle bonne paire ! Nous éprouvons du respect l'un pour l'autre. Un jour c'est lui qui a le dessus et le lendemain c'est moi. Mais cela va changer... Nous sommes presque d'accord. Naomi, si je conclus ce contrat, ce qui est certain après l'arrivée de la caravane, j'aurai un débouché par la maison Kung pour toutes mes importations d'ivoire, de porcelaine, de paons, de colifichets de l'Ouest et d'instruments de musique, – en résumé pour toutes les marchandises exotiques. Je les écoulerai grâce aux magasins de Kung.

Les deux esclaves, Wang Ma et Pivoine, avaient pris leurs places habituelles. Wang Ma se tenait derrière Mme Ezra et Pivoine derrière Ezra. On ne les remarquait pas plus que si elles avaient fait partie du mobilier, mais elles trouvaient cela tout naturel. Ezra s'appuya sur la table :

– Naomi, j'ai une chose à vous proposer. Mais soyez patiente...

– Alors quoi ?

La voix de Mme Ezra laissait percer une pointe d'impatience.

– Kung Chen a une fille, seize ans, très jolie...

– Comment le savez-vous ?

– Voilà... hum... j'ai vu l'enfant, tout à fait accidentellement, l'autre jour. Kung m'avait demandé d'aller chez lui, par exception. Nous voulions nous entretenir seuls du contrat. La petite se trouvait dans le hall principal. Elle est partie aussitôt, bien entendu. Mais Kung m'a dit qu'elle était sa fille.

Mme Ezra se contenait difficilement. Elle serrait les lèvres et lançait des regards furieux à son mari.

– Je suppose que vous êtes sur le point de me proposer cette jeune Chinoise comme belle-fille, dit-elle amèrement.

Ezra haussa les épaules et étendit ses grandes mains, les paumes en l'air.

– Ma chère, vous voyez vous-même les avantages ! J'importe les marchandises de l'étranger, Kung a ses magasins dans une douzaine de grandes cités ! Après tout, nous habitons la Chine !

– Je ne vois rien du tout, si ce n'est que vous me demandez une chose monstrueuse ! s'écria-t-elle.

– Eh ?...

Ezra leva ses sourcils touffus.

– Vous savez que David doit épouser Leah...

La voix profonde de Mme Ezra laissait deviner les larmes proches.

– Allons, Naomi, vous n'allez pas insister là-dessus après toutes ces années.

– Parfaitement, j'insisterai d'autant plus que c'est après toutes ces années.

Ezra répondit avec une douceur persuasive :

– Voyons, Naomi, c'est une promesse absurde, faite par deux femmes sentimentales au-dessus des berceaux de leurs enfants.

– Une promesse sacrée, déclara Mme Ezra, faite devant Jehovah pour préserver la pureté de notre peuple.

– Mais, Naomi...

– J'insiste.

– C'est un peu tard pour parler de pureté. Ma mère était Chinoise.

– Je voudrais l'oublier ! cria Mme Ezra.

Tout à coup, Ezra perdit complètement la maîtrise de soi. Son visage devint pourpre. Il se dressa, mais Wang Ma le devança. Elle se plaça devant lui, le repoussa dans son fauteuil, et l'y maintint assis, les deux mains appuyées sur les bras d'Ezra.

– Maître, Maître, répétait-elle d'un ton de reproche.

Il retomba en arrière. Wang Ma remplit un bol de thé et le lui présenta des deux mains, en regardant Mme Ezra. Ezra s'empara du bol et le posa brusquement devant sa femme.

– Buvez ce thé, Naomi, fit-il d'un ton bref.

Wang Ma remplit alors le bol d'Ezra et le lui offrit. Pivoine tira de sa manche un éventail blanc, en soie, et éventa doucement le marchand. Il soupira, se détendit dans son fauteuil, souleva son turban de soie, puis il se recoiffa.

– Peut-être ferions-nous mieux d'envoyer chercher David? dit-il enfin.

– C'est inutile, tant que nous ne serons pas d'accord.

– Peut-être aiderait-il à nous mettre d'accord?

– Je ne veux pas que vous lui parliez de cette Chinoise.

– Non, non, dit Ezra, je vous le promets. Mais nous pourrions voir quels sont ses sentiments à l'égard d'un mariage quelconque. Cela au moins... »

Mme Ezra l'interrompit :

– Pourquoi cet : au moins... C'est ça le plus important et pas le moins!

Ezra frappa sur ses genoux :

– Pivoine, cria-t-il. Va me chercher mon fils.

– Oui, Maître, murmura Pivoine.

Elle sortit de la salle en silence et avec grâce. Wang remplit de nouveau les bols.

Mme Ezra reprit :

– Ce n'est pas David qui devra décider de cette chose-là. Je ne suis pas d'accord avec vous sur ce point.

– Vous ne voudriez pas qu'il épouse une femme qu'il déteste, Naomi, répondit Ezra avec plus de douceur.

– Qui peut détester Leah? elle est belle et si bonne.

– Assurément.

– Que serait devenu notre vieux rabbin sans elle? demanda Mme Ezra.

– Le fils n'est bon à rien.

– Aaron est encore un enfant, observa Mme Ezra.

– Il n'a qu'un an de moins que Leah.

– Elle paraît beaucoup plus âgée.

– C'est vrai, fit distraitement Ezra.

Puis il retomba dans le silence.

Il venait de mentir à sa femme. Ce n'était pas lui qui avait vu la jolie fille de Kung : c'était David. Mais comment expliquer à Mme Ezra qu'il avait envoyé David tout exprès à la maison de Kung? Il l'avait chargé d'un message, à l'heure même où les dames viennent de faire leur toilette et circulent dans les cours pour changer de place et prendre de l'exercice. Lorsque David était revenu, son père lui avait demandé :

– Pourquoi tes yeux brillent-ils ainsi, mon fils? Qu'as-tu vu?

David avait secoué la tête en rougissant comme le doit un jeune homme et s'était borné à répondre d'un ton bref : « Voici la réponse, père », en déposant la lettre de Kung Chen sur la table.

Ezra ferma les yeux, s'appuya en arrière et se tourna lentement les pouces. Sous le masque de ses paupières, son esprit aiguisé travaillait sans relâche à dénouer les fils de ses émotions. C'était un homme plus compliqué que confus. Dans ses veines se mêlaient deux robustes courants. L'un était d'un sang à peu près pur, mais son père avait épousé en secondes noces une Chinoise vigoureuse et belle, dont Ezra était le fils. En apparence, elle avait semblé adopter toutes les coutumes de son mari. Seul, Ezra savait à quel point le cœur de sa mère avait été peu touché. Dans sa chambre, dans le secret de son être, elle se moquait des étrangers parmi lesquels elle vivait. Elle profitait des plaisirs que procure un mari riche et mangeait jusqu'à prendre en vieillissant un embonpoint exagéré, ses jolis traits enfouis dans des plis de chair rose, mais elle n'avait renoncé à aucune de ses idées sur la vie, et elle avait même influencé son mari, Israël ben Abram. Celui-ci en était venu, à mesure que les années s'écoulaient, à négliger les jours de fête autrefois si fidèlement observés dans sa maison et à prendre l'habitude des compromis. Mais à la mort de sa femme chinoise, en proie à des remords excessifs et aux reproches de sa conscience, il avait fiancé son fils Ezra, âgé de quinze ans, à Naomi, fille du chef de la petite colonie juive dans la cité chinoise.

Ezra, alors romanesque et nonchalant, avait accepté. Naomi était belle, sa jeune et fraîche vigueur la rendait séduisante. Mais après le mariage, Ezra trouva Naomi par trop autoritaire et découvrit dans le système des compromis, enseigné par sa mère chinoise, une arme pratique, qu'il cherchait en ce moment à utiliser.

Mme Ezra lui cria tout à coup :

– Ezra, ouvrez les yeux. Vous avez l'air stupide !

– Parfaitement, ma chère, répondit-il.

Et il les ouvrit tout grands.

– Pas comme ça, nigaud, fit-elle impatientée.

Il baissa les paupières et un rire secret agita ses lèvres. Sa femme lui lança un coup d'œil acerbe qu'il lui renvoya comme on renvoie une balle. Elle détourna la tête et observa :

– David met bien longtemps à venir.

– Peut-être se trouve-t-il par là, dans la rue, dit Wang Ma. Tous les serviteurs s'unissaient pour défendre le jeune seigneur.

Avant qu'Ezra ait eu le temps de répondre, on entendit des bruits de pas et Pivoine, précédant David, écarta de ses doigts délicats la portière de satin rouge. Le jeune homme parut sur le seuil et il interrogea hardiment du regard les deux visages tournés vers lui.

– Vous m'avez fait demander, mon père... ma mère?

– Entre et assieds-toi, mon fils, dit Ezra avec bienveillance.

– Où étais-tu? demanda Mme Ezra en même temps.

Sans répondre, David s'assit auprès de son père. Pivoine lui versa du thé et posa silencieusement le bol. Puis elle reprit sa place derrière Ezra, et sortit de sa manche l'éventail qu'elle agita lentement. David la regarda, mais elle baissait les yeux et il détourna les siens. Il était impossible de deviner les pensées qui s'agitaient sous cette surface unie et nacrée.

– David, il est temps de..., commençait à dire Mme Ezra lorsque le jeune homme l'interrompit, faisant une brusque volte-face.

– Temps de quoi?

– Tu le sais, mon fils.

Elle se faisait humble, la voix suppliante, car elle n'ignorait pas à quel point ce fils chéri se montrait dur parfois.

– Je ne le sais pas, mère, répondit-il.

Mme Ezra dit alors de sa même voix suppliante :

– Leah a dix-huit ans, David. Tu es un homme et j'ai promis à sa mère...

– Vos promesses ne me regardent pas, fit-il d'un ton bref.

– Mais tu as toujours su...

– Je ne sais plus rien, dit-il en lui coupant la parole. Du reste, je n'aime pas Leah.

– Quelle honte! s'écria Mme Ezra. Tu t'es montré cependant assez aimable avec elle, hier soir.

– Ce matin, je me rappelle son nez, il est trop long.

Mme Ezra étendit les mains et promena ses regards d'un visage à l'autre, puis elle dit :

– C'est une jeune fille bonne, – jolie aussi, et instruite dans notre religion. Elle sera une lumière dans cette demeure quand je n'y serai plus.

– Ça n'empêche pas qu'elle a le nez trop long.

David avait pris l'habitude de contrecarrer sa mère, et il le fit sans raison. Il savait très bien que le nez de Leah était beau, et, si sa mère s'était tue, il ne se serait souvenu que de cette beauté. Mais il y avait encore en lui quelque chose d'enfantin, et il cherchait à se sentir libre à tout prix; il regarda Mme Ezra d'un air buté, puis se mit à rire.

– Ne me mariez pas si jeune, mère, fit-il gaiement.

Erza éclata de rire, Pivoine elle-même se permit le plus léger des sourires ; le visage de Wang Ma restait impassible. Mme Ezra ne se sentit soutenue d'aucun côté. Elle mordit sa lèvre, soupira et appela à son aide toute l'adoration qu'elle éprouvait pour son fils. Elle se retourna vers lui, les lèvres tremblantes, et ses yeux sombres et arrondis étaient humides de larmes.

– David, mon fils, dit-elle de sa voix la plus persuasive, la plus douce, ne brise pas le cœur de ta mère. Mais non, je ne te demande pas de penser à moi, David, pense à notre peuple. Toi et Leah, David, ensemble... Nos enfants conserveraient intact le sang de Juda dans ce pays païen. Une fille si bonne, David... une femme qui t'aimera toujours, toi et ton foyer, qui parlera de Dieu aux enfants ! Et lorsque l'heure viendra de retourner dans notre pays, la Terre promise...

David l'interrompit :

– Mais je ne veux pas m'en aller. C'est ici que je suis né, mère, – ici, dans cette demeure.

Mme Ezra abandonna le ton de la persuasion et, prise d'une violente colère, elle cria :

– Tu oses parler ainsi à ta mère ! Que Dieu veuille nous accorder la grâce de retourner au pays de nos pères avant de mourir ; – toi, moi et toute notre maison !

Ezra toussa derrière sa main :

– Je ne pourrai pas abandonner mes affaires, Naomi.

– Il n'est pas question de demain, s'écria Mme Ezra. Je parle du moment choisi par Dieu, lorsque les prophètes nous guideront.

– Je ferais mieux de dire ce qui en est, fit brusquement David. Mère, je vais vous avouer une chose. (Il se leva et se tint devant eux, si grand et si beau que tous les regards se dirigèrent sur lui.) Mère, je n'épouserai pas Leah parce que j'en aime une autre.

La bouche si ferme de Mme Ezra se détendit. Ezra leva son bol de thé. Pivoine demeurait les yeux fixés sur David et, dans sa main, le petit éventail ne bougeait plus. Wang Ma tourna la tête.

– Qui est-ce ? demanda Mme Ezra

David, les joues écarlates, regarda sa mère bien en face en disant :

– J'ai vu quelqu'un dans la maison de Kung.

– Quand cela ? fit Mme Ezra retrouvant des forces dans son agitation.

– Il y a deux jours, dit simplement David.

Mme Ezra se tourna vers son mari. Ses yeux noirs étincelaient :

– Vous avez dit que c'était vous qui...

Ezra gémit :

– Ma chère, vous nous obligez tous à mentir, fit-il avec tristesse.

Il leva ses yeux aux lourdes paupières et dit à son fils :

– A présent que tu as commencé, continue. Tu as vu une jolie fille, lui as-tu parlé ?

– Bien sûr que non ! s'écria David. Elle... elle a dit... quelque chose comme : Oh ! oh ! et elle s'est enfuie de la salle comme une... comme une...

– Comme une gazelle, lui souffla son père.

David parut surpris :

– Père, comment le savez-vous ? L'avez-vous vue, vous aussi ?

– Non, non ! Mais je crois que « gazelle » est le mot consacré.

– Quelle folie ! s'écria Mme Ezra d'une voix forte. Ezra, je suis outrée !

Ezra se leva brusquement :

– Excusez-moi, Naomi, mais vraiment je ne puis rester. Kung Chen m'attend et il n'est pas de ceux que l'on fait attendre, vous savez.

– Asseyez-vous tous les deux, fit Mme Ezra d'un ton sans réplique : David, tu seras fiancé le dixième jour du huitième mois, l'anniversaire du jour où la mère de Leah et moi avons échangé notre promesse.

Elle regarda son fils et lui fit baisser les yeux :

– Je ne veux pas... je ne veux pas, marmotta-t-il. Je me tuerai d'abord.

Il tourna le dos et sortit de la pièce.

– Suis-le, Pivoine, dit Ezra.

Pivoine, sans attendre cet ordre, était déjà à mi-chemin de la porte et elle disparut derrière le rideau de satin.

Les paroles de David l'avaient surprise. Elle qui croyait si bien connaître le cœur du jeune homme ! Cette dissimulation lui était pénible, plus pénible encore que ne l'avait été le soir précédent la pensée de Leah. Elle traversa le couloir et longea précipitamment la véranda qui bordait les cours. Où David était-il passé ? Elle s'arrêta, un doigt sur les lèvres, les yeux fermés et réfléchit : il devait avoir envie de s'enfuir, et où cela, sinon dans la rue ? Elle revint sur ses pas et courut, rapide et légère, vers le portail.

Dans le hall silencieux, le père et la mère de David étaient restés assis. Wang Ma soupira et remplit de nouveau les bols de thé. Le visage d'Ezra demeurait grave et Mme Ezra se tamponnait les yeux avec son mouchoir. Au bout d'un moment, Ezra dit, d'une voix très douce :

– Naomi, nous avons attendu longtemps ce seul enfant.

Elle ne se laissa pas émouvoir :

– J'aurais préféré qu'il ne fût jamais né plutôt que de le voir perdu pour notre peuple, fit-elle d'un ton accablé.

Ezra poussa un soupir, se leva et se prépara à partir, mais il lui était pénible de laisser sa femme dans cet état. Après tant d'années, il connaissait ce cœur : le cœur obstiné et bouillant d'une Juive épouse et mère. Il dit avec tristesse :

– Ah ! Naomi, si seulement vous autres, femmes, pouviez nous permettre d'être nous-mêmes !

Elle ne répondit pas, détourna la tête et tint son mouchoir sur ses yeux. Il fit signe à Wang Ma :

– Prends soin d'elle, murmura-t-il en sortant.

Après le départ de son mari, Mme Ezra éclata en gros sanglots, aussi bruyamment que si elle avait été seule, et selon une habitude très ancienne. Wang Ma s'approcha d'elle, s'empara de sa main, la palpa doucement, en massa les doigts et le poignet et pinça légèrement la chair ferme. Elle donna ainsi du bien-être à une main après l'autre, puis elle pressa à plusieurs reprises les tempes de sa maîtresse entre ses paumes, si bien que Mme Ezra, calmée, s'appuya au dossier de son fauteuil et ferma les yeux. C'est ainsi que lui vint l'apaisement.

Mais Wang Ma sentait encore, sous ses doigts, travailler le cerveau actif et buté, et elle murmura :

– Ah ! Madame, laissez donc les hommes suivre leur désir. Qu'est-ce que cela peut faire aux femmes ? Dormir... manger... jouir de la vie... c'est le mieux.

Ces paroles tombaient mal et aussitôt Wang Ma les regretta. Mme Ezra se redressa, ses yeux s'ouvrirent brusquement, elle dirigea sur sa servante des regards furieux et lui lança par deux fois avec le plus amer mépris :

– Espèce de Chinoise !

Elle se leva, tout en parlant, écarta les mains de Wang Ma et sortit d'un pas rapide et impérieux.

Wang Ma la suivit des yeux, puis elle tâta la théière encore chaude, emplit le bol dans lequel Ezra avait bu, et, le tenant à deux mains, alla s'asseoir sur la marche du seuil. Elle y demeura, réchauffée par le soleil, et contempla la cour ensoleillée, d'un œil pensif, en buvant son thé à petites gorgées.

II

Pivoine fit face à David.

– C'est affreux ! s'écria-t-elle avec une fureur mêlée de tendresse. Vous ne m'aviez rien dit !

Le pas de David était rapide et c'est par ruse que la jeune fille était arrivée la première au portail. Il s'était retourné une fois et l'avait aperçue, aussitôt elle avait feint d'abandonner la poursuite et s'était glissée de côté dans un des couloirs de l'immense enceinte. Il avait jeté de nouveau un coup d'œil en arrière et, avec un sourire triomphant, ralenti sa marche. Tout à coup, elle se trouva devant lui, dans un passage, les bras étendus pour l'attraper et le retenir. Il s'arrêta avant d'être pris, croisa les bras et baissa les yeux vers ceux de Pivoine si pleins de reproches.

– Je ne suis pas lié à toi, déclara-t-il.

Sous le regard de David, le ravissant petit visage de Pivoine frémit, rougit et se flétrit comme une fleur coupée.

– Non, dit-elle très bas, c'est seulement moi qui suis liée à vous. Et... et... vous avez tout à fait raison. Vous n'avez pas besoin de me dire... quoi que ce soit.

Il fut aussitôt pris de remords.

– Allons, Pivoine, je te le dirai, mais seulement si je n'y suis pas forcé.

– J'ai eu tort, c'est vrai, reconnut-elle. Je ne le ferai plus. Voyez, vous êtes libre.

Elle se croisa les mains derrière le dos et les serra l'une dans l'autre. David lui tendit les bras, mais elle lui échappa et se sauva en courant. Maintenant c'était elle qui fuyait et lui qui la poursuivait... Comme elle aimait à courir ! Elle avait eu la chance d'être esclave dans cette maison d'étrangers. Des maîtres chinois lui auraient bandé les pieds dès qu'ils se seraient aperçus qu'elle promettait d'être jolie, car si un fils, épris d'elle, avait voulu en faire sa concubine, elle eût déshonoré la famille avec des pieds non bandés, comme les servantes. Pivoine courait toujours, elle riait d'entendre David la poursuivre. Il riait, lui aussi, et leurs rires s'unissaient, en sourdine, selon l'habitude secrète de leur enfance. Il l'attrapa, comme toujours ; elle s'y attendait, mais le repoussa et se libéra, – un peu, pas tout à fait : les bras de David étaient forts, – car son oreille fine avait perçu des bruits de pas, et elle avait compris qu'ils étaient découverts.

– Jeune Maître, s'écria-t-elle très fort. N'allez pas vous tuer !

Les bras de David retombèrent, mais trop tard ! Mme Ezra avait vu les jeunes gens.

– Pivoine, dit-elle d'un ton sec. Tu t'oublies !

– Je le retenais, de crainte qu'il aille se jeter dans le puits, balbutia la servante.

– Quelle absurdité ! répondit Mme Ezra.

Cependant elle hésitait. La jeune fille mentait-elle ou cherchait-elle vraiment à retenir David ?

David se mit à rire.

– Elle ment, mère, fit-il avec force. Nous nous amusions tout simplement.

Mme Ezra était mécontente :

– Il serait temps que tu cesses tes jeux avec Pivoine, dit-elle froidement.

La beauté de son fils lui inspira soudain moins de plaisir que de coutume. Ce teint coloré, cet air assuré qui faisaient en général sa joie secrète, l'inquiétèrent. Pivoine, elle aussi, devenait dangereusement jolie.

– Prépare-toi, dit-elle brièvement à la jeune fille. Tu m'accompagneras à la maison du rabbin. Et toi, David, tu devrais être à tes livres.

Elle suivit d'un pas ferme le couloir qui conduisait à son appartement. David fit une grimace et haussa les épaules. Pivoine poussa un soupir ; elle leva les sourcils, lança un coup d'œil vers le dos de Mme Ezra et s'attarda pour poser une petite main, légère comme une fleur, sur le bras de David.

– Vous me parlerez d'elle ?

Il eut un sourire radieux auquel elle répondit par un autre sourire très tendre ; ce sourire qu'il surprenait souvent, lui sembla-t-il, lorsqu'elle levait les yeux sur lui.

– Je te raconterai tout, dit-il.

Ils se séparèrent, et Pivoine regagna sa chambre pour se préparer à accompagner Mme Ezra. C'était une petite chambre située dans une cour minuscule, un peu à l'écart, mais qui donnait dans celle de Wang Ma, laquelle à son tour communiquait avec les appartements de Mme Ezra par un passage plein d'ombre et de mousse. La chambre qu'habitait Pivoine avait appartenu autrefois, trois générations auparavant, à une concubine – un amour secret à peine avoué – du grand-père d'Ezra. Wang Ma, elle aussi, y avait vécu jusqu'au jour où le père d'Ezra l'avait mariée à Vieux Wang. Ensuite, la pièce était demeurée vide pendant l'enfance de Pivoine, trop jeune pour y être laissée seule. Mais on l'y avait installée dès ses quinze ans. C'était une jolie chambre, avec des murs blanchis à la chaux, et des carreaux gris par terre, polis jusqu'à paraître argentés. Pivoine avait suspendu au mur, de chaque côté de son lit, quatre banderoles représentant les fleurs du printemps et de l'été, de brillantes fleurs d'automne et les pins neigeux de l'hiver.

Pivoine les avait décorées elle-même. Pendant bien des années elle s'était tenue dans la salle d'études avec David et le tuteur du jeune homme ; elle apportait le thé, nettoyait les pinceaux, broyait l'encre et apprenait à lire et à écrire. Elle était même devenue capable de tourner un vers aussi bien que David. Et elle avait tracé, avec son pinceau, deux longues phrases poétiques sur chaque banderole. Sur celle qui évoquait le printemps, elle avait mis :

Les fleurs des pêchers s'épanouissent sur les arbres
Ignorant si la gelée ne viendra pas les flétrir.

Et sur celle de l'été, sous les mimosas, on lisait :

Le chaud soleil brûle, le tonnerre gronde dans le ciel.
Les cigales chantent sans fin, indifférentes.

Puis, sous les feuilles d'érable :

Les feuilles rouges tombent, la cour entière est silencieuse.
Je marche sur les feuilles et sous mes pas elles meurent.

Sous les pins saupoudrés de neige, elle avait tracé encore deux vers :

La neige recouvre les vivants et les morts,
Les pins verts, les fleurs flétries.

Elle relisait fréquemment ces quelques lignes et cherchait le moyen de les rendre plus belles. Elle se demandait si elle y parviendrait jamais ! Pour le moment, ces mots pénétraient au fond de son cœur et lui donnaient envie de pleurer.

Elle s'empressa d'enfiler une veste et des pantalons simples et foncés, d'enlever les fleurs de pêcher qui ornaient ses cheveux et d'ôter ses bracelets d'or. Elle se regarda dans la petite glace de son nécessaire de toilette, frotta un peu de poudre de riz sur sa peau et passa légèrement de la crème rouge sur ses lèvres. Elle tressait toujours ses cheveux en une longue natte, qu'elle enroulait sur une oreille ; pour sortir elle la laissa retomber, selon la coutume des esclaves qui se distinguent ainsi des filles de la maison ; enfin, elle brossa sa longue frange droite au-dessus de ses sourcils.

Puis, elle se hâta le long des couloirs jusqu'à l'appartement de Mme Ezra. Wang Ma mettait la dernière main à la toilette de sa maîtresse. Le costume de Mme Ezra était magnifique, très personnel. Elle croyait se conformer à la mode juive, sans se rendre compte que, durant les générations qui s'étaient succédé depuis que sa famille habitait la Chine, bien des détails nouveaux, dans les broderies, aux manches et à l'encolure, dans les plis de la jupe, la pose des boutons et dans la passementerie, avaient un peu modifié le costume de ses grand-mères.

Pivoine s'arrêta à la porte, toussa légèrement et prépara son sourire. Mme Ezra ne se retourna pas. En général, elle se montrait volubile et aimable envers ses servantes, mais ces derniers jours, bien qu'elle eût l'esprit occupé par la pâque qui augmentait encore la foi héritée de ses ancêtres, Mme Ezra s'était sentie mécontente de l'intimité qui existait entre Pivoine et David. Il est vrai qu'on avait acheté Pivoine pour servir de compagne autant que de servante au petit garçon solitaire. Mais les années avaient passé trop vite. Mme Ezra se reprochait de ne pas s'être aperçue plus tôt que son fils était devenu un homme et Pivoine une femme ; et elle se montrerait dure envers la petite esclave qui, trouvait-elle, aurait dû être la première à prendre conscience de ce changement.

Pivoine comprenait parfaitement cela, et elle attendait, gracieuse et patiente, que Mme Ezra voulût bien lui parler. Lorsqu'une épingle d'or s'échappa des doigts de Wang Ma, la jeune fille s'élança, aussi souple qu'une chatte, la ramassa et la glissa elle-même dans les cheveux de Mme Ezra. Ainsi, elle rencontra le regard de sa maîtresse dans le miroir et sourit. Mme Ezra considéra d'un œil sévère les grandes prunelles noires de Pivoine, mais, après une seconde ou deux, elle se laissa aller à sourire à son tour.

– Tu es une vilaine enfant, fit-elle. Je suis très fâchée contre toi.

– Pourquoi cela, Maîtresse? dit tristement la jeune fille.

Puis elle ajouta avec sa brusque franchise :

– Non, ne me le dites pas. Je le sais. Mais vous vous trompez, Vieille Maîtresse, je connais ma place dans cette maison. Je n'ai qu'un désir, celui de vous servir, madame. Je ferai ce que vous me demanderez. Quelle demeure ai-je en dehors de celle-ci? Oserais-je vous désobéir?

Elle était si jolie, si implorante et soumise, que Mme Ezra en fut attendrie. Pivoine, en effet, dépendait entièrement de ses maîtres, et Mme Ezra avait beau connaître la fermeté et la prudence qui se cachaient sous cette gentillesse, elle savait également que Pivoine n'irait pas détruire son propre bien-être pour un amour de jeunesse. Elle saurait s'en défendre, si toutefois il existait vraiment, de crainte de tout perdre, – et cela, à coup sûr, – se dit Mme Ezra; car si jamais elle découvrait que David et Pivoine dépassaient les bornes des relations permises entre un jeune homme et sa servante, ce jour-là elle marierait Pivoine à un paysan.

Mme Ezra avait beau se taire, Pivoine devinait les pensées qui traversaient la tête de sa maîtresse. Car les intuitions de Pivoine lui étaient habituelles. Elle n'avait qu'à rester tranquille, faire le vide dans son esprit, attendre, se mettre en état de réceptivité et les pensées des autres s'acheminaient à pas de souris dans son cerveau. Épouser un paysan est le sort habituel des esclaves qui oublient leur état. Et cela était plus grave encore dans cette maison que dans une demeure chinoise, car les Juifs ne prennent pas de concubines, Mme Ezra l'avait souvent déclaré, – les bons Juifs du moins; leur Dieu, Jehovah, le défend.

Comme Mme Ezra ne répondait pas, Pivoine s'éloigna et la rejoignit au portail. Et, bientôt, montée dans sa modeste chaise à porteurs, elle suivit celle aux rideaux de satin de Mme Ezra. Pivoine regarda au-dehors par la vitre placée dans le rideau de devant et qui laissait voir un carré de la rue. Cette rue n'avait pas changé durant la vie de la jeune esclave, pas plus que pendant les centaines d'années qui avaient précédé sa naissance. Il y aurait toujours foule dans cette large artère, quelles que soient ses dimensions. De chaque côté, s'ouvraient des maisons basses construites en brique et en pierre. Et derrière ces murs des hommes, des femmes et des enfants habitaient ensemble, heureux ou non, mais en sécurité. La rue était pleine d'ombre, et abritée de la chaleur, car les marchands avaient tendu au-dessus de leurs seuils des nattes en roseaux tressés, encadrés de bambou. En passant, des porteurs d'eau laissaient couler un peu de leurs seaux de bois, et des pavés mouillés montait un peu de fraîcheur. Les enfants couraient, rampaient partout; ils se frayaient un chemin entre les promeneurs. Les femmes marchandaient des légumes et tiraient de leurs baquets des poissons vivants, et les hommes allaient leur chemin vers les maisons de thé et leurs affaires. Partout, de la vie, de la bonne vie ordinaire, mais Pivoine se disait qu'elle n'y avait aucune part.

Tout en observant la scène qu'elle connaissait si bien, la jeune esclave réfléchissait sur sa propre vie. Les années avaient passé trop vite, même pour elle. Années heureuses, années bienfaisantes, et elle avait redouté le moment où elle deviendrait femme et où un changement surviendrait. Elle s'était presque toujours sentie la fille de la maison; mais ces derniers jours, pendant l'étrange fête juive, elle avait compris qu'elle était étrangère à cette famille qui l'avait achetée. Malgré ses efforts, elle n'arrivait pas à se rappeler sa mère ou la voix de son père. Une enfant abandonnée, volée peut-être ou vendue, puis revendue encore...

– Qui m'a vendue à vous, madame? avait-elle demandé un jour à Mme Ezra.

– Un trafiquant d'enfants, lui avait répondu sa maîtresse.

– En offrait-il beaucoup comme moi?

– Vingt petites filles et deux garçons, prétendit Wang Ma, intervenant. Je me demande, madame, pourquoi vous n'avez pas choisi un garçon pour notre Jeune Maître?

– Le père de mon fils voulait la petite fille, répondit Mme Ezra. Je crois qu'il a choisi Pivoine parce qu'elle avait de très grands yeux. Tu étais très maigre, mon enfant. Je me souviens que tu as tellement mangé que cela nous faisait peur.

Longeant la rue encombrée, Pivoine, haut perchée sur les épaules des porteurs, considérait son sort. Elle ne connaissait personne hors de la maison d'Ezra; elle n'avait pas d'amie. Tout le monde lui était aussi étranger que ces gens qui passaient dans la rue. Les larmes lui montèrent aux yeux. Où pourrait-elle aller pour trouver des amis ou une famille? C'est pourquoi il lui fallait rester où elle était, s'accrocher à la seule demeure connue.

« Je n'ai personne », songea-t-elle douloureusement.

Mais sa rude honnêteté, au plus intime de son cœur, vint chasser cette pensée. Elle se mentait à elle-même! Elle voulait rester dans la maison d'Ezra parce qu'elle ne supportait pas l'idée de quitter David. Elle l'appelait David en secret et l'appellerait toujours ainsi, même si elle apprenait à ses lèvres à dire « Maître ».

« Je l'aime, songea-t-elle. Je ne partirais pas malgré tout ce qu'on pourrait m'offrir en échange. »

Pivoine se fit cette réflexion en son cœur, et avec la vérité, elle sentit une paisible clarté descendre sur elle. A présent, elle savait ce qu'elle voulait et ce qu'elle aurait. Restait à savoir comment elle l'obtiendrait et le conserverait.

La maison du rabbin se trouvait à côté de la synagogue, dans la rue du Tendon-Arraché. Ce nom lui était venu, il y a longtemps, de ce rite mystérieux des Juifs qui, avant de manger leur viande, devaient en retirer les tendons. Les Chinois appelaient la synagogue : le Temple du Dieu Étranger, mais les Juifs la nommaient : Temple de Dieu. Des lamentations en partaient parfois. Ces lamentations, qui intriguaient les passants, cessèrent presque complètement à mesure que les années s'écoulèrent et maintenant, un jour sur sept, seuls parvenaient au-dehors de longs chants plaintifs et très lents. Ces chants, eux aussi, s'affaiblissaient avec le temps, il fallait s'arrêter et prêter l'oreille pour entendre le bruit des voix derrière les lourdes portes fermées. La synagogue elle-même tombait lentement en ruine. Les typhons, chaque été, faisaient rage sous les corniches, et les avant-toits et les pierres qui tombaient n'étaient pas remplacés.

C'était la même décrépitude qui apparaissait sur la maison du rabbin toute proche. La mousse poussait entre les pavés, dans la cour que traversèrent Mme Ezra et Pivoine, tandis que leurs chaises à porteurs attendaient au-dehors. Vieux Wang les avait précédées pour annoncer la visite de Mme Ezra, et il se trouvait à l'entrée de la salle de réception.

– Le Maître dormait, madame, dit-il, la jeune demoiselle sa fille était seule dans la cuisine. Elle a couru se coiffer et changer de robe. Elle m'a prié de vous dire de vous asseoir. Elle va venir tout de suite avec son père.

Mme Ezra fit un léger signe de tête, passa le seuil vermoulu et entra dans la salle de réception. On appelait ainsi une pièce, en réalité minuscule et garnie de meubles vulgaires. Mais elle était propre et Leah avait mis des lis blancs et odorants dans une cruche brune.

On ne servait pas de thé dans cette maison, car c'est une coutume chinoise. Mme Ezra s'assit et fit signe à Pivoine de prendre un escabeau.

– Assieds-toi, mon enfant, dit-elle. Inutile de rester debout quand nous sommes seules. Et vous, Vieux Wang, retournez à votre travail, à la maison.

Vieux Wang salua, se retira et Mme Ezra attendit dans la pièce silencieuse. Comme elle ne disait rien, Pivoine ne parlait pas non plus. La jeune fille se tenait gracieusement assise, bien droite sur son escabeau de bois, les mains jointes sur les genoux. Elle gardait une attitude patiente et discrète. Lorsque des bruits de pas traînants se firent entendre, elle se leva et prit place derrière Mme Ezra.

Le rideau fané de toile bleue s'écarta et Leah entra, conduisant son père, le vieux rabbin. Il avait un long bâton dans sa main droite, et appuyait son bras gauche sur l'épaule de Leah. Le rabbin, dans sa jeunesse, dépassait de beaucoup la taille moyenne, et maintenant, il semblait encore très grand malgré son affaissement de vieillard. Il portait le costume de son peuple, ce matin-là, comme à l'ordinaire. Ses vêtements rapiécés paraissaient très propres ; sa longue barbe était, elle aussi, d'un blanc de neige, et sa peau soignée semblait claire en dépit des rides.

– Ma fille... dit le rabbin à Mme Ezra.

– Je vous ai réveillé, père, répondit Mme Ezra.

Elle se leva et s'avança vers le vieillard. D'un geste rapide et délicat, il lui toucha la main, puis la tête, en signe de bénédiction. Leah le conduisit à un siège en face de celui qu'avait occupé Mme Ezra.

– Je vous en prie, tante, asseyez-vous, dit la jeune fille.

Et lorsque Mme Ezra se fut assise, Leah plaça un escabeau à côté de son père. Puis, hésitante, elle regarda Pivoine :

– Et vous... veuillez vous asseoir, dit-elle.

Pivoine inclina gentiment la tête :

– Merci, jeune demoiselle, mais je dois me tenir prête à servir ma Maîtresse, fit-elle doucement.

Leah s'assit. Rien n'aurait pu marquer de façon plus nette les changements survenus depuis le temps où Pivoine et elle étaient deux petites filles qui jouaient avec David à des jeux d'enfants. Maintenant, l'une était esclave et l'autre maîtresse de maison chez son père.

– Je me serais éveillé beaucoup plus tôt, dit le rabbin d'une voix étonnamment forte pour son âge. Mais en vérité, ma fille, notre fête de la pâque rappelle en moi de tristes souvenirs, et je reste éveillé, la nuit, abattu. Ces pauvres yeux (il toucha ses yeux aveugles) sont encore capables de pleurer, s'ils ne peuvent plus voir.

Mme Ezra soupira :

– Ne pleurons-nous pas tous ensemble, dans notre exil ?

– Je vieillis, poursuivit le rabbin, et mon fils est trop jeune pour prendre ma place. Où est Aaron, Leah ?

– Il est sorti tôt ce matin et n'est pas encore rentré.

– A-t-il dit où il allait ? demanda le rabbin.

– Non, père.

– Mais tu aurais dû le lui demander !

– Il n'a pas voulu me le dire, répondit doucement Leah.

Sa beauté ressortait d'une manière saisissante près de la silhouette maigre et flétrie du vieillard. Le pur soleil du printemps tombait sur les dalles en un carré de lumière qui se reflétait sur Leah et la rendait éclatante. Elle était mince, sans maigreur, d'aspect vigoureux et de teint coloré ; cependant une vague timidité donnait à son attitude une modestie presque enfantine. Ses lèvres charnues étaient rouges, ce matin-là, et, sous les sourcils foncés, ses yeux très bruns semblaient de forme presque parfaite avec leurs grands cils recourbés. Un étroit ruban de satin rouge retenait sur la nuque ses cheveux bouclés, et une large bande d'un même satin servait de ceinture à la longue robe de toile blanche qui lui tombait aux pieds. Des manches courtes laissaient voir les bras blancs.

Pivoine, protégée par ses cils droits, examinait cette beauté. Impressionnée et surprise, elle se posait des questions sur cette belle étrangère, sans entendre clairement les réponses. Si jamais Leah entrait dans la maison d'Ezra comme épouse de David, aurait-elle l'intelligence de comprendre tout ce qui se passait sous ce vaste toit ? Est-ce qu'elle protesterait, interdirait ? Entraînerait-elle de nouveau David dans les rêves de son peuple...

– Aaron ne devrait pas sortir sans vous avertir, père, disait Mme Ezra.

Le rabbin soupira :

– Il est jeune.

– Pas trop jeune pour se rappeler son devoir, dit Mme Ezra avec fermeté. Il est le seul à prendre votre suite, père, et il faut qu'il se souvienne de ce qu'il doit à son peuple. S'il y manque, il n'y aura personne pour nous conduire chez nous quand le moment viendra.

– Oh ! gémit le vieux rabbin, s'il pouvait venir de mon vivant !

– Même si cela ne doit pas être, il faut nous tenir prêts, répondit gravement Mme Ezra. Il nous faut réparer la synagogue, père, et redonner de la vie à ce qui reste de notre peuple. Nos hommes oublient et nos enfants ignoreront leur héritage. Vous devriez confier à Aaron le soin de réunir les fonds pour les réparations... C'est une bonne idée, père, et je vous promets cinq cents pièces d'argent pour commencer.

– Ah! si tout notre peuple était comme vous, répondit le vieux rabbin. Mais en effet, l'idée est bonne! N'est-ce pas, Leah? Aaron s'en occuperait, ça lui donnerait quelque chose à faire.

– Oui, père, répondit Leah d'un air de doute.

Et elle baissa les yeux sur la flaque de lumière à ses pieds.

« Quelles étranges gens, se disait Pivoine. Ce beau vieillard, sa fille, si belle aussi, et même Mme Ezra avec sa majesté, tous sont dévorés par un feu intérieur. Et pourquoi, lorsqu'ils parlent, leurs yeux brillent-ils ainsi, leur expression devient-elle tendue et leur voix prend-elle un ton si grave? Un esprit semble émaner d'eux qui les enveloppe dans une union mystique et me laisse en dehors. » Les yeux de Pivoine tombèrent sur les mains que Leah avait croisées sur ses genoux. Elles ressemblaient à des mains d'homme, fortes et rudes, avec des doigts à l'extrémité carrée. Pivoine regarda ses propres mains appuyées sur le dossier de Mme Ezra, – des mains douces, étroites, aux doigts effilés comme doivent l'être des doigts de jeune fille. Les mains de Leah ressemblaient à celles de Mme Ezra, mais celles de Mme Ezra n'étaient pas abîmées par le travail; elles étaient unies, potelées et couvertes de bagues sur l'index et le pouce. Leah ne portait pas de bijoux.

– Oui, je suis venue vous parler de la synagogue, disait Mme Ezra.

Le rabbin inclina sa tête blanche. Une calotte noire couvrait son crâne et ses cheveux d'argent bouclaient sur les bords.

– Que voulez-vous en dire, ma fille? fit-il avec courtoisie.

– Je me demande si Leah doit rester pendant ce temps? dit-elle en considérant la jeune fille avec bonté.

Leah se leva :

– Je m'en irai.

– Non, fit Mme Ezra brusquement décidée. Pourquoi sortirais-tu? Tu n'es pas une enfant et nous ne sommes pas des Chinois. Il nous est permis de parler de ton mariage devant toi.

Leah s'assit de nouveau, hésitante. Pivoine l'observait du coin de l'œil. Au mot du mariage un flot de sang rouge foncé monta des épaules et du cou de Leah, se répandit sur ses joues et jusqu'aux racines de ses cheveux.

Et Pivoine sentit son propre visage pâlir et son cœur battre à coups lents et lourds. La conversation aurait lieu devant elle, bien entendu. Qui se préoccuperait de savoir si une esclave a un cœur? Mme Ezra, dans sa finesse, trouverait peut-être bon que Pivoine entendît parler du mariage de David. Pivoine courba la tête; et les mains jointes sur le dossier de Mme Ezra, elle ressemblait à une petite statue de marbre.

– Le mariage..., répéta Mme Ezra. Il est temps, père, de parler de nos enfants; mon fils a grandi!

– Leah n'a que dix-huit ans, répondit le rabbin. (Il hésitait.) Et puis, que ferais-je sans elle?

– A dix-huit ans on est femme, répliqua Mme Ezra, et vous ne pouvez pas garder Leah éternellement. Nous louerons une brave Juive qui la remplacera; j'en connais une qui ferait l'affaire... Rachel, la fille d'Eli et de la femme qu'il a épousée.

– Une Chinoise! fit le rabbin, encore plus hésitant.

– En partie seulement, dit Mme Ezra, avec décision. Il est difficile de trouver des serviteurs qui soient purement des nôtres. Moi-même, je n'ai que des Chinois à mon service. Il vaut mieux éviter les mélanges! Mais, bien entendu, pour remplacer Leah ici, il nous faut une femme qui comprenne les rites et qui puisse vous aider. Rachel en sait assez pour cela et son mari est mort.

– Il était Chinois, fit le rabbin d'un ton gémissant.

– Nous avons déjà assez de peine à marier nos fils avec des filles de notre race, répondit Mme Ezra. Voilà pourquoi je veux que mon fils se marie à présent. Leah, il faut que tu me viennes en aide.

Un léger trouble parut dans les yeux profonds de Leah :

– Comment puis-je vous aider? murmura-t-elle.

– Tu viendras chez moi. Il est juste et naturel qu'au moment où tu atteins l'âge de femme, tu sois chez l'amie de ta mère. Nous étions comme deux sœurs, elle et moi, et j'ai depuis longtemps l'idée de t'avoir à la maison.

Un bruit à la porte les interrompit. Aaron entra brusquement, puis s'arrêta, confondu devant ces visiteuses auxquelles il ne s'attendait pas. Il fit entendre un ricanement embarrassé.

– Aaron, murmura Leah, d'un ton affligé.

– Mon fils! s'écria le rabbin. Tu tombes à point. Nous pourrons causer ensemble. Viens ici, mon fils. Assieds-toi à côté de moi.

Le rabbin tâtonna pour trouver une chaise, mais Aaron ne chercha pas à s'approcher de son père. Il enleva son turban et essuya son front brûlant. Ce fut Leah qui se leva, plaça une chaise à côté du rabbin et fit signe à son frère de la prendre. Il s'assit et s'efforça de dissimuler son essoufflement.

– Pourquoi as-tu couru ? lui demanda le rabbin.

– Parce que j'en avais envie, répondit Aaron d'un air maussade. C'était un jeune garçon menu et blême, avec de petits yeux noirs, très rapprochés de son maigre nez crochu et des cheveux noirs et bouclés qui pendaient en désordre de son turban.

Mme Ezra le considéra avec antipathie.

– Vous ne ressemblez pas à ce que le fils d'un rabbin doit être, lui dit-elle avec hauteur. Vous êtes aussi vulgaire que le fils de n'importe qui.

Aaron ne répondit pas. Il se contenta de lancer un coup d'œil aigu, irrité et hostile.

– Aaron, murmura de nouveau Leah.

– Tais-toi, fit-il violemment, mais tout bas.

– Mon fils, n'as-tu pas salué nos hôtes ? demanda le rabbin.

– Continuons notre conversation, dit Mme Ezra.

– Oui, oui !... Aaron, Mme Ezra désire que Leah vienne chez elle quelque temps, dit le rabbin.

– Qui prendra soin de nous ? demanda Aaron d'un ton bourru.

– Rachel viendra, répondit Mme Ezra.

– Cela t'ennuie-t-il que je m'en aille, Aaron ? demanda Leah, un peu timidement.

– Ça m'est bien égal. Fais ce que tu voudras.

Et les regards d'Aaron qui erraient dans la pièce tombèrent sur la silencieuse Pivoine et s'y attachèrent. Elle sentit ces yeux grossièrement fixés sur elle et ne releva pas les paupières.

Mme Ezra s'en aperçut. Elle se leva, mécontente, et se mit entre eux :

– Décidons cela ainsi, père, dit-elle. Leah peut venir chez moi demain, je l'enverrai chercher en chaise à porteurs et Rachel arrivera ici un peu avant. Leah, tu pourras donc lui expliquer tout ce qu'elle devra faire. Et ne fixe pas de date pour ton retour. Je te garderai peut-être longtemps.

Mme Ezra sourit, fit un petit signe de tête à la jeune fille qui s'était levée en même temps. Puis, après avoir salué le rabbin, elle sortit de la pièce sans paraître voir Aaron. Le rabbin se leva lui aussi et, appuyé au bras de son fils, suivit Mme Ezra jusqu'au portail.

Leah marchait de l'autre côté. Pivoine prit les devants, pour prévenir les porteurs.

C'est ainsi que Mme Ezra revint chez elle, mécontente de ses propres pensées. Pivoine s'en aperçut. Sa maîtresse était très silencieuse en regagnant sa chambre, et elle donna des ordres brefs pour qu'on préparât le petit appartement de l'est, qu'elle destinait à Leah. Lorsque Pivoine eut reçu les instructions nécessaires, elle se retira pour les exécuter. Mais elle atteignait la porte de la cour, quand Mme Ezra la rappela.

– Les jeunes filles, dit-elle, ont des intuitions. Prépare ces deux pièces comme tu penses qu'elles plairaient à Leah. Mets-y les banderoles, les vases, les fleurs et les parfums qu'elle aimerait le mieux.

– Mais, madame, comment puis-je connaître les goûts d'une étrangère ?

– Essaye de te l'imaginer, dit celle-ci d'un ton sec.

Et les yeux grands ouverts et pleins d'innocence de Pivoine rencontrèrent le regard fixe de Mme Ezra.

Le regard innocent vacilla.

Quand elle fut dans la galerie moussue, Pivoine s'arrêta une minute. Puis elle avança d'un pas décidé. Elle alla dans sa chambre, retira rapidement ses sombres vêtements de sortie, mit sa veste et ses pantalons de soie douce, de la couleur rose des fleurs de pêcher. Elle se lava la figure et les mains dans de l'eau parfumée, enroula de nouveau sa tresse sur une oreille et y piqua une épingle ornée de bijoux ; elle accrocha ensuite un long pendant de perles à l'autre oreille, se mit une touche de vermillon sur les joues et les lèvres et passa de la fine poudre de riz sur son visage. Puis elle se faufila à travers les passages secrets de la vieille demeure jusqu'aux cours où David habitait près de son père.

La maison avait été construite des centaines d'années auparavant, pour une nombreuse et riche famille chinoise et les générations qui s'étaient succédé par la suite, selon leurs exigences et leurs amours, y avaient ajouté des cours et des galeries. Beaucoup se trouvaient fermées à présent ou inutilisées, mais Pivoine, durant ses explorations, et David dans sa curiosité, les avaient découvertes, si bien qu'à mesure que les enfants grandissaient, tous ces recoins leur étaient devenus familiers. Ces passages, sous la structure supérieure de la maison, formaient un réseau invisible destiné à une vie secrète. La maison d'Ezra était le monde de Pivoine : elle y vivait avec la famille à laquelle elle appartenait et, cependant, il lui semblait le plus souvent y vivre seule. Elle passait des heures entières dans quelque cour oubliée, envahie par la végétation ; elle y rêvait et méditait. Mais jusqu'ici cette solitude n'avait jamais été complète, car David était toujours là. Réellement présent ou non, il existait sans cesse dans les rêves et les méditations de la jeune fille.

Tandis qu'elle poursuivait son chemin mystérieux, elle était bouleversée par la crainte. Elle savait bien, elle avait toujours su, qu'un jour on donnerait une femme à David. Mais elle n'avait pas cru que cette femme pourrait les séparer. Tout continuerait, l'intimité de l'homme et de la femme passerait presque inaperçue, on n'y prêterait aucune attention dans le train journalier de la vie familiale. Mais Leah, si on l'installait ici, permettrait-elle cela? Qu'est-ce qui pourrait demeurer caché aux yeux de la jeune étrangère? Ne réclamerait-elle pas toute la personne de David, corps, âme et esprit? Elle moulerait à l'image de la sienne la conscience de son mari, elle lui apprendrait à adorer le Dieu de ses pères et il s'attacherait à Leah seule; il n'y aurait place pour aucune autre femme dans le cœur du jeune homme. Pivoine redoutait Leah qui, elle le sentait, était assez forte pour conquérir un homme entièrement et le retenir. Les yeux de Pivoine se remplirent de larmes. Il fallait aller bien vite auprès de David le reconquérir, renouer tous les liens. Elle s'empressa, osant, dans sa peur, désobéir à Mme Ezra. Elle courut silencieusement, ses pieds chaussés de satin ne faisant aucun bruit, jusqu'à la bibliothèque où David devait étudier.

Il était assis à sa table de travail, ses livres repoussés loin de lui. Lorsqu'elle parut à la porte, Pivoine le vit penché sur une feuille de papier, l'air très absorbé, appointant sur ses lèvres son pinceau en poil de chameau, sans s'apercevoir de la présence de la jeune esclave qui attendait, toute rose maintenant, et souriante, qu'il levât les yeux sur elle. Comme il ne bougeait toujours pas, elle se mit à rire doucement, et il tourna la tête, gardant son air rêveur et lointain. Elle s'approcha, prit dans sa manche un mouchoir de soie blanche, se pencha vers le jeune homme et essuya les lèvres tachées d'encre.

– Oh! quelles lèvres! Voyez-moi ça.

Elle lui montra la tache sur le mouchoir, mais il gardait encore son air absent.

– Donne-moi une rime pour lis, demanda-t-il.

– Jocrisse, répondit-elle, vive et taquine.

– Jocrisse toi-même, fit-il, mais il posa son pinceau.

– Qu'écrivez-vous?

– Un poème.

Pivoine lui arracha le papier qu'il tira de son côté, si bien que la feuille se déchira en deux.

– Regarde ce que tu as fait! cria-t-il, furieux. Voilà la cinquième fois que je le recopie.

– Pour votre tuteur, je suppose.

Et elle se mit à lire le poème d'une jolie voix haute:

Je descendis à l'improviste dans un jardin,
Rempli par les parfums de fleurs,
Mais toutes les fleurs s'humiliaient
Devant un lis...

– Pourquoi un lis ? demanda Pivoine. Je croyais que vous trouviez qu'elle ressemble à une gazelle. La même jeune fille ne peut pas ressembler à la fois à un lis et à une gazelle.

– Elle ne ressemble pas tout à fait à un lis, répondit David. Elle est trop petite pour cela, j'aurais voulu mettre orchidée, une petite orchidée dorée, mais je ne voyais pas de rime.

Pivoine froissa le papier.

– Qu'elle soit ce qu'elle voudra, il est inutile de lui envoyer des poèmes.

Il lui saisit la main :

– Vilaine ! s'écria-t-il.

Il lui arracha le papier froissé, et le lissa, puis il regarda Pivoine et se rappela ce qu'elle venait de dire :

– Qu'est-ce que tu racontes ?

Pivoine se tut un moment, puis déclara d'un ton ferme :

– Leah va venir.

– Ici ? s'écria-t-il.

L'horreur qu'elle lut dans le regard de David lui fit plaisir. Avec un petit signe de la tête, elle répondit :

– Elle vient demain, – et elle est vraiment très belle ; je ne m'étais jamais aperçue à quel point ! Pourquoi ne pas garder le poème ? Le lis lui convient très bien.

– Pourquoi vient-elle ? fit David en se mordant la lèvre.

– Vous le savez... vous le savez parfaitement. Elle vient pour que vous l'épousiez.

– Cesse de me taquiner. (Il se redressa, lui serra les poignets et la retint solidement.) Raconte-moi. Ma mère le lui a-t-elle dit, à elle ?

Pivoine fit signe que oui.

– J'ai accompagné votre mère chez le rabbin et j'ai tout entendu. Ils vont reconstruire ce temple, – le temple de votre dieu étranger, – et Leah vient habiter ici.

– Si ma mère se figure...

– Oh ! elle fera ce qu'elle voudra, déclara Pivoine. Elle est plus forte que vous, elle vous obligera à épouser Leah.

– C'est impossible, je ne veux pas... Mon père me soutiendra.

– Votre père n'est pas aussi fort qu'elle.

– Mais nous deux réunis!...

– Ah! mais elles sont deux, elles aussi, dit triomphalement Pivoine. Leah et votre mère!... elles sont plus fortes que votre père et vous.

Elle se sentait prise d'un étrange désir de faire mal à David, de le faire souffrir pour qu'il l'appelle à son secours. Alors elle lui viendrait en aide. Elle leva la tête, le regarda dans les yeux et lui vit une expression troublée.

– Pivoine, il faut que tu m'aides, murmura-t-il.

– Leah est très belle, répéta obstinément la jeune fille.

– Pivoine, j'en aime une autre, tu le sais.

– La fille de Kung Chen, comment s'appelle-t-elle?

– Je n'en sais rien, fit-il d'un ton plaintif.

– Mais moi, je le sais, répondit-elle.

Elle le tenait en son pouvoir. Il laissa retomber les poignets de Pivoine.

– Quel est son nom?

– Vous aviez presque raison en voulant l'appeler orchidée. Son nom est Kueilan.

– Précieuse Orchidée! dit-il. Ah! je l'avais deviné.

– Et si vous le désirez, j'irai lui porter la poésie moi-même, quand vous l'aurez terminée, dit Pivoine d'une voix douce.

David ouvrit le tiroir de la table et en tira une nouvelle feuille de papier.

– Vite, aide-moi pour la dernière ligne.

– Ne parlons pas de fleurs, c'est si commun!

– Pas de fleurs... Que choisirais-tu à ma place? demanda-t-il plein de zèle.

– Si c'était moi, dit Pivoine, j'aimerais rappeler à quelqu'un... quelqu'un que j'aime... un... un parfum... saisi sur les vents de la nuit ou la rosée à l'aube.

– La rosée à l'aube, fit-il d'un ton décidé.

Il s'assit devant sa feuille de papier et prit son pinceau. Pivoine lui effleura la joue avec la paume de sa main.

– Pendant que vous écrivez, dit-elle tendrement, je vais aller faire un petit travail pour votre mère.

Il ne l'entendit pas et ne s'aperçut pas de son départ. Lorsqu'elle le vit aussi absorbé, elle serra ses lèvres rouges, ses yeux brillèrent comme des joyaux noirs et elle alla préparer la chambre de Leah.

Elle mena durement les deux servantes qu'elle appela à son aide. Elle ne fit rien elle-même jusqu'à ce que le moindre recoin sous le lit eût été balayé, les rideaux de soie secoués, la poussière envolée, les deux couvre-pieds étendus sur le lit, la table de bois noir sculpté bien essuyée. Alors elle fit signe aux servantes épuisées de se retirer, et elle s'assit et songea à Leah.

Au fond, Pivoine avait envie de laisser ces pièces telles qu'elles étaient : propres, mais nues. Pourquoi y ajouterait-elle autre chose ? Puis elle soupira. Elle connaissait sa propre générosité, elle ne devait donc pas en vouloir à Leah qui était si bonne. Pivoine se leva à contrecœur et choisit dans certaines pièces de la maison de jolis objets : une paire de vases aux fleurs multicolores, une boîte laquée, deux banderoles ornées de vers tracés sous un vol d'oiseaux, un tabouret en bambou doré, une coupe d'oignons fleuris, et elle disposa tous ces ornements avec goût dans les deux pièces destinées à Leah.

Lorsqu'elle eut terminé, elle regarda autour d'elle, puis sentant son devoir accompli, elle ferma les portes. Elle s'arrêta dans la cour et réfléchit. David devait avoir terminé son poème. N'irait-elle pas lui demander ce qu'il voulait en faire ? Elle traversa de nouveau les cours jusqu'à la salle d'étude. N'apercevant personne, elle appela doucement :

– David !

Personne ne répondit. Elle s'avança sur la pointe des pieds et aperçut une feuille de papier sur le pupitre. David n'y avait tracé que cette seule ligne :

Au sein du bouton de lotus, la goutte de rosée attendait.

Après quoi, il avait dû jeter son pinceau. Pivoine en tâta le poil de chameau qui était sec. Où David était-il allé, où avait-il passé toutes ces heures ?

Pivoine regarda autour d'elle dans la salle vide aux murs couverts de livres. Elle essaya de faire jouer ses facultés d'intuition si sensibles et s'imprégna de l'atmosphère de la pièce. David avait dû se sentir confus, mais dans quel sens ? Elle aurait voulu courir à sa recherche, le retrouver, mais la vie lui avait enseigné la patience. Elle se contint et resta immobile. Puis elle prit le pinceau, le coiffa de son étui de cuivre et le mit dans sa boîte ; elle ferma ensuite l'encrier, et rangea la tablette d'encre sèche. Elle attendit un instant de plus, plia délicatement la feuille avec le poème inachevé, la glissa à l'intérieur de sa robe, puis elle revint dans sa chambre et prit sa broderie. Elle passa tout l'après-midi à travailler et personne ne vint la trouver, pas même pour s'informer si elle avait faim ou soif.

III

Après le départ de Mme Ezra, le rabbin s'attarda avec ses enfants dans la petite cour sans fleurs. Leah regarda son père d'un air suppliant. Mais il ne pouvait pas la voir. Elle se tourna alors vers son frère.

– Aaron..., dit-elle d'une voix tremblante.

Aaron regardait fixement les dalles brisées, sous ses pieds.

– Quelle chance tu as, murmura-t-il, de sortir de là !

Le rabbin prêtait une oreille attentive, mais ces paroles ne parvinrent pas jusqu'à lui.

– Que disais-tu, mon fils ? demanda-t-il anxieusement.

– Je disais que Leah nous manquerait, répondit Aaron en élevant la voix.

– Ah ! comment pourrions-nous vivre sans elle si nous n'obéissions pas à la volonté de Dieu ? dit le rabbin en levant ses yeux aveugles vers le soleil qui inondait la cour. (Il tendit à Leah une main qu'elle prit entre les siennes.) De même que la reine Esther partit pour servir son peuple, de même, toi, ma fille, tu entreras dans la maison des Ezra.

– Mais ils sont de la même race que nous, père, et Esther allait chez les païens !

– Ce n'est qu'ici, près de la synagogue, que je me sens en terre sainte, répondit le rabbin. (Il soupira.) Oh ! si seulement j'y voyais ! s'écria-t-il.

– Laissez-moi rester avec vous, dit Leah.

Et elle entoura de son bras les épaules de son père.

– Non, non, dit vivement le rabbin, je ne me plains pas. Dieu nous guide. Il a ses desseins pour la maison d'Ezra, et il t'a choisie, toi, ma fille, pour être Son instrument. Viens, conduis-moi à ma chambre et laisse-moi prier jusqu'à ce que je découvre Ses intentions.

Ce fut le rabbin qui entraîna Leah dans le chemin qui lui était familier, et elle appuya sa tête contre l'épaule de son père. Aaron les suivit des yeux, puis il franchit le portail et fila. Le rabbin tâtonna devant la marche du seuil.

– Mes enfants..., dit-il.

Leah tourna la tête et ne voyant plus Aaron, elle interrompit son père.

– Aaron n'est pas là, père, fit-elle doucement.

En général, elle se taisait, mettait la paix entre eux, exhortant le vieux rabbin à tenir compte de la jeunesse de son fils. Mais, à présent, il fallait qu'il sût la vérité.

– Parti ! s'écria le vieillard. Il était ici à l'instant ?

– Vous voyez bien que je ne dois pas vous quitter. Lorsque je ne serai plus là, il s'en ira et vous resterez seul avec une servante.

– Il faut que je me mette en présence de Jehovah, dit le rabbin, le visage bouleversé.

– Père, permettez-moi de rester avec vous, pour prendre soin de vous deux, supplia Leah.

Mais le rabbin écarta les mains de sa fille. Il se tenait debout au milieu de la salle et il frappa de son bâton le sol carrelé.

– C'est moi qui t'ai caché la vérité, mon enfant, dit-il en se lamentant. C'est moi qui me suis montré faible. Je sais ce que vaut mon fils. Tu partiras et je ferai mon devoir.

– Père, Aaron est jeune, que pouvez-vous faire ?

– Je peux le maudire, comme Isaac a maudit Esaü, répondit le vieillard avec une étrange énergie. Je peux le chasser de la maison du Seigneur à tout jamais.

Leah posa les deux mains sur l'épaule de son père et l'étreignit :

– Oh ! comment pourrai-je partir !

Le rabbin se domina. Il hésita, se retourna, tâtonna pour trouver son siège et s'assit. Il tremblait et la sueur perlait sur son front pâle.

– Maintenant, dit-il, écoute-moi. – Je ne suis plus ton père terrestre ; c'est ton rabbin qui te parle et ordonne !

Leah restait debout, hésitante ; elle mordillait ses lèvres rouges, ses mains se crispaient le long de son corps et ses yeux ardents s'ouvraient, immenses. Il y eut un moment de silence, puis le rabbin se leva et d'une voix profonde et sépulcrale, prononça ces mots :

– C'est ainsi que le Seigneur parle à sa servante, Leah : Va et rappelle-toi qui tu es, oh ! Leah. Ramène à Moi la maison d'Ezra ! Fais que père et fils se souviennent qu'ils sont Miens, descendants de ceux que J'ai conduits par la main de Mon serviteur Moïse, qui les a fait sortir du pays d'Égypte et entrer dans la Terre promise. Mais Mon peuple a péché. Il a pris des femmes parmi les païens et il a adoré les faux dieux. Je l'ai chassé pour qu'il se repente. Mais je ne l'ai pas oublié. Il viendra à Moi et Je le sauverai. Je le ramènerai dans sa patrie. Et comment cela, sinon par la main de ceux qui Me sont restés fidèles.

Le visage du rabbin semblait transfiguré. Le bâton qu'il tenait tomba à terre et il étendit les bras. Leah écouta, tête haute, et lorsqu'il se tut, elle courba le front.

– Je vous obéirai, murmura-t-elle. Je ferai de mon mieux, père.

L'aveugle se troubla. Ses forces l'abandonnèrent, et il retomba sur la chaise qu'il venait de quitter.

– La volonté de Dieu soit faite, fit-il d'un ton las. Va, mon enfant, et prépare-toi.

La jeune fille sortit sans ajouter un mot, et toute la journée elle s'affaira en silence. La maison près de la synagogue était toujours aussi propre et nette que possible, mais Leah la nettoya de nouveau et prépara le repas de midi pour tous les trois. Aaron ne rentra pas et elle mit une portion de côté, au frais. A table, le rabbin et elle mangèrent presque en silence. Le vieillard soupira lorsqu'il sut que son fils était absent et il pria Leah de lui envoyer Aaron, dès qu'il rentrerait. Après le repas, le rabbin dormit. Pendant son sommeil, Leah empila quelques vêtements dans une malle de cuir, se baigna et lava ses épais cheveux bouclés. Elle terminait ses préparatifs lorsqu'on frappa à la porte. C'était Rachel, accompagnée d'un homme chargé du coffre en bois contenant les effets de la servante.

– Mme Ezra m'a priée de venir ici, fit-elle simplement.

– Vous êtes attendue, Rachel, répondit Leah. (Elle prit le chemin de sa chambre où elle conduisit la femme.) C'est ici que vous coucherez, près de mon père. Avez-vous mangé ?

– Oui, répondit Rachel, je suis venue de bonne heure pour que vous me mettiez au courant, ensuite je préparerai le repas du soir, car Mme Ezra vous demande de vous coucher très tôt pour que vous soyez prête demain, peu après le lever du soleil. Vous dormirez dans votre lit ce soir, et moi dans la cuisine.

Cette grosse et vigoureuse femme brune donnait une impression très réconfortante et Leah s'assit avec elle sur le lit. Elle expliqua les choses de son mieux : ce que son père mangeait et ne mangeait pas, le désir du rabbin qu'on ne touchât pas à ses affaires sur sa table, les heures où il avait besoin d'eau chaude pour sa toilette, les soins à apporter à ses cheveux et à sa barbe. Puis, Leah dit à Rachel qu'il lui faudrait nettoyer la synagogue, épousseter les tables de la loi et l'arche; aussi, prendre soin des rideaux de velours, très usés, et qu'il fallait manier délicatement. Enfin, elle parla d'Aaron.

– Ce n'est pas un bon fils, dit-elle tristement. Il vaut mieux que je vous prévienne, pour que vous ne vous reposiez pas sur lui.

– Laissez-moi faire, répondit fermement Rachel.

– Il vaudra mieux pour lui qu'il soit sous votre garde que sous la mienne.

– Je suis plus âgée que vous, dit Rachel. (Puis elle se pencha en avant, ses grosses mains appuyées sur ses genoux.) Pauvre agneau, qu'on mène à l'abattoir, dit-elle en secouant la tête.

Leah la considéra sans comprendre :

– Mais la maison d'Ezra est très agréable. J'y allais souvent lorsque nous étions petits, David et moi. (Elle rougit malgré elle et se mit à rire.) Et comment pourrais-je agir autrement lorsque mon père et Mme Ezra s'unissent pour me donner des ordres ?

– Elle parle au nom des hommes et le rabbin au nom de Dieu, répondit Rachel avec humour. (Puis elle redevint grave.) N'épousez jamais un homme que vous ne pouvez pas aimer. C'est trop pénible, surtout dans une maison comme celle d'Ezra où l'on n'admet pas de concubines. Le mariage ne représente pas un fardeau aussi lourd chez les Chinois. Quand on n'aime pas son mari, on lui cherche une concubine et on garde sa place dans la famille. Mais être la femme d'un homme pour lequel on a de l'aversion, c'est trop dégoûtant.

– Personne ne peut éprouver d'aversion pour David, fit doucement Leah, et sa rougeur s'accentua.

Rachel la regarda et sourit :

– Ah ! dans ce cas... Mais je ferais mieux d'aller voir ce qu'il y a dans la maison pour souper.

Durant cette dernière nuit, dans la petite pièce carrée à côté de celle de son père, Leah ne dormit pas. La chambre d'Aaron se trouvait de l'autre côté de la cour. Il n'avait pas paru au dîner et il était plus de minuit lorsque la lueur d'une bougie tremblota derrière la fenêtre grillagée. Ses pâles rayons miroitèrent sur les rideaux blancs de Leah. Elle se leva, regarda dans la cour et vit remuer son frère, comme une ombre, dans sa chambre. Un autre soir, elle serait allée le trouver, lui demander s'il avait faim, savoir d'où il venait. Mais elle se sentait déjà séparée de lui. Sa vie dans cette maison prenait fin et demain une autre commencerait. Elle se recoucha, s'étendit, calme, les mains croisées sous la tête.

Elle s'efforça, pendant un moment, de réfléchir aux paroles de son père. Il avait dit qu'elle serait l'instrument de Dieu, mais elle en doutait, tout en désirant que ce fût vrai. Surchargée d'occupations, elle ne lisait plus la Torah autant qu'elle aurait dû le faire, depuis la mort de sa mère. Cet événement remontait si loin que Leah ne se rappelait le visage de la morte qu'en chassant toute autre pensée de son esprit. Alors, sur le rideau gris du passé, elle croyait voir apparaître un maigre visage pâle, aux yeux trop grands et trop noirs, avec une bouche mince et triste. Mais elle se souvenait des dernières paroles de sa mère, un soir, la veille de sa mort. Elle avait dit :

– Aie soin de ton père, Leah, et d'Aaron !

– Oui, mère, avait répondu Leah au milieu de ses sanglots.

Puis la voix haletante avait ajouté :

– Oh ! mon enfant, pense à toi-même, car personne ne le fera.

Mais Leah, pas mieux qu'alors, ne comprenait ces mots, les derniers qui furent prononcés par sa mère.

Comment pourrait-elle s'occuper des autres si elle pensait à elle-même ?

Elle soupira, renonça à trouver une réponse à la question et se mit à songer à David.

Elle laissa errer son esprit, remontant dans ses souvenirs aussi loin que possible, au temps où, une fois par mois, Wang Ma venait la chercher pour la conduire chez Mme Ezra. Après l'avoir regardée, questionnée, on lui donnait des bonbons et des fruits et on lui permettait d'aller jouer dans les cours avec David, le beau petit garçon, toujours richement vêtu, gai et charmant. Elle se rappelait le rire de David, un rire continuel : partout où se trouvait l'enfant, il y avait de la joie dans l'air. La demeure de Leah était toujours triste, son père absorbé dans les Saintes Écritures et les prières, Aaron gémissant, souffreteux et qui, tantôt s'appuyait sur sa sœur, tantôt se montrait cruel ; et avec cela, la pauvreté, la perpétuelle pauvreté !... Il fallait rapiécer, repriser, économiser, et s'efforcer d'apprendre à faire le ménage et la cuisine. Autrefois le rabbin avait eu une servante, mais lorsque l'enfant eut douze ans, la servante s'en alla. Depuis lors, Leah était seule, à part un vieux Chinois qui faisait le marché, entretenait un petit potager dans la cour, par-derrière, s'occupait des travaux les plus sales et enlevait les ordures. Il était sourd-muet et passait ses jours dans le silence.

La maison d'Ezra était donc le seul endroit heureux que Leah eût connu dans son enfance, et si Dieu et son père l'obligeaient à y retourner, elle ne pouvait que s'en réjouir. « Mais je reviendrai souvent ici, se dit-elle ; je m'arrangerai pour que tout s'y passe mieux et si vraiment j'épouse David... »

A cette pensée, elle se sentit humble et craintive. Si elle l'épousait, si le ciel s'ouvrait ainsi pour elle, elle remercierait Dieu toute sa vie et serait si bonne qu'Il ne regretterait jamais cette faveur. Elle gagnerait le cœur de David, le déciderait à rebâtir la synagogue et à réaliser tous les rêves du vieux rabbin. Les Juifs qui restaient, trop disséminés, seraient regroupés, réunis dans la nouvelle synagogue. David serait leur chef, on s'occuperait d'Aaron pour lui venir en aide, et peut-être – elle en doutait cependant – s'amenderait-il. Tout irait bien, pour tous, se dit-elle avec ferveur.

L'ombre d'une jeune Chinoise lui apparaissait sur la lisière de ses rêves ; celle de la petite fille qui jouait avec David, une jolie enfant avec de grands yeux en amande et une petite bouche rouge. Cette enfant était peu à peu devenue une jeune fille svelte, encore plus jolie, et qui leur apportait du thé à David et à elle, les bourrait de gâteaux, et se trouvait toujours là. Pivoine... Pivoine ! « Mais Pivoine, se dit Leah, n'est qu'une esclave. »

A l'approche de l'aube, Leah s'endormit, la joue sur ses mains jointes, et Rachel, entrant doucement, n'eut pas le cœur de la réveiller. L'excellente femme alla dans la cuisine, alluma le feu dans le fourneau avec du charbon de bois, fit chauffer l'eau, bouillir le riz pour le déjeuner et cassa trois œufs dans une terrine.

Leah dormait encore lorsque Rachel entendit du bruit au-dehors, ouvrit et aperçut Wang Ma dans sa chaise à porteurs ; une deuxième chaise suivait, qui était vide.

– Entrez, Sœur Aînée, dit Rachel. Tout le monde dort chez nous.

Wang Ma entra. On aurait presque pu la prendre pour une maîtresse de maison avec sa veste et ses pantalons bleu foncé, en soie tissée à la main, ses pendants d'or aux oreilles et ses bagues d'or sur chaque médium. Ses cheveux noirs, huilés, s'enroulaient sur sa nuque, sous un filet de soie noire très fin. Elle avait épilé et noirci ses sourcils et si bien frotté ses joues qu'elles en étaient encore rouges.

– Tout le monde dort, répéta-t-elle.

Rachel et Wang Ma étaient bonnes amies à la solide façon des femmes qu'on respecte dans les familles où elles servent. Elles obéissaient l'une et l'autre à Mme Ezra ; Rachel parce que Mme Ezra lui avait donné de l'argent lorsque son mari était malade ou sans travail, et Wang Ma parce que Mme Ezra dirigeait toute la maisonnée.

– Le rabbin est âgé, dit Rachel, et le jeune homme n'est rentré qu'après minuit; Leah, sans doute, la pauvre fille...

Wang Ma leva les sourcils :

– Pourquoi, pauvre fille? Elle a de la chance de venir chez nous.

– Bien sûr, bien sûr, fit Rachel, conciliante. Venez prendre un peu de thé, Sœur Aînée. Je vais réveiller Leah.

– C'est moi qui irai, dit fermement Wang Ma. Occupez-vous des deux hommes. Nous ferions bien de nous dépêcher au cas où la caravane arriverait aujourd'hui. Le portier m'a dit, lorsque je suis passée, qu'on était venu à la maison, la deuxième heure après minuit, pour annoncer que la caravane avait atteint le village des Trois Cloches. Mais n'en dites rien à la jeune demoiselle. Notre Maîtresse veut que rien ne vienne distraire son esprit.

– La caravane est-elle vraiment arrivée? Que vous êtes heureuse, Sœur Aînée, d'habiter dans cette maison.

– En effet, pour bien des choses, – mais pour d'autres... Enfin, faisons notre devoir!

Elle haussa les épaules. Rachel fit un signe de tête et la conduisit dans la chambre de Leah Quand Leah ouvrit les yeux, ses regards tombèrent d'abord sur la belle figure rose de Wang Ma. Son esprit, encore troublé par les rêves, hésita.

– Pourquoi... pourquoi, mais je suis encore à la maison?

– Levez-vous, jeune demoiselle, on m'envoie vous chercher.

Leah se redressa et repoussa ses longs cheveux.

– Oh! oh! murmura-t-elle, désolée, aujourd'hui surtout, me réveiller si tard!

– Ça ne fait rien, dit Wang Ma. Mettez n'importe quoi sur vous et venez. Ma maîtresse vous a préparé des vêtements neufs. Inutile de rien apporter.

– J'ai emballé mes affaires. Je suis prête.

Leah se leva bien vite tout en parlant, et lança un coup d'œil gêné à Wang Ma. Jamais elle ne s'était dévêtue devant quelqu'un et elle ne pouvait s'y résoudre. Wang Ma n'admit pas cette timidité.

– Allons, allons, dit-elle, pas de bêtises, jeune demoiselle. Si vous devez rester chez nous, c'est moi qui serai chargé de vous baigner et de prendre soin de vous, du moins jusqu'à ce que Pivoine soit au courant, et vous n'avez rien à cacher à une vieille femme comme moi.

Leah se déshabilla en tournant le dos à Wang Ma et se débarbouilla dans sa cuvette, harcelée sans cesse par la servante.

– Ne prenez donc pas tant de peine! Je vous laverai et vous parfumerai avant que vous mettiez vos vêtements neufs.

Rachel apporta un bol de soupe au riz chaude et, servie par les deux femmes, Leah fut vite prête. Il lui restait à faire ses adieux. Mais personne ne pouvait l'y aider! Elle entra dans la chambre d'Aaron sur la pointe des pieds. Il dormait. Elle le regarda et les larmes lui vinrent aux yeux. Son frère reposait dans sa faiblesse et sa trop frêle jeunesse, et la figure laide et pâle du jeune homme attendrit Leah. Qui pourrait l'aimer, ce frère? Rien en lui n'attirait l'affection. Elle sentit monter en elle des trésors de tendresse toujours prêts à se répandre sur les faibles, dans le besoin. Elle se pencha et embrassa le front du dormeur. Il avait l'haleine forte et ses cheveux sentaient mauvais.

– Oh! Aaron, murmura-t-elle. Que puis-je faire pour toi?

Il ouvrit ses petits yeux noirs, la reconnut et fit la moue :

– Ne me réveille pas, marmotta-t-il.

– Mais, je m'en vais, chéri.

Il la regarda fixement, sans bien comprendre.

– Prends soin de père, Aaron. (Elle le supplia.) Sois bon, je t'en prie, cher Aaron.

– Tu reviendras? dit-il, la voix épaisse.

– Très souvent, si on me le permet, et Rachel est ici.

– Ça va bien alors.

Il se retourna et s'enfonça sous ses couvertures.

Leah le quitta et ferma doucement la porte, puis elle entra dans la chambre de son père. Le rabbin était levé et habillé. Elle le trouva en prières.

– Père, dit-elle.

Il se retourna, et elle dit encore :

– Père, on est venu me chercher.

– Si tôt! Mais qu'il en soit ainsi, mon enfant. Es-tu prête?

Elle s'approcha et il lui toucha la tête, le visage, les épaules, les cheveux et la robe de ses doigts délicats qui lui transmettaient ainsi une image de Leah.

– Oui, tu es prête, dit-il. Et as-tu déjeuné?

– Oui, père; et Rachel a tout préparé pour toi. Émue, elle posa la tête sur la poitrine du vieillard.

– Oh! père! murmura-t-elle.

Il lui passa la main sur les cheveux :

– Mais tu ne seras pas loin, mon enfant. Tu viendras presque chaque jour et pense combien les choses iront mieux pour nous tous.

C'est ainsi qu'il la consola. Elle leva la tête, secoua ses larmes et sourit.

– Ne m'accompagnez pas, père. Laissez-moi vous quitter ici. Rachel viendra vous chercher.

Elle partit sans se retourner et, après un dernier mot à Rachel, elle franchit le portail. Quand les rideaux de la chaise à porteurs se refermèrent autour d'elle, Leah sentit qu'elle s'embarquait pour un grand voyage, qui serait peut-être sans retour.

Pivoine attendait dans la cour extérieure de la maison d'Ezra. Mme Ezra avait chargé Wang Ma de donner cet ordre à la jeune fille. Lorsque, très tôt ce matin-là, Wang Ma était venue le transmettre, Pivoine lui avait demandé en faisant les gros yeux :

– Dois-je être la servante de cette étrangère ?

Wang Ma s'était approchée pour pincer la joue de Pivoine. Ses ongles pointus avaient laissé une légère marque.

– Si tu as un grain de sagesse dans la tête, tu ne demanderas pas ce que tu as envie de faire ou de ne pas faire. Si j'avais posé de pareilles questions, je ne serais pas ici aujourd'hui. Obéir... obéir... et faire ce qu'on veut. Les deux choses s'accordent parfaitement, – si on est habile. Et maintenant, hâte-toi, la caravane n'est pas loin. Notre maître est parti à sa rencontre avant l'aube.

– La caravane ? s'écria Pivoine.

– Mais oui, fit Wang Ma impatientée.

Et elle ajouta en s'en allant :

– Il ne faut pas le dire à Leah, notre maîtresse le défend.

Pivoine se tressait les cheveux lorsque Wang Ma était entrée, et elle termina sa longue natte. Elle ne songeait plus qu'à la caravane, très excitée par cette arrivée. Puis, brusquement, elle l'oublia. Qu'avait donc dit Wang Ma ? « Obéir... obéir... et faire ce qu'on veut. Les deux choses s'accordent parfaitement, – si on est habile. » Étranges paroles, pleines de sagesse ! Pivoine y réfléchit et leur sens pénétra graduellement, comme un métal précieux, dans les eaux profondes de son âme. Tout à coup, elle se sourit si bien que deux fossettes se mirent à danser sur ses joues.

Au lieu d'enrouler sa tresse sur une oreille, elle la laissa pendre dans le dos. Une cordelière rouge rattachait ses cheveux à son cou, elle y glissa une fleur coupée au gardénia de sa cour, un vieil arbuste qui, le matin, à cette saison, en était tout couvert. Pivoine, vêtue de sa veste et de ses pantalons bleu pâle, avait un air gracieux, effacé. Son visage fut le premier que Leah aperçut, car

Pivoine, avec un sourire, souleva elle-même le rideau de la chaise à porteurs.

– Soyez la bienvenue, jeune demoiselle. Descendez, je vous prie.

Et elle avança son bras pour que Leah s'y appuyât. Mais la jeune fille se passa de cette aide. Elle avait la tête de plus que Pivoine ; sans rien dire, elle sourit à son tour.

– Avez-vous déjeuné ? demanda Pivoine se tenant un peu en arrière.

– Oui, dit franchement Leah, mais j'ai encore faim.

– C'est la matinée qui veut ça, répondit Pivoine. L'air est sec et bon aujourd'hui. Je vous apporterai votre déjeuner dès que je vous aurai installée chez vous. J'ai tout préparé hier et vous donnerai des fleurs de gardénia fraîches. On ne peut pas les ramasser de très bonne heure, car elles risquent de noircir sur les bords.

Les deux jeunes filles s'en allèrent ensemble. Elles avaient conscience de leurs rapports nouveaux et chacune était désireuse de s'y conformer. Wang Ma avait pris les devants pour annoncer à Mme Ezra l'arrivée de Leah, et laissé Pivoine conduire la jeune Juive.

– Ai-je vraiment tout ce pavillon ? demanda Leah avec surprise, lorsque Pivoine s'arrêta.

Elle n'avait jamais habité de pièces aussi belles. Elle se rappela que, dans son enfance, elle y avait vu la grand-mère de David, qui allumait des bougies au coucher du soleil.

– Il n'y a que deux chambres, dit Pivoine, l'une pour y dormir et l'autre pour y vivre quand vous serez seule.

Elle fit visiter l'appartement à celle qui devait l'occuper ; un homme les suivit, chargé de la malle. Quand il se fut retiré, Pivoine montra à Leah les vêtements que Mme Ezra avait portés dans sa jeunesse : des robes juives. Elles pendaient, droites, amples et longues, l'une rouge écarlate, garnie d'or, l'autre bleu vif et argent et une autre encore, jaune, bordée de vert émeraude.

– C'est la rouge que vous devez mettre aujourd'hui :

Et Pivoine ajouta :

– Mais il faut commencer par déjeuner, et vous faire baigner et parfumer. Voici des bijoux pour vos oreilles et votre cou. Ma maîtresse a dit aussi qu'il ne faut pas que vous vous cachiez ici toute seule ; vous devez circuler dans les cours, vous mêler à la famille et profiter de la demeure entière.

– Comme elle est bonne ! s'écria Leah.

Puis, prise de timidité, elle ajouta :

– Je me demande si, le premier jour, je me sentirai assez hardie.

– Pourquoi pas ? dit Pivoine d'un ton dégagé, personne ici ne vous fera de mal.

Tout en parlant, elle ouvrit un coffret laqué de rouge, posé sur la coiffeuse, et Leah aperçut un tas de bijoux d'or et d'argent incrustés de pierres précieuses.

Leah, assise à côté de la table, leva les yeux et rencontra le regard souriant et secret de Pivoine.

– C'est un mariage, n'est-ce pas ? demanda la servante, d'un ton désinvolte et d'une voix claire. Je crois que notre Maîtresse a décidé de vous faire épouser notre jeune seigneur.

Un frémissement parcourut le visage de Leah.

– On ne décide pas un mariage à la place de quelqu'un, dit-elle vivement.

– Comment alors ? demanda Pivoine, pleine d'audace. Tous les mariages ne sont-ils pas arrangés ?

– Pas dans notre peuple, dit fièrement Leah.

Elle détourna la tête, en songeant de nouveau que cette jolie Chinoise n'était qu'une esclave et qu'il n'était guère convenable de discuter avec elle à propos de ce mariage, sujet sacré, trop sacré même pour ses propres pensées, – cette chose lointaine et supérieure comme la volonté de Dieu.

– Je prendrai un peu de nourriture à présent, je vous prie, dit Leah d'un ton froid et décidé. Puis je m'habillerai seule... j'y suis habituée. Veuillez dire à Wang Ma que je n'ai pas besoin de son aide, – ni de la vôtre.

Au son de cette voix, Pivoine comprit parfaitement ce qui se passait dans l'esprit de Leah. Elle baissa la tête, sourit et répondit : « Très bien, jeune demoiselle », avec sa gentillesse et sa douceur habituelles, puis elle quitta la pièce.

Quelques instants plus tard, une servante apporta le déjeuner de Leah qui le prit seule ; puis la servante enleva les plats. Leah brossa ensuite ses cheveux, se leva de nouveau et mit la robe écarlate. Mais elle n'usa d'aucun parfum et ne toucha pas aux bijoux du coffret. Lorsqu'elle fut prête, elle s'assit dans la pièce qui donnait sur la cour et attendit.

Pivoine était revenue dans sa chambre où elle fondit en larmes, impressionnée par la beauté de Leah. Elle se regarda ensuite dans le miroir de sa coiffeuse, et ses propres charmes lui parurent mesquins, insignifiants. Elle n'était qu'une petite chose, légère comme un oiseau, et si son visage était parfaitement rond, son corps manquait de vigueur. Leah ressemblait à une princesse et Pivoine à une enfant. Malgré tout, elle n'éprouvait aucune haine pour Leah, car il y avait de la grandeur d'âme et de la bonté chez la jeune Juive; et Pivoine savait bien qu'elle-même ne possédait ni grandeur d'âme, ni beaucoup de bonté. Comment être bonne, même si on le désire, lorsqu'il faut obtenir ce que l'on possède par ruse, et par tricherie?

« Je n'ai rien, ni personne, que moi », se dit tristement la petite Chinoise.

Elle referma le miroir, et, la tête penchée sur la table, pleura encore plus fort, jusqu'à ce qu'il ne lui restât plus de larmes. Mais ces larmes avaient rafraîchi et purifié son cerveau qui se mit à travailler activement.

« Tu ne seras jamais une épouse dans cette maison, lui soufflait ce petit cerveau impitoyable. Ne te berne pas de rêves et de chimères. Tu ne peux même pas être une concubine, – leur Dieu le défend. Mais personne ne comprend David comme tu le comprends, toi. Tu es son bien. Ne le lui laisse jamais oublier. Sois sa consolation, son ultime besoin, sa seule joie, son rire secret. »

Elle écouta ces paroles muettes et leva la tête, un sourire aux lèvres. Elle rouvrit le miroir, enroula sa tresse sur une oreille et examina chaque expression de son visage et de ses yeux. Au bout d'un moment d'intense observation, elle ôta ses vêtements bleu pâle, mit ceux d'une teinte plus chaude, rose fleur de pêcher et glissa une fleur de gardénia toute fraîche dans ses cheveux. Elle ramassa une brassée de ces fleurs pour Leah, et la lui apporta. Il lui fallut tout son courage pour surmonter sa désolation à l'aspect radieux de Leah dans sa robe écarlate qu'une ceinture d'or plaquait sur sa taille ronde et mince.

– Que vous êtes belle! s'écria Pivoine. (Elle sourit à Leah et prit un air heureux en lui tendant le bouquet.) Il est pour vous, et je vais dire à ma maîtresse que vous êtes prête.

Elle sortit en courant, comme si tout ce qu'elle faisait pour Leah lui était une joie. Elle s'arrêta à la porte de Mme Ezra, toussa légèrement, ravala ses larmes et entendit Mme Ezra lui répondre :

– Tu peux entrer.

Mme Ezra avait fini de déjeuner et se préparait à passer l'inspection de toute la maison et en particulier des cuisines. Elle tenait à s'assurer que ses serviteurs faisaient leur travail, sans rien remettre au lendemain, jour du sabbat et jour de repos.

Ce matin-là, Wang Ma avait éveillé sa maîtresse en lui annonçant que la caravane, peu éloignée, arriverait peut-être le même jour.

– La veille du sabbat ! s'était écriée Mme Ezra.

Et elle avait ajouté :

– Ne le répétez pas à Leah pour que son esprit ne soit pas distrait de ce que je veux lui dire.

– Oui, madame, avait murmuré Wang Ma.

Et Mme Ezra, craignant que cette nouvelle ne vînt trop agiter ses serviteurs et leur faire oublier leurs préparatifs du sabbat, allait sortir de sa chambre lorsque Pivoine se présenta ayant refoulé ses larmes et vidé son visage de toute expression.

– Allons, viens, mon enfant, dépêche-toi, lui dit Mme Ezra avec impatience, en s'asseyant.

Pivoine entra dans cette pièce que Mme Ezra se réservait et qui ne ressemblait à aucune autre dans la maison. Les murs étaient couverts de tentures rayées venant d'un autre pays et d'inscriptions tissées dans le satin. Le mobilier, massif et sculpté, les sièges rembourrés n'avaient rien de chinois. On n'y retrouvait pas l'espace et le vide nécessaires à une dame chinoise pour la paix de son âme et l'ordre de son esprit. Au milieu de toutes ses richesses entassées, Mme Ezra vivait heureuse, et Pivoine était obligée d'admettre que cette pièce, qui lui déplaisait, semblait belle malgré tout. De dimensions plus réduites, elle eût été hideuse. Mais elle était vaste, car Mme Ezra à son arrivée, jeune mariée, avait fait abattre deux cloisons. Les trois pièces anciennes n'en formaient plus qu'une, très longue.

– Maîtresse, la jeune demoiselle est prête, dit Pivoine.

– Où est mon fils ?

– Il dormait encore lorsque j'ai ouvert la porte de sa chambre.

Pivoine n'avait pas vu David, la veille au soir. Elle n'était pas allée lui porter son thé, ni préparer son lit. Elle s'en était abstenue, un peu à cause de l'interdiction de Mme Ezra, mais surtout pour le mettre à l'épreuve. Hélas ! David ne l'avait pas réclamée ! Elle en avait pleuré en se couchant, mais au matin, prise de remords, elle était allée de bonne heure dans la chambre du jeune homme, pour lui donner du thé, lui demander où il avait été et pourquoi il n'avait pas terminé le poème commencé. Mais David dormait profondément, il ne se réveilla même pas lorsqu'elle écarta les rideaux et le regarda. Il était couché, le bras droit au-dessus de la tête. Le cœur plein de tendresse, Pivoine l'avait contemplé longuement avant de se retirer.

– Demande à Wang Ma de le réveiller, dit Mme Ezra. Et où est le père de mon fils ?

– Je ne l'ai pas vu, Maîtresse, répondit Pivoine. Mais je sais par

Wang Ma qu'il est allé à la rencontre de la caravane aux portes de la ville.

– Il a fallu que cette caravane arrive aujourd'hui ! s'écria Mme Ezra. David ne pensera qu'à cela.

Pivoine prit un air attristé pour plaire à Mme Ezra :

– Est-ce que Wang Ma doit le prier de passer ici avant l'arrivée de la caravane ?

– Oui, c'est cela. Je remettrai à plus tard ma tournée dans les cuisines et, en attendant, dis à Leah de venir me trouver.

Mme Ezra ouvrit une boîte ornée d'incrustations, en sortit une broderie et Pivoine se retira. Dehors, elle rencontra Wang Ma et lui dit, comme si elle transmettait un ordre de Mme Ezra :

– Allez chercher la jeune demoiselle et conduisez-la à notre Maîtresse, moi, je dois réveiller le jeune seigneur. Dépêchez-vous, Sœur Aînée.

Pivoine se sauva en courant, mais au lieu de se diriger vers la chambre de David, elle se rendit à la salle d'étude, vide à cette heure-ci. Elle prit en hâte le pinceau, enleva l'étui, prépara un peu d'encre et tira le poème incomplet de son sein. Elle réfléchit rapidement, fronça les sourcils et ajouta trois lignes de plus sur la feuille blanche.

– Pardonnez-moi, David, murmura-t-elle en replaçant le pinceau et l'encre.

Puis elle entra bien vite dans sa chambre, ouvrit le tiroir secret de son bureau et y prit une bourse contenant de l'argent, les dons offerts par les invités et les pièces que lui lançait Ezra lorsqu'il était content d'elle. Pivoine mit également la bourse dans son sein et se faufila par les couloirs jusqu'à la porte de la Fuite Paisible, à l'autre extrémité de l'enceinte ; cette petite ouverture qu'ont toutes les maisons des riches, pour permettre à la famille de s'enfuir au cas où la foule en révolte viendrait se ruer au portail de la façade.

Pivoine passa cette porte et, négligeant les rues, prit des ruelles tranquilles qui la conduisirent à une autre petite porte semblable à celle qu'elle venait de franchir, et qui donnait dans l'enceinte de la famille Kung. Pivoine frappa. Un jardinier retira la barre ; elle lui dit :

– J'apporte un message pour la famille.

D'un geste de son doigt boueux, accompagné d'un signe de tête, il lui indiqua le chemin, et elle entra.

On menait une vie douce et paresseuse dans la maison de Kung, où chacun restait au lit jusqu'à midi. Chu Ma, la bonne d'enfants, commençait à remuer dans sa chambre, elle bâillait et se grattait la tête avec une épingle d'argent lorsque Pivoine ouvrit la porte.

– C'est vous, Sœur Aînée? murmura la jeune fille.

Chu Ma ouvrit tout grand :

– Ah! c'est vous? Qu'est-ce qui vous amène?

– Il faut que je me hâte, dit Pivoine. Personne ne sait que j'ai quitté la maison, à part le Jeune Maître qui m'a priée de porter ceci, tout de suite, à votre Jeune Maîtresse. Vous me direz s'il y a une réponse.

Pivoine connaissait un peu cette demeure, car, un jour, Ezra l'avait chargée de remettre à Kung un objet précieux qu'il ne voulait pas confier à un simple serviteur. C'est alors que Pivoine avait fait la connaissance de Chu Ma, la plus âgée des servantes. Celle-ci était venue présenter ses vœux à la jeune esclave, pour le Nouvel An et Pivoine lui avait rendu sa visite avec cette aisance et cette bonhomie qui sont naturelles entre deux maisons dont les anciens ont des intérêts communs. Mme Ezra, il est vrai, n'avait pas d'amis dans cette demeure, mais Ezra et Kung Chen étaient en étroits rapports d'affaires.

– Qu'est-ce qui est dit, là-dessus? demanda Chu Ma les yeux fixés sur le papier.

Au milieu de la chambre en désordre, Pivoine lut à haute voix le petit poème qu'elle avait écrit.

– La rosée au soleil, répéta Chu Ma avec un soupir. C'est très joli.

Chu Ma était une très grosse femme. Entrée, toute jeune, chez les Kung pour servir de nourrice à leur troisième fille, elle y était restée depuis comme bonne et elle gardait l'enfant. Elle avait beaucoup de cœur, elle était toujours prête à rire ou à pleurer, et toute son existence était liée à l'enfant dont elle s'occupait.

– Je lui donnerai le poème, dit-elle. Ce n'est pas bien, mais votre jeune seigneur est si beau que je ne peux pas m'en empêcher. Je l'ai vu moi-même; – quand la petite est accourue me dire qu'elle l'avait aperçu, je me suis précipitée à la grille, – dommage qu'il soit étranger... mais après tout, les étrangers sont des humains, comme nous, et il est si beau! un prince! je l'ai dit à mon enfant, – si fort, si droit! – et elle saura bien le persuader de devenir Chinois. L'aime-t-il beaucoup?

Pivoine fit signe que oui :

– Il m'a chargée de vous remettre ceci, dit-elle, tirant la bourse de son sein pour la donner à Chu Ma.

– Oh! ma mère! s'écria la vieille bonne. (Elle protesta et fit mine de repousser l'argent.) C'est inutile, ce serait honteux à moi d'accepter. Ce que je fais, je le fais pour... (Mais elle prit la bourse lorsque Pivoine la lui posa dans la main. Chu Ma s'empressait de s'habiller.) Je le lui donnerai moi-même, et je vous dirai ce qu'elle en pense. Revenez me voir.

Pivoine se glissa de nouveau le long des ruelles. Elle alla tout droit dans la chambre de David qui dormait encore, paisiblement, au fond de son lit à baldaquin. Elle lui toucha une joue puis l'autre, pour l'éveiller peu à peu, car pendant le sommeil, l'âme erre au-dessus de la terre et si le réveil du corps est trop brusque, l'âme égarée ne retrouve plus son chemin.

– Éveillez-vous, mon petit seigneur, éveillez-vous, mon cher seigneur, murmura Pivoine comme si elle chantait.

Et David ouvrit les yeux. Il s'assit, étira ses bras robustes et bâilla largement. Pivoine se mit à rire en voyant la lumière de l'âme briller de nouveau au fond des yeux du jeune homme.

Il dirigea sur elle ses regards encore vagues et pleins de ces rêves qu'elle eût voulu connaître sans avoir à le questionner.

– Faites vite, Jeune Maître, dit-elle d'une voix douce, votre mère m'envoie vous chercher.

– Pourquoi cela? demanda-t-il.

Il sortit à moitié de son lit; Pivoine se pencha et lui mit ses pantoufles de soie l'une après l'autre. Il ne s'était pas aperçu qu'elle l'avait appelé « Jeune Maître », ni songé qu'elle ne devait plus venir ainsi chez lui.

Pivoine, sans y faire allusion, lui dit simplement :

– Leah est déjà ici.

– Pas possible! s'écria-t-il.

– Mais oui, c'est vrai.

Elle alla à l'autre bout de la chambre, versa l'eau d'un broc de cuivre ciselé dans une grande cuvette assortie, apporta une serviette et du savon parfumé venu d'Occident.

– Malgré tout, je n'obéirai pas à ma mère! s'écria-t-il.

Pivoine se retourna. Ses jolies mains sur ses hanches étroites, elle le considéra, puis elle céda à l'impulsion que lui dictait son cœur :

– Vous ne pouvez pas refuser d'obéir, fit-elle d'une voix douce. Vous feriez mieux de dire que votre père vous a prié de le rencontrer le plus tôt possible pour attendre la caravane et, qu'ensuite, vous vous hâterez de revenir à la maison.

– La caravane! s'écria-t-il. Est-ce vrai? Mon père te l'a-t-il dit?

– Le portier a raconté à Wang Ma que notre Maître a été

appelé peu après minuit, et elle me l'a répété. Je vais vous envoyer votre déjeuner ici et, ensuite, j'irai porter le message à votre mère.

Pivoine s'en alla et, grave, la tête penchée, elle entra de nouveau dans la chambre de Mme Ezra.

– Hélas! Madame, nous arrivons trop tard, fit-elle tristement. Wang Ma n'a pas trouvé notre Jeune Maître. Il était déjà levé et sorti. J'ai envoyé un homme à sa recherche, mais il n'était pas non plus à la maison de thé. Le gardien des portes de la ville prétend qu'il est passé il y a une heure, disant qu'il allait aux Trois Cloches à la rencontre de la caravane.

– Quel ennui! A la veille du sabbat, s'écria Mme Ezra. Et Leah?

– Elle va venir, répondit Pivoine.

Elle attendit un instant, puis demanda :

– Est-ce que madame a quelques ordres à me donner?

– Non, occupe-toi de ton travail habituel. J'attends Leah.

– Je vais mettre des fleurs fraîches dans le grand hall pour le sabbat, répondit Pivoine de sa jolie voix douce. Je surveillerai le portail et dès que le Jeune Maître arrivera, je vous l'enverrai.

Pivoine se retira à pas menus. Sur les pierres de la cour, ses souliers de satin ne faisaient aucun bruit.

Leah déjeunait lorsque Wang Ma vint la chercher.

– Ne vous pressez pas, lui dit la servante.

Et elle s'assit sur un escabeau près de la porte pour se délasser.

Leah posa sa cuiller de porcelaine et parut troublée.

– Est-ce qu'on a besoin de moi, Bonne Mère? dit-elle.

– Seulement quand vous aurez terminé, répondit Wang Ma, d'un ton tranquille. Après quoi nous irons trouver notre Maîtresse. Mangez, jeune demoiselle.

Leah reprit sa cuiller, mais elle n'avait plus faim.

Wang Ma l'examinait. La vieille servante n'admirait pas plus le nez juif de la jeune fille que sa taille, trop haute pour une femme. Mais à part ces défauts, elle ne pouvait s'empêcher de trouver Leah très belle.

– Vous ressemblez à notre Vieille Maîtresse, quand elle est arrivée ici, jeune mariée.

Wang Ma se rappelait ce jour-là et ses pleurs à la pensée qu'elle ne pourrait plus servir son jeune maître. Ezra était moins beau que son fils, mais bel homme cependant, avec son air à demi occidental. La jeune Chinoise qu'était alors Wang Ma s'était consolée à la vue de la jeune mariée qui dépassait son mari de la moitié de la tête. Jamais il ne pourrait aimer une si grande femme, se disait-elle. Et cette demi-tête de trop l'avait décidée à rester et à épouser Vieux Wang, le portier. Mais Mme Ezra avait beau n'avoir que dix-sept ans, elle veillait à ce que le jeune Ezra rentrât chaque soir dans ses appartements, sans flâner dans les cours. Ce ne fut qu'à l'âge de quarante ans, lorsque son fils eut douze ans, qu'elle permit à son mari d'avoir son pavillon particulier. Wang Ma avait engraissé et on ne pouvait plus voir en elle qu'une esclave. Elle et Vieux Wang eurent quatre enfants, placés au village dès qu'ils purent travailler la terre, et Wang Ma demeura dans la maison d'Ezra. Wang Ma s'était aperçue depuis longtemps que Mme Ezra était maîtresse chez elle. Et Mme Ezra de son côté savait que la servante en avait conscience. Pas un mot n'avait été échangé à ce sujet entre les deux femmes pendant les années que dura cette longue lutte secrète. A présent, la lutte était terminée. Mme Ezra avait triomphé.

Ainsi, en contemplant Leah, Wang Ma fit un retour en arrière.

– Mais vous êtes plus douce que n'était notre Maîtresse, dit-elle rêveuse. Vos lèvres sont moins dures et vos cheveux plus libres.

– Oh ! mes cheveux !... (Et Leah prit un air navré.) Je ne peux jamais les attacher assez serré.

Ils étaient retenus par une bande de satin rouge et Wang Ma dit en l'examinant :

– Le bandeau devrait être en or. Je me souviens qu'il y en a un qui doit aller avec la robe.

Elle chercha dans le coffret que Mme Ezra avait fait apporter et elle y trouva un riche cercle d'or.

– Lorsque vous aurez fini...

– Je ne peux plus rien avaler, répondit vivement Leah.

– Alors, laissez-moi mettre ceci dans vos cheveux.

De ses doigts agiles, Wang Ma posa le bandeau sur la tête de Leah.

– Et voilà la parure, ajouta-t-elle, en sortant un collier et des boucles d'oreilles en or de la boîte à bijoux.

Leah se soumit.

– Allons maintenant chez notre Maîtresse, dit Wang Ma. (Elle saisit la main de Leah, et surprise de sa vigueur, la souleva.) Mais c'est une main de garçon ! s'écria-t-elle en l'examinant en tous sens.

– J'ai dû travailler, fit Leah, confuse.

– La paume est douce, la peau encore fine, dit Wang Ma, les

doigts sont potelés. J'y frotterai de l'huile, la nuit. Au bout de quelques semaines, vous aurez de jolies mains.

Elle entraîna doucement Leah. Mme Ezra les attendait ; elle brodait en points serrés une nappe de prière hébraïque.

– Entre, ma fille, dit-elle à Leah, viens t'asseoir à côté de moi.

Leah s'avança, s'assit, et Mme Ezra fixa sur elle des yeux pénétrants :

– Tu es très jolie, sais-tu ?

– Wang Ma m'a parée. J'avais mis la robe, mais sans cela...

Et elle toucha du doigt les ornements d'or.

– Je l'ai trouvée trop simplement habillée, dit Wang Ma. Elle peut porter beaucoup d'or, elle est si grande.

– Moins que David, fit vivement Mme Ezra.

– David est très grand, observa timidement Leah.

– Il sera bientôt ici pour t'accueillir, répondit Mme Ezra.

Elle se remit à sa broderie et Wang Ma passa dans la chambre à côté.

Seule avec Mme Ezra, Leah, les mains inoccupées, se sentit étrangement mal à l'aise. Elle éprouvait beaucoup d'affection pour cette amie de sa mère. Aucun être humain n'était plus proche d'elle, par bien des côtés. Mme Ezra souhaitait faire d'elle sa fille, Leah le savait bien, mais elle se demandait ce qu'on voulait obtenir d'elle et elle attendait.

Comme si elle devinait les pensées de Leah, Mme Ezra leva la tête. La pièce était très tranquille. Wang Ma circulait dans la chambre à coucher, occupée à son travail, mais aucun autre bruit ne venait de la grande demeure.

– Tu sais pourquoi tu es ici, Leah ?

– Pas tout à fait, chère tante.

– Tu connais la promesse, qu'avant sa mort, j'ai échangée avec ta mère au-dessus de ton berceau ?

Leah baissa les yeux sans répondre. Ses mains jeunes et vigoureuses étaient fortement serrées l'une dans l'autre.

– Je désire que tu épouses David, dit Mme Ezra.

Des larmes lui montèrent aux yeux, elle les essuya avec la doublure de soie de sa large manche, tout en observant le visage de Leah qui rougissait lentement.

La jeune fille tourna son regard honnête et malheureux vers Mme Ezra qui lui dit :

– Pourquoi ne t'expliquerais-je pas exactement mon désir ? Mon unique espoir... mais pas seulement le mien.

Elle approcha son siège de celui de Leah.

– Mon enfant, tu sais, – et personne ne le sait aussi bien que toi – ce qui arrive à notre peuple, ici, dans la ville chinoise... combien peu restent fidèles. Leah, vois-tu, nous sommes perdus !

– Les Chinois sont très bons pour nous.

Mme Ezra fit un geste irrité de la main :

– C'est ce que répète Ezra ! s'écria-t-elle. De la bonté... j'en suis lasse ! Si les Chinois ne nous ont pas massacrés, est-ce une raison pour qu'ils ne soient pas en train de nous détruire ? Leah, je t'affirme que lorsque j'avais ton âge, la synagogue était pleine de fidèles tous les sept jours. Tu vois ce qui en reste aujourd'hui.

– Cependant, ce n'est pas la faute des Chinois, répondit Leah d'un air de doute.

– Mais si, mais si. Ils prétendent nous aimer... Ils sont toujours prêts à rire, à nous inviter à leurs fêtes, à entrer en affaires avec nous. Ils nous disent sans cesse qu'il n'existe aucune différence entre leur peuple et le nôtre. Mais nous sommes les enfants du vrai Dieu et eux sont des païens. Ils adorent des statues d'argile. Es-tu jamais entrée dans un temple chinois ?

– Oui, balbutia Leah, quand nous étions enfants, Aaron et moi, nous y entrions... simplement pour regarder.

– Bon. Alors tu sais ce qui en est.

Leah s'entêta doucement :

– Pouvons-nous leur en vouloir de se montrer aimables et gentils ?

– Ils ne sont pas aimables par bonté d'âme, rétorqua Mme Ezra. Non, non, je t'assure, c'est par ruse ! Ils nous gagnent par la ruse. Ils obtiennent de leurs femmes qu'elles séduisent nos hommes. Ils prétendent qu'ils sont tolérants... Ils vont jusqu'à dire qu'ils sont prêts à adorer notre Jehovah avec leurs propres idoles !

La figure de Mme Ezra était belle et animée pendant qu'elle s'adressait avec tant de gravité à la jeune fille.

Leah écoutait, les mains toujours croisées sur ses genoux.

– Que voulez-vous que je fasse, chère tante ? dit-elle à la fin.

– Je veux que tu... que tu en arrives à persuader David. Toi et lui ensemble, Leah ! Songe à quel point tu pourrais l'influencer.

– Mais David me connaît ! répondit Leah avec sa franchise habituelle. Il serait surpris de me trouver différente de ce que j'ai toujours été.

Mme Ezra insista :

– Vous avez grandi, toi et lui.

– Nous avons toujours été comme frère et sœur, dit Leah simplement.

Mme Ezra repoussa sa broderie et se leva. Elle arpenta la pièce.
– Voilà justement ce que je veux que vous oubliiez, s'écria-t-elle. C'était bon lorsque vous étiez enfants, Leah!
Elle s'interrompit et la jeune fille se leva à son tour.
– Oui, tante.
– Tu comprends ce que je veux dire? fit sèchement Mme Ezra.
– Je le comprends, mais je ne sais pas comment m'y prendre.
Et des larmes parurent dans les beaux yeux de Leah.
– Séduis-le, séduis-le, répéta Mme Ezra de la même voix sèche.
– Je ne peux pas, dit fermement Leah. Il se moquerait de moi et je rirais de moi-même. Ce ne serait plus... moi.
Elle tendit la main et prit celle de Mme Ezra entre les siennes :
– Il faut que je reste moi-même, chère tante, n'est-ce pas? Je connais David, moi aussi. (Elle sentit son cœur se réchauffer à la pensée de David et elle devint brave en face de cette femme qu'elle aimait et craignait en même temps.) Je le connais peut-être encore mieux que vous. Pardonnez-moi, tante! Vous comprenez, nous sommes presque du même âge. Et je sens quelque chose en lui... quelque chose de grand – et de bon. Si je peux m'adresser directement à ce côté-là de sa nature, – qui est aussi en moi...
Les deux femmes ne se quittaient pas des yeux, tandis que Leah parlait. Mme Ezra écoutait, le cœur battant. Oui, il y avait de l'espoir!
Puis, soudain, avant que Mme Ezra eût pu répondre, un grand bruit s'éleva des cours extérieures, des cris retentirent, les gongs résonnèrent. Wang Ma sortit en hâte de la chambre.
– Maîtresse, ce doit être la caravane! s'écria-t-elle.
Et elle courut voir ce qui en était. A la porte de la cour, elle se heurta à Vieux Wang. Il criait à tue-tête :
– La caravane!... la caravane! Vieille Maîtresse... Le Maître vous demande... je vous prie, venez... c'est la caravane!
Mme Ezra retira sa main de celle de Leah.
– Il faut y aller, dit-elle. Mieux vaut aujourd'hui que demain, jour du sabbat.
Mais Leah ne bougeait pas :
– Tante, permettez-moi d'attendre ici; laissez-moi réfléchir... à ce que vous dites être mon devoir.
– Très bien, mon enfant. Penses-y... Mais viens quand tu voudras.
– Oui, fit Leah avec un soupir.
L'instant d'après elle était seule. Elle croisa les bras sur la table à côté d'elle et y posa la tête; puis elle se leva et dans un coin de la

pièce, le visage tourné vers le mur, elle pria d'une voix douce, entrecoupée de sanglots.

Chaque année, l'arrivée de la caravane était un événement pour toute la ville. La nouvelle circulait de bouche en bouche, et lorsque la longue file de chameaux descendit de son pas ouaté les trottoirs poussiéreux des rues pavées, les portes des maisons et des magasins s'ouvrirent : il y eut foule. Kao Lien, le fidèle associé d'Ezra, trônait sur un fier chameau blanc en tête de la caravane. Derrière lui s'échelonnaient des gardes armés de sabres et de vieux mousquets occidentaux, puis les chameaux suivaient portant leurs charges. Tous se sentaient las de ce long trajet pour aller vers l'ouest, à travers le Turkestan et pour en revenir par les défilés des montagnes. Mais, pour entrer dans la ville, les hommes s'étaient parés de leur mieux, et les chameaux dressaient leur tête étroite et avançaient majestueusement.

Ezra suivait dans son char à mules. Depuis bien des jours, il avait posté, sur la route de la caravane, des hommes chargés de faire le guet et de lui apporter les nouvelles. Au petit jour, ce matin-là, un coureur essoufflé était venu le prévenir que la caravane arrivait à marche forcée et atteindrait la ville quelques heures plus tard. Le coureur, très prévoyant, avait averti le portier qui fit avancer le char à mules en sorte qu'Ezra put partir très vite, et trouver de la nourriture dans une auberge. Il rencontra la caravane dans un village, à dix milles environ de la ville, et accueillit Kao Lien par une chaleureuse accolade. Après un bref repas, ils reprirent tous deux le chemin de la ville, Ezra fermant la caravane, dans son char à mules. Il fit relever les rideaux de satin bleu pour traverser les rues pleines de curieux et, tout souriant, il agita la main pour répondre aux saluts.

A la porte dorée d'une maison de thé située dans la rue principale, il aperçut son ami Kung Chen qui fumait une longue pipe de bambou bordée de cuir. Ezra donna l'ordre d'arrêter sa voiture, et descendit pour passer à pied devant le marchand chinois, en signe de courtoisie. Il s'arrêta pour saluer Kung Chen et lui adresser ses compliments.

– Je vous félicite du bon retour de votre associé et de la caravane, lui dit Kung Chen.

– Les chameaux sont chargés des marchandises les plus précieuses, répondit Ezra. Quand vous en aurez le loisir, je vous en prie, venez voir ce que nous avons ; vous choisirez ce que vous désirez pour vos magasins. Je vous donne le premier choix, les autres marchands n'auront que ce que vous laisserez, jusqu'à ce que notre contrat soit signé.

– Merci, merci, répondit le Chinois, plein d'urbanité.

C'était un homme gros et fort; son ventre rebondi raccourcissait par-devant sa robe de satin broché et une veste de velours noir, sans manches, adoucissait les courbes de son buste.

Ezra se sentait réchauffé par cette amitié.

– Venez demain, cher ami, prendre un modeste repas avec moi, ensuite nous examinerons à loisir les objets. Non! (Il s'interrompit.) Que disais-je? C'est demain notre sabbat. Un autre jour, cher ami.

– Parfait, parfait, répondit Kung Chen de sa voix moelleuse.

Il salua, poussa doucement Ezra vers son char, et la caravane poursuivit sa route.

Au moment d'atteindre sa demeure, Ezra aperçut son fils David qui sautait légèrement par-dessus le mur de briques de l'enceinte, courait à côté du chameau de tête, et agitait les bras pour accueillir Kao Lien. Puis le jeune homme se précipita vers le portail.

Les muletiers riaient :

– Le Jeune Maître va réveiller toute la maisonnée, dirent-ils.

Ezra répondit par un rire plein de fierté. Le char s'arrêta à l'entrée. Ezra tira sa bourse de sa large ceinture et distribua des pièces aux muletiers, en plus de leurs gages.

– Pour boire à ma santé, disait-il de sa forte voix enjouée.

Les muletiers sourirent; le soleil luisait sur leur peau brune.

– Nos remerciements, répondirent-ils, en ramenant le char vide.

Un à un, les chameaux s'agenouillèrent; ils soufflaient, avec de gros soupirs, et gonflaient leurs lèvres pendantes. Ils furent rapidement déchargés, et on porta les paquets à l'intérieur. Puis les chameliers conduisirent leurs bêtes à l'écurie, et on verrouilla les portes. La curiosité des passants était telle que beaucoup se seraient pressés dans les cours pour voir les objets venus de l'étranger si le portier ne les en avait pas empêchés.

– Arrière, hurlait-il. Êtes-vous des voleurs et des bandits?

Une fois dans ses murs, Ezra amena son associé vers le grand hall et David s'accrocha affectueusement au bras de Kao Lien.

– Je veux tout savoir, Vieil Oncle, dit-il.

Aucun lien de famille n'existait entre Ezra et Kao Lien; ils étaient simplement camarades d'enfance. Kao Lien était d'origine juive, par son grand-père et son père, mais sa mère était Chinoise en sorte qu'il se rendait très utile à Ezra dans ses transactions commerciales. Kao Lien se montrait Juif avec les Juifs et Chinois avec les Chinois.

Sa longue face étroite avait un air de lassitude lorsqu'il passa sur les pierres ensoleillées des cours, mais un aimable sourire se jouait sur ses lèvres à demi masquées par une barbe clairsemée, et ses yeux noirs étaient pleins de douceur. Il parlait d'une voix lente, assez grave, et s'exprimait avec une certaine élégance.

Mme Ezra attendait à la porte du grand hall. Kao Lien l'aperçut et courba la tête en guise de salut.

– Nous vous souhaitons la bienvenue, lui cria-t-elle.

– Dieu est bon, répondit-il.

Elle se recula pour le laisser entrer; il lui fit une révérence, à laquelle elle ne répondit que par une inclination de tête, marquant par là qu'il n'était pas tout à fait de son rang. Une lueur amusée perça dans le regard de Kao Lien. Mais se montrer froissé de cet orgueil eût été contraire à sa nature et il était habitué aux manières de Mme Ezra.

– Où devons-nous étaler les objets, madame? demanda-t-il.

Il s'adressait toujours à elle, lorsqu'elle était présente, mais pour lui, et Ezra connaissait les sentiments de son associé là-dessus, l'homme restait le véritable chef de la maison.

– Je vais m'installer ici, dans mon fauteuil, répondit Mme Ezra, et vous pourrez ouvrir les colis un à un devant moi.

Elle s'assit et Ezra se plaça en face d'elle. Wang Ma s'avança et versa le thé tandis qu'un serviteur passait les friandises sur un plateau de porcelaine. Les domestiques envahissaient tranquillement la salle. Ils se rangèrent le long des murs pour ne rien perdre de ce qui allait se passer. David tirait sur les cordes du premier ballot, dans sa hâte de l'ouvrir.

– Attention, Jeune Maître, lui dit le marchand. Il y a un objet précieux dans ce paquet.

Il enjamba les paquets et les étoffes, et le nœud sur lequel s'acharnait David parut se défaire de lui-même sous les doigts habiles de Kao Lien. Il sortit une boîte en métal de la toile grossière qui l'enveloppait, en souleva le couvercle, et tira de l'emballage intérieur un volumineux objet d'or.

– Une pendule! s'écria David. Mais qui a jamais vu une pendule semblable?

– Elle n'est pas commune, déclara fièrement Kao Lien.

Ezra considéra d'un air perplexe les statuettes d'enfants dorés et nus, et dont les mains soutenaient la pendule.

– C'est très beau, dit-il, les enfants dorés sont dodus et bien faits, mais qui en voudra?

Kao Lien sourit d'un petit air de triomphe.

– Vous rappelez-vous que Kung Chen m'a demandé de rapporter quelque chose pour faire un don au palais impérial ? Il veut l'offrir lorsqu'il ouvrira ses nouveaux magasins dans la capitale du nord. J'ai apporté la pendule dans cette intention.

Ezra fut très frappé de ces paroles :

– Exactement ce qui convient, s'écria-t-il. Aucun homme ordinaire ne pourrait s'en servir. Le palais impérial. – Ah ! oui. (Il caressa sa barbe d'un air satisfait et contempla l'œuvre d'art.) Ça devrait faciliter le contrat entre Kung Chen et moi, n'est-il pas vrai, frère ?

– Je voudrais ouvrir la pendule, par-derrière, pour voir d'où lui vient son mouvement, fit David.

– Non, non, dit bien vite Ezra. Tu ne pourrais plus le remettre en marche. Rangez cette pendule, Kao Lien, mon frère... cet objet a trop de valeur... et ne dites pas ce qu'il m'a coûté.

Ces mots provoquèrent les rires. Les serviteurs ne quittèrent pas des yeux les enfants dorés, tandis qu'on les remballait. Ils songeaient avec vénération que lorsqu'on ouvrirait de nouveau cette boîte, ce serait devant le trône des Paons. David, seul, regrettait de voir ranger la pendule.

– La prochaine fois, père, je voudrais aller en Occident avec Kao Lien. Il doit y avoir dans ces pays tant de merveilles qu'on ne trouve pas ici !

– Jeune Maître, ne nous quittez pas ! s'écria Wang Ma. Un fils unique ne doit pas laisser ses parents avant qu'il y ait un petit-fils.

Mme Ezra prit un air assez hautain devant cette intrusion de Wang Ma :

– Un jour, nous irons tous, dit-elle. Notre patrie n'est pas ici, mon fils. Nous en avons une autre.

Ezra, à son tour, se sentit contrarié. Il fit un geste de la main à Kao Lien en disant :

– Montrez-nous ce que vous avez.

Kao Lien se hâta d'obéir. Il savait qu'Ezra et sa femme ne s'entendaient pas au sujet de la Terre promise et il fit ouvrir les paquets, jusqu'à ce que leur contenu fût étalé partout. La salle entière miroitait de jouets, d'étoffes, de boîtes à musique, de poupées, de diables dans des boîtes, et de curiosités de tous genres, des satins, des velours, des cotonnades, des tapis et des coussins et même des fourrures du Nord. Les spectateurs étaient ensorcelés par ce qu'ils voyaient, et Ezra calculait mentalement ses gains. Lorsque tout fut exposé, il choisit un cadeau pour ses serviteurs er pour les membres de la famille. Il mit de côté un petit peigne d'or pour Pivoine, il donna à Wang Ma une pièce de bonne toile et à Mme Ezra, sa femme, un magnifique velours écarlate dont chaque fil, chaîne et trame, était en soie.

Quant à David, il passait en rêve d'une richesse à l'autre, muet de plaisir. Plus il regardait, plus il désirait connaître le pays d'où venaient ces merveilles et les gens assez intelligents pour les fabriquer. Ces gens, pensait-il, devaient être les meilleurs hommes de la terre. Pour concevoir une pareille beauté, de tels coloris, de telles formes, et pour arriver à matérialiser l'idée de la beauté en objets concrets, en étoffes chatoyantes et riches, en machines, en travail mécanique, ces hommes devaient être de braves et nobles gens, au sein de grandes nations, de civilisations formidables. David désirait plus que jamais aller à l'Ouest et voir par lui-même ces hommes qui formaient des rêves si élevés et les réalisaient ainsi. Peut-être lui-même appartenait-il davantage à ces contrées-là qu'à celle-ci. Ses ancêtres ne venaient-ils pas d'un pays à l'ouest des Indes ?

Ezra regarda son fils avec inquiétude. David était à l'âge où les curiosités naturelles s'éveillent et où le cœur est tourmenté par des désirs inassouvis. Si sa mère lui transmettait sa constante envie de quitter le pays qu'elle s'obstinait à appeler un lieu d'exil, comment Ezra arriverait-il à les circonvenir, à avoir le dessus, seul contre eux deux ? David aimait le plaisir et Ezra l'encourageait dans ses amitiés avec les jeunes gens de la ville, mais ces plaisirs risquaient de devenir trop familiers et de perdre tout intérêt. En observant son fils, Ezra le trouva changé, différent de ce qu'il était les années précédentes. Il ne s'exclamait pas devant chaque jouet, chaque objet, chaque merveille, heureux de la chose en soi. Une sensibilité plus profonde apparaissait dans le regard du jeune homme, se lisait dans son visage et ses manières. David réfléchissait et son âme s'échappait de lui.

– Mon fils ! s'écria Ezra.

– Oui, père, répondit David, l'entendant à peine.

– Choisis quelque chose pour toi, mon fils, cria Ezra d'une voix forte pour ramener l'esprit de David dans sa demeure.

– Comment puis-je choisir ? J'ai envie de tout.

Ezra s'efforça de rire, d'un rire joyeux.

– Allons, allons, dit-il de la même voix forte. Tu vas ruiner mon commerce.

Chacun observait David, curieux de voir ce qu'il choisirait, mais il ne voulait pas être brusqué.

– Prends cette belle étoffe bleue, dit Mme Ezra, cela te fera une bonne veste.

– Je n'en ai pas envie...

Et il continua à circuler et à regarder ça et là, à toucher une chose et l'autre.

– Choisissez cette jolie lampe, Jeune Maître, lui dit Wang Ma. Je la remplirai d'huile et la mettrai sur votre table.

– J'ai une lampe, répondit David.

Et il continua à chercher ce que son cœur souhaiterait le plus.

– Allons, voyons ! s'écria Ezra.

– Laissez-lui le temps, dit Kao Lien.

On attendait. Avec de petits rires, les serviteurs cherchaient à deviner ce que choisirait ce jeune garçon, si aimé dans la maison.

Tout à coup, David aperçut un objet qu'il n'avait pas encore remarqué. C'était une longue et fine épée, dans un fourreau d'argent ciselé. Il la sortit des ballots de soie qui la recouvraient et l'examina. « Ceci... », disait-il, lorsque Kao Lien poussa un cri.

– Jehovah vous en préserve !

– Ai-je tort ? demanda David, surpris.

– C'est moi qui ai tort, déclara Kao Lien.

Il s'avança et chercha à retirer l'épée des mains de David. Le jeune homme résistait, mais Kao Lien persista jusqu'à ce qu'il eût l'épée en main.

– Je n'aurais pas dû l'apporter dans la maison, dit-il. (Puis il se tourna vers Ezra.) Cependant c'est là une preuve. Je me suis dit, Frère Aîné, qu'en la voyant vous me croiriez...

Mais David avait avancé le bras, et Kao Lien sentit l'épée lui échapper de nouveau. David la tenait à deux mains et plus il la regardait, plus il l'aimait. Jamais il n'avait vu une arme aussi forte, aussi délicate et parfaite.

– C'est une belle chose, murmura-t-il.

– Pose-la, dit brusquement sa mère.

Mais David fit la sourde oreille.

Le visage subtil et délicat de Kao Lien prenait une expression d'horreur grandissante :

– Jeune Maître... fit-il.

Et sa voix, toujours grave, était si chargée de sens que tous dans la salle se tournèrent vers lui.

– Enfin, qu'y a-t-il ? demanda Ezra.

Il était surpris du choix de David. Quel besoin son fils avait-il d'une arme ?

– Cette épée, Jeune Maître, dit Kao Lien, n'est pas pour vous. Je l'ai apportée comme preuve de ce que j'ai vu. Lorsque je vous aurai dit ce qu'elle a de mauvais, je la détruirai.

– De mauvais ? répéta David, les yeux toujours fixés sur l'épée.

Son père et sa mère gardaient le silence. S'il était tourné vers eux, il aurait vu leurs visages prendre une expression d'intense effroi, mais il contemplait inlassablement la belle épée.

Kao Lien, lui, vit l'expression répandue sur le visage des parents dont il devina les pensées.

– Avant de traverser la frontière de l'Occident, des rumeurs m'avaient mis en garde, dit-il. On massacre de nouveau notre peuple.

Mme Ezra poussa un grand cri et cacha son visage dans ses mains. Ezra se tut. David leva la tête en entendant le cri de sa mère.

– On massacre ?... répéta-t-il, sans comprendre.

Kao Lien inclina solennellement la tête :

– Puissiez-vous ne jamais comprendre ce que cela signifie, Jeune Maître ! J'avançais en me disant que les Occidentaux me prendraient pour un Chinois. Cependant si j'avais pressenti ce que je devais voir... j'aurais détourné ma route d'un millier de milles, au moins.

Il s'interrompit. Aucune voix ne s'éleva pour lui demander ce qu'il avait vu. Au-dessus de sa barbe noire, le visage d'Ezra était blafard ; il appuya sa tête sur ses mains et se cacha les yeux. Mme Ezra n'avait pas bougé. David attendait, et ses regards étaient tournés vers Kao Lien. De légers frémissements, causés par une terreur inconnue, lui couraient le long de l'épine dorsale. Les serviteurs, bouche bée, ouvraient de grands yeux.

– Cependant il est bon que vous sachiez ce que j'ai vu, poursuivit Kao Lien. (Et, cette fois-ci, il s'adressa à David.) Vous ignorez qu'à l'Occident notre peuple n'est pas libre de vivre où il veut, dans les villes. Il doit habiter un lieu prescrit, dans les quartiers les plus pauvres. Et encore, on l'en chasse. J'ai vu ses maisons en ruine, les portes enfoncées, les fenêtres à demi arrachées, les magasins pillés et détruits. Et ce n'est pas tout ! J'ai vu les gens de notre race s'enfuir le long des routes, hommes, femmes et enfants. Et ce n'est pas tout.

Kao Lien s'interrompit, puis continua :

– J'ai vu des centaines de morts, des vieillards, des hommes, des enfants, des jeunes gens, qui s'étaient battus plutôt que de chercher à s'échapper... notre peuple... massacré avec des épées, des couteaux, des fusils, par le poison et le feu... J'ai ramassé cette épée dans une ruelle. Elle était couverte de sang.

David laissa tomber l'épée qui résonna sur le sol. Il la considérait, la gorge serrée, étourdi. Dans ces contrées, à la beauté desquelles il rêvait – car même cette épée était belle – Kao Lien avait vu cela !

– Mais pourquoi ? demanda David.

– Qui peut savoir ?

Kao Lien soupira. Comment pourrait-il faire comprendre ces choses à ce jeune David qui avait vécu toute sa vie en sécurité, dans la paix ! Quelle était donc cette ancienne malédiction qui pesait partout sur leur peuple et qui ne s'effaçait que sous ce ciel oriental ?

– Qu'ont-ils fait ?

La voix de David résonnait à travers le grand hall. Il regarda son père, sa mère, puis, de nouveau, Kao Lien.

– Rien ! cria Mme Ezra, relevant son visage enfoui dans ses mains.

– Même si nous avons péché, dit Kao Lien, devons-nous être les seuls dans l'humanité à n'être jamais pardonnés ?

Mais Ezra garda le silence.

Les serviteurs, sentant la détresse de leurs maîtres, et émus par ce qu'ils venaient d'entendre, s'avancèrent pour verser du thé et emballer les marchandises. Ezra ne revint à lui qu'à ce moment-là. Il découvrit son visage et but un bol de thé, que Wang Ma remplit de nouveau dès qu'il fut vide ; alors Ezra tint le bol à deux mains, comme pour se réchauffer.

– Tant que nous vivrons ici, dit-il enfin à Kao Lien, nous serons en sécurité. Prenez l'épée, faites-la fondre pour qu'elle redevienne un bloc de pur métal. Nous oublierons que nous l'avons vue.

Avant que Kao Lien eût pu obéir, David s'était penché et avait saisi de nouveau l'épée par la garde.

– Je choisis quand même l'épée, dit-il.

Ezra gémit, mais Mme Ezra lui dit :

– Qu'il la conserve et qu'il se souvienne que, par elle, notre peuple a été massacré.

Ezra posa son bol de thé, se frotta la tête et soupira de nouveau :

– Naomi, s'écria-t-il, c'est ce qu'il doit oublier ! Pourquoi notre fils serait-il inquiet, lorsque personne ne le poursuit ?

– Père, je m'en souviendrai, – à tout jamais ! s'écria David.

Il se tenait très droit, l'épée à la main, la tête haute, les yeux pleins d'ardeur.

Au même moment, il y eut un bruit de pas à la porte et Leah

entra. David l'aperçut, revêtue de sa robe écarlate et or, les cheveux noirs rejetés en arrière, les lèvres entrouvertes et le regard inspiré.

– Leah! s'écria-t-il.

– J'ai entendu les paroles de Kao Lien! dit la jeune fille. (Sa voix était claire et douce.) Je sais ce qui est arrivé à notre peuple. J'étais derrière le rideau.

– J'allais te faire appeler, dit Mme Ezra.

– Je sentais qu'il me fallait venir, dit Leah de la même voix douce; je l'ai senti... là.

Elle pressa ses mains sur sa poitrine, les yeux fixés sur David. Il la regarda, lui aussi transporté, saisi, comme s'il la voyait pour la première fois. Elle se tenait devant lui, – une femme...

Mme Ezra les observait, penchée sur son fauteuil, et chacun tourna ses regards vers elle. Elle souriait, tout son être tendu vers les deux jeunes gens. Ezra, silencieux, la regardait sous ses gros sourcils, les lèvres pincées, et Kao Lien, attentif, souriait lui aussi, mais d'un sourire un peu triste. Rien n'échappait à Wang Ma, et sa bouche avait un pli amer.

Mais Leah ne voyait que David. Il paraissait si grand, l'épée serrée dans sa main droite. Il semblait à Leah plus beau que l'étoile du matin et plus désirable que la vie même. Cette virilité répondait à sa féminité, un sang identique coulait dans leurs veines, et elle oublia tout, sinon qu'il était là, le visage plein de tendresse, les yeux dirigés sur elle avec tant de flamme. Hésitante, mais contrainte, elle vint à lui comme on va vers le soleil.

Mme Ezra se tourna vers les Chinois :

– Allez, sortez tous, dit-elle à voix basse, laissez-nous seuls.

Les serviteurs se glissèrent au-dehors. Wang Ma quitta son poste et sortit hâtivement par une porte de côté. Petite Chienne, endormie au soleil sur la marche de pierre, se réveilla, dressa la tête, gémit, se leva, puis s'en alla elle aussi.

Leah sourit à David :

– Un autre David! dit-elle. L'épée de Goliath dans votre main.

Soudain des larmes lui emplirent les yeux. Elle s'avança, se pencha et embrassa le fourreau d'argent de l'épée. David la vit, courbée devant lui, ses boucles brunes répandues sur sa nuque blanche. Autour d'eux, son père, sa mère, Kao Lien, demeuraient attentifs.

Pivoine, elle aussi, observait sans être vue. Wang Ma avait couru et tambouriné à sa porte fermée en criant :

– Pivoine, imbécile et fille d'imbéciles! Ouvre la porte. Dors-tu?

Pivoine avait ouvert, effrayée par la voix étrange de Wang Ma.

– Vite, lui dit Wang Ma entre ses dents. Va dans le hall... comme si tu ne savais rien..., mets-toi à rire pour les séparer.

Sans un mot, Pivoine s'était précipitée à pas silencieux. Elle avait écarté le rideau et lancé un coup d'œil dans la salle. Elle vit David, l'épée à la main, les anciens autour de lui, et Leah qui pressait ses lèvres sur le fourreau d'argent. Quel rite était-ce là ? Leur façon occidentale de sceller les fiançailles ? Non, non, Pivoine ne pouvait pas parler, elle ne pouvait pas rire. Elle n'osait pas interrompre cet instant. Que signifiait-il ? Elle laissa retomber le rideau et s'enfuit dans sa chambre, ses doux yeux assombris par la terreur.

IV

Dans sa chambre, Pivoine ne pleura pas. Elle s'assit ; par habitude et bien que ses yeux fussent secs, elle les tamponna avec la doublure claire de sa manche. Elle se sentait seule dans une maison d'étrangers qui l'excluaient de leur secret. Elle poussait des soupirs et des gémissements qu'elle ne chercha pas à étouffer lorsque Wang Ma entra.

Les relations entre les deux femmes étaient complexes. Chinoises l'une et l'autre, elles se trouvaient unies parmi les étrangers. Et, femmes toutes deux, elles fraternisaient parmi des hommes. Cependant l'une avait vieilli et perdu sa beauté, et l'autre était jeune et très jolie. Sans en rien dire, jugeant inutile d'en parler ensemble, elles connaissaient leur vie réciproque. Ainsi Pivoine savait que Wang Ma était entrée, elle aussi, dans cette maison, en qualité d'esclave. Mais jusqu'à quel point était-elle demeurée esclave ? était-elle devenue, au contraire, quelque chose de plus ? Wang Ma, par prudence, ne l'avait jamais dit et sans doute ne le dirait-elle jamais. Pivoine, du reste, ne consentait pas à se comparer à Wang Ma. Wang Ma ne savait ni lire, ni écrire ; bien qu'intelligente et assez bonne, elle n'en gardait pas moins une nature vulgaire ; ce n'était pas le cas pour Pivoine, qui avait lu un grand nombre de livres, causé même parfois avec Ezra, profité des leçons que, pendant de longues heures, le vieux maître confucianiste chinois donnait à David et, par-dessus tout, elle avait entièrement partagé jusqu'ici l'esprit et les pensées de David, chose inimaginable entre Wang Ma et Ezra. Pivoine avait dirigé David dans son amour de la musique et de l'art de la poésie ; ils avaient lu ensemble, en secret, des livres comme *Le Rêve de la Chambre Rouge* et, lorsque la jeune et triste héroïne répand les pétales de fleurs, David, en voyant couler les larmes de Pivoine, avait posé son bras sur les épaules de la petite esclave, pour lui permettre de pleurer contre lui.

Il lui avait toujours tout confié, elle en était certaine et, avec une délicate ardeur, elle accueillait chacune de ses dispositions d'esprit. Mais, à présent une chose demeurait cachée à Pivoine : pourquoi n'avait-il pas terminé le poème qu'il avait commencé ? S'était-il aperçu qu'elle l'avait pris ? Pivoine n'osait le demander, de peur d'être forcée d'avouer qu'elle l'avait non seulement volé, mais achevé et apporté à la troisième demoiselle, dans la maison de Kung. Elle redoutait la colère de David et sa question : « Pourquoi as-tu fait cela ? »

Pourquoi, en effet ? Elle ne pourrait jamais le dire au jeune homme. Elle avait toujours eu trop de sagesse pour révéler toutes ses pensées et ses sentiments, sachant par instinct de sa féminité que l'homme ne désire pas tout connaître de la femme. Le cœur de David étant concentré sur lui-même, le sien à elle devait se concentrer en lui... Ainsi, elle ne lui avait jamais posé la question qui la tourmentait sans qu'elle pût arriver à la résoudre : la vie est-elle triste ou gaie ? Elle ne songeait pas à sa propre vie ni à celle d'une autre, mais à la vie en soi ; – est-elle triste ou gaie ? Pivoine, en trouvant la réponse à cette question, trouverait un guide. Car si la vie peut, et doit être, heureuse, si d'être en vie est une bonne chose, alors pourquoi Pivoine ne s'efforcerait-elle pas d'obtenir tout ce qui lui serait possible pour elle-même ? Mais si, tout compte fait, la vie est triste, il vaut mieux se contenter de ce qu'on a. Cette question s'imposa à elle de nouveau sans qu'elle pût y trouver de réponse.

– Je savais que je te trouverais dans la peine, dit Wang Ma, avec le plus grand calme. (Elle s'assit et ses grosses mains posées sur ses genoux, elle regarda fixement Pivoine.) Il faut nous aider, mutuellement, toi et moi, poursuivit-elle.

Pivoine leva ses yeux pleins de tristesse sur la bonne figure ronde de Wang Ma.

– Sœur Aînée..., dit-elle, d'une voix plaintive.

– Dis-moi ce que tu as sur le cœur, répondit Wang Ma.

– Il me semble que si je pouvais découvrir la réponse à une question, je pourrais organiser ma vie.

– Quelle est cette question, dis-moi ? fit Wang Ma.

Ce n'était pas facile à expliquer. Pivoine ne s'était jamais entretenue avec Wang Ma que de nourriture, de thé, de la propreté des pièces, du travail à faire dans la maison et elle craignait que Wang Ma se moquât d'elle. Mais son cœur se brisait en pensant à ce qui l'attendait si David épousait Leah.

– Wang Ma, je vous en prie, ne vous moquez pas de moi, dit-elle faiblement.

– Je ne me moquerai pas.

Pivoine joignit les mains sur ses genoux.

– La vie, dit-elle en détachant les mots, est-elle triste ou gaie ?

D'après son expression, son sérieux, Wang Ma parut comprendre la question de Pivoine.

– Au fond ? demanda-t-elle.

– Au fond, répondit Pivoine.

Wang Ma, l'air grave, ne manifesta ni surprise ni ahurissement.

– La vie est triste, dit-elle, d'une voix nette et décidée.

– Nous ne pouvons donc pas nous attendre à du bonheur ? demanda Pivoine, songeuse.

– Certainement pas, répondit Wang Ma avec assurance.

– Vous dites cela d'une manière si enjouée !

Le ton de Pivoine était lamentable, et elle se mit à pleurer.

– Tu ne seras heureuse que lorsque tu auras compris que la vie est triste, déclara Wang Ma. Regarde-moi, Petite Sœur. Que de rêves, j'ai faits, que d'espoirs, avant d'avoir compris que la vie est triste ! Après cela j'ai cessé de rêver, je n'espérais plus. Maintenant les bonnes choses qui m'arrivent me rendent souvent heureuse. Je ne m'attends à rien, alors tout m'est une joie. (Wang Ma cracha habilement dans la cour, par l'ouverture de la porte.) Ah ! oui, fit-elle d'un ton réconfortant, la vie est triste, résigne-toi à cela.

– Merci, fit doucement Pivoine (et elle s'essuya les yeux).

Elles restèrent assises toutes les deux un moment, plongées dans leurs réflexions. Puis Wang Ma se mit à parler très affectueusement :

– Tu dois penser à toi, Pivoine. Si tu désires passer tes années dans cette maison, cherche à savoir qui sera la femme de notre Jeune Maître. Qu'il le veuille ou non, l'épouse d'un homme le dirige. Elle a le pouvoir, parce qu'elle a sa place dans le lit ; choisis donc la femme de David.

– Moi ! s'écria Pivoine.

Wang Ma fit un signe affirmatif.

– Avez-vous choisi notre Maîtresse ? reprit Pivoine.

Wang Ma roula sa tête de côté et d'autre sur son cou très court.

– Moi, je n'avais qu'une seule alternative : partir... ou rester, dit-elle enfin.

– Vous êtes restée, fit doucement Pivoine.

Wang Ma se leva :

– Il est temps que j'apporte à notre Maîtresse les petites douceurs du matin, dit-elle brusquement.

Elle sortit, et Pivoine continua à réfléchir. Le travail attendait. A travers la porte ouverte, Petite Chienne entra dans la chambre sur ses pattes capitonnées. Elle avançait sans bruit, comme d'habitude, lorsqu'elle ne rencontrait pas d'étrangers. Elle vint à Pivoine et la regarda, suppliante et toujours silencieuse.

– Je t'avais oubliée, Petite Chienne, murmura Pivoine.

Elle se leva, prit une brosse en bambou et, agenouillée sur le plancher, elle brossa les longs poils dorés de la chienne. Le contact du bambou plaisait à la petite bête et elle se tenait immobile, ses yeux globuleux à demi fermés tandis que Pivoine soulevait chaque oreille, lissait soigneusement les poils en dessous et ceux qui entouraient le nez noir, retroussé. La petite chienne eût ronronné si elle avait été chatte, mais elle devait se contenter d'agiter sa queue touffue, qui, lentement, allait et venait.

Cependant, Pivoine ne commettait pas l'erreur de placer Petite Chienne sur un plan supérieur à celui d'un animal. Sa tâche terminée, elle se lava les mains, s'assit, et retomba dans ses pensées. Petite Chienne, couchée sur le seuil de pierre, roula les yeux deux ou trois fois, happa une mouche et s'endormit.

Pivoine, pensive, la considérait. Dans cette maison, Petite Chienne, acceptée par tous, était, elle aussi, parfaitement heureuse. Un chien peut faire partie d'un tout. Pivoine réfléchissait et personne ne vint la déranger. Un autre jour, on l'eût appelée bien des fois, et ce silence l'avertit qu'il se passait en dehors d'elle, dans la maison, une chose nouvelle, étrange, une chose à laquelle elle devrait s'adapter ; il lui faudrait s'incliner, accepter, et s'intégrer au nouvel ordre. Partout où serait David, quel qu'il fût, et où qu'il fût, elle serait là. Elle se contenterait d'un mot, de temps à autre, et s'il le permettait, de le servir, ne serait-ce que pour prendre soin de ses vêtements ; elle en ferait sa vie...

Pivoine ne bougeait pas ; les minutes s'écoulaient, si bien qu'à la longue, les petits êtres qui se cachent derrière les meubles, les rideaux et les portes, commencèrent à s'agiter. D'une lézarde dans le toit, un criquet lança une longue note stridente, une gerboise se glissa sur le sol carrelé et, dans un rayon de soleil, debout sur ses pattes de derrière, elle esquissa une petite danse solitaire. Pivoine, prise d'une joie subite, rit tout haut, et la petite bête bondit dans sa cachette. Pivoine resta assise, souriante, sa gravité avait disparu. On pouvait se créer tant de menus plaisirs ! de petites existences vivaient joyeuses, dans cette demeure, à l'abri des grandes. L'existence de Pivoine serait une de celles-là. Un sentiment nouveau l'envahit, qui contenait trop de douceur pour qu'on pût y voir de la force, et trop de calme pour être de l'énergie.

Mais elle en fut ranimée. Elle se leva, lissa ses cheveux, se regarda dans son miroir et, se trouvant pâle, elle passa du rouge sur ses lèvres. Puis, elle s'examina un moment et, enroulant sa tresse sur une oreille, elle y enfonça une épingle de jade. Du travail l'attendait qu'il ne fallait pas négliger. C'était la veille du sabbat, et l'habituel repas du soir demandait des soins tout particuliers. Pivoine devait faire luire les chandeliers d'argent, les vases qui contiendraient le vin, et placer sur la table les pains en forme de tresse. Cependant, elle s'assit de nouveau et s'attarda, bien qu'elle sût ce qui lui restait à faire. Au bout d'un moment, elle prit un pinceau, de l'encre et du papier de riz dans le tiroir de sa table et, bien vite, elle traça les quatre lignes d'un poème. Ces lignes n'avaient rien à voir avec la situation de Pivoine. Elles formaient une réponse au poème déjà transmis à la maison de Kung. Il y était question de l'ardeur consumante du soleil qui boit la rosée trouvée sur les fleurs, à l'aube.

Le poème terminé, Pivoine le glissa dans son sein et commença les préparatifs du sabbat.

Dans le hall, l'apparition de Pivoine était passée inaperçue. Les trois anciens, Ezra, Mme Ezra et Kao Lien, avaient regardé David et Leah avec des sentiments différents lorsque la belle jeune fille avait courbé la tête et posé les lèvres sur le fourreau brillant de l'épée. Pour Mme Ezra, ce geste signifiait que Leah se consacrait à la tâche qu'on lui avait confiée. Kao Lien, ses yeux étroits fixés sur Mme Ezra, lut dans le visage de celle-ci une telle expression de bonheur et de foi, qu'il comprit que le secret espoir de la vieille dame, facile à deviner, était sur le point de se réaliser. Il s'en affligea en songeant à David, qu'il affectionnait. Que Leah fût belle à voir, il s'en rendait compte aussi bien que chacun, mais il devinait en elle cette forme d'esprit qu'il avait si souvent observée chez les Juives, et qui, pensait-il, conduit et oblige les hommes à ce séparatisme que, dans le cas présent, Kao Lien craignait et déplorait. « Une femme ne doit pas trop aimer Dieu, se dit-il, car si elle l'aime plus que son mari, elle s'érige en conscience de l'homme, et le harcèle. »

Ezra se montrait le plus troublé. Jamais il n'avait tant désiré se perdre, tel qu'il était, au sein de ce pays riche et tolérant, où ses ancêtres avaient élu domicile. Il redoutait la beauté de Leah. Il craignait que son fils ne cédât à la force spirituelle qui s'en dégageait. David tenait davantage de sa mère que de son père, Ezra le sentait bien, et le jeune homme n'avait pas eu la consolation qu'apporte une mère chinoise, rose et au cœur généreux, prête à rire de Dieu et des hommes, et à juger de tout en ce monde d'après son propre sentiment du plaisir. Non! cette petite créature-là avait beau se prolonger dans le sang de David, le principal courant de son être lui venait de sa mère dont les regards aimants et sévères ne le quittaient jamais.

Ezra s'agita dans son fauteuil, toussa, tira sur sa barbe et montra son déplaisir par son attitude.

– Voyons, Leah, ma chère, cria-t-il, très fort... cette vieille épée sale n'a-t-elle pas traîné dans les mains des soldats, l'écume de toutes les nations?

Cette voix dure, terre à terre, désorienta Leah. Elle recula timidement et porta la main à ses joues.

– Oh! je n'y pensais pas, balbutia-t-elle.

Mme Ezra intervint :

– Leah a bien fait d'embrasser l'épée. Le Seigneur l'a inspirée.

David, que sa mère poussait toujours à une révolte sous laquelle se dissimulait une involontaire, mais instinctive sympathie, déclara d'un air insouciant :

– Je suspendrai l'épée sur le mur, derrière mon bureau. Elle servira de décoration.

– Bonne idée, dit Kao Lien. Que cette arme ne soit plus jamais brandie contre une vie humaine.

Ezra se leva.

– Faites rassembler toutes ces marchandises et qu'on les range, dit-il à Kao Lien. (Il prit le peigne qu'il avait choisi pour Pivoine, ignora volontairement Leah, et se tourna vers Mme Ezra.) Femme, dit-il, j'ai faim. Faites servir de bonne heure le repas du soir.

Et il quitta brusquement la salle.

Leah restait debout, un peu gauche et intimidée. David lui-même semblait l'avoir oubliée. Il éprouvait la finesse de la lame sur le rude emballage des colis. Le tranchant du métal était tel que la lame traversa la toile.

– Voyez-moi ça, Kao Lien! s'écria-t-il, dans sa joie.

Kao Lien, sur le point d'appeler ses hommes, se retourna.

– N'en faites jamais l'essai sur votre main, je vous en supplie, dit-il calmement. Sans qu'on y mette la moitié de votre force, elle peut trancher un corps humain. Je l'ai vu faire.

Il sortit et Leah resta, irrésolue; ses regards allaient de Mme Ezra à David. Mais Mme Ezra, silencieuse, n'avait d'yeux que pour son fils, et David, sentant peser sur lui ce regard grave et profond, continuait obstinément à couper l'étoffe.

– Leah, dit enfin Mme Ezra, les yeux toujours fixés sur David, tu peux retourner dans ta chambre.

Avant que la jeune fille ait eu le temps de quitter la salle, David releva la tête :

– Je m'en vais moi aussi, mère, suspendre mon épée.

Et il sortit rapidement par la porte la plus proche.

– Est-ce que je dois m'en aller quand même, tante ? demanda Leah timidement.

Elle avait envie de crier, de demander quel mal elle avait fait, mais elle n'osait pas ; elle restait debout, simplement courbée, attendant les ordres de Mme Ezra.

– Va... va ! dit Mme Ezra sans animosité, mais avec le visible désir de rester seule.

Leah ne put qu'obéir.

Le matin du sabbat, David se trouvait seul dans sa chambre. Il s'était réveillé tard après son étrange sensation de lassitude, la veille au soir.

Pour la première fois de sa vie, il lui sembla comprendre sa mère, ce qu'elle s'efforçait de lui apprendre et ce qui l'avait faite ce qu'elle était. Étendu sur son lit, dans la pénombre soyeuse de ses rideaux, il se vit tout autre qu'il ne l'avait jusqu'ici supposé, – c'est-à-dire un jeune homme libre d'être lui-même, libre de vivre à sa guise, de prendre son plaisir, et d'être seulement le fils de son père. Il sentait à présent qu'il faisait partie d'un tout, d'un peuple épars sur la terre, éternellement un et indivisible. Partout où habite un Juif, même isolé, il appartient à son peuple.

Sa mère le lui répétait depuis sa naissance, mais cela glissait sur lui, comme l'eau sur la pierre. Et aujourd'hui, il comprenait, non pas avec son esprit, mais avec tout son sang. Pourquoi massacrait-on son peuple ? Une mauvaise colère monta en lui. Si le monde, au-dehors, cherchait à détruire ceux de sa race, alors, ici, dans la sécurité de ce pays où il était né, il devait s'efforcer de les maintenir en vie. Il commencerait par apprendre tout ce qui concerne son peuple. Depuis deux ans, il résistait au désir de sa mère et refusait de suivre l'instruction religieuse du rabbin. Il prétendait manquer de temps. Il désirait aussi lire beaucoup de livres ; son père le réclamait et il devait montrer plus d'assiduité pour les affaires ; et puis il voulait voyager. Mais sa mère ne le laisserait pas partir avant qu'il fût marié et eût un fils. Jusqu'ici, ce fils lui semblait être un mythe, inventé par elle, mais il sentait, maintenant, au fond de lui-même, en dehors de toute intervention de la pensée et de la raison, qu'avoir des fils est un devoir. Si les gens de sa race sont massacrés, d'autres doivent naître. La naissance répond à la mort.

Pour la première fois, dans sa vie remplie de plaisirs, David se mit à réfléchir à des choses qui le dépassaient. Il prit conscience de ses racines profondes, transmises par son père et sa mère, mais plus fortement par sa mère. Il comprit que tandis qu'elle semblait le retenir et lui enlever toute indépendance, elle cherchait à le préserver et à le sauver.

Et les pensées de David allèrent de sa mère à Leah. Qu'elle était belle, la veille au soir ! Ils n'étaient pas restés seuls ensemble, mais ils s'étaient sentis unis par les liens du sang, du cœur et de l'esprit. Leur peuple, en vérité, est un peuple unique, qui a une destinée, et que Jehovah, le seul vrai Dieu, a mis à part. David se sentait étrangement en faute, il avait l'impression profonde d'avoir renié Dieu par sa vie insouciante et joyeuse dans un pays païen. Pendant que ceux de sa race souffraient et mouraient, il riait, s'amusait et gaspillait son temps. Il se rappela les choses qu'il préférait, les jeux de hasard dans les maisons de thé, les paresseux après-midi d'été, sur le lac, en bateaux de plaisance, avec ses jeunes amis chinois, et, dans une cour au clair de lune, le parfum des fleurs de lotus, les airs de violon et de flûte. Il songea à l'ami de son père, Kung Chen, et l'image de Kueilan lui revint à l'esprit, dans son candide épanouissement. David connaissait ce petit visage, comme s'il l'avait vu cent fois, la délicate courbe des sourcils, les yeux ronds et noirs, la petite bouche charnue et rouge, la belle peau claire et aussi la sveltesse du corps souple comme une tige de saule. Mais il s'en souvenait à cause de Pivoine qui, elle aussi, était menue, avait une bouche vermeille et des yeux pétillants de gaieté. Que de fois ils avaient ri ensemble !... David retint un sourire involontaire. Tandis qu'il menait joyeuse vie, les gens de sa race étaient chassés de leurs demeures. Dans d'autres villes, parmi d'autres peuples, ils gisaient, morts, dans les rues. Entraîné par son sentiment de culpabilité, il se leva pour aller voir sa mère et lui annoncer qu'il l'accompagnerait le matin même à la synagogue. Après la journée de la veille, elle en serait réconfortée.

Une fois lavé et habillé, son chemin le conduisit devant le jardin des pêchers et, à travers la porte ronde de la Lune, il aperçut, reflétés dans le tranquille bassin ovale, les arbres avec leur floraison tardive. La matinée était belle, l'air chaud, et malgré son désir d'être triste, un élan de joie parcourut le jeune homme. Il appela doucement :

– Pivoine !

Personne ne répondit. Mais souvent, Pivoine faisait la sourde oreille lorsqu'elle était dans le jardin : une fille taquine et malicieuse ! Il sourit et franchit la porte de la Lune. Il était encore trop tôt pour se rendre à la synagogue et il n'irait pas chez sa mère.

La joie avait empêché Mme Ezra de dormir. Son cœur, si souvent solitaire dans cette maison, était consolé. C'était Leah, songeait-elle, qui avait éveillé l'âme endormie de David. Cette âme s'éveillerait de nouveau ainsi que celle d'Ezra. Mais ce n'était pas tant Leah que Jevohah qui, mystérieusement, avait tout amené au moment voulu. La caravane était arrivée le même jour que Leah... Combien Mme Ezra s'était montrée aveugle et de peu de foi lorsqu'elle s'était inquiétée de cette coïncidence !... La nouvelle des persécutions décrites par Kao Lien, l'entrée de Leah dans la salle au moment où David avait le cœur ému de tristesse, la foi, l'esprit, déployés par Leah pour faire de ce chagrin une arme et en frapper la conscience de David, tout cela ne pouvait venir que de la main de Dieu.

Au début de la nuit, lorsque Ezra était entré dans la chambre de sa femme, au lieu de s'allonger près d'elle, il s'était assis à côté du lit, avait pris la main de Mme Ezra, et ils avaient causé d'une façon raisonnable et profonde à la manière d'un couple juif.

– Naomi, lui avait dit Ezra, je consens maintenant à ce que David apprenne la loi et les prophètes.

Quand Mme Ezra entendit ces paroles, des chants montèrent de son âme vers Dieu. Autrefois, David avait été l'élève du rabbin, jusqu'au jour où il s'était révolté et où son père, loin de le calmer, avait insisté pour qu'il entrât dans les affaires, et déclaré que le temps était trop court pour qu'on puisse tout entreprendre. Triomphant, le jeune David avait suivi son père et s'était lié avec les fils des commerçants chinois. C'est ainsi qu'il avait pénétré chez Kung Chen et qu'il avait rencontré la fille du marchand.

Mme Ezra maîtrisa sa joie et répondit :

– Merci, Ezra.

– Nous ne pouvons rien faire pour notre peuple au loin, continua Ezra, et il est raisonnable que nous demeurions ici, où nous sommes en sécurité.

– Jusqu'à ce qu'un prophète se lève et nous conduise dans notre patrie, répondit Mme Ezra.

Ezra toussota.

– Je me demande parfois pourquoi nous quitterions jamais la

Chine. Nous sommes ici depuis quatre générations, Naomi, et les enfants de David formeront la cinquième. Les Chinois se montrent très bons envers nous.

– Je redoute cette bonté...

Et Mme Ezra retira sa main, puis, craignant qu'Ezra ne revînt sur sa promesse, elle la replaça de nouveau entre celles de son mari. Ils n'avaient plus rien dit et, au bout d'un moment, Ezra était retourné dans ses appartements.

C'était l'aube du sabbat, un nouveau sabbat, merveilleux pour Mme Ezra, car ils se rendraient tous à la synagogue. La maison était silencieuse, personne ne travaillait. Les bruits de la rue et les voix de cette cité païenne passaient seuls au-dessus des murs. Ici, dans sa demeure, Mme Ezra sentait de nouveau la présence de Dieu ; accompagnée, il est vrai, de tristesses, mais Il était là, toujours plus près de Son peuple au temps de l'épreuve...

– Du fond de l'abîme, nous crions vers Toi, oh ! Jehovah, murmura-t-elle après le départ d'Ezra.

Elle revêtit ses plus riches vêtements pour ce jour-là, une robe en satin broché d'un pourpre foncé, la jupe et les manches bordées d'or.

Et Leah, cette chère enfant, comprenait-elle jusqu'où elle avait obéi à la volonté de Dieu ? Il fallait conserver tout ce qu'elle avait obtenu hier, guidée par le Seigneur. Dans son élan, Mme Ezra se tourna vers Wang Ma qui venait l'aider à s'habiller :

– Allez me chercher Leah, cette chère enfant. Je ne peux pas attendre pour lui donner ma bénédiction.

Wang Ma lança un regard perspicace à sa Maîtresse ; elle allait sortir sans répondre lorsque Mme Ezra l'arrêta :

– Non, dit-elle, j'irai moi-même la voir.

Wang Ma haussa ses robustes épaules et s'effaça pour laisser passer sa Maîtresse.

C'est ainsi que Leah, en ce matin de sabbat, vit Mme Ezra s'avancer vers elle. La jeune fille avait passé une nuit de sommeil salutaire, l'esprit en repos. Elle avait obéi à la volonté du Seigneur. Hier, une fois seule, elle s'était sentie poussée à sortir et à rejoindre les autres, et elle avait atteint le grand hall au moment précis où le cœur de David était remué et son âme enflammée par la colère du Seigneur. Lorsqu'elle avait repoussé la portière, Leah l'avait vu, agenouillé comme devant l'autel, une épée d'argent sur les genoux. Il avait levé les yeux et rencontré les siens. Et le Seigneur avait mis sur les lèvres de Leah les paroles qu'elle avait prononcées. Dans la nuit, elle s'était éveillée et au souvenir du visage de David tourné vers elle, elle s'était rendormie en souriant.

Ce matin-là, elle récita quelques versets de la Torah et songea à son père ; allait-il bien ? Aaron se montrait-il plus gentil ? et Rachel s'en faisait-elle obéir ? Puis elle se demanda timidement si David viendrait la rejoindre, l'enverrait chercher, ou bien si Mme Ezra les réunirait. La veille, au repas du soir, David avait gardé le silence, ce qu'elle trouvait très naturel, n'ayant pas parlé, elle non plus. Du reste, elle ne redoutait plus rien. Dieu était avec elle.

Leah allait et venait ce matin-là, rêvassant, souriante, le regard perdu au loin. Elle se promena dans son jardin puis revint s'asseoir. Elle se sentait si heureuse, si pleine d'espérance, que dès qu'elle aperçut Mme Ezra, elle vint à sa rencontre.

– Ah ! chère tante, murmura-t-elle.

– Chère enfant, répondit Mme Ezra, touchée par tant de chaleur. Tu parais heureuse aujourd'hui.

Leah leva la tête :

– Je suis plus heureuse que je ne l'ai jamais été de ma vie.

Elles entrèrent dans la maison, la main dans la main, et lorsque Mme Ezra se fut assise, Leah se mit à ses pieds sur un tabouret et, de nouveau, leurs mains s'étreignirent. Leah regarda Mme Ezra avec tant de confiance que celle-ci en fut remuée au point que sa gorge se serra, étouffée par les larmes. Une extase afflua de son cœur et pénétra son esprit.

– Courbe la tête, chère enfant, et remercions Dieu.

Elle-même se tint penchée et murmura les paroles d'un psaume que Leah récita avec elle. Le psaume terminé, Mme Ezra garda le silence, puis, se redressant, elle ouvrit les yeux et rencontra ceux de Leah.

– Nous avons la bénédiction de Jehovah, dit-elle d'une voix douce, je le sens. A présent nous n'avons qu'à suivre pas à pas la voie que Dieu nous trace. Chère enfant, le père de mon fils consent, par lui-même, à demander au rabbin d'enseigner de nouveau la Torah à David. Je pense que le plus simple serait de prier le rabbin de venir ici, habiter notre maison... il faut que nous soyons tous réunis.

– Mais alors, que deviendra Aaron ? fit Leah, avec inquiétude.

– Aaron viendra, lui aussi, dit fermement Mme Ezra. Ils logeront dans la petite aile, à l'ouest.

– Est-ce que je ne pourrais pas y aller, moi aussi, avec eux ?

– Non, tu resteras ici.

Mme Ezra n'avait formé ce projet qu'à l'instant même. Il lui parut si clair, si simple, qu'elle se sentit convaincue que Dieu l'avait inspiré.

– Je parlerai à ton père avant le culte, dit-elle, mais tu l'annonceras tout de suite à David. Non, après tout, je le lui dirai moi-même ; tu viendras avec moi et, ensuite, vous en causerez ensemble. Hier, c'était hier, aujourd'hui est aujourd'hui, et chaque jour doit être considéré à part, pour que nous arrivions au but.

Mme Ezra serra la main de Leah, la relâcha et se leva.

– Quel est ce but, chère tante ? demanda timidement Leah.

– Le mariage de David... et le tien, répondit Mme Ezra avec sérénité. C'est le moment. Je ne l'ai jamais vu aussi remué qu'hier soir.

– A présent, chère tante ? demanda Leah, troublée.

– Oui, certainement.

Mme Ezra s'avançait vers la porte, tout en parlant. Elle ne voulait pas réfléchir davantage à ce que Leah pourrait ou devrait faire. Que les deux jeunes gens soient réunis, et Dieu ferait son œuvre !

Sur le seuil, elle se retourna et lança un coup d'œil en arrière. La jeune fille était immobile, l'air anxieux, ses longues et fortes mains plaquées l'une contre l'autre, entre ses genoux.

– Parle de Dieu à David, lui dit Mme Ezra, en sortant.

Leah eut peu de temps pour approfondir ces paroles. Bientôt Wang Ma parut à la porte et lui dit :

– Notre Maîtresse vous demande d'aller dans le jardin des pêchers.

Et, impassible, elle attendit que Leah fût prête à la suivre.

Le jardin des pêchers était l'endroit de prédilection de David, et Mme Ezra s'y rendit en quittant Leah. Elle aperçut son fils debout, sous un arbre en fleur, solitaire et le visage troublé.

– David, mon fils, dit-elle tendrement.

– Oui, mère.

Il répondit très vite, mais sa pensée était ailleurs.

La mort semblait si éloignée de ce jardin ! L'atmosphère du sabbat était paisible. La haute muraille de la vaste enceinte arrêtait les bruits du dehors. En général, David avait horreur du silence. Un jour ordinaire, Pivoine n'étant pas là, il se serait empressé de franchir le portail pour rejoindre ses amis, se promener dans les rues et voir ce qui s'y passait de nouveau depuis la veille. La cité se trouvait à mi-chemin entre le Nord et le Midi et les voyageurs s'y arrêtaient pour se reposer, se rafraîchir et profiter des bonnes auberges. Des fakirs, des jongleurs, avec tous les artifices des Indes au bout de leurs doigts, des troupes d'acteurs ambulants, venus de Pékin, donnaient journellement des représentations sur les terrains du temple, et parcouraient les maisons de thé où ils attiraient les clients.

Mais ce matin-là, David n'avait aucun désir de les voir. Il voulait rester dans cette maison, entourée de murs et dont les grands portails étaient verrouillés la nuit. Comme on s'y sentait en sécurité ! Dans l'esprit du jeune homme, des visages morts semblaient remonter à la surface comme des noyés.

– Ton père et moi avons décidé que tu commencerais à étudier la Torah, mon fils, lui dit Mme Ezra.

Elle avait répété cela bien des fois et il avait toujours protesté, disant qu'il était trop occupé, mais cette fois, il répondit :

– Je suis tout prêt.

Surpris lui-même, et impressionné de ce que sa volonté coïncidait avec celle de ses parents, il n'en dit rien à sa mère.

– Aujourd'hui, après le service à la synagogue, j'inviterai le rabbin à passer quelques temps chez nous, poursuivit Mme Ezra. Ce sera plus simple pour toi. Il accomplira son œuvre aussi bien ici que chez lui. (Elle leva la tête et regarda les arbres en fleur.) Que c'est beau ! Cela ferait plaisir à Leah. Je vais l'envoyer chercher, dit-elle.

Sur le point de demander à David d'attendre la jeune fille, elle se tut. Que le Seigneur les unisse ! Elle éleva en silence son âme vers Dieu. « Fais que mon fils s'attarde ici, oh ! Dieu. »

Le sens de cette prière parvint jusqu'à David, sans qu'il en perçût les mots. Sa sensibilité, son intuition, le retinrent sur place, sous les pêchers roses, et sa mère lui sourit en s'éloignant. Elle rencontra Wang Ma et lui demanda d'amener Leah au jardin. David n'avait pas bougé, ses pieds semblaient prendre racine dans le sol, lorsqu'à grands pas rapides, Leah atteignit la porte du jardin. Il s'avança lentement vers elle :

– Leah ! dit-il.

Le matin renouvela la magie de la veille. Sous la lumière du soleil le teint de Leah, clair et pâle, parut sans défaut et ses yeux étaient sombres. Elle portait une robe blanche en toile de lin chinoise qui lui tombait aux pieds, avec une ceinture d'or, et dans les cheveux un bandeau d'or. Elle était belle, plus belle qu'un lis. Ce mot rappela à David le poème inachevé et la raison qui l'avait empêché de le terminer.

– Vous ressemblez au matin, dit-il.

Leah leva les yeux sur David et son cœur s'élança avec le vol direct d'un oiseau et se réfugia en lui. A partir de ce moment, elle l'aima et lui seul, d'un amour total.

« Dieu, donne-moi son cœur ! » Cette prière avait tant de force et de sincérité qu'elle chantait dans l'âme de la jeune fille et que tout son corps semblait y participer.

David, encore frémissant et impressionnable, sentit l'amour de Leah venir à lui, le pénétrer, en un don écrasant. Le recevant d'une étrangère, il se serait senti ému, mais combien davantage de la part de quelqu'un de sa race, de son sang. Ils étaient seuls dans le jardin. Au-dessus d'eux, le doux ciel d'une matinée de printemps, et contre ce ciel les couleurs tendres des fleurs de pêcher et des petites feuilles vertes nouvelles. Les deux jeunes gens sentaient, comme un bienfait, la sécurité qui les enveloppait dans ce jardin, et qui contrastait avec le souvenir des récits de Kao Lien, la veille, la terreur de la mort et la cruauté des persécutions.

David restait incertain, tiraillé entre le lointain passé qu'il ignorait et l'heureuse enfance qu'il avait connue. Ce lointain passé, il le partageait avec Leah. Ils étaient unis par ce lien avec leur peuple. Il laissa retomber les mains de Leah, et, entraîné par une impulsion de son sang, il entoura la jeune Juive de ses bras et l'attira à lui.

Elle s'appuya contre cette poitrine, courba la tête et ferma les yeux, se disant avec reconnaissance :

« Voici la réponse de Dieu. »

Et David, abaissant ses regards sur les cils noirs et recourbés de Leah, se demanda ce qu'il venait d'accomplir en ce jour de sabbat. Avait-il fait un choix ? C'était probable, mais il ignorait dans quel sens.

Tout à coup, il entendit la voix de sa mère :

– Mes enfants !

C'est ainsi qu'elle les appela.

Ils se séparèrent brusquement lorsque Mme Ezra parut à la porte :

– Venez déjeuner avant que nous allions ensemble à la synagogue, voici l'heure. David, j'ai mis tes vêtements pour le culte sur ton lit.

Ils la suivirent en silence, et, à sa propre stupéfaction, David se sentait heureux que sa mère soit intervenue pendant qu'il tenait Leah dans ses bras. Il répondit au sourire interrogateur de Mme Ezra par un autre sourire et il se demanda pourquoi il avait l'impression de mentir.

Pendant que David était à la synagogue, Pivoine s'entretenait gravement avec Chu Ma, dans la maison de Kung. Elle éveillait l'orgueil de la vieille bonne et jouait habilement de sa jalousie et de sa colère.

Elle s'était décidée à cette visite pendant la nuit. Le repas du soir, la veille du sabbat, lui avait paru étrange, silencieux et plein d'une émotion qu'elle ne partageait pas. Ezra lui-même se taisait, indifférent à ce qu'il mangeait. David et Leah ne prirent presque rien et Mme Ezra, seule, avait conservé son appétit. Elle aussi avait à peine parlé et ses regards s'étaient souvent posés sur David, puis sur Leah.

Pivoine, se sentant exclue, avait quitté la salle très tôt et passé la soirée à écrire et à perfectionner le nouveau poème. Elle l'apporterait elle-même, le lendemain, pour faciliter le marchandage qu'elle tramait dans la maison de Kung. Et, à présent, assise à l'ombre d'un cassia, dans une cour de service, elle causait avec Chu Ma.

– Je vous demande pardon, dit-elle gracieusement tout en lissant, de ses doigts délicats, sa frange que la brise avait dérangée.

Chu Ma, qui brodait un petit soulier de satin, leva les yeux de son ouvrage :

– Quelle faute avez-vous commise? demanda-t-elle en souriant.

– Je ne suis pas revenue hier, comme je l'espérais, mais écoutez mon excuse, Bonne Mère, et, ensuite, pardonnez-moi.

Et Pivoine raconta à Chu Ma l'arrivée de la caravane ainsi que les mauvaises nouvelles : les massacres du peuple de son Maître et de sa Maîtresse, la tristesse de ceux-ci, tristesse qui avait envahi toute la maison, si bien que Pivoine avait craint d'amener un mauvais sort sur la demeure des Kung au sortir d'un tel deuil.

Pivoine baissa d'un air contrit ses paupières nacrées; elle sentait les yeux perçants de Chu Ma fixés sur elle, et elle poursuivit :

– Je crains d'avoir parlé trop vite, hier, fit-elle d'une voix douce. Je crains de n'avoir pas lu clairement dans le cœur de notre jeune seigneur.

Elle soupira et Chu Ma répondit d'un ton sec :

– Jeune fille, je ne me rappelle pas ce que vous m'avez dit.

Pivoine savait fort bien que Chu Ma s'en souvenait et elle continua :

– J'avais dit que mon jeune seigneur ne songeait qu'à votre jeune maîtresse, et j'ai remis à celle-ci un poème de sa part, – vous le savez. Mais voilà qu'ils ont amené chez nous la fille du rabbin et je crains qu'ils ne se servent des sorcelleries de Dieu pour faire oublier à notre Jeune Maître jusqu'à son amour.

Chu Ma renifla, puis se leva. Elle était si grosse que chaque fois qu'elle faisait cet effort, ses ciseaux, son dé et ses soies tombaient de ses genoux. Pivoine se hâta de tout ramasser.

– Laissez ça, dit Chu Ma d'un ton irrité. Vous feriez mieux de venir avec moi et de défaire le mal que vous avez fait.

Elle prit les devants et, d'un geste de son menton, fit signe à Pivoine de la suivre. Pivoine obéit avec l'impression d'entrer dans un labyrinthe dont elle ignorait l'issue.

La maison de Kung était très grande, plus vaste que celle d'Ezra. Des générations d'hommes, de femmes et d'enfants l'habitaient, tirant leur subsistance d'une même source. Les femmes regardaient Pivoine du coin de l'œil, les enfants la dévisageaient, mais elle passa devant eux, la tête modestement baissée. Elle arriva ainsi à la cour des filles de Kung Chen, le chef de cette grande famille. Kung Chen avait quatre filles, deux d'entre elles déjà mariées et parties; Kueilan venait ensuite, puis une plus jeune, née d'une concubine de Kung Chen, qu'il regretta plus tard d'avoir amenée chez lui, car elle s'était éprise du maître domestique, ce qui obligea Kung Chen à les renvoyer tous les deux; mais il gardait la petite fille.

Kueilan jouait à la scie, à l'aide d'une ficelle, avec cette jeune sœur, lorsque Chu Ma entra, suivie de Pivoine. Pivoine n'avait jamais vu Kueilan, elle ne la connaissait que par les descriptions de David. Mais dès le premier coup d'œil, elle s'aperçut que ces descriptions étaient au-dessous de la réalité, et qu'elle se trouvait en face de la plus ravissante créature qu'on pût imaginer. Kueilan avait quelque chose d'enfantin; elle paraissait à peine plus grande que sa petite sœur que Chu Ma renvoya aussitôt.

– Nounou, pourquoi renvoyez-vous Lili? demanda Kueilan.

Et Pivoine remarqua le joli son de voix de la jeune fille.

Chu Ma n'éprouvait aucune crainte devant sa petite Maîtresse et, sans répondre, elle lui dit d'une grosse voix:

– Qu'avez-vous fait de la lettre que je vous ai donnée hier?

– La voici, répondit Kueilan.

Et elle retira le poème de sa large manche de soie.

Chu Ma lança un regard de reproche à Pivoine.

– Vous voyez, lui dit-elle, le mal que vous avez fait. L'enfant conserve cette lettre avec elle nuit et jour. (Puis elle se retourna de nouveau vers sa Maîtresse.) Donnez-moi cette lettre tout de suite, mon enfant. Elle ne vaut rien, je vais la jeter.

Pivoine, avec son intelligence si vive, avait bien vite réfléchi; elle voyait clairement l'alliée et l'amie qu'elle trouverait dans cette jolie enfant, pour gagner le cœur de David. Chez Kueilan il n'y avait ni force ni bravoure. Elle était comme une petite chatte : ses grands yeux étonnés avaient une nuance de malice, sa bouche était toujours prête à rire. Kueilan regarda Chu Ma d'un air un peu craintif. Elle serra le papier dans sa main et secoua la tête.

– Je veux le garder, fit-elle, obstinée. Je ne veux pas vous le laisser déchirer. Je ne veux pas... je ne veux pas.

Chu Ma leva les yeux au ciel, sur le point de se fâcher. Pivoine s'en aperçut et dit très vite :

– Jeune demoiselle, ne vous tourmentez pas. Je viens simplement chercher la réponse.

Et elle ajouta tout bas à Chu Ma :

– Je vois ce qui en est. Ne vous fâchez pas, Bonne Mère. D'une manière ou de l'autre, je réparerai le mal que j'ai fait.

Chu Ma se tut et se contenta de bouder. Pivoine s'approcha de Kueilan, et lui dit d'un air enjôleur :

– Avez-vous écrit la réponse, petite Maîtresse ?

Kueilan baissa la tête et la secoua.

– Voulez-vous que je vous aide ?

Kueilan parut surprise :

– Savez-vous écrire ?

– Oui. (Pivoine sourit.) Dites-moi ce que vous voulez que j'écrive. Je le ferai à votre place.

– Mais je sais écrire, seulement je ne sais pas quoi mettre, balbutia Kueilan.

– Notre jeune demoiselle n'a jamais écrit à aucun homme, déclara pudiquement Chu Ma.

Pivoine montra beaucoup de douceur.

– Mon Jeune Maître ne doit pas vous faire peur. C'est un jeune homme si gentil, si bon. Il ne fait jamais de mal à personne. J'ai été son esclave toute ma vie et il ne m'a jamais battue ni laissé personne me battre.

Kueilan la regarda avec étonnement :

– Même quand il est en colère, dit-elle.

– Il ne se met jamais en colère, dit en souriant Pivoine.

– Oh ! soupira Kueilan.

Pivoine tira de son sein le poème qu'elle avait écrit, et le lut tout haut, d'une voix douce.

Dans le sein du bouton de lotus la goutte de rosée attendait
A l'aube, le soleil regarde vers la terre et l'aperçut
Il l'éleva et la mit sur un nuage
Et il la fit reine pour régner sur les cieux avec lui.

– Donnez-le-moi, s'écria Kueilan. (La joie éclairait son petit visage et elle suivit les quatre lignes du bout de son doigt minuscule.) J'aurais aimé l'écrire, dit-elle avec regret.

– Mademoiselle, je vous en fais cadeau, dit Pivoine. Il est à vous, comme si vous l'aviez écrit.

– Vous ne lui direz jamais que ce n'est pas moi ? demanda l'enfant gâtée.

– Jamais, déclara Pivoine. Mais, mademoiselle, copiez-le de votre main.

– Chu Ma, allez me chercher un pinceau, de l'encre et mon papier de soie, dit Kueilan.

Elle s'assit, silencieuse, avec des airs de petite reine, laissant Pivoine debout. Lorsque Chu Ma eut apporté le pinceau, la jeune fille s'appliqua à écrire en y mettant beaucoup de soin et de cérémonie. La langue entre les dents, elle copia entièrement le poème et le plia d'une manière compliquée, puis elle le tendit à Pivoine.

– Remettez-le-lui, fit-elle.

Et, d'un geste de la main, elle la congédia.

Pivoine inclina la tête, échangea un coup d'œil avec Chu Ma et s'en alla.

Si elle avait suivi le même chemin qu'en arrivant, Pivoine eût traversé la maison inaperçue sauf de Kueilan et de Chu Ma. Mais elle était aussi curieuse que spirituelle, et elle voulut profiter de l'occasion pour voir cette demeure, en particulier le bassin des lotus qu'on disait se trouver dans le jardin de la cour centrale. Elle s'engagea donc de ce côté-là et lorsqu'un serviteur l'interrogea, elle répondit froidement qu'elle avait apporté un message à la jeune maîtresse et qu'elle cherchait le portail d'entrée :

– Cette maison est si vaste que je m'y perds, ajouta-t-elle en riant.

Elle avança jusqu'à ce qu'elle vît une porte ronde, une porte de la Lune, qu'elle supposa être celle de la cour centrale. Elle s'en approcha sur la pointe des pieds et regarda à l'intérieur. Elle aperçut un jardin merveilleux, pavé de tuiles vertes ; au centre, se trouvait un long bassin ovale d'où s'élançaient les pointes des feuilles de lotus. Des pêchers et des pruniers poussaient au pied des murs et les fleurs écarlates des grenadiers atteignaient leur plein épanouissement. Au milieu des arbres, des bambous balançaient leurs frondes semblables à celles des fougères, et de petits oiseaux voltigeaient çà et là. Pivoine leva les yeux et aperçut, très haut par-dessus les grands murs, un filet à mailles fines, tendu, pour retenir les oiseaux.

Pivoine oublia tout, elle franchit la porte, s'avança lentement vers le bassin et ses regards plongèrent entre les lotus. L'eau était limpide et les poissons dorés et argentés se jouaient parmi les plantes. Au milieu de sa joie, Pivoine entendit une voix d'homme qui lui demandait :

– Petite Sœur, d'où venez-vous ?

Pivoine, saisie, leva la tête et aperçut Kung Chen, le maître de la maison, en personne. Elle dut expliquer sa présence, et, souriant assez pour faire apparaître les deux fossettes de ses joues, elle répondit :

– On m'a envoyée de la maison Ezra pour chercher ici un patron de broderie, et, mauvaise petite que je suis, je n'ai pu résister à la tentation de venir admirer le jardin dont j'ai si souvent entendu parler, car on en dit des merveilles. Je vous en prie, Seigneur, excusez-moi.

Kung Chen caressa son menton et sourit. Il avait un aimable visage rond et de bons petits yeux, des lèvres épaisses et placides et un gros nez épaté. Par cette journée de printemps, il portait une robe de soie grise brochée et, à l'aise chez lui, il n'avait mis ni veste ni chapeau. Ses pieds étaient chaussés de socquettes blanches et de souliers de velours noir. De lourdes bagues de jade ornaient ses pouces et il tenait un narguilé dans la main droite. Ses sourcils clairsemés, son visage rasé, donnaient à sa figure lisse et ronde une expression ouverte, et affable.

– Il n'y a rien à pardonner, dit-il aimablement. Prenez plaisir à ce jardin, au bassin, tant que vous voudrez. Je viens regarder mes poissons chaque jour à cette heure-ci, après mon repas.

Du bout de sa pipe, il indiqua la nappe d'eau et Pivoine abaissa les yeux sur les fonds limpides où les poissons nageaient contents et sereins.

– Comme ils sont heureux ! s'écria-t-elle d'un ton mélancolique. Les poissons eux-mêmes sont à l'abri dans votre maison, et bien nourris.

– Avez-vous des poissons, chez votre maître ?

La question semblait oiseuse, mais Pivoine n'y vit qu'une entrée en matière ; d'autres questions suivraient.

– Oh ! oui, répondit-elle vivement. Nous avons des bassins et des poissons que nous nourrissons. Nous avons aussi Petite Chienne.

Kung Chen remplit sa pipe et en tira deux bouffées :

– Je préfère les oiseaux, murmura-t-il. Ils sont beaux à voir, ils ont un joli chant qui en attire d'autres lorsqu'on les amène dans le bosquet de bambous. Chaque soir, au coucher du soleil, j'y apporte ma grive chanteuse et, lorsque je lui ai donné de la viande crue, elle chante et d'autres oiseaux se rassemblent sur le filet. Je reste assis, immobile, au point qu'ils me prennent pour une pierre.

– Comme ce doit être agréable.

– C'est à de semblables moments qu'on vit le meilleur de l'existence, répondit-il simplement.

Pivoine attendait. Des différences les séparaient : sexe, âge et situation, mais cela n'apportait aucune gêne. La simplicité sans âge de Kung Chen, sa sagesse absolue, solide, donnèrent tout à coup confiance à Pivoine. Les yeux toujours fixés sur le bassin, elle avoua :

– Je ne vous ai pas dit la vérité, Honoré Monsieur.

Les petits yeux de Kung Chen pétillèrent de gaieté. Mais il se garda bien de rire tout haut.

– Je le savais, répondit-il.

Elle lui glissa un coup d'œil furtif et ils rirent ensemble.

– Alors dites-moi ce qui en est, fit-il. Après tout, ne sommes-nous pas Chinois, vous et moi ?

Pivoine ne put pas aborder directement la vérité.

– Monsieur, dit-elle, éprouvez-vous de la haine envers les étrangers ?

Il ouvrit de grands yeux :

– Pourquoi haïr qui que ce soit ? fit-il, surpris.

Il s'interrompit, puis ajouta avec bienveillance :

– Haïr un être humain, c'est mettre un ver dans ses propres entrailles, cela ronge la vie.

– Je voudrais vous demander autre chose, dit Pivoine.

– Pourquoi pas ? dit Kung Chen, très aimablement.

– Donneriez-vous votre fille à un étranger ?

– Ah ! Ah ! fit Kung Chen. (Il tira deux autres bouffées de sa pipe.) Pourquoi pas ? répéta-t-il.

Il secoua la cendre de son narguilé et dit ensuite :

– Laissez-moi continuer à votre place. Vous avez un Jeune Maître dans votre maison et moi, j'ai beaucoup de filles. C'est ma petite troisième qui se rapproche le plus de l'âge du jeune homme. Je suis en relations d'affaires avec votre Vieux Maître. Il me fournit des objets de l'étranger, que je suis seul à acheter, et à avoir dans mes magasins. Bientôt je signerai avec lui un contrat exclusif, – que je payerai un bon prix, il est vrai. Si, en dehors de cela, par ma fille, j'avais des rapports d'un autre genre avec Ezra, ce serait parfait. Seulement, je ne suis pas homme à sacrifier ma fille par intérêt. Parlons donc de droiture et de philosophie. Lorsque des étrangers s'établissent dans une nation, il est préférable de les empêcher de rester étrangers ; c'est-à-dire : marions nos jeunes ensemble et qu'il y ait des enfants. La guerre est coûteuse, l'amour bon marché.

Pivoine mit toute timidité de côté. Elle admirait beaucoup Kung Chen et elle se sentait fière d'être sa compatriote. Les paroles qu'il venait de prononcer étaient pleines de sagesse et de bonté, elle lui répondit donc :

– Mon Jeune Maître a vu la troisième jeune demoiselle il y a quelques jours, et il n'a ni mangé ni dormi depuis.

– C'est bon, répondit Kung Chen tranquillement.

– Il a écrit un poème.

– Bien entendu.

– Elle lui a répondu par un autre.

Kung Chen parut surpris :

– Ma petite troisième ne sait pas écrire de poésie. Lorsque j'ai demandé au maître de le lui apprendre comme aux autres, il s'est plaint et a prétendu qu'elle avait une cervelle de papillon.

Pivoine rougit :

– Je lui suis venue en aide.

Kung Chen se mit à rire.

– Ah... ah ! s'écria-t-il. Avez-vous le poème sur vous ?

Pivoine le lui tendit, le marchand l'étala sur sa grosse main douce et le lut tout haut d'une voix un peu chantante.

– Très bien, en ce qui concerne le but recherché, mais je m'aperçois que vous vous êtes trompée pour le temps du verbe « regarder ».

Il indiqua le mot avec la tige de sa pipe.

– Excusez-moi, fit doucement Pivoine.

– Laissez-le tel quel, dit Kung Chen. Si c'était trop parfait, le jeune homme aurait des doutes. A présent, remettez-le-lui ; l'amour doit être saisi en marée montante et avant que la vague se retire.

Pivoine reprit le poème, fit un petit salut et s'en alla.

Elle se sentait beaucoup plus heureuse qu'à son arrivée. En y réfléchissant, elle s'aperçut que Kung Chen l'avait traitée comme si elle et lui et tous les Chinois ne faisaient qu'un. Elle n'était plus solitaire, ni isolée. Certes, elle n'était qu'une unité dans le vaste océan de son peuple, mais elle appartenait à l'ensemble ; sa vie n'était pas séparée des vies qui l'entouraient.

« Si seulement David pouvait se joindre à nous », songeait-elle.

Ses idées devinrent plus claires. Elle arracherait David à ce peuple sombre et triste dont il était né, et elle l'amènerait au bon soleil de son peuple à elle. Il oublierait la mort et il apprendrait à aimer la vie.

Le cœur ainsi allégé, elle revint à la maison d'Ezra et à sa tâche. Ezra et David rentraient de la synagogue. Mme Ezra et Leah les rejoignirent bientôt et le jour du sabbat s'écoula selon les rites que Pivoine connaissait si bien, sans y prendre part. Son rôle était de servir et, de même que le soir précédent, elle plaça les grands chandeliers devant Mme Ezra qui put ainsi les allumer et inaugurer le jour sacré. Lorsque la famille se réunit pour le repas du sabbat, Pivoine présenta le vin à Ezra et se tint debout, à côté de lui, tandis qu'il le bénissait et disait la prière du sabbat. Elle dirigea ensuite les ablutions des mains et le repas qui suivit. Lorsqu'une servante nouvellement arrivée apporta la pipe d'Ezra, elle secoua la tête et fronça les sourcils, sachant qu'on ne doit pas allumer de feu ce jour-là. Ce ne serait que dans la solitude de sa chambre qu'Ezra pourrait se réconforter en fumant, mais pas ici.

La journée se poursuivit et Pivoine ne voulut pas remarquer combien de fois David s'était adressé à Leah, ni observer les longs regards pensifs qu'il posait sur elle. A la tombée de la nuit, ce fut Leah que David amena dans le jardin pour découvrir les trois premières étoiles du soir et annoncer que le sabbat avait pris fin.

Pivoine courut allumer les bougies et les lanternes. Jamais elle ne s'était sentie aussi heureuse d'entendre les saluts à la journée qui se préparait, une bonne journée, se disait Pivoine, une agréable journée ordinaire qui appartiendrait aux humains et non à un Dieu étranger. Elle n'avait pas échangé le moindre mot avec David tout le long du sabbat, mais elle n'était pas déprimée. Elle pouvait attendre.

V

Lorsque Pivoine l'eut quitté, Kung Chen demeura seul dans son jardin. Habituellement, il travaillait pendant de longues heures, assidûment, dans la grande pièce de son magasin principal. Il s'y rendait tôt et rentrait tard. Sa fortune augmentait entre ses mains et il était riche. Il en retirait beaucoup de satisfaction, mais les richesses ne l'avaient pas corrompu. Lorsqu'il sentait son esprit accaparé par la poursuite de l'argent, il cessait de travailler et n'approchait pas de ses magasins. Il restait oisif dans son jardin, et laissait son esprit errer à l'aventure.

C'était par une de ces journées-là qu'il avait découvert Pivoine auprès du bassin. Il s'était assis ensuite sur un banc de porcelaine verte pour observer ses poissons. Personne ne le dérangeait lorsqu'il se trouvait là. De temps à autre, quelqu'un paraissait à la porte, lançait un coup d'œil, hésitait et repartait. Au milieu de cette maison, si encombrée, la vie de Kung Chen était remplie de soucis et de responsabilités, mais ici, c'était son havre de paix. Kung Chen, ayant pris son parti de tout, se considérait comme un homme heureux, et il l'était réellement. Le bonheur lui semblait une chose raisonnable et possible à atteindre. Sur terre, il désirait la richesse, le respect de ses associés, le contentement avec les femmes, et des fils en assez grand nombre pour ne pas trop s'inquiéter si un ou deux d'entre eux venaient à mourir. Et tout cela, il le possédait.

Du Ciel, il ne réclamait rien. Il ne croyait pas aux dieux et ne s'en troublait pas, assuré qu'aucune des réalités qu'il rencontrerait après sa mort ne le surprendrait. L'immortalité de l'homme ne lui semblait pas une chose nécessaire; cependant s'il venait à découvrir que c'est le destin de l'âme humaine, il aborderait le futur comme il envisageait le présent, avec la souriante certitude qu'étant un homme juste et bon, il n'avait à redouter ni dieu ni diable, s'ils existaient. Ezra l'avait interrogé un jour sur la foi et Kung Chen avait répondu calmement :

– Si Dieu existe, et s'Il est ce que vous dites, Il sera trop raisonnable pour me demander de croire en ce que je ne vois pas.

Aimer faire le bien, aimer la justice, admettre que tous les hommes ont un droit égal à une vie heureuse : ainsi se résumait la foi de Kung Chen. Foi qu'il s'efforçait à mettre en pratique.

Seul dans son jardin, heureux de cette belle matinée, de la clarté de l'eau, des couleurs brillantes de ses poissons, il chassa toute pensée de son esprit et se reposa. Mais ce propos fut troublé ce jour-là par le sentiment d'une décision à prendre pour sa troisième fille. Si vraiment elle s'était mise à songer à ce jeune homme, ce fils unique de la maison d'Ezra, on ne pourrait pas attendre longtemps. Tout d'abord, Kung Chen devait décider si lui-même consentait à cette union. C'est chose grave que de donner sa fille à une famille d'une autre race et dont le nom ne figure pas parmi les cent noms de l'antiquité. Kung Chen connaissait l'histoire de son peuple, il savait que d'autres avaient agi ainsi, persuadés comme lui que c'était là la seule manière de fondre en un seul des sangs différents. Mais Kung Chen était un père aimant, même pour ses filles, et il ne voulait pas faire peser la vie trop lourdement sur sa petite troisième.

Pendant qu'il méditait ainsi, une jolie scène eut lieu dans le bassin, sous ses yeux. Un ou deux jours plus tôt, Kung Chen s'était aperçu que la femelle d'une espèce de poisson siamois était pleine d'œufs. Il avait acheté alors un mâle au marché des poissons d'ornement. Ce nouveau poisson nageait fièrement dans le bassin. C'était un bel animal; ses nageoires irisées l'enveloppaient d'un nuage flottant. Il se mouvait près de la surface et ses nageoires captaient le soleil comme dans un filet minuscule. Bientôt, la petite femelle l'aperçut et s'élança vers lui avec joie.

Kung Chen devina ce qui allait se passer. Il observa avec un sourire un peu attendri le charmant spectacle. Le mâle, en voyant la femelle, lança un amas de bulles qui vint flotter à la surface de l'eau. La femelle s'approcha, il vint à elle et leurs corps s'enroulèrent. Dans cet embrassement, il la retourna doucement et l'enveloppa de ses nageoires dorées. Il y eut un instant d'extase, puis ils se séparèrent et la petite femelle éparpilla ses œufs. Le mâle les recueillit dans sa bouche à mesure qu'ils tombaient et, s'élevant, il les déposa un à un dans les bulles à la surface. Les poissons se rencontrèrent, s'unirent et se séparèrent jusqu'à ce que la petite femelle fût incapable de supporter pareille ardeur. Kung Chen la vit en détresse, glissa une main dans le bassin, la souleva et la déposa, tout près de là, dans un vase de porcelaine, plein d'eau, et destiné à recevoir les poissons en cas de bataille. Lorsque le mâle chercha en vain la femelle, Kung Chen lui dit en riant :

– Ne te fâche pas, petit bonhomme, elle en a eu assez!

Les amoureux, séparés, allèrent chacun de leur côté. Kung Chen s'assit. Ce petit jeu avait éveillé son esprit. Il se rappela le joli visage de Pivoine et se dit que la demeure de son ami, le Juif Ezra, ne devait pas être l'endroit qui convenait à une fille si jeune et si belle. Il songea en souriant au fils d'Ezra, puis il redevint grave à la pensée de sa petite troisième. Il n'aurait pas accepté l'idée d'un semblable mariage s'il s'était agi d'une fille unique, ou de Lili, sa petite quatrième. Lili était sa préférée, la fille de la femme qu'il avait aimée et qui l'avait blessé si profondément que la cicatrice en demeurerait à jamais, même si la plaie était presque guérie. Kung Chen n'était pas un homme sensuel ; il avait courtisé peu de femmes et accepté l'épouse que ses parents lui destinaient dans sa jeunesse. Sa vie mariée s'était écoulée sans grande joie, si ce n'est celle causée par les enfants que sa femme lui avait donnés : quatre fils et trois filles. Puis, quelques années plus tard, il s'était épris brusquement d'une fille rencontrée dans une maison de thé. Il l'avait amenée chez lui, avec le consentement de sa femme, et sa vie personnelle lui avait paru alors comblée.

Mais l'année passée, il surprit cette jeune femme avec le maître domestique. Sa colère tombée, il mesura la profondeur de son chagrin et comprit que la douleur, elle aussi, fait partie de l'amour. Il fut sur le point de châtier ces deux êtres qui l'avaient trahi, mais il se dit qu'aucune punition ne rend l'amour d'une femme ni la fidélité d'un homme, et qu'il n'en tirerait qu'une satisfaction personnelle. Ne voulant pas se la permettre, il fit venir les deux coupables, et avec un sourire et des mots aimables, il les congédia, leur remit de l'argent et leur dit de se constituer un foyer. Il ne garda pour lui que la petite fille. Et lorsque la jolie jeune femme avait lancé en partant un regard plein de regret à Kung Chen, songeant à tout ce qui allait lui manquer pour avoir choisi le serviteur à la place du maître, elle n'avait rencontré qu'un visage inexorablement calme, et elle était partie, sentant que ce qu'elle avait perdu l'était à tout jamais.

Kung Chen ne songeait plus à l'amour, mais la courte scène romanesque à laquelle il venait d'assister lui rappela ce rêve oublié, et il soupira. L'amour passe vite, aucun homme ne peut en retarder la fin et le mariage n'a rien à faire avec l'amour. Si sa fille se sentait attirée par ce jeune étranger, et si elle était bien accueillie chez lui, comme une de ses filles ne pouvait manquer de l'être, Kung Chen n'aurait plus à envisager que le côté commercial du mariage. S'il refusait sa fille au fils d'Ezra, il lui serait pénible de travailler avec son ami. Le contrat entre eux ne serait jamais signé. Ezra le conclurait avec un autre commerçant, et il y avait dans la ville nombre de bons hommes d'affaires, bien que moins riches que Kung Chen. Celui-ci serait très vexé de voir l'un d'eux bénéficier des marchandises de l'étranger, apportées par Ezra. Le mariage, par contre, mettrait un lien solide entre les deux maisons. Leur association ne serait pas purement commerciale. Toute entreprise doit avoir des attaches humaines. Plus elle en a, plus elle est forte et durable. Kung Chen n'avait pas une confiance absolue dans l'honnêteté d'Ezra, pas plus qu'il ne se fiait à lui-même. Chaque fois qu'il s'agit d'une grosse somme d'argent, on ne peut être sûr de personne. Mais si Ezra et lui mêlaient leurs sangs, ils seraient unis et la malhonnêteté entre eux deviendrait absurde.

– Mettons que ce soit de la clairvoyance, dit Kung Chen au poisson.

Enfin, sa petite troisième serait plus heureuse dans la maison étrangère, si Pivoine s'y trouvait. Une jeune Chinoise, une compagne de jeux! Il fallait en parler à cette petite troisième, mais tout d'abord à la mère!

Kung Chen se leva à regret et se dirigea vers les appartements de sa femme. A la porte, il frappa dans ses mains. Une servante accourut et, le voyant, le pria d'entrer.

– La mère de mes fils est-elle occupée? demanda-t-il.

– Ma maîtresse est assise au soleil et ne fait rien.

Kung Chen entra et trouva sa grosse femme, d'âge mûr, assise dans un vaste fauteuil d'osier. Devant elle, une chatte tricolore jouait avec une souris qu'elle venait d'attraper. A la vue de son mari, la femme de Kung Chen leva la tête, toute souriante.

– Regardez cette brave chatte, dit-elle, qui a pris deux souris aujourd'hui.

– Je vous croyais bouddhiste, fit-il, taquin.

– Je ne tue pas de souris! répondit-elle.

– Vous n'êtes pas une chatte.

– Non, c'est vrai.

– La chatte n'est pas bouddhiste, non plus.

Sans répondre à cette plaisanterie, Mme Kung Chen continua à observer la chatte. Le mari ne s'en offusqua pas. Il savait depuis longtemps que sa femme n'avait qu'un petit cerveau agréable, pas plus profond qu'une tasse qu'il ne faut pas trop remplir. Il en avait pris la mesure exacte et ils ne se querellaient jamais. Il s'assit donc de manière à ne pas voir la chatte qui écrasait délicatement les os de la souris.

– Je suis venu vous demander votre avis, pour notre petite troisième, dit Kung Chen.

Sa femme, de ses mains potelées, couvertes de bagues en or, fit un geste d'impatience :

– La vilaine petite ! s'écria-t-elle. Elle ne veut pas apprendre à broder et je suis sûre que Chu Ma lui fait son travail.

– La petite troisième tient cela de moi, dit Kung Chen. Je n'ai jamais aimé à broder.

Sa figure était grave mais ses yeux brillaient, malicieux.

Sa femme le regarda, surprise :

– On ne vous a jamais appris à broder.

– Non, c'est vrai, mais si on me l'avait appris, j'aurais eu horreur de ça. Elle est ma fille, excusez-moi.

Mme Kung sourit, voyant qu'il plaisantait de nouveau. Elle se tut, amusée par la chatte. Ses mains dodues reposaient sur ses genoux ; elles ressortaient contre le satin gris perle de sa robe, semblables à des fleurs de lotus jaune, à demi épanouies.

Mme Kung était si jolie dans sa jeunesse que Kung Chen avait mis quelques années à découvrir sa sottise.

– Eh bien ? demanda-t-elle après un long silence.

– Je suis sur le point de recevoir une nouvelle demande en mariage pour notre petite troisième, dit Kung Chen.

– Qui la veut à présent ? demanda sa femme.

Il y avait eu beaucoup d'offres pour chacune de leurs filles. Toute famille riche, ayant un fils, songeait en premier lieu à une fille de Kung Chen.

– L'étranger, Ezra, y pense pour son fils David.

Mme Kung s'indigna.

– Devons-nous y prêter attention ?

Kung Chen répondit d'une voix douce :

– Je le crois ; ils sont très riches, et Ezra et moi projetons un nouveau contrat. Il n'a que ce seul fils et notre petite troisième n'aura pas à se disputer avec les femmes des autres fils.

– Mais un étranger..., dit Mme Kung.

– En avez-vous jamais vu ?

Mme Kung secoua la tête.

– J'en ai entendu parler. Ils ont de grands nez et de grands yeux. Je ne veux pas d'un petit-fils avec un grand nez et de grands yeux.

– Le nez de notre petite troisième est presque trop petit, répondit Kung Chen. Vous savez bien, du reste, que notre sang chinois efface toujours les extrêmes. A la prochaine génération, les enfants auront l'air de vrais Chinois.

– On m'a dit que les étrangers étaient féroces !

– Féroces ! répéta Kung Chen.

– Ils ont la fièvre religieuse, dit Mme Kung. Ils refusent de manger une chose et l'autre, ils prient chaque jour et ils ont un dieu qu'ils ne peuvent pas voir, mais qu'ils craignent beaucoup et ils prétendent que nos dieux sont faux. Tout ça est très ennuyeux. Notre petite troisième sera peut-être obligée d'adorer un dieu inconnu.

– Notre petite troisième n'a jamais fait que ce qu'elle a voulu, dit en souriant Kung Chen.

– Il y a tellement de jeunes gens qui la demandent, pourquoi choisirions-nous un mari étranger ? demanda Mme Kung Chen.

La chatte avait dévoré la souris, à part la tête qu'elle traîna derrière la porte, ce qui amusa si fort Mme Kung qu'elle rit tout haut et oublia la conversation.

– Les affaires mises à part, dit patiemment Kung Chen, je ne crois pas qu'il soit bon de séparer les peuples en deux genres différents. Tous les humains ont des nez, des yeux, des bras, des jambes, des cœurs et des estomacs et, autant que j'ai pu le savoir, tous se reproduisent de la même façon.

Ce mot « reproduisent », fit aussitôt dresser l'oreille de Mme Kung Chen.

– J'ai entendu dire que les étrangers ouvrent leur estomac et tirent leurs enfants d'un trou qu'ils ont là, fit-elle.

– Ce n'est pas vrai.

– Comment le savez-vous ?

– Mon ami Ezra et moi fréquentons le même établissement de bains, et il est construit comme moi sauf qu'il a davantage de poils sur le corps.

Mme Kung montra encore plus d'intérêt :

– On prétend que ces poils viennent de ce que les étrangers sont plus près des singes que nous. (Puis elle parut inquiète.) Et si notre petite troisième n'aimait pas les hommes poilus ?

– Notre petite troisième ne verra jamais un autre homme que celui qu'elle épousera. Elle ne saura donc pas si ce poil lui déplaît.

Ils en arrivaient au nœud de la question, et Kung Chen demanda à sa femme :

– Si je reçois cette demande...
Mme Kung l'interrompit :
– Si ?
Il rectifia :
– Lorsque je recevrai la demande, je l'accepterai.
C'était presque une affirmation. Mme Kung fit un signe d'acceptation, avec indifférence. Elle trouvait plus facile de céder que de protester.
– Nous avons tant de filles, murmura-t-elle en bâillant.
Kung Chen s'aperçut qu'elle était distraite et s'en alla. A la porte, il se retourna ; elle s'installait pour dormir et fermait les yeux.
Kung Chen fut sur le point de se mettre en colère. Il voulut aller voir sa fille, lui parler, puisqu'elle avait une mère qui s'intéressait si peu à son sort. Mais il y renonça. C'était trop tôt. Mieux valait attendre la demande en mariage, et, même après, réfléchir encore... Sa petite troisième était très jeune. Cependant il se sentait troublé, c'en était fait de sa journée de repos. Il détourna ses pas et, de sa marche lente et digne, il se dirigea vers le grand portail qui donnait sur la rue. Son char à mules, aux rideaux se satin, se trouvait toujours à portée en cas de besoin. Le portier cria un ordre, le muletier sauta à terre et Kung Chen monta dans le char :
– Conduisez-moi à mon comptoir, dit-il.
Le muletier fit claquer son fouet, le char s'ébranla.

Dans la synagogue, le matin du sabbat, Mme Ezra organisa ses plans tout en priant. Son cerveau actif envisageait les différents côtés de la question. Elle avait volontairement omis de parler de son projet à Ezra. Elle inviterait tout d'abord le rabbin à venir chez eux quelque temps. Peut-être une semaine, un mois ? qui pouvait savoir si ce serait long ou court ; au moins jusqu'à ce que David eût exprimé le désir d'épouser Leah. Si Mme Ezra avait demandé l'avis de son mari, celui-ci se serait écrié qu'on ne devait pas forcer la volonté de David. Mais il ne s'agissait pas là de la force, – c'était la volonté de Dieu.
La volonté de Dieu... La douce paix contenue dans ces mots remplit l'âme de Mme Ezra. La synagogue était un lieu de paix. Sa décrépitude n'apparaissait pas trop, – pas encore. Les portières étaient vieilles, mais entières, grâce aux femmes qui les raccommodaient avec amour. La plupart des Juifs étaient pauvres et leurs maisons s'entassaient autour de la synagogue. Mme Ezra se reprochait parfois de ne pas partager leur pauvreté : tout ce qui restait de ce qui avait été autrefois une vaste communauté.

Où avaient disparu les Juifs ? Chacun se le demandait. Sans persécution d'aucune sorte, sans malveillance de la part des Chinois, les Juifs diminuaient en nombre à chaque génération. Cela mettait Mme Ezra hors d'elle. Se laisser entraîner à devenir Chinois, prendre des habitudes insouciantes, ne plus vivre dans la crainte de Dieu, était autrement facile que de rester Juif ! Raison de plus pour qu'elle-même vécût strictement, en dépit de ses richesses, – peut-être même à cause de ces richesses. Un Juif pauvre est tenté de choisir entre l'argent et Dieu. Elle n'avait aucune tentation de ce genre. Ces réflexions renforcèrent sa volonté. Aussitôt le culte terminé, elle resterait en arrière et irait trouver le rabbin. Une fois la chose décidée, elle en parlerait à Ezra. Il n'y aurait aucune difficulté à s'attarder après les autres fidèles car elle assistait au culte séparée d'Ezra par la haute cloison de bois sculptée qui divise les hommes des femmes dans la synagogue. Leah était à côté d'elle et David avec son père. Leah rentrerait avec Wang Ma tandis qu'elle-même irait voir le rabbin.

La paix descendit sur Mme Ezra lorsque sa voie lui apparut clairement. Elle leva les yeux et regarda le rabbin, debout près de la chaire de Moïse sur laquelle se trouvait la Torah sacrée. Il portait une longue tunique noire, et une bande de fine toile blanche s'enroulait sur sa tête autour de sa calotte noire et retombait derrière lui. Il lisait à haute voix tandis qu'Aaron, vêtu comme son père, si l'on excepte la couleur de la calotte – bleue au lieu de noire, – tournait les pages. Le rabbin semblait lire, mais, en réalité, il récitait, page après page. S'il hésitait, Aaron lui soufflait les mots d'une voix forte.

Mais, après le service, Mme Ezra n'arriva pas aisément à convaincre le rabbin. Lorsqu'elle lui expliqua la situation, le suppliant de venir tout de suite, il secoua sa grande tête barbue :

– Faites venir votre fils chez moi pour que je lui apprenne la Torah, dit-il d'un ton décidé.

Mme Ezra se lamenta :

– Père, lui dit-elle, pourquoi vous cacherais-je la vérité ? Il risquerait de ne pas venir. En ce moment, il est plein de zèle. Il a été remué par les récits de Kao Lien sur le massacre de notre peuple. Il est très jeune ; certains jours, il trouvera une excuse, un jeu, une envie de dormir, il s'amusera avec un oiseau, avec la chienne... avec n'importe quoi. Tandis que si vous êtes à la maison, il ne pourra pas vous échapper.

Cela fit réfléchir le rabbin.

– Je suis le serviteur du Seigneur, dit-il. C'est à lui que je dois m'adresser.

Mme Ezra, avec sa véhémence habituelle, éprouva le besoin d'en dire plus long. La volonté de Dieu lui paraissait très claire et il fallait la rendre évidente à ce bon vieillard obstiné.

– Vous n'ignorez pas, mon père, je le dis sans vanité aucune, que notre famille est une famille dirigeante parmi les Juifs.

Mme Ezra vit un vague sourire errer sur les lèvres du rabbin aveugle et elle se hâta d'ajouter :

– Je sais qu'Ezra est un homme dont le cœur est partagé, je peux dire en toute vérité que j'ai passé plus d'une nuit à pleurer à cause de son amour du plaisir. Je me suis d'autant plus efforcée, mon père, de remplir mon devoir pour deux. Vous savez que c'est vrai.

– Je le sais, répondit doucement le rabbin.

– Cependant je ne vivrai pas éternellement, et il faut que je mène mon fils dans la voie de ses pères. S'il épouse Leah...

Le rabbin parut surpris :

– Ne doit-il pas l'épouser ?

– Bien entendu, répondit Mme Ezra avec une légère impatience. Mais nous ne pouvons pas dire qu'il est marié, avant que ce soit chose faite. Vous ne connaissez pas la jeunesse d'aujourd'hui, mon père. Je vous assure que David, laissé à lui-même, resterait le meilleur des fils, mais les jeunes Chinoises sont toujours à le regarder. Je ne serai tranquille que lorsque...

Le rabbin l'interrompit :

– David fait-il attention à elles ?

Mme Ezra éluda la question :

– Il ne fera attention à aucune lorsqu'il aura épousé Leah.

– Pourquoi ne se marie-t-il pas tout de suite ? demanda naïvement le rabbin.

– Père, pour dire les choses franchement : il faut d'abord que David désire l'épouser.

Le rabbin prit un air très grave :

– Ne veut-il pas l'épouser ?

– Un jeune homme ne sait pas toujours ce qu'il veut, tant qu'on ne le lui a pas démontré.

Le rabbin réfléchit un instant, tête baissée, les mains étreignant son bâton. Puis il leva la tête, comme s'il y voyait :

– Qu'ai-je à faire là-dedans ? demanda-t-il.

– Rien, dit vivement Mme Ezra. C'est uniquement ma tâche, et Leah me viendra en aide. Votre rôle à vous, mon père, est de guider David dans les voies de Jehovah. Instruisez-le, apprenez-lui la Torah, inclinez son cœur vers le Seigneur – et nous ferons le reste.

Le rabbin envisagea la question avant de répondre :

– J'irai quand même devant Jehovah, je l'interrogeai. Laissez-moi seul à présent, ma fille.

Mme Ezra se leva brusquement.

– Je vous obéirai, mon père, répondit-elle. (Mais on sentait vibrer la colère dans sa voix bien timbrée.) J'espère que vous viendrez bientôt nous retrouver.

Elle retourna chez elle, et le rabbin suivit un passage couvert qui reliait sa maison à la synagogue. Il en connaissait chaque pas et ses pieds glissaient d'eux-mêmes dans les creux usés des pavés. Depuis bien des années, il ne voyait plus la synagogue avec ses yeux, mais il avait d'autres sens. C'est ainsi qu'au toucher, il devina la moisissure des portières, la poussière amassée sur les portes, la table, l'autel et qui adhérait comme du sable au bout de ses doigts doués d'une grande sensibilité. Le sol n'avait pas été balayé même le jour du sabbat, ses pieds le lui indiquaient. Il eut l'impression d'une présence dans la synagogue. Il écouta et perçut le son d'une profonde et lente respiration.

– Qui dort ici, dans la maison du Seigneur ? demanda-t-il d'une voix forte.

La respiration se termina en ronflement. Une voix un peu étranglée et ensommeillée répondit :

– Oh ! ce n'est que moi, Maître... le Vieil Eli. Je me suis endormi. Le service est-il terminé ?

C'était le mari de Rachel, chargé de l'entretien de la synagogue.

– Vous ne devriez pas dormir ici, lui dit le rabbin. Il y a longtemps que le culte a pris fin.

– On est si tranquille ici ! En dehors des jours saints, personne n'y entre sauf vous, et ce n'est pas votre heure.

– Venez ici, dit brusquement le rabbin.

Il attendit que les pas traînants de l'homme se fussent approchés, puis il demanda :

– Dites-moi ce que sont devenus les vases d'argent ?

Le Vieil Eli toussa de la petite toux sèche des vieillards.

– Ces vases..., murmura-t-il, eh bien...

– Allons, dites-le-moi, fit le rabbin d'un ton sec.

– Ils sont en étain à présent.

– J'ai senti la différence, marmotta le rabbin. Je m'en suis aperçu en les tenant ce matin.

Il leva la tête et son visage refléta une douleur inexprimable.

– Pourquoi vous en tourmenter, Maître, dit Eli apitoyé, les jeunes prêtres sont toujours...

Il s'interrompit.
Le rabbin demanda en tremblant :
– Dites-moi ce qu'a fait mon fils ?
Le Vieil Eli toussa, attendit, s'essuya la tête et la figure avec sa manche, mais il lui fallait obéir.
L'air gêné, il se mit à rire pour montrer qu'il n'y avait là rien de grave, puis il dit pour tranquilliser le rabbin :
– Les étains sont argentés, ils ressemblent exactement aux anciens. Vous connaissez l'habileté des potiers chinois, et quand le Jeune Maître leur a expliqué...
– Mon fils a vendu les vases sacrés de la synagogue ? marmotta le rabbin.
– Mais ne lui laissez pas savoir que je vous l'ai dit, fit le Vieil Eli d'un ton suppliant.
– Et je suis le seul à m'être aperçu de la différence, murmura le rabbin... Ceux qui ont assisté au culte...
– Il y en a bien peu à présent, Maître, dit le Vieil Eli en manière de consolation.
Le rabbin chancela ; Eli s'avança en trébuchant pour le soutenir, et plaça ses mains sous les coudes du vieillard.
– Venez avec moi, Maître, dit-il. Venez vous reposer. Vous êtes trop âgé pour souffrir ; les vieillards doivent être heureux, comme les enfants. Le moment est venu pour vous de dormir, de vous asseoir au soleil, de manger de bonnes choses et de vous laisser servir par tous.
– Vous parlez comme un Chinois, lui dit le rabbin.
Le ton était amer, mais le Vieil Eli se mit à rire.
– Bien sûr, dit-il, sur sept parties de moi-même, six sont chinoises ! Sauf ici, on m'appelle Vieux Li, et je réponds à ce nom.
Tout en parlant, il guidait tendrement le rabbin hors de la synagogue ; il le fit rentrer chez lui, l'installa du mieux qu'il put, alla à la cuisine et demanda à Rachel d'apporter un bol de bouillon. Le rabbin se laissait faire. Il restait assis, étourdi, comme s'il avait reçu un coup de massue sur la tête. En buvant son bouillon à petites gorgées, il ne dit que ces quelques mots, d'une voix brisée :
– Vous êtes meilleur pour moi que mon propre fils.
– Allons, allons, répondit Vieil Eli, les jeunes prêtres... les temps sont durs pour eux.
Après le départ d'Eli, le rabbin réfléchit sur ces paroles et au bout d'un long moment il murmura :
– Oui, c'est dur pour mon fils. Oh ! Jehovah si un autre doit prendre sa place, que Ta volonté soit faite. J'irai dans la maison d'Ezra.

Ce fut ainsi que le rabbin découvrit la volonté de Dieu. Le lendemain de ce jour de sabbat, il partit avec Aaron, chez Ezra. Il demanda à Rachel de rester et de tenir la maison prête pour leur retour. Il ne fit aucun reproche à son fils et ne lui parla même pas de son chagrin.

Pivoine garda trois jours dans son tiroir le poème que Kueilan lui avait donné pour David. Elle attendait un moment propice qui ne vint pas. David était constamment absent depuis le jour du sabbat. Il passait de longues heures au comptoir avec son père, et lorsqu'il rentrait, tard, le soir, il se réfugiait avec ses livres, loin des femmes, dans son appartement. Pivoine guettait un changement d'attitude. Elle sentait combien il serait inutile d'obliger ce cœur à sortir de sa retraite. Les choses en étaient là, lorsque le rabbin et Aaron arrivèrent ; on les logea dans la cour voisine de celle d'Ezra.

Pivoine se sentait tout à fait séparée de David. Elle continuait à le servir comme par le passé mais avec plus de retenue et un air pensif. David ne semblait pas la voir. Il passait ses matinées avec le rabbin, et le vieillard obligea Aaron à assister aux leçons. Aaron, dans cette grande demeure où rien n'échappait à l'œil de Mme Ezra, n'osa pas regimber. Pivoine s'arrangeait pour venir de temps à autre leur apporter du thé chaud afin d'observer David. Elle le voyait penché sur les livres déroulés et ouverts sur la table devant lui. Aaron s'agitait, les yeux levés et sans cesse dirigés vers la porte. Il ne faisait jamais de bruit, craignant que son père sentît sa distraction ou l'entendît bâiller. David s'était plaint à sa mère de l'ennui que lui causait Aaron. Mme Ezra, de peur que son fils ne pût maîtriser son irritation, demanda à Leah d'être présente aux leçons, ajoutant qu'en cas d'indiscipline, elle viendrait en personne. Leah n'aurait qu'à prévenir Aaron ; ce qu'elle s'empressa de faire.

Lorsque Pivoine sut que, jour après jour, Leah se tiendrait à côté de David, elle renonça à attendre une occasion qui ne se présenterait pas. Un soir qu'elle apportait un dernier thé chaud dans le petit salon de David, comme elle en avait l'habitude avant les changements survenus dans la maison, elle s'arrêta sur le seuil et toussa. Il était dans sa chambre à coucher, mais une pudeur nouvelle empêcha Pivoine d'y entrer librement comme autrefois.

David vint à la porte et lui demanda ce qu'elle voulait.

Il avait retiré sa robe et il s'avança vêtu de sa veste de dessous et de ses pantalons en soie blanche. Son regard était clair, ses joues rouges et, en le voyant, le cœur de Pivoine, déjà si enclin à l'amour, déborda.

– Je vous apporte votre thé, dit-elle doucement.
– Pourquoi me préviens-tu? fit-il surpris. Pourquoi ne l'apportes-tu pas simplement, comme tu l'as toujours fait?
Elle entra alors, posa la théière, sortit de sa poche le papier plié, et le lui tendit.
– J'ai attendu pour vous remettre ceci, dit-elle. Mais je n'en trouvais pas l'occasion; vous êtes si occupé à présent.
Il prit le papier, s'assit, et elle attendit pendant qu'il lisait. Il leva la tête, la vit debout.
– Assieds-toi, lui dit-il. (Et il relut le poème. Puis il regarda Pivoine.) C'est très joli. Est-ce elle qui l'a écrit?
– Avec son pinceau. Je l'ai vue écrire, répondit Pivoine.
Puis elle lui avoua :
– Je lui avais apporté votre poème, celui que vous n'aviez pas terminé.
– Tu l'as vue? demanda-t-il, sans se soucier de ce qu'avait pu faire Pivoine.
Elle fit un signe affirmatif.
Il se pencha sur la table.
– Comment était-elle?
Pivoine secoua la tête :
– Mieux vaut ne pas en parler.
– Et pourquoi cela?
Le regard de David ne laissait rien paraître, et il tenait toujours le papier entre ses mains.
Pivoine prit un air triste :
– Elle est charmante, jeune, jolie et si douce, il ne faut pas la faire souffrir.
David rougit légèrement :
– Je ne comprends pas ce que tu veux dire.
Pivoine gardait son air grave.
– Mais si! vous le comprenez. Elle vous a vu, elle est prête à vous aimer, pauvre petite beauté, et quand elle saura...
Elle s'interrompit.
– Saura quoi?
Pivoine secoua la tête. Elle se tut; David se fâcha et lança le poème sur la table :
– Voyons, Pivoine, je t'ordonne de m'expliquer ce que tu veux dire. S'il y a une chose que je déteste par-dessus tout, c'est une femme qui fait des allusions, tourne autour de ce qu'elle a dans l'esprit, sans vouloir en parler.
Pivoine se fâcha à son tour, elle regarda le jeune homme bien en face et lui dit d'un ton passionné :

– Il ne faut pas que vous la voyiez, voilà ce que je pense.

– Ce n'est pas à toi à en juger. Pourquoi veux-tu me séparer d'elle ?

Au fond, David était stupéfait de sa propre perfidie. N'avait-il pas laissé croire à Leah qu'il l'aimait ? Le souvenir de cet instant, dans le jardin des pêchers, lorsqu'il avait entouré Leah de ses bras, lui revint à l'esprit, comme cela lui arrivait souvent ; il accueillait ce souvenir avec des sentiments mêlés. Parfois, à cette pensée, son cœur battait plus fort et il se sentait remué lorsqu'il voyait le visage de Leah, beau et sérieux, penché sur la Torah, ou lorsqu'elle levait les yeux pour regarder son père avec un air de dévotion. Cependant, David commençait à comprendre que son mariage n'était pas un mariage ordinaire. Lorsqu'il ferait son choix, ce serait pour une raison qui le dépassait lui-même. Il avait beau souhaiter ressembler aux autres hommes, il sentait que c'était impossible.

– Je ne pensais pas à vous, mais à Kueilan, lui dit Pivoine.

David se fâcha tout à coup.

– Tu pensais à moi autrefois, s'écria-t-il.

– Pourquoi le ferais-je encore ?

Elle avait une voix dure qu'il ne lui connaissait pas et son visage restait froid et impassible. Il lui cria, indigné :

– Pivoine, que t'est-il arrivé ?

Elle baissa les yeux :

– Rien ne m'est arrivé, c'est vous qui...

– Je suis exactement le même.

– Pas maintenant, fit-elle, en secouant la tête.

Il étendit la main sur la table et s'empara de celle de Pivoine ; elle chercha à se dégager.

– Laissez-moi m'en aller, s'écria-t-elle.

– Non, pas avant que tu m'aies raconté comment elle était.

Il y eut un long silence. David tenait la main de Pivoine, mêlant leurs doigts ; elle avait peine à s'empêcher de trembler. Elle avait envie d'arracher sa main de celle de David et elle voulait qu'il la gardât. Elle était sur le point de pleurer et son cœur battait très fort dans sa poitrine. Puis elle dit d'une petite voix, sans lever les yeux.

– Elle... elle... était vêtue de... de... vert de fougère...

– Sa figure ? dit-il.

– Mais vous savez qu'elle est très jolie.

– Dis-moi comment !

Elle reprit :

– Eh bien... eh bien... sa bouche est petite, la lèvre inférieure un peu plus forte que l'autre, rouge comme une grenade... de petites dents blanches, une langue menue comme celle d'un chaton, pointant sur sa lèvre quand elle écrivait.

Pivoine s'interrompit.

– Quoi d'autre ?

– Ses yeux, très noirs – de la forme d'un abricot. Des sourcils comme des feuilles de saule, vous voyez bien ?... Le visage plutôt ovale que rond, il me semble... de petites oreilles pâles. Elle avait une rose dans les cheveux...

– Continue, dit David.

– Je me suis penchée sur elle pendant qu'elle écrivait, son souffle avait l'arôme d'une fleur ; et sa main est encore plus petite que la mienne.

David ouvrit la main de Pivoine, l'étala sur la sienne.

– Tu as une petite main, dit-il.

Elle le regarda et lui dit d'un air suppliant :

– Ne vous faites pas aimer d'elle.

Il laissa retomber la main de Pivoine qui reposa, solitaire, sur la table.

– Comment sais-tu qu'elle pense à moi ?

Pivoine croisa ses mains dans ses larges manches.

– Je le sais, fit-elle tout bas, en penchant la tête.

– Dis-moi.

– C'est impossible. C'est une chose que je sens.

Un silence tomba entre eux. David se leva et se tourna vers ses livres sur l'étagère, sans leur prêter attention. Pivoine s'en apercevait bien.

– Je voudrais la revoir moi-même, dit-il sans se retourner.

Pivoine cacha son sourire dans ses manches.

– Non, répondit-elle.

David s'avança vers la table, frappa le bois d'un coup de poing en criant :

– Si !

– Vous êtes très méchant, dit la jeune fille.

– Comment saurais-je ce que je dois faire, si je ne la vois pas ?

Pivoine réfléchit :

– Si je m'arrange pour que vous la revoyiez, me promettez-vous de ne plus lui écrire, de ne pas demander à la voir d'ici là, et de ne rien faire qui puisse encore lui briser le cœur ?

Il cligna des yeux et sourit :

– Je te promets ceci : quand je l'aurai vue, je me déciderai, je saurai alors si je veux lui écrire et la revoir.

Leurs yeux se rencontrèrent dans un long et profond regard. Puis Pivoine se leva avec sa grâce habituelle.

– Que ce soit une promesse entre nous, dit-elle fermement.

Elle tâta la théière, la trouva assez chaude, souhaita une bonne nuit à David et se retira, satisfaite d'elle-même.

Tandis que ces événements se passaient dans sa maison, Ezra gardait un silence qui ne lui était pas habituel. Il avait été trop secoué par le récit de Kao Lien, pour demeurer indifférent. Mais l'impression reçue s'atténua avec l'activité, le contentement qui remplissaient ses journées. Sa femme, d'étrange et d'inexplicable façon, lui tenait lieu de conscience. Lorsqu'il s'agissait de commerce, tout lui semblait clair ; s'il songeait à Dieu, il sombrait dans des eaux plus profondes que son âme. Naomi lui rappelait son père à lui, ce Juif qu'il avait aimé et craint tout à la fois, un homme doux en toutes choses, mais triste, d'une tristesse incurable que l'enfant ne comprenait pas mais qui lui donnait la sensation d'avoir commis une faute, dont il n'était pas responsable et qu'il partageait avec sa mère chinoise. Cependant, il n'avait jamais entendu le moindre mot de blâme, et sa mère ne paraissait ni triste, ni coupable. Auprès d'elle, il oubliait tout cela, mais elle était morte, et cet ancien sentiment de culpabilité s'était appesanti sur lui seul et, plus tard, l'avait poussé à céder au désir de son père et à épouser la jeune Naomi. Il avait conservé beaucoup de gravité les premiers temps de son mariage, désireux de plaire à sa jolie femme. Mais, voyant qu'il n'arrivait jamais à la contenter, il avait repris son ancienne vie et retrouvé toute sa jovialité. Parfois, cependant, cette sombre et incompréhensible sensation de péché se réveillait en lui, comme lorsque Kao Lien avait raconté le massacre des Juifs.

Ezra s'apercevait de certaines choses qui se passaient chez lui, et ses domestiques chinois l'informaient du reste. Sans rien dire, il comprenait les uns et les autres, car il se sentait lui-même partagé. Ce fut grâce aux yeux perçants de Wang Ma qu'il apprit que le rabbin formait le grand rêve de voir David se mettre à la tête des Juifs, si Aaron manquait à sa tâche. Wang Ma ne s'était pas trompée. Après quelques leçons, le rabbin, incapable de voir David, lui dit :

– Viens ici, mon fils, que je connaisse ton visage.

Et David s'approcha.

– Mon fils, agenouille-toi comme devant le Seigneur.

David s'agenouilla et le rabbin effleura le jeune visage du bout de ses dix doigts, sensibles comme des antennes, si bien que David croyait sentir une lumière se jouer sur ses traits. Le rabbin tâta ensuite les fortes épaules, la large poitrine, la taille et les cuisses élancées. Il fit lever le jeune homme, toucha les genoux droits, les chevilles fermes et les pieds avec leurs solides attaches. Il s'empara d'une main, puis de l'autre, se rendit compte de leur forme, et de leur vigueur. Ensuite, il se leva et toucha le sommet de la tête de David.

– Tu es plus grand que moi, mon fils ! dit-il, surpris.

Aaron regardait la scène d'un air maussade.

– Ah ! si tu étais mon véritable fils, comme je bénirais le Seigneur !

A ces mots, David fut pris de pitié pour le pâle garçon disgracié qui le regardait de travers et il dit au rabbin :

– Ce n'est pas l'apparence d'un homme qui compte, je crois ; du moins c'est ce que m'a appris mon vieux maître confucianiste.

– Cet homme est-il encore ton maître ? demanda le rabbin avec un sentiment de jalousie.

David hésita, puis il répondit :

– Ma mère l'a renvoyé quand vous êtes venu.

Mme Ezra, sans avertir personne, avait demandé au maître chinois de se retirer. David hésitait, car il ne voulait pas que le rabbin sût qu'il continuait à voir son vieux maître. Ezra était au courant, prévenu par Wang Ma. Elle l'avait annoncé avec un petit gloussement.

– Le jeune seigneur, votre fils, va voir son maître chez lui, vers la fin de l'après-midi, à sa maison, dans la rue de la Veuve Fidèle.

Wang Ma apportait chaque soir à Ezra un bol de gruau de riz. Il le buvait lentement, pour permettre à la servante de bavarder. Il apprenait ainsi beaucoup de choses qu'il était censé ignorer. Lorsque Wang Ma lui avait appris la nouvelle, il avait pris un air grave et elle s'était hâtée d'ajouter :

– Ne faut-il pas qu'il reçoive aussi l'enseignement de nos maîtres ?

Ezra réfléchit, tout en buvant le riz chaud et parfumé, les deux mains autour du bol.

– Je ne veux pas prendre de décision là-dessus, dit-il. Il me semble que, par égard pour sa mère, David devrait s'abstenir car le confucianiste risque de défaire ce que fait le rabbin.

– Pourquoi êtes-vous si dur ? s'écria Wang Ma d'un ton irrité.

Leur intimité ancienne, du temps de leur jeunesse, donnait à la servante, vis-à-vis de son Maître, une liberté qu'elle n'avait avec nul autre.

– Notre Dieu est un Dieu jaloux, dit Ezra.

– Les dieux sont ce que les hommes les font, répondit Wang Ma. Ce sont les Juifs qui ont fabriqué leur dieu.

– Ce n'est pas moi, fit Ezra avec un rapide sourire.

Ce sourire, dans la barbe noire, était si frais, si plein de franchise, que Wang Ma, se rappelant le jeune homme de jadis, sourit à son tour. Puis elle se pencha vers son maître et lui dit tout bas :

– Empêchez votre beau garçon d'être malheureux. Oui, oui, je le sais. Vous êtes Juif... vous êtes obligé de l'être. Dites-moi... mais non, c'est inutile... quand vous pensez que votre père était Juif, vous êtes triste, quand vous vous rappelez que votre mère était Chinoise, vous êtes heureux, la vie est bonne.

Ezra trouvait que Wang Ma poussait les choses un peu trop loin :

– Peut-être suis-je triste parfois, parce que je sens que je ne suis pas un bon Juif.

Wang Ma se mit à rire.

– Vous êtes heureux quand vous pensez que vous êtes un homme juste et bon, un homme riche, intelligent, et quelle importance a tout le reste ? (Elle s'approcha plus près.) Dans cette ville, chacun vous respecte pour ce que vous êtes. Personne ne se soucie de ce qu'était votre père.

Ezra se sentait ému chaque fois que Wang Ma lui apportait ces témoignages d'une admiration solide et affectueuse. Depuis leur jeunesse, cette bonne Chinoise lui donnait, de tout son cœur, une approbation que sa femme lui refusait. Il aimait à se sentir heureux et la confiance en lui-même, que Wang Ma lui rendait, lui donnait de la joie.

– Voyons, dit-elle, ne devriez-vous pas vous remettre au travail avec Kung Chen ? Depuis l'arrivée de la caravane, vous êtes dolent. Vous restez trop à la maison. Les hommes ne doivent pas traîner chez eux. Laissez cela aux femmes et aux prêtres. Kung Chen doit se demander ce que vous devenez. Il est pressé de mettre vos marchandises sur ses comptoirs.

– Tu as raison, répondit Ezra. Demain matin, j'irai de bonne heure à son bureau.

Il se leva, commença à se déshabiller pour la nuit et elle emporta le bol. Il la rappela lorsqu'elle atteignit la porte.

– Il faut laisser David voir son vieux maître.

– Pourquoi pas ? répondit lentement Wang Ma.

Et ils se séparèrent.

David continua en secret ce qu'il avait commencé un jour où le rabbin lui avait fait apprendre par cœur les malédictions contre les païens, que Jehovah mettait dans la bouche des prophètes. « Tu le mettras à mort. Ta main sera la première à frapper, et la main de tout ton peuple frappera à son tour. Tu le lapideras avec des pierres afin qu'il meure parce qu'il a cherché à t'arracher au Seigneur ton Dieu. »

David apprit ces paroles dont il avait horreur, bien qu'il sût qu'elles venaient de Jehovah. Il n'osait exprimer cette haine, et il alla chercher du réconfort dans la petite maison de son maître. Assis auprès du doux vieillard, il écoutait d'autres mots, que le bon Chinois passait ses journées à lire :

« Rendre le bien pour le mal est le propre de l'homme juste et bon ; l'homme supérieur s'accuse lui-même, l'homme vulgaire accuse les autres. »

« Nous n'arrivons pas encore à servir les hommes, comment alors saurions-nous servir Dieu ? »

« Il y a un mot qui peut nous tenir lieu de guide dans la vie, – c'est le mot « réciprocité », ne faites pas aux autres ce que vous n'aimeriez pas qu'ils vous fissent. »

Tandis que le rabbin aiguisait l'âme de David, ces paroles réconfortaient son cœur et lui permettaient de dormir.

Le lendemain de sa conversation avec Wang Ma, Ezra s'éveilla rempli d'une énergie nouvelle et de goût pour la vie. Il lui plaisait de marchander d'une manière agréable et animée, et il décida d'inviter Kun Chen à un beau dîner dans la meilleure maison de thé de la ville, celle du Pont de Pierre. Kao Lien en ferait partie, et les trois hommes s'entretiendraient ensemble d'affaires nouvelles et avantageuses. Les temps étaient favorables. Il n'y avait pas eu de famine depuis près de dix ans. Le gouverneur était bon, les impôts pas trop lourds, aussi les gens avaient-ils de quoi acheter. C'était le moment de faire du commerce.

Ce matin-là, Ezra sortit sans rencontrer aucun membre de sa famille. Vieux Wang et Wang Ma l'avaient servi ensemble ; les paroles étaient inutiles. Wang Ma, satisfaite de ce qu'elle avait dit la veille, était calme et souriante. Avec son zèle habituel, Vieux Wang cherchait à plaire à son maître. Le portier réveillé, proprement vêtu, se tenait à sa place et le char à mules d'Ezra attendait au-dehors. C'était une belle matinée d'été et, dans la rue, les passants semblaient gais, bien nourris et prêts à s'amuser. Tout en circulant dans la foule, Ezra se disait que c'était folie de s'accrocher à un rêve : cette bande de terre de ses ancêtres ! « Trop heureux d'en être sorti », se dit-il. Il était suffisamment instruit pour savoir que la Palestine est un petit pays sec habité depuis des siècles par des nomades et des païens. « Si nous y retournions, songea-t-il, nous laisseraient-ils entrer? Quelle folie de ne pas rester ici où nous sommes bien accueillis! »

Ezra se demanda si on avait des sentiments de haine contre lui, dans le pays. Il ne pouvait y croire. Jamais on n'avait massacré personne en Chine, pour une différence de race. Il est vrai que les Chinois peuvent se montrer cruels envers un homme qu'ils détestent. Mais ce n'est pas à cause de son origine, c'est en châtiment d'une faute commise. Une fois, lorsque Ezra était enfant, il avait vu un Portugais écharpé par les passants, dans la rue, pour avoir mis la main sur une jeune fille, venue en ville avec son père vendre les choux de leur ferme. Ezra était accouru pour voir ce spectacle, mais il ne restait de l'homme que la tête, et un tas de chair broyée. On pouvait encore reconnaître la tête : une grosse chose, avec des cheveux noirs frisés et emmêlés, de gros yeux noirs encore ouverts, une bouche vulgaire aux lèvres blêmes dans une épaisse barbe brune. Mais cet homme avait attiré la mort sur lui, et tous sentaient que justice avait été faite. Si le Portugais s'était montré courtois, on l'eût bien accueilli, on se serait borné à le regarder avec curiosité, et peut-être se serait-on moqué un peu de sa tignasse, sans lui faire de mal.

Ezra avait annoncé sa visite à Kung Chen et le commerçant chinois l'attendait. Il était assis dans la grande salle de son comptoir, au centre de ses affaires. La pièce était meublée d'objets les plus précieux : des carreaux de faïence ornaient le sol, le bureau, les tables et les sièges étaient en bois noir délicatement sculptés, sans lourdeur excessive, et incrustés de marbre de Yunnan. Des coussins de satin rouge donnaient plus de confort aux sièges, et les fenêtres étaient abritées par des stores en tiges de bambou fendues, tissées avec de la cordelière de soie écarlate. Tout semblait installé pour le bien-être. Mais Ezra savait, par expérience, que ce qui concernait le commerce s'y trouvait, habilement masqué, mais à portée.

Kung Chen se leva lorsque Ezra entra, et il s'inclina de la manière la plus amicale.

– Il s'est passé beaucoup de temps depuis que nous nous sommes rencontrés, fit-il aimablement. J'ai envoyé mon domestique s'informer auprès de votre portier. Je voulais savoir si vous étiez malade, sans vous déranger pour cela.

– Il faut m'excuser, répondit Ezra.

Chacun prit place. Une porte s'ouvrit et un serviteur s'avança, chargé du thé et d'un plateau garni de friandises choisies, puis se retira.

– J'espère que vous n'avez pas eu de malheurs dans votre maison, dit Kung Chen, après qu'ils eurent bu leur thé à petites gorgées et mangé des gâteaux.

– Non, dit Ezra.

Il hésitait. Comment expliquer à cet homme si bon et plein d'urbanité ce qui venait de se passer chez lui ? Il se décida brusquement à tenter cette explication pour voir ce que son ami lui en dirait. Comment les Juifs avaient-ils des torts aux yeux de tout le monde sauf pour les Chinois ? Peut-être cet homme juste aiderait-il Ezra à découvrir pourquoi on les détestait dans tant de pays et pourquoi, s'ils étaient coupables, on les accueillait bien ici.

– Je voudrais vous poser une question, dit Ezra avec cette simplicité et cette brusquerie qui étaient sa seule façon de s'exprimer, mais je me demande si j'arriverai à vous faire comprendre, même à vous, ce qui en est.

– Essayez, dit Kung Chen.

Il paraissait plein de sagesse, de compréhension, assis là, dans sa belle robe de satin bleu foncé, un sourire sur son visage glabre et, dans les yeux, une lueur de contentement ; et Ezra se sentit attiré vers lui, comme vers un frère.

– Mon père, dit le père de David, était issu d'un peuple si étrange, Frère Aîné, que je n'arrive pas à le comprendre tout à fait, sauf par un certain côté de moi-même. Vous devez connaître notre histoire...

– Racontez-la-moi, dit doucement Kung Chen.

– Un petit peuple, une poignée parmi un grand nombre. Nous avons été réduits en esclavage, en Égypte...

– Comment cela ?

– Je n'en sais rien. La tradition prétend que nous avons provoqué la colère de Jehovah, je ne sais à propos de quoi.

– Jehovah ?

– Le Dieu des Juifs.

Un léger sourire effleura le visage de Kung Chen, mais il répondit avec courtoisie et respect :

– C'est le Dieu de la tribu, dans votre pays ?

Ezra hésitait :

– Mon père le considérait comme étant le Dieu de l'univers, – le seul vrai Dieu.

– Nous n'avons jamais entendu parler de lui ici, fit Kung Chen, mais continuez, Frère Aîné.

– Le peuple de mon père fut délivré de l'esclavage par la main d'un de nos chefs. Il nous a promis, – c'est-à-dire, Dieu nous a promis – que si nous Lui obéissions en toutes choses, nous reviendrions au pays de nos ancêtres.

– Et votre père y est-il retourné? demanda Kung Chen avec intérêt.

– Non, mais quelques-uns des nôtres y sont allés, dit Ezra toujours hésitant.

– Alors comment se fait-il que vous soyez encore éparpillés?

– Notre peuple a désobéi au Seigneur; il s'est mélangé aux païens, et il a fait bien des choses de ce genre.

Ezra avait peine à expliquer cela devant le regard clair et affable du Chinois. Il y renonça brusquement. C'était impossible, cela paraissait déraisonnable!

– Mais quel rapport tout cela a-t-il avec nous, à présent, mon ami? demanda Kung Chen, lorsque Ezra s'interrompit.

– J'aurais pu dire que cela ne me concernait pas, répondit Ezra, si Kao Lien ne nous avait pas apporté une mauvaise nouvelle : on massacre des Juifs, – par milliers, – de l'autre côté des montagnes.

– Quel mal ont-ils commis, là-bas?

– Aucun, répondit Ezra, énergiquement.

Il était certain de cela.

– Alors pourquoi souffrent-ils?

– C'est ce que je voudrais vous demander. Jugez-en vous-même d'après ce que vous voyez de nous, ici?

Kung Chen secoua la tête :

– Je ne peux rien vous en dire. Je n'ai jamais entendu parler d'une chose pareille. Je voudrais interroger moi-même Kao Lien.

C'était l'occasion que cherchait Ezra.

– J'allais justement vous inviter à festoyer avec moi, ce soir, dit-il. J'amènerai Kao Lien.

– Merci de votre bonté, répondit Kung Chen.

– Au Pont de Pierre? demanda Ezra.

– C'est le meilleur endroit, répondit Kung Chen.

– Au lever de la lune? demanda de nouveau Ezra.

– Le meilleur moment, répondit Kung Chen, mais faites-moi cette amabilité en plus. Permettez-moi de vous recevoir, d'être votre hôte.

Après quelques protestations polies, Ezra accepta, et comme on ne doit pas parler affaires avant un festin, il échangea encore quelques propos avec Kung Chen, puis Ezra se leva, salua, et les deux amis se séparèrent, promettant de se rencontrer de nouveau le soir même.

Chacun passa la journée à sa façon. Kung Chen fit venir des hommes de confiance de son comptoir, pour les questionner sur la petite colonie juive qui résidait en ville depuis des temps anciens. Deux de ces hommes étaient plus âgés que le marchand; l'un, associé du père de Kung Chen, avait de beaucoup dépassé soixante-dix ans. Il ne restait à son bureau que parce qu'il redoutait de le quitter. Son amour du travail rendait ses enfants très honteux, mais ils n'arrivaient pas à le faire céder. Pour prouver leurs sentiments filiaux, malgré l'entêtement du père, le fils aîné, désapprobateur et silencieux, accompagnait son père à midi et revenait le chercher avant le coucher du soleil.

C'était un vieillard appelé Anwei de son nom de famille et Yang de son prénom. Kung Chen se renseigna auprès de lui sur les Juifs.

Yang Anwei lui dit :

– Les gens venus du pays des Juifs ont trouvé refuge chez nous de temps à autre, surtout dans notre ville, parce qu'elle est près d'un grand fleuve. Je me souviens que mon arrière-grand-père a dit qu'à une ou deux reprises ils étaient arrivés, plusieurs centaines à la fois, et nos anciens se sont réunis au Temple de Confucius pour décider si on les tolérerait tous. En si grand nombre, se disaient nos anciens, ils pourraient apporter des changements parmi nous. Mais certains d'entre ces Juifs parlaient notre langue, étant venus déjà comme trafiquants, et ils dirent aux anciens que leur peuple ne demandait qu'à vivre ici, tranquillement, selon ses propres lois et ses traditions. Ils ont un Dieu à eux, mais ils ne demandent pas aux autres de croire en lui ; ils veulent simplement qu'on leur laisse suivre leurs coutumes.

– Pourquoi ont-ils quitté leur pays ? demanda Kung Chen, vivement intéressé.

– Autant que je m'en souviens, car je n'ai pas songé à ces choses depuis bien des années, ils ont dû être attaqués par une nation guerrière. Certains Juifs ont résisté, d'autres en étaient pour le compromis. (Le vieillard s'interrompit et secoua la tête.) Je ne me rappelle rien de plus, dit-il.

Kung Chen insista :

– Encore une question. Sont-ce les partisans de la résistance ou du compromis qui sont venus habiter notre ville ?

Yang Anwei ne put répondre. Cependant au bout d'un moment, il dit, avec un sourire qui plissa sa figure :

– Sans doute les partisans du compromis, car voyez comme ils se sont installés au milieu de nous. Leur temple tombe en ruine, il n'y a plus qu'une poignée de fidèles aux jours saints.

– On massacre de nouveau les Juifs à l'ouest des montagnes.

La vieille bouche de Yang Anwei s'affaissa :

– Pourquoi maintenant ? demanda-t-il.

– Voilà ce que je voudrais savoir et ce que personne ne peut me dire, répondit Kung Chen.

Puis il poursuivit sur un ton différent :

– Rien de tout cela ne m'intéresserait si je ne songeais pas à laisser ma petite troisième entrer dans la famille d'Ezra. Si ce sang juif a quelque chose d'étrange, il faudra que je réfléchisse pendant quelques lunes avant de prendre une décision.

Vieux Yang Anwei répondit :

– Il y a en eux quelque chose d'étrange. Pas chez tous, mais chez quelques-uns. Ezra est semblable à nous, il a, du reste, une part de sang chinois dans les veines, mais il y en a d'autres qui ne sont pas comme lui.

– Quelle différence y a-t-il ?

Le vieillard hésita, puis il dit avec finesse :

– Ceux qui adorent leur Dieu sont bizarres. Ceux qui ne l'adorent pas sont comme tout le monde. Durant ma longue existence dans cette ville, j'ai remarqué que le culte d'un dieu spécial produit une race spéciale.

Kung Chen écoutait, silencieux, et plein de respect. Ce vieillard ridé, si desséché par l'âge que son corps ressemblait à un fruit conservé, possédait une profonde sagesse ; son esprit était clair ; tout son être n'était qu'esprit, du reste.

– Il nous faudrait donc les enlever à leur Dieu pour les rendre semblables à nous, dit Kung Chen.

Yang Anwei rit du rire silencieux des vieillards.

– Ou bien détruire leur Dieu, dit-il.

– Comment ferions-nous cela ? dit Kung Chen. Leur Dieu est invisible, il n'est ni en pierre ni en argile comme les dieux du commun, chez nous. C'est un Dieu subtil qui n'habite que dans leur âme.

– Alors, détruisez-le, dans leur âme.

Les deux Chinois se regardèrent.

– Ce n'est pas difficile de détruire ce Dieu-là, poursuivit Yang Anwei. Montrons-nous bienveillants envers Ezra, accordons-lui ce qu'il désire, comblons-le de nos faveurs, aidons-le à s'enrichir, enlevons-lui ses craintes, apprenons-lui à jouir de tous les plaisirs que renferme notre ville et ancrons-lui dans l'esprit que malgré tous les mauvais traitements infligés ailleurs aux Juifs, ici il ne trouvera que bonté pour lui et ceux de sa race.

– Quelle sagesse! s'écria Kung Chen, plein d'admiration. Je vous en prie, Frère Aîné, ne quittez jamais notre maison.

– Je vous remercie, répondit modestement Yang Anwei.

Il se leva, prit congé et revint à son pupitre, où, à la lumière tombant d'une petite fenêtre grillagée, il passait ses journées à inscrire les achats de marchandises dans un registre. Les caractères qu'il traçait lentement au pinceau, un à un, étaient exquis dans leur perfection. Ce travail n'occupait qu'un dixième de son esprit et avec les neuf autres, il réfléchissait à tout ce qu'il avait entendu pendant sa longue vie.

Kung Chen, demeuré seul, immobile comme une statue de pierre, examina longuement ce que lui avait dit le vieillard. Il désirait encore connaître la raison qui avait causé le massacre des Juifs, car il ne voulait pas faire courir à sa petite troisième le risque de devenir veuve. Il craignait surtout qu'il n'y eût chez ce peuple quelque chose de mauvais qui échappait à un Chinois. Il songeait à Ezra et ne voyait rien, chez ce commerçant jovial, bienveillant, et intelligent, qui pût provoquer un sentiment de haine. Peut-être un manque de raffinement, d'instruction, un rire par trop bruyant... mais en dehors de cela, Ezra était un homme comme les autres et aussi facile à comprendre.

Mais Ezra ressemblait-il à ceux de sa race? Que dire de sa femme et de son fils, de ce vieux prêtre étrange, aveugle et cependant capable, disait-on en ville, d'y voir avec les yeux de l'âme? Le vieillard et son mauvais fils habitaient maintenant la demeure d'Ezra; que feraient-ils de David? Certains Juifs étaient étranges en effet. Yang Anwei l'avait bien dit.

Et Kung Chen s'enfonça dans une de ses méditations pleines de clairvoyance. Quelle signification donnait-on à ce mot « étrange » pour un homme? Un animal étrange qui se trouve parmi d'autres animaux est craint et détesté à cause de cette singularité. C'est un être à part, marqué d'un signe particulier. En serait-il de même pour les Juifs?

Kung Chen prit la décision de ne laisser sa fille épouser le fils d'Ezra que lorsqu'il saurait ce qu'est un Juif étrange, comme le vieux rabbin et ses enfants. Il causerait lui-même avec David, et jusque-là il garderait sa petite troisième en sécurité à la maison. Il ne la marierait pas pour améliorer son commerce.

Ce soir-là, Kung Chen, Ezra et Kao Lien se retrouvèrent à la maison de thé du Pont de Pierre. La lune se levait sur le canal et, à sa clarté, les eaux bourbeuses devenaient pures et belles, coulant sous l'immense pont antique de marbre blanc. Il y avait foule dans la maison de thé et toute conversation semblait impossible. Kung Chen fit appeler le propriétaire et lui demanda de servir dans une pièce à part, sur le canal. Aucune ne se trouvait libre, mais après avoir reçu quelques pièces d'argent, l'hôtelier s'arrangea pour faire sortir certains clients de la meilleure salle, sous prétexte qu'elle avait été retenue d'avance et que les retardataires venaient d'arriver.

Les trois commerçants se trouvèrent donc seuls dans une petite pièce fraîche et agréable, au bord de l'eau. La table fut placée devant la fenêtre grande ouverte, en vue du canal qui serpentait entre les maisons, débordant en saillie au-dessous de l'eau.

– Voulez-vous des chanteuses pour vous distraire ? demanda l'hôtelier, gros homme affairé, suant et essoufflé, hurlant ici, là, et partout à la fois.

– Non, car nous devons nous entretenir d'affaires importantes, répondit Kung Chen.

Puis, voyant la mine désolée du propriétaire, il se rappela que ces cabinets particuliers, si agréables, comportaient des chanteuses et il ajouta :

– Vous pourrez en choisir trois, avec de jolies voix, et vous leur demanderez de s'installer dans une barque sous la fenêtre. Elles chanteront d'en bas ; nous payerons leur nourriture et leur vin comme si elles étaient ici avec nous.

L'homme salua et se retira. Le serviteur apporta les plats commandés d'avance par Kung Chen : petits plats froids, petits plats chauds, et ainsi de suite, dans l'ordre voulu, jusqu'au riz sucré au milieu du repas, les viandes, les légumes et le riz chaud pour terminer.

Ezra était gourmand. Chez lui, sous les yeux de sa femme, il se modérait, mais seul et libre, il prenait tout ce que louait son hôte, et ce soir-là, il se sentait un estomac avide.

Kung Chen avait trop de sagesse pour commencer la soirée par des conversations sérieuses. Il parla nourriture, apprécia et critiqua les mets, discuta des vins, et lorsque les voix claires et douces s'élevèrent sous la fenêtre, il tendit la main en souriant et les trois hommes écoutèrent.

Sans en avoir l'air, Kung Chen étudiait les visages de ses invités. La figure ronde d'Ezra semblait attendrie, ses yeux étaient noyés de plaisir et un sourire errait sur ses lèvres charnues. Mais Kao Lien, dont le long visage étroit restait impassible, se tenait droit, sa haute silhouette maigre bien raide, et il mangeait frugalement des mets que Kung Chen mettait dans son assiette. Il ne se mêlait pas à la conversation et il avait pris la place la moins importante, en face de la fenêtre, avec une hautaine acceptation de son rang qu'il jugeait légèrement inférieur à celui de ses deux compagnons. Mais c'est sur son visage que la clarté du dehors tombait le plus directement, car Kung Chen avait demandé qu'on mît les bougies dans un coin de la pièce pour ne pas gâter le clair de lune.

Ainsi, pendant la soirée, tandis que les plats se succédaient, Kung Chen dirigea adroitement la conversation. Chaque fois que les chants s'élevaient du canal, il se taisait et écoutait. Ezra devenait plus ouvert, montrait plus de chaleur après chaque mélodie, mais Kao Lien restait le même. Le festin presque terminé, lorsqu'on eut apporté le vin chaud, un pichet d'étain pour chacun d'eux, Kung Chen dit par gentillesse au serveur de prier les chanteuses de s'interrompre et de venir à minuit chanter leur dernière chanson dans la salle même. Il remit de l'argent pour qu'on serve un supplément de vin aux trois jeunes femmes et lorsque la porte se referma, le silence se fit dans la pièce.

Kung Chen se tourna aussitôt vers Kao Lien.

– Pendant votre voyage, Frère Aîné, dit-il, j'ai appris que vous aviez trouvé certaines parties de l'Ouest en état de guerre.

Kao Lien répondit aussitôt, de sa voix douce et mesurée :

– Pas de guerre ! on persécutait seulement mon peuple.

– Pouvez-vous m'en donner la raison ?

Kao Lien lança un coup d'œil à Ezra et celui-ci, réchauffé par la bonne chère et les vins délicats, attendri par les chansons, s'écria :

– Racontez-lui tout, Frère ; cet excellent frère chinois est un véritable ami.

Kao Lien dit alors :

– Je ne peux pas vous donner la raison pour laquelle depuis des siècles on a si souvent massacré les Juifs, mon peuple. Il y a chez nous quelque chose d'étrange.

Quelque chose d'étrange ! Yang Anwei avait employé les mêmes mots !

– Pouvez-vous décrire cette étrangeté ?

Kao Lien secoua la tête :

– Je suis un trafiquant, je ne suis pas un homme instruit. Nous sommes un peuple enivré de Dieu.

– Pouvez-vous décrire Dieu ? demanda de nouveau Kung Chen.

Ezra intervint :

– Je me demande parfois s'il existe, s'écria-t-il avec violence.

– Frère Aîné ! protesta Kao Lien.

Ezra avait un peu bu :

– Laissez-moi parler, Frère !... C'est mon meilleur ami. Oui, bien qu'il soit Chinois. Oui, parce qu'il est Chinois ! Quand je suis avec lui, je me sens heureux, je n'ai pas peur. Je vous le dis, l'épouse d'un homme peut lui donner l'impression constante qu'il est coupable. Le péché... le péché... Qu'est-ce donc que le péché, Frère Aîné ?

Le vin montait à la tête de Ezra et ses yeux s'embuèrent lorsqu'il se tourna vers Kung Chen.

Le Chinois se mit à rire, de son doux rire sonore.

– Ce mot n'existe pas chez nous, répondit-il.

Kao Lien reprit :

– Pour nous, le péché, c'est l'oubli de Dieu et de notre loi.

– Qu'on me laisse ressembler aux autres hommes, s'écria Ezra.

Il se mit à pleurer et balbutia.

– J'ai toujours voulu leur ressembler. Quand j'étais enfant, les garçons se moquaient de moi, – ils me trouvaient bizarre, – je n'ai rien d'étrange.

– Certainement pas, dit Kung Chen pour le consoler. (Il ne voyait pas la possibilité d'un entretien commercial dans ces conditions et il se tourna vers Kao Lien.) Il nous faut réconforter notre frère. Le vin nous a révélé les soucis de son âme. Faut-il appeler les chanteuses ?

– Regardez-le, répondit Kao Lien.

Ils s'aperçurent qu'Ezra commençait à dormir ; sa tête oscillait sur son épaule. Il y avait un divan dans la pièce ; Kung Chen se leva, Kao Lien l'imita et, à eux deux, ils étendirent Ezra, qui s'endormit tout à fait.

– Alors, dit Kung Chen, causons ensemble, vous et moi.

– Rien de ce que je dirai ne m'engagera, dit Kao Lien, assez troublé.

– C'est entendu, répondit Kung Chen.

Peu à peu, adroitement, il entraîna Kao Lien à parler, si bien que vers minuit il avait appris tout ce que Kao Lien avait constaté : la cruelle situation des Juifs et la division qui existait dans la propre demeure d'Ezra. Le rabbin, Leah et Mme Ezra d'un côté, et Ezra de l'autre. Entre eux, David hésitait et, dans son ombre, demeurait le faible et inutile Aaron.

– Ces deux côtés sont assez fréquents dans notre peuple, dit Kao Lien, d'un air pensif. Je les retrouve constamment. D'un côté le Juif de l'Alliance et, de l'autre, celui qui désire simplement être humain et ressembler à ceux qui l'entourent.

– Qu'est-ce que c'est que l'alliance ?
– L'alliance faite avec Dieu, au début, et par laquelle nous sommes devenus Son peuple et le reconnaissons comme notre Dieu.
– Vous croyez à de semblables superstitions ? fit Kung Chen, surpris.
Kao Lien eut l'air de s'excuser :
– J'y crois, et je n'y crois pas, dit-il. On m'a enseigné la loi et les prophètes, et il m'est difficile de les oublier. Je les renie souvent et parfois pendant des années. Mais je m'en souviens, et je sais que je mourrai Juif. (Il soupira.) Faisons venir les chanteuses, dit-il brusquement. Il est près de minuit.
Les jeunes chanteuses entrèrent toutes les trois, jolies, douces et dressées dans l'art de plaire. Ezra se réveilla quand les chants commencèrent et il resta à écouter et à regarder, la tête appuyée sur ses mains. Lorsque les chants cessèrent, les jeunes filles hésitèrent, ne sachant pas ce qu'on désirait d'elles par la suite, mais Kung Chen secoua la tête.
– Rien de plus, dit-il en riant. Nous sommes des maris vieux et posés, et nous devons rentrer, retrouver nos femmes.
Il déposa l'argent dans chaque petite paume ; les chanteuses se retirèrent en riant, Ezra se leva, soupira et chacun rejoignit sa demeure.

Kung Chen dormit mal cette nuit-là et celles qui suivirent. Après ces insomnies, il se décida à ne pas donner sa petite troisième à la famille Ezra. Il ferait venir sa fille et verrait comment ce refus l'affecterait.
Un matin, après déjeuner, il l'envoya chercher par une servante et on lui répondit qu'elle viendrait immédiatement, dès qu'elle serait coiffée.
Il se prépara donc à attendre une heure ou deux et, vers midi, Kueilan arriva, conduite par Chu Ma. Le marchand connaissait la beauté de sa petite Kueilan, mais lorsqu'il passait quelque temps sans la voir, il oubliait à quel point elle était jolie. Il la contempla avec tant de satisfaction qu'elle rougit. Bien qu'il fût son père, elle vit dans ce regard l'admiration de tous les hommes.
– Mon père ! s'écria-t-elle, depuis la porte, en guise de salut.
– Entre, ma petite troisième, lui dit-il.
Et elle s'assit à côté de lui, tandis que Chu Ma se tenait derrière elle.
Il lui posa les habituelles questions paternelles ; comment elle

allait et ce qu'elle faisait. Il admira ses vêtements de soie, lui demanda si elle avait lu des livres, si ses oiseaux favoris, qu'il lui avait donnés, se portaient bien et beaucoup de choses de ce genre. Elle répondit de sa jolie voix timide, très souriante, enfant et femme tout à la fois, et Kung Chen se promit qu'il ne marierait cette petite créature que dans la meilleure et la plus sûre des familles.

Il en arriva donc à ce qu'il voulait dire :

– Ma petite troisième, le moment est venu de parler mariage pour toi. Il faut que je songe à Lili, ta plus jeune sœur, et il faut que tu sois fiancée avant elle ; j'aurais dû y penser plus tôt, si j'étais un bon père, mais je n'aime pas ces fiançailles trop jeunes. Qui sait ce qu'un garçon deviendra lorsqu'il grandira ? J'ai donc fiancé toutes mes filles tard, afin de connaître mes gendres à l'âge d'homme. A présent c'est ton tour.

A ces mots, Kueilan rougit très fort, sortit son mouchoir de sa manche, y enfouit son visage et, s'appuyant contre sa nourrice, se cacha de son père. C'est ainsi qu'elle devait se comporter.

– Maître, vous lui faites honte, s'écria Chu Ma. On ne doit pas parler de ces choses-là devant une jeune demoiselle.

– J'ai des idées avancées, je le sais, dit Kung Chen en souriant, mais je préfère connaître par elles-mêmes les sentiments de mes filles.

Il poursuivit :

– Dis-moi, mon enfant, quel genre de mari je dois te trouver. Il y a un beau jeune homme dans la maison de Wei, d'un an ton aîné. J'entends dire du bien de lui.

– Non, fit tout bas Kueilan.

– Non ? répéta Kung Chen avec une surprise feinte. Alors j'entends dire aussi que le plus jeune fils des Hu est beau garçon.

– Non, non, fit-elle plus fort.

– Il est difficile de plaire à cette jeune fille, s'écria Kung Chen à l'adresse de Chu Ma.

Il ajouta sur un ton plus grave :

– J'espère que vous avez fait votre devoir et qu'il n'y a pas eu la moindre rencontre avec un jeune homme.

Kueilan éclata en sanglots, et Chu Ma prit un air terrifié.

– Ah !... que se passe-t-il donc ? demanda Kung Chen avec une feinte colère.

Chu Ma tomba à genoux devant lui, se frappa la tête sur le sol et balbutia :

– Comment aurais-je pu l'en empêcher ? Le jeune homme l'a

vue ici, dans cette maison. Elle allait au temple avec notre maîtresse, sa mère, et elle m'a envoyée lui chercher un mouchoir.

– C'était mon éventail, sotte! dit Kueilan en pleurnichant.

– Son éventail, balbutia Chu Ma, et pendant que je sortais, le fils d'Ezra, l'étranger, est entré dans le hall.

– Mais je ne suis pas restée! s'écria Kueilan.

– Je jure sur mes ancêtres qu'elle n'est pas restée, dit Chu Ma.

– Levez-vous, dit Kung Chen à Chu Ma d'un ton sec. (Elle se leva et s'essuya les yeux.) Que s'est-il passé? demanda-t-il.

– Rien, dit Chu Ma.

Puis terrifiée par le regard de son maître, elle avoua :

– Simplement un poème ou deux.

Kung Chen se tourna vers sa fille :

– Comment oses-tu songer à un jeune homme? demanda-t-il.

Kueilan avait un bon petit caractère bien vif et elle avait l'habitude de pleurer d'abord et de se fâcher ensuite. Elle frappa donc du pied et déclara :

– J'oserai n'importe quoi!

– Je ne te laisserai pas épouser un étranger, dit Kung Chen.

– Je l'épouserai! s'écria Kueilan.

– Oh! chut, chut, fit la nourrice en pleurnichant.

Kung Chen alluma sa pipe.

– Tu dis ça parce que tu es en colère, mais quand tu auras réfléchi à ce que ça signifie, tu n'auras pas envie de te marier dans cette demeure-là. Ce sont des gens étranges, différents de nous. Un peuple triste et qui adore un dieu cruel.

– Je n'ai pas peur...

Et Kueilan fit la moue.

Kung Chen ne répondit pas à l'enfant capricieuse. Il avait découvert ce qu'il voulait savoir.

– Je te prie de m'obéir pour une chose! dit-il après un long silence pendant lequel la peur avait effacé la colère de Kueilan. (Quant à Chu Ma, elle était blême de frayeur.) Tu devras attendre, jusqu'à ce que j'aie vu moi-même ce jeune homme, dit-il à sa fille. Quand j'aurai pris mon parti, je te dirai ce que j'ai décidé. (Il se tourna vers Chu Ma.) Et vous, femme, je vous chasserai de ma maison et vous n'y remettrez jamais les pieds si vous la laissez désobéir.

Chu Ma tremblait :

– Je ne la quitterai ni jour ni nuit...

Et sur cette promesse, elle se retira emmenant Kueilan par la main.

VI

Au sein de la famille Ezra, le rabbin vivait dans une parfaite extase. Il n'aurait jamais voulu l'admettre, et cependant le tranquille confort de la maison, la nourriture abondante, l'espace et le silence des cours, le réconfortaient et l'entouraient d'une ambiance heureuse.

Mme Ezra, par égard pour lui, veillait à ce que chaque rite du sabbat et des jours de fête fût observé. Lorsque David se trouvait avec le rabbin, elle venait s'informer si tout se passait selon les prescriptions de la Torah, car, disait-elle, après tant d'années, tant de générations passées dans ce pays païen, elle-même devenait ignorante. C'est ainsi que les rites de la pâque et du Pourim se mêlaient au Festival chinois du printemps; la fête des Premiers Fruits se confondait avec celle de la Lune d'Été, et les six jours sacrés de la Pénitence avant Yom Kippur concordaient souvent avec la fête de l'Année de la Nouvelle Lune, si bien que David allait trop aisément de la pénitence au plaisir.

Le rabbin répondait à chacune des questions posées par Mme Ezra avec zèle et intérêt. Privé de la vue des êtres humains, il ne les devinait qu'à travers la brume de ses propres sentiments et de ses désirs. Ainsi il avait l'impression que, jour après jour, David, en écoutant l'exégèse de la Torah, partageait la vie et l'extase de son vieux maître aveugle, cheminait à ses côtés près de son Dieu. Le rabbin se sentait environné d'une atmosphère ardente et forte, en présence d'un esprit dont il comprenait mal la nature. Ce ne devait être que l'esprit du Seigneur, planant sur eux. Le vieillard ne pouvait guère se figurer que le conflit qu'il percevait obscurément à ses côtés, lorsqu'il enseignait la Torah à David, à Leah et à Aaron, était un conflit personnel entre les trois jeunes gens. Le rabbin, habitué à sa cécité, avait d'autres moyens de perception. Et ainsi, il sentait qu'en l'absence de ses élèves, la pièce ne contenait plus que paix, paix qui s'évanouissait à leur retour, fussent-ils rieurs ou silencieux.

Il se disait alors que Jehovah et Ses paroles n'apportent pas la paix :

– Devant Jehovah, notre Dieu, il ne peut y avoir ni assoupissement ni sommeil, dit-il à David. Nous sommes un peuple sans repos. Oh! mon fils. C'est notre destinée de tenir le monde en éveil jusqu'au jour où tous connaîtront Jehovah, le Seul Vrai Dieu. Nous sommes de passage, voyageurs entre la terre et le ciel.

Il s'interrompit, leva la tête, et les poings tendus en l'air, il s'écria :

– Écoute, oh! Israël! Le Seigneur Dieu, le Seigneur est Un!

Ces paroles familières tirées de la Shema, coulant sonores des lèvres du vieillard, hantaient David. Lui-même se sentait souvent partagé entre le ciel et la terre et son âme était divisée. Il ne pouvait pas répondre au rabbin, il ne pouvait qu'écouter et ainsi recevoir en lui le sens profond contenu dans la foi de son peuple. Il commençait à comprendre ces choses. Ce que sa mère exprimait par la pratique, par l'observance des jours de fête et des services religieux, des rites et des rituels, par son refus d'accepter le nom chinois de Chao, alors que presque tous les Juifs autour d'elle étaient également connus sous un nom chinois, – tout cela n'était qu'une manifestation extérieure de l'ardent esprit du rabbin. Ils étaient tous les deux convaincus que leur peuple était un peuple unique, mis à part, destiné par Dieu à accomplir Ses desseins dans le monde. Mme Ezra et le rabbin croyaient que Dieu avait donné une mission à leur peuple : la mission sacrée de persécuter les âmes des humains jusqu'à ce qu'elles viennent à Lui.

A mesure qu'il s'apercevait que David croissait en entendement, le rabbin écartait Aaron, son propre fils, ce qui fit naître un conflit entre David, Leah, et Aaron. Au début, le rabbin s'informait, chaque matin, de la présence d'Aaron, maintenant il ne s'en préoccupait plus. Lorsque David entrait, l'aveugle se tournait vers lui, agité et tremblant; il tendait les mains jusqu'à ce qu'il eût senti l'étreinte de celles de David, palpé la tête, les joues et le front du jeune homme qu'il faisait alors asseoir à son côté, assez près pour le toucher. Aaron, se voyant oublié, devint maussade et, n'osant se plaindre à son père, fit tomber sa colère sur Leah.

– Vous complotez contre moi, dit-il à sa sœur lorsqu'ils furent seuls, vous voulez faire de David un rabbin, – à ma place, – à la mort de mon père, pour qu'il devienne le chef de notre peuple.

Mais c'est toi qui seras la véritable tête, tu feras marcher David comme la vieille Ezra fait marcher son mari.

Leah était si douce au fond, si réellement bonne, qu'elle ne pouvait répondre aux paroles de son frère. Pendant que leur père leur enseignait la Torah, Aaron grimaçait ses accusations; les grands yeux de Leah se remplissaient de larmes, mais elle ne disait rien. Aaron s'imaginait que ces méchancetés passaient inaperçues, mais David était trop perspicace pour ne pas les remarquer. Il éprouvait une telle aversion pour Aaron qu'il ne faisait pas plus attention à lui qu'à un vilain roquet dans la maison. Aaron le flattait, cherchait à l'enjôler pour se mêler à ses amis et partager ses plaisirs, mais David ne semblait ni l'entendre, ni le comprendre. Aaron se retirait, repoussé, et il détestait David à cause de son orgueil et de sa marche dégagée.

Lorsque David s'aperçut qu'Aaron opprimait Leah en secret, il arrêta la jeune fille sur le seuil, un matin, et lui dit :

– Pourquoi pleurez-vous quand Aaron fait ses stupides grimaces ?

– Parce que je sais à quoi il pense.

Ils se trouvaient en plein soleil et David admira le teint vif de Leah, le brillant de ses cheveux bruns. Il n'avait pas fait un seul geste d'amour depuis cette matinée dans le jardin des pêchers, car son âme était de plus en plus troublée. Le regard de Leah, brûlant et tendre, levé sur David, augmenta encore cette confusion et le jeune homme put seulement bégayer :

– A quoi Aaron pense-t-il ?

– J'ai honte de le dire, déclara sincèrement Leah.

Si David y avait vu clair en lui-même, il eût certainement demandé une explication, mais il n'osait insister, de crainte qu'Aaron ne taquinât Leah sur son amour.

– Aaron est stupide, dit-il brusquement.

A ce moment-là, Aaron s'avançait, venant du portail. David entra et Leah le suivit.

Le rabbin oubliait même sa fille. Chaque matin, elle survenait sans bruit, lorsqu'il ne l'entendait pas; elle lui disait bonjour, et il répondait à peine. Il ne songeait qu'à David. Il passait la nuit en prières et s'il se réveillait d'un bref sommeil, il se sentait aussitôt pris d'une fiévreuse exaltation, songeant qu'il ne dormirait que lorsque David se serait promis au Seigneur. Malgré son désir, il n'osait pas poser de question directe au jeune homme. Cependant, après avoir expliqué la Torah pendant trois ou quatre heures, il avait peine à ne pas prononcer les paroles qui tremblaient sur ses lèvres : « David, veux-tu être rabbin après moi ? Écoute la voix du Seigneur, oh ! mon fils David. » Il s'entendait demander à ses enfants de sortir pour qu'il puisse parler à David. Cependant il se taisait, décidé à attendre l'ordre divin.

Un jour, vers la fin de l'été, le rabbin sentit que cette attente dépassait ses forces. C'était durant le huitième mois, le mois des orages. La matinée était calme et chaude. L'air lourd pesait sur le vieil homme comme un brouillard. Il était excessivement agité, ses vieux os frémissaient, et son sang coulait dans ses veines avec une rapidité telle qu'il en était étourdi.

David vint tôt ce matin-là ; Leah s'était fait excuser, étant souffrante. Aaron, sans rien dire, n'avait pas paru. Le rabbin, seul avec David, sentit battre son cœur. Le moment n'était-il pas venu ? Le vieillard expliqua le livre avec soin et amour, s'approchant tout près du jeune homme dans son zèle. David, énervé lui aussi par la chaleur, ne put pas supporter l'odeur de fétide vieillesse qui se dégageait du rabbin, il se leva pendant la leçon, arpenta la pièce et soupira. Le rabbin l'entendit et fut pris de peur. Pourquoi le Seigneur ne parlait-il pas ? Le vieillard leva la tête et prêta l'oreille, mais l'air restait muet. Effrayé, il fit un grand effort pour garder son calme.

– Mon fils, dit-il, s'apercevant que David n'écoutait plus. Allons dans la maison du Seigneur. La matinée est brûlante, mais à l'ombre de la synagogue, l'air sera frais.

– Comme vous voudrez.

– Laisse-moi poser ma main sur ton bras, nous irons à pied.

La synagogue n'était pas loin. Les maisons des Juifs s'entassaient autour, et ils n'eurent qu'à longer quelques rues pour arriver à celle que les Chinois appellent « la rue du Tendon Arraché ». Le parcours, ainsi que la synagogue, étaient bien connus de David, cependant, il crut les voir pour la première fois. Jusqu'ici la synagogue ne représentait pour lui qu'un temple dans lequel il pénétrait souvent à contrecœur, arraché à ses jeux pour obéir à sa mère. Cette fois-ci, il y entrait de plein gré, désireux de se trouver face à face avec Dieu. Sa décision, toujours repoussée, ne saurait plus tarder. Il accorda son pas à celui du rabbin, lent et allongé. Si, ce jour-là, il entendait l'appel de Jehovah, s'il se sentait choisi, appelé, il donnerait une réponse ferme, oui ou non, selon ce que son cœur lui dicterait à l'appel de la Voix.

– As-tu mis ta calotte ? murmura le rabbin.

– Oui, je la mets chaque matin quand je vais vous trouver.

– Je le sais. Pourquoi ai-je posé cette question, puisque tu es fidèle au commandement du Seigneur ?

Malgré lui, il leva la main et toucha la calotte sur la tête de David.

– Vous doutez de moi, dit en souriant David.

– Non, non, fit vivement le rabbin.

Ils entrèrent par le portail conduisant aux cours extérieures de la synagogue. Lorsque le rabbin y venait seul, il entrait directement dans les cours intérieures, derrière l'enceinte, près de sa petite maison, mais aujourd'hui, il désirait faire passer David par le large portail d'entrée qui leur fut ouvert par un vieillard du clan juif de Ai. Le portail faisait face à l'est et une grande et belle arcade s'élevait immédiatement après. Au-delà se trouvait un deuxième portail et une autre arcade. De chaque côté, deux pierres plates reposaient sur des socles également en pierre et sculptés en forme de feuilles de lotus. Sur ces pierres, on lisait, gravée en caractères anciens, l'histoire des Juifs, et de leur dispersion. Derrière les pierres, une immense plate-forme servait à recevoir la grande tente de la Fête des Tabernacles et, au-delà, l'arche Bethel s'élevait à l'intérieur de la synagogue dans l'enceinte la plus sacrée.

David connaissait tout cela, mais c'était la première fois qu'il en comprenait la signification. C'était là le palais de Dieu, dressé au sein de la ville païenne surpeuplée, remplie de temples dédiés à d'autres dieux!

L'air était moins chaud ici et David sentit la fraîcheur sur sa chair. Des oliviers encadraient les cours et le silence était plein de douceur. Ce lieu, vide de toute présence humaine, était rempli de la grandeur de l'esprit céleste. Au-dessus de l'arcade principale, ces mots étaient gravés : *Temple de la Pureté et de la Paix*, et ils correspondaient à l'atmosphère.

Le rabbin et David avancèrent lentement, pas à pas ; le rabbin récitait les Écritures à mi-voix. David l'interrompit ; arrêté devant une large plaque de pierre, il demanda :

– Pourquoi les caractères que je vois gravés sur un grand nombre de ces pierres sont-ils chinois et non pas hébreux ?

Le rabbin soupira :

– Hélas ! notre peuple a oublié la langue de nos pères. Après ma mort, personne ne saura lire la parole de Dieu.

Il s'arrêta, avec l'espoir que David s'offrirait à apprendre l'hébreu. Chaque jour il s'était attendu, en vain, à cette offre, mais cette fois encore David se tut.

– Oui, l'histoire de notre peuple est inscrite, en toutes lettres, sur cette pierre, dit David simplement.

Et il lut les caractères chinois :

– Abraham, le patriarche qui a fondé la religion d'Israël, était la onzième génération après P'Anku Adam.

– Tu sais, dit le rabbin, que pour les Chinois P'Anku est le premier homme. Celui qui a gravé ces mots a mêlé son nom à celui d'Adam.

David sourit et continua :

– Depuis la création du ciel et de la terre, les patriarches ont transmis la tradition qu'ils ont reçue. Ils ne fabriquent aucune image, ne cherchent à se concilier ni esprits ni fantômes, et ne croient à aucune superstition. Ils croient, au contraire, que les esprits et les fantômes ne les protègent pas et que les superstitions sont inutiles. Abraham ne méditait donc que sur le ciel.

La forte et jeune voix de David se tut. Méditer sur le ciel, c'est ce que lui enseignait son maître chinois. Depuis plusieurs semaines, il n'allait plus chez le confucianiste, mais lors de sa dernière visite, c'était le soir de la fête du milieu de l'été. Le ciel était plein d'étoiles et le vieux maître avait levé la tête.

« Nous pouvons méditer sur le ciel, avait-il murmuré, mais nous ne pouvons pas le comprendre. »

– La synagogue a été renversée deux fois par l'inondation du fleuve Jaune, disait le vieux rabbin sans soupçonner les pensées de David. Cependant ces grandes pierres ont été préservées. Notre Dieu ne laisse pas périr le nom de son peuple.

Ils marchaient lentement. Le ciel s'était obscurci. David leva les yeux et il vit planer, au-dessus des murs, des nuages noirs, bordés d'argent.

– Il va pleuvoir, dit-il, et l'air sera plus frais partout.

Le rabbin ne lui prêta aucune attention.

– Suis-moi dans le Saint des Saints, dit-il, en proie à une solennelle agitation. Je veux mettre la Torah entre tes mains, mon fils.

Ils franchirent le seuil élevé et pénétrèrent dans la pénombre de la salle intérieure, marchant sur les dalles unies. Ils s'approchèrent de l'arche placée derrière une table surmontée d'un cintre en trois parties sur lequel on lisait ces mots :

Béni soit le Seigneur
Le Dieu des Dieux, le Seigneur des Seigneurs
Le Grand, le Formidable et Terrible Dieu.

Le rabbin prononça ces mots très haut, d'une voix profonde et, tout à coup, comme un écho du Ciel, le tonnerre retentit dans la synagogue. Le rabbin se tint immobile, la tête levée, la nuque renversée. Dans le silence qui suivit le coup de tonnerre, il écarta les rideaux et David aperçut les écrins qui contenaient la Torah. Ils étaient laqués d'or, les ferrures dorées, et chacun d'eux avait une poignée en forme de flamme.

– Voici les livres sacrés de Moïse, dit le rabbin gravement ; il y en a douze, un pour chaque tribu de notre peuple, et un treizième pour Moïse.

Il prit le treizième écrin semblable aux autres, en forme de cylindre. Il le déposa sur un haut siège sculpté, la chaire de Moïse, l'ouvrit et en retira le livre.

– Tends les mains, dit-il à David.

David tendit les mains et le rabbin y plaça le livre antique, sous la forme d'un épais rouleau de papier.

– Ouvre-le, dit-il. (Et David l'ouvrit.) Peux-tu le lire ?

– Non, vous savez bien que c'est écrit en caractères hébreux.

– Je te les apprendrai, dit le rabbin. A toi, mon véritable fils, j'enseignerai les mystères de la langue dans laquelle Dieu donna la loi à Moïse, notre ancêtre, celui qui descendit de la montagne pour l'apporter à notre peuple qui attendait dans la vallée.

Le tonnerre gronda de nouveau autour de la synagogue et le rabbin courba la tête. Lorsque le silence se fit, il continua :

– C'est toi qui parleras à notre peuple dans les termes de la loi, – un second Moïse, oh ! mon fils !

Puis il redressa la tête, leva les mains et cria les paroles des fidèles, dans le Temple.

– Écoute, oh ! Israël. Le Seigneur notre Dieu, le Seigneur est Un !

Sa grande voix s'attarda sur ce dernier mot solennel qui retentit comme une longue lamentation ; de nouveau le tonnerre éclata.

Comment savoir si ce coup de tonnerre, faisant écho à la voix du rabbin, aurait pu contribuer à sceller l'âme de David, le fils d'Ezra ? Car, tandis que son âme frémissante cherchait à percevoir au milieu de l'orage la Voix encore si faible de Dieu, ses yeux tombèrent sur une inscription gravée sur une petite plaque. Ces inscriptions étaient nombreuses, offertes par les Juifs désireux depuis des siècles de laisser une parcelle d'eux-mêmes dans le Temple. Celle-ci était très simple, sur un morceau de marbre poussiéreux, sans ornements. Mais un Juif, aujourd'hui mort et oublié, y avait mis une pensée personnelle et David vit ces mots :

Le culte est d'honorer le ciel, et la vertu de suivre les ancêtres. Mais avant le culte et la vertu, il y avait l'esprit humain.

La malice de ces derniers mots frappa David, comme si un éclat de rire traversait le lieu sacré. Un vieux Juif, dont le sang avait été un peu trop fortement mélangé de sang libertin chinois, avait écrit cela, l'avait même fait graver et déposer dans la synagogue. David rit tout haut, sans pouvoir se retenir.

En l'entendant, le rabbin, horrifié, demanda d'un ton sec :

– Pourquoi ris-tu ?

– Mon père, dit sincèrement David, j'ai vu quelque chose qui m'a fait rire.

– Rends-moi la Torah, fit le vieillard en colère.

– Pardonnez-moi, dit David.

– Que le Seigneur te pardonne !

Le rabbin reprit la Torah des mains de David, l'enferma dans son écrin qu'il remit dans le tabernacle. Il se sentait blessé et confus. Pris de vertige, il dut s'appuyer au siège de Moïse.

– Laisse-moi, dit-il brusquement. Je veux prier un moment.

– Ne dois-je pas vous attendre ? demanda David, honteux, mais encore souriant.

– Je trouverai seul mon chemin...

Le ton du rabbin était si sévère que David se retira.

Un vent frais traversa la synagogue tandis que David s'éloignait. Il respira à fond ; il se sentit étourdi par ce brusque changement dans l'air et en lui-même, sans se rendre compte exactement de ce qui s'était passé. « Avant le culte et la vertu, il y avait l'esprit humain... » L'esprit humain, son propre esprit ! David se tint en haut des marches, à l'entrée de la synagogue. Son être, tendu à un haut diapason depuis des jours, se détendit brusquement comme une fronde au lancer de la pierre. L'orage avait passé sur la ville, l'air était frais et brillant ; le soleil luisait sur les toits et sur les pavés mouillés, et les passants semblaient joyeux, pleins d'entrain et actifs.

Le soleil tombait à pic dans la rue, après l'orage, et David aperçut, par hasard, Kung Chen le marchand qui sortait d'une maison de thé où il s'était trouvé retenu par l'orage, après avoir pris sa tasse habituelle, au milieu de la matinée. Délicatement, il choisissait son chemin sur les pavés mouillés en direction de son comptoir. Comme toujours, il paraissait calme et satisfait ; dans l'air rafraîchi, sa robe de soie crème mettait une note gaie, et ses souliers de soie noire restaient immaculés. Il portait son éventail noir, replié dans le col de sa robe et ses cheveux, bien lisses, au bas de son crâne rasé, étaient tressés en queue, avec une cordelière, noire également et terminée par un pompon. On n'aurait pu rencontrer dans la ville plus bel homme, ni plus agréable à voir. Ses regards, auxquels rien n'échappait, tombèrent sur David et il s'arrêta pour l'appeler par son nom.

– Comment va mon Frère Aîné, votre père ? demanda-t-il.

– Je ne l'ai pas vu ce matin...

Et David courut au bas des marches, car un élan irrésistible le poussait vers cet homme important et cependant si affable, comme un enfant est attiré par un adulte souriant et jovial. Il était heureux de se laisser aller à sa jeunesse, à sa grande jeunesse, après la tension excessive des jours passés avec le rabbin et qui l'avaient soulevé au-dessus de lui-même.

– Venez-vous d'adorer votre Dieu ? dit Kung Chen, du ton qu'il aurait pris pour demander au jeune homme s'il revenait du théâtre.

– Le rabbin m'instruisait, répondit David.

Kung Chen hésita, puis, curieux, il demanda :

– J'ai toujours désiré voir l'intérieur d'un temple, mais je pense que c'est interdit.

– Pourquoi donc ? Venez avec moi si cela vous intéresse ?

David n'avait aucune envie de retourner dans la synagogue, mais il était heureux d'avoir une excuse pour rester près de Kung Chen et, avec une certaine fierté, il le précéda le long des marches ; le vieux gardien, malgré son hésitation, ouvrit les grandes portes, et laissa entrer les visiteurs.

La synagogue, inondée de soleil sous un ciel brillant, avait pris un tout autre aspect, et Kung Chen observait ce qui l'entourait avec courtoisie, mais sans crainte et sans vénération. Rien n'échappait à ses petits yeux vifs et il lisait les inscriptions d'une voix forte et enjouée, approuvant tout.

C'est ainsi qu'il lut ces lignes :

Si tu admets l'existence du ciel,
de la terre, des princes, des parents
et du maître, tu n'es pas loin du
droit chemin de la raison et de la vertu.

Quand je courbe la tête pour adorer
notre Seigneur, éternellement vivant,
je dois être pur de corps et d'âme.

Ces maximes étaient accrochées aux piliers de la porte centrale dans le hall d'entrée, et Kung Chen, plein d'admiration, se tourna vers David d'un air surpris et satisfait :

– Mais, jeune homme, dit-il, votre peuple et le mien ont les mêmes croyances. Qu'y a-t-il qui nous sépare ?

Et sans laisser à David le temps de répondre, il lut tout haut :

Depuis l'époque d'Abraham, lorsque
notre foi fut établie, et toujours
par la suite, nous, les Juifs de
Chine, avons répandu la connaissance
de Dieu et, en retour, nous avons
reçu celle de Confucius, de Bouddha
et de Tao.

Kung Chen balança sa grosse tête en signe d'approbation. Il passa d'une inscription à l'autre, de plus en plus admiratif. Mais celle-ci lui plut tout particulièrement :

Nous brûlons l'encens devant le Grand
Vide, dans l'oubli complet de son
nom et de sa forme.

Côte à côte, David et le Chinois traversèrent la synagogue, chacun méditant sur ses propres désirs. Kung Chen se disait qu'il ne devait pas redouter de donner sa petite troisième à une famille dont la doctrine était si proche de celle des Sages ; David, lui, s'apercevait que le poids, qu'il avait trouvé si lourd à ses épaules depuis l'arrivée de Kao Lien, avait presque disparu. La simple présence de Kung Chen le réconfortait, l'allégeait, relâchait les liens qui enserraient son esprit. Cet homme de bien ne pouvait pas être complètement dans l'erreur, et le rabbin risquait de se tromper parfois. De petites lueurs d'espoir, consolatrices, se glissèrent dans les recoins secrets de son être, et David, après tant de jours sévères, eut envie de se distraire ; il désira tout à coup parcourir, comme autrefois, les rues ensoleillées dont la poussière venait d'être rabattue par la pluie. Il avait l'impression de rentrer chez lui après un voyage dans un sombre pays ; il le devait à Kung Chen, à cet être imposant et bon, à la démarche lente, qui se tenait à son côté.

Kung Chen admirait tout ce qu'il voyait, les constructions de pierre, les arcades commémoratives, les grandes vasques en forme de lotus dans les cours, l'établissement de bains et l'abattoir. Il demanda la signification de ces bâtiments qu'il s'étonnait de rencontrer dans un temple. Lorsqu'il apprit que les Juifs trouvaient que le corps doit être purifié pour l'observation des rites, il approuva d'un signe de tête, mais lorsque David ajouta que leur religion exigeait qu'on arrachât les tendons d'un animal tué pour le sacrifice, Kung Chen en demanda la raison. Quand il entendit le récit de la lutte d'un nommé Jacob avec l'ange, il sourit de son sourire sceptique :

– Quant à moi, dit-il, je n'approuve pas qu'on prenne une vie, même en signe d'adoration.

Puis il ajouta avec un bon rire :

– Cependant, quand j'ai devant moi un savoureux plat de porc, j'y trouve la même satisfaction que mon prochain.

David s'inquiétait; il se demandait si le rabbin avait quitté la salle intérieure. Qu'arriverait-il si le vieillard y était encore? Il serait furieux que David revienne accompagné d'un Chinois. David marchait lentement; il s'arrêtait le plus souvent possible, mais il finit par arriver, malgré lui, au Saint des Saints, où le rabbin se tenait en prière devant le tabernacle. David éprouva un instant de satisfaction dont il eut honte, à la pensée que le rabbin ne pouvait pas les voir, même en relevant la tête. Kung Chen s'arrêta sur le seuil et regarda David.

– Le Vieux Maître!... dit-il.

– Il est en prière, murmura David à son tour.

Tous deux allaient se retirer lorsque le rabbin, dont l'ouïe était très fine, perçut les bruits des pas et des murmures; il redressa la tête.

– David, mon fils! s'écria-t-il d'une voix forte. Tu es revenu.

Le rabbin avait regretté sa colère, et s'était tenu en prière devant le Seigneur, l'implorant, lui demandant de ramener David et il crut sa prière exaucée. Il s'avança vers la porte, les mains tendues. David se serait reculé, mais Kung Chen, avec sa générosité spontanée, s'avança en disant :

– Vieux Maître, je vous en prie, prenez garde.

Le rabbin s'arrêta, et ses mains retombèrent.

– Qui est là? demanda-t-il.

Kung Chen, sans penser à mal, répondit aussitôt :

– C'est moi, Kung Chen, le commerçant; j'ai aperçu le fils de mon ami Ezra, au portail, et, comme je suis curieux, je lui ai demandé de me conduire à l'intérieur de votre temple.

Le rabbin, hors de lui, cria à David :

– Comment oses-tu amener un étranger dans ce lieu?

Kung Chen aurait pu laisser passer ces paroles, simple propos d'un vieux prêtre superstitieux, mais il trouvait juste de défendre David, et il dit de son ton le plus aimable :

– Calmez-vous, Vieux Maître, ce n'est pas lui qui m'a invité à entrer. Mettez le blâme sur moi.

– Vous êtes fils d'Adam, répondit le rabbin d'un ton sec, mais lui est fils de Dieu. Le blâme retombe donc sur lui.

Kung Chen fut très surpris :

– Je ne suis pas fils d'Adam, dit-il, je n'ai personne de ce nom parmi mes ancêtres.

– Les païens sont tous fils d'Adam, déclara le vieux rabbin.

Kung Chen sentit monter son courroux :

– Je ne veux pas qu'on dise que je suis le fils d'un homme dont je n'ai jamais entendu parler, déclara-t-il.

Sa voix était douce, car il aurait trouvé indigne de lui, homme supérieur, de laisser paraître sa colère, surtout envers un vieillard. Mais elle bouillonnait en lui et il eut beaucoup de peine à la masquer en poursuivant :

– Et puis, il ne me plaît pas d'entendre un homme dire de lui et de son peuple qu'ils sont fils de Dieu. Admettons, si vous voulez, que vous êtes fils de votre dieu, mais il y a beaucoup de dieux.

– Il n'y a qu'un seul vrai Dieu, Jehovah, dit le rabbin.

Il tremblait de tout son corps en prononçant ces mots.

– Les disciples de Mahomet affirment la même chose, dit gravement Kung Chen, mais ils appellent leur Dieu, Allah, est-ce le même que votre Jehovah?

– Il n'y a pas de Dieu en dehors de notre Dieu, dit le rabbin d'une voix haute et forte. Il est le Seul Vrai Dieu.

Kung Chen le considéra fixement, puis il se tourna vers David :

– Ce Vieux Maître est fou, dit-il. Nous devons le plaindre. Cela arrive souvent lorsque les hommes songent trop aux dieux, aux fées, aux fantômes et à toutes ces choses imaginaires. Nous ne pouvons pas savoir ce qu'il y a au-delà de cette terre.

Mais le rabbin refusa d'être pris en pitié.

– Nous pouvons savoir ce qu'il y a au-delà de cette terre, s'écria-t-il, d'une voix forte et décidée. C'est pour cela que Dieu a choisi mon peuple ; pour que nous puissions éternellement rappeler Son existence à l'humanité. Lui seul règne. Nous sommes les taons qui aiguillonnent l'âme humaine. Nous n'aurons de repos que lorsque l'humanité croira au Vrai Dieu.

Toute colère s'évanouit au cœur de Kung Chen, et il dit de sa voix la plus conciliante :

– Si ce dieu existe, il ne choisirait pas un homme pour le placer au-dessus des autres, ni un peuple pour dominer le monde. Sous le ciel, nous ne formons qu'une même famille.

Le rabbin ne put supporter ces paroles. Il leva la tête et pria son Dieu :

– Oh ! Dieu, entends les blasphèmes de ce païen !

Pendant cette discussion, David se tint sans mot dire, les mains jointes et la tête baissée. Entre ces deux hommes, son âme restait en suspens.

Kung Chen se tourna vers lui :

– Laissez le Vieux Maître prier si cela le soulage. Je ne crois pas aux dieux ; donc ils ne peuvent nuire ni à moi ni aux miens... Je vous souhaite le bonjour à tous les deux.

Il s'avança, très digne, vers la porte, puis dans la direction de l'est, vers la sortie. David était déchiré entre la pitié et la honte. Il courut après Kung Chen et le rattrapa au portail.

– Je vous prie de me pardonner, dit-il.

Kung Chen tourna vers le jeune homme son visage bienveillant. Il ne restait aucune trace de colère en lui. Il parla très gravement :

– Je n'ai subi aucun tort, je n'ai donc rien à pardonner. Cependant, par égard pour vous, je vous dirai ceci : personne sur terre ne peut aimer ceux qui déclarent qu'ils sont seuls fils de Dieu.

Sur ces paroles, Kung Chen s'en alla. David hésita sur le seuil et ces mots se gravèrent dans son esprit. Il n'aurait pu, se fût-il agi de sa vie, retourner auprès du rabbin. Mais l'attrait d'un plaisir insouciant s'était évanoui. Le fardeau de son peuple retomba sur lui avec la pesanteur de tous les âges.

Un sanglot lui monta dans la gorge, il rentra dans la synagogue, et, caché sous une arcade, il pleura amèrement.

Par cette matinée d'été étouffante, Pivoine aperçut David qui s'éloignait avec le rabbin et elle courut à une fenêtre pour savoir si Leah les accompagnait. Mais Leah était occupée à sa broderie, et Pivoine s'éloigna sans être vue. David revint tard dans l'après-midi. Pivoine lui demanda s'il avait besoin de quelque chose, mais il la renvoya, désirant rester seul.

« Chacun dans cette maison veut être seul », se dit Pivoine, mécontente. Elle se sentait très énervée. David ne lui avait pas parlé depuis qu'elle lui avait remis le poème ; il ne la faisait plus demander et n'avait pas écrit une ligne. Pivoine savait simplement que les vers, soi-disant composés par Kueilan, étaient dans le bureau du jeune homme. Chaque jour après le départ de David, elle ouvrait le tiroir et apercevait le poème sous un presse-papiers de jade. Elle ne pouvait qu'attendre la fin de la journée.

Pivoine était très adroite de ses mains, elle savait calmer une douleur du cœur ou des muscles. Wang Ma lui avait enseigné cet art et lui avait appris à découvrir les centres de la douleur dans le corps, dans les longs trajets des nerfs et des veines. Parfois Pivoine soulageait ainsi un point douloureux dont souffraient Mme Ezra ou David. Mais elle fut très surprise, ce soir-là, qu'Ezra la fît demander, bien que l'orage eût rafraîchi le temps, pour lui masser les tempes et la plante des pieds. Jamais, jusqu'ici, elle n'avait vu ce maître vigoureux et enjoué souffrir d'une douleur quelconque. Elle le trouva assis dans sa chambre, et, lorsque, placée derrière lui, elle commença ses soins, elle sentit l'afflux du sang aux tempes et le nœud dur de la douleur à la base du crâne.

– Votre âme est dans la peine, Maître, dit-elle.

Pivoine savait discerner les différents genres de douleur du corps humain, celles qui proviennent de la chair, celles de l'âme ou de l'esprit.

– Je suis dans l'affliction, répondit Ezra.

Il appuya la tête en arrière, ferma les yeux et laissa Pivoine agir. Silencieusement, elle caressa les nerfs et pressa les veines de la tête, obligeant le sang à se retirer.

Ezra dit brusquement :

– Quelle douce puissance ont tes mains ! Qui t'a appris cette science ?

– Wang Ma, en partie, mais je la connais aussi par moi-même.

– Comment cela ? demanda-t-il.

Ses yeux restaient fermés, mais un sourire effleura ses lèvres.

– Je suis triste, moi aussi, parfois, dit Pivoine de sa petite voix enjouée.

– Allons, allons, fit-il gaiement. Ici, dans cette maison où nous sommes tous bons pour toi ?

– Vous êtes bons, dit-elle, mais je sais parfaitement que je ne suis pas née ici et que je ne suis pas de votre sang.

– Cependant, je t'ai achetée, Pivoine, dit Ezra avec douceur.

– Oui, vous avez donné de l'argent pour m'avoir, mais cela ne me fait pas vôtre. Un être humain ne peut être acheté entièrement.

Ezra parut méditer là-dessus tandis que les mains de la jeune fille passaient sur les muscles vigoureux de son cou. Pivoine se baissa ensuite, déchaussa son maître, et s'appliqua à soulager ses pieds. Il se redressa, ranimé et dit :

– Pourtant, tu es comme ma propre fille! Au fond, je ne devrais pas te laisser soigner mes pieds. Cela surprendrait ceux de ta race. Mais dans le pays de mon peuple, il est permis à une fille d'agir ainsi. Aux Indes également. Lorsque j'ai traversé l'Inde avec la caravane, j'ai assisté à cette guérison des pieds.

– Les pieds portent le poids du corps, la tête le poids de l'intelligence, et le cœur le poids de l'esprit, répondit doucement Pivoine... Ne faites pas attention à ce qu'on peut dire. On pensera simplement que c'est une coutume étrangère. Vous connaissez la bonté des Chinois, ils acceptent tout.

– Je le sais, ce sont les meilleures gens de la terre et qui nous témoignent le plus de bienveillance...

Il soupira si profondément que Pivoine devina ses pensées; néanmoins, elle demanda :

– Pourquoi soupirez-vous, Maître?

– Parce que je ne sais pas ce qui est bien.

Pivoine dit avec un léger rire :

– Vous parlez toujours du bien et du mal.

Elle massait à présent la plante des pieds d'Ezra, large et dure, mais souple. Tout en continuant ses soins, elle ajouta, de son air enjoué :

– Cependant, qu'est-ce qui est bien sinon ce qui crée le bonheur, et qu'est-ce qui est mal sinon ce qui crée la douleur?

– Tu peux parler ainsi parce que tu ne restes pas perplexe entre le ciel et la terre.

– Je sais que j'appartiens à la terre, fit-elle simplement.

– Mais nous, nous appartenons au ciel.

Elle avait terminé sa tâche et rechaussa Ezra.

– Nous parlons du ciel et de la terre, mais nous pensons à autre chose, dit-elle.

– A quoi donc? demanda-t-il.

Mais il le savait. Pivoine se recula et, assise sur les talons, elle le regarda :

– Nous pensons à David, fit-elle doucement.

– Tu penses aussi à lui?

– Je pense toujours à lui, répondit Pivoine. (Elle s'agenouilla, continua à le regarder et se décida à tout lui dire.) Je sais que c'est une folie, Maître, mais je l'aime.

– Bien entendu, fit Ezra avec son air habituel si enjoué. Vous avez grandi ensemble, comme frère et sœur.

– Oui. Mais nous ne sommes pas frère et sœur et ce n'est pas ainsi que je l'aime.

Ezra parut très ennuyé. S'il y avait réfléchi, il eût compris qu'une jeune fille jolie et douce ne pouvait pas vivre et servir David sans l'aimer. Il se rappela sa propre jeunesse, du temps où il était épris de Wang Ma. Il en rougissait à présent, car depuis bien des années il ne voyait en elle qu'une servante. Mais lorsqu'il avait seize ans et Wang Ma à peu près le même âge, la beauté de celle-ci était telle qu'il avait déclaré à son père qu'il ne voulait pas d'autre femme. Elle s'appelait alors Fleur de Jade. Fleur de Jade! lorsque ce nom revenait à la mémoire d'Ezra, quelque chose en lui, mort depuis longtemps, reparaissait. Wang Ma était plus jolie que Pivoine, avait le teint plus clair, la silhouette plus élancée, le nez droit et la bouche plus délicate.

Mais le père avait éclaté de rire :

– C'est une esclave! mon fils ne peut pas épouser une servante!

– Quand j'en aurai fait ma femme, elle ne sera plus servante, avait vivement déclaré le jeune Ezra.

Son père avait aussitôt cessé de rire.

– Ce qui se passe entre une esclave et toi m'est indifférent à condition que je n'en sois pas informé, mais tu épouseras Naomi, la fille de Judah ben Isaac.

Ezra en fut saisi. Parmi les jeunes gens de son entourage, Naomi était considérée comme la plus belle Juive de la ville. Le jeune Ezra avait assez de sensibilité et de vanité pour s'imaginer l'envie de ses camarades s'il leur annonçait la nouvelle, et Judah ben Isaac appartenait à une famille si riche qu'après l'inondation du siècle dernier la synagogue avait été reconstruite par ses soins. Cette famille avait bien accepté un surnom chinois, Shih, mais Judah affirmait ne s'en servir que pour ses affaires.

Ezra dit à Pivoine, encore agenouillée et les yeux levés vers lui :

– Garde ton amour pour toi, mon enfant; qu'il n'y ait pas de confusion dans la maison. Une chose à la fois, je t'en prie.

C'est ainsi qu'à sa manière, il répétait ce que son père lui avait dit dans sa jeunesse. C'eût été de la folie que de prononcer devant Pivoine le mot de concubine, car Mme Ezra ne tolérerait jamais cette situation pour son fils. Mais Pivoine comprit toute la pensée de son maître et elle demeura immobile comme une petite image, continuant à le regarder avec ses yeux limpides, qui pouvaient être si gais mais qui étaient pleins de tristesse à présent.

– David sera très malheureux s'il épouse Leah, dit-elle très bas.

Ezra haussa ses lourdes épaules et écarta les mains.

– Tu vas me rendre mon mal de tête! Va-t'en, ma bonne fille, et laisse-moi tranquille.

Elle sentit qu'il n'en dirait pas plus long. Il avait beau se montrer toujours indulgent, généreux, il n'oubliait pas qu'elle n'était qu'une charmante source de bien-être dans la maison. Le cœur de Pivoine s'endurcit. Elle se leva, salua, et allait se retirer lorsque Ezra, dans sa bonté, pris de remords, leva la main :

– Attends, mon enfant, j'ai pour toi un petit cadeau que la caravane m'a apporté. Il y a eu un tel trouble dans la maison que j'ai oublié de te le remettre. Ouvre cette boîte et regarde ce qu'il y a dedans.

D'un geste, il indiqua une boîte laquée sur la table. Pivoine la prit et souleva le couvercle. Elle contenait un peigne en or.

– Pour moi ? demanda-t-elle, ouvrant de grands yeux.

– Pour toi, répondit Ezra en souriant. Mets-le dans tes cheveux.

– Sans miroir ! s'écria Pivoine, prenant un air consterné.

Ezra se mit à rire :

– Eh bien, emporte-le et sois heureuse.

– Merci, Vieux Maître, dit Pivoine. Merci bien des fois.

– Allons, inutile de me remercier.

Elle le sentit réconforté. Il aimait à faire des cadeaux, il voulait que tout le monde fût heureux. Les sourires de Pivoine lui firent plaisir et elle s'efforça de paraître joyeuse. Le peigne était joli, et elle aimait les jolies choses. Mais elle n'était pas une enfant et un jouet ne lui suffisait plus. Elle s'en alla et son cœur resta dur.

Après le départ de Pivoine, Ezra demeura en proie à de pénibles pensées. Il était agité, soupirait lourdement, ennuyé d'avoir été absurde au point de faire à Kung Chen une ou deux plaisanteries pleines de sous-entendus sur sa troisième fille et sur David. Il n'avait pas manqué de courtoisie au point de prononcer un nom. Il avait dit :

– Votre maison est la mienne, eh ! Frère-Aîné !... Que signifie un contrat d'affaires, comparé à des enfants et à des petits-enfants issus d'une double source ?

Kung Chen avait souri et incliné la tête sans mot dire. A présent, tout était embrouillé, et Ezra se demandait pourquoi, alors qu'il ne désirait que le bonheur pour tous, y compris pour lui-même, il se trouvait si souvent pris dans des situations qui n'apportaient de joie à personne et encore moins à lui-même. Il éprouvait, par exemple, un certain malaise à avoir chez lui le rabbin, homme juste, bien entendu, mais qui ne songeait qu'aux vieilles coutumes de la Torah. La Torah est l'affaire d'un rabbin, mais elle n'apporte que confusion dans une demeure. Personne n'est à l'aise si on rappelle sans cesse le passé. C'est ainsi qu'Ezra lui-même se sentait gêné, dans sa propre maison, quand il rencontrait le vieillard aveugle tâtonnant le long des corridors. Il avait envie de l'éviter et, s'il était seul, il s'abaissait jusqu'à demeurer immobile et silencieux, profitant de la cécité du rabbin.

Les pensées d'Ezra se dirigèrent ensuite sur Leah. Elle était plus belle et moins imposante que Naomi l'était dans sa jeunesse. Ezra ne parlait presque jamais à Leah, mais parfois, le soir, il l'apercevait dans le jardin des pêchers. Elle allait et venait sous les arbres, levait la main pour cueillir un fruit. Les pêches étaient très belles cette année-ci. Leah ne s'imposait pas par sa seule présence comme l'avait fait Naomi, même jeune fille. Peut-être David serait-il heureux avec elle ? David avait de la force de caractère, plus que lui-même autrefois, et il saurait mieux tenir tête à une femme obstinée. Ezra songea alors qu'il avait très peu vu David ces derniers temps. Des jours entiers étaient passés depuis que le rabbin instruisait le jeune homme, sans que le père ait échangé avec son fils autre chose qu'un salut à l'heure des repas. Ezra se leva avec son impétuosité habituelle, prêt à aller trouver David, chez lui, malgré l'heure tardive.

Puis il pensa à Pivoine. David connaissait-il le fond du cœur de la jeune fille ? Dans sa jeunesse à lui, les choses s'étaient passées autrement ; il avait avoué son amour à son père, et aujourd'hui, c'était la jeune fille qui avait parlé la première. Cela avait encore moins d'importance ! Il se dirigea bien vite, pieds nus, chez David, par les couloirs éclairés d'un doux clair de lune.

Pivoine était allée tout droit dans le jardin des pêchers. Elle ne pouvait pas dormir après les paroles de son maître. Le mariage de David et de Leah était-il décidé ? Était-ce la cause de la tristesse du jeune homme ? Si le père avait donné son consentement, il ne restait plus personne à convaincre ; Mme Ezra avait gagné la partie.

L'angoisse étreignait le cœur de Pivoine. Quand elle serait Jeune Maîtresse, Leah permettrait-elle à la petite esclave de rester dans la maison ? Mme Ezra aurait beau régner, sa vie durant, Leah serait la véritable reine. Elle dirigeait David qui transmettrait à sa mère les volontés de Leah. Mme Ezra céderait en tout à son fils s'il obéissait sur ce seul point : épouser la femme qu'elle lui avait choisie.

– Oh ! gémit doucement Pivoine, ma mère, ayez pitié de moi.

Ainsi, elle faisait appel à la mère dont elle ne pouvait se souvenir ; puis elle se dit que cette mère l'avait vendue. L'entendrait-elle, vivante ou morte ?

– Je n'ai que moi-même pour me secourir.

Et, à la fois désespérée et un peu rieuse, elle supplia :

– Viens à mon aide, Pivoine, fais tout ce que tu peux, aie pitié de ton pauvre moi !

Puis elle entra dans le jardin des pêchers où elle aperçut Leah, assise sur un banc, sous les arbres. La jeune Juive portait une longue robe blanche ceinturée d'or et ses cheveux bruns épars étaient retenus en arrière par un bandeau d'or. Pivoine se dit en toute humilité que son propre charme ne pouvait égaler la beauté de Leah, ainsi baignée dans le clair de lune.

– Vous êtes ici, Jeune Maîtresse, dit Pivoine de sa voix la plus enfantine.

– Je ne peux pas dormir, répondit Leah.

– La lune m'a réveillée, moi aussi.

Elle s'approcha de Leah, regarda la lune à travers les arbres et la montra du doigt :

– Vous voyez le Vieux Chang là-haut, dans la lune ?

– Le Vieux Chang ? répéta Leah, levant les yeux.

– Il habite la lune et il donne de doux rêves, poursuivit Pivoine du même ton de gaieté. Quels rêves lui demanderez-vous ?

Leah était très grande, et, avec un triste plaisir, Pivoine admirait l'exquis visage qui la dominait. Elle était trop généreuse pour en vouloir à Leah de cette beauté, mais cela lui donnait cependant envie de pleurer.

– Dieu seul peut m'accorder mon rêve, dit Leah d'une voix douce et profonde.

Pivoine rit :

– Alors voyons qui sera le plus fort du Vieux Chang ou de votre Dieu.

Et, malicieuse, elle tomba à genoux, courba le front jusqu'à terre puis elle leva la tête et supplia :

– Exauce mon rêve, Vieux Chang.

Leah considérait gravement Pivoine qui se releva en disant d'un air mutin :

– Nous confierons-nous nos rêves ?

Leah secoua la tête :

– Non, je ne peux confier le mien à personne. Mais quand il sera exaucé, je vous le dirai.

Elles continuaient à se regarder. Pivoine avait envie de s'écrier : « Je le connais, votre rêve, c'est d'épouser David. »

Parler ouvertement, dire à Leah qu'elle aussi aimait David et qu'elle s'efforcerait de le conquérir, même dans son intérêt à lui, quel soulagement ! Mais Pivoine garda le silence. Savoir une chose et la garder pour soi, c'est s'en faire une arme.

– Bonsoir, Jeune Maîtresse, fit-elle au bout d'un moment.

– Bonsoir, répondit Leah.

Elles se séparèrent ; à la porte, Pivoine se retourna et vit Leah marcher de long en large sous les pêchers.

Lorsqu'il avait quitté la synagogue, ce matin-là, sans le rabbin, David avait pleuré quelques instants. Puis il avait regardé autour de lui. Personne n'avait pu voir ses larmes, et ce bref abandon lui avait fait du bien. Il se sentait encore triste, mais soulagé. Il ne s'était engagé à rien de nouveau, – Dieu ne lui avait pas parlé. David ne ressentait aucun changement. Il restait lui-même et cela lui parut bon. Il ne tenait pas plus à voir le Chinois que le rabbin, il voulait être seul. Il plia sa calotte, l'enfouit dans sa poitrine et arpenta les rues, regardant autour de lui, sans intérêt, mais avec l'impression que son âme lui était lentement rendue. C'est ainsi qu'il se dirigea vers la cour du temple confucianiste où l'on voyait des curiosités de toutes sortes, et des plus bizarres : magiciens, jongleurs, danses d'ours, pies parlantes ; mais ces choses qui l'amusaient auparavant ne lui causaient plus aucune joie. Il les observait sans rire. Il aperçut des mets chauds et délicats, chez un vendeur, il en acheta, en goûta, et, manquant d'appétit, il les distribua à des mendiants. Il ne souhaitait la présence d'aucun ami, malgré sa solitude, car il sentait poindre la guérison dans cette douce tristesse. Parmi tous ceux qu'il connaissait sans tenir à les voir, il pensa tout à coup à Kao Lien et éprouva le désir de causer avec lui. Kao Lien se trouverait au comptoir d'Ezra, mais Ezra en serait parti car habituellement il y allait de bonne heure le matin et rentrait tôt, tandis que Kao Lien n'aimait pas à se lever avant midi, et ne revenait chez lui que tard. David alla donc le trouver.

Le comptoir d'Ezra était très vaste. Il ouvrait directement sur la rue et, au-dessus des portes, des bannières de soie flottaient au vent ; elles portaient des inscriptions chinoises, indiquant que toutes sortes d'objets, venus de l'étranger, se vendaient en gros et en détail dans ces magasins. Lorsque le contrat qu'Ezra souhaitait serait signé avec Kung Chen, leurs deux noms figureraient sur les bannières ; en attendant, elles portaient simplement : *Ezra et Fils.*

David entra au comptoir ; tous les employés le connaissaient, ils le saluèrent, et lorsqu'il demanda Kao Lien, l'un d'eux le conduisit au fond du magasin, dans le bureau personnel de Kao Lien, grande salle fraîche où, assis derrière un haut pupitre, l'associé d'Ezra traçait des caractères chinois sur un registre. Il se leva en apercevant David. Jamais le jeune homme n'était venu seul et Kao Lien ne put dissimuler sa surprise et une certaine crainte.

– Votre père est-il souffrant? demanda-t-il, je l'ai vu il y a une heure à peine.

– Et moi je ne l'ai pas vu aujourd'hui, répondit David, mais je voudrais vous parler, oncle, si vous le permettez.

– Asseyez-vous, fit Kao Lien gravement.

Ils s'assirent et Kao Lien regarda David et attendit sans mot dire mais avec tant de bienveillance que David lui raconta tout, d'un seul trait.

– Depuis que vous m'avez parlé du massacre de notre peuple, j'ai été très malheureux. Je sens qu'il me faudrait agir, être l'homme que je ne suis pas : il me semble que je n'ai pas le droit d'être heureux ici, de m'amuser et de jouir de la vie.

– Vous trouvez donc que vous devez être malheureux? demanda Kao Lien avec un sourire légèrement amer.

– Je sais que ce serait inutile, dit sincèrement David, mais je trouve que c'est mal à moi de vivre comme si les nôtres n'étaient pas en train de périr comme vous me l'avez dit.

– Le rabbin vous a sermonné, lui aussi, fit tranquillement Kao Lien, et votre mère vous a demandé d'épouser Leah.

– Puis vous êtes venu nous annoncer ces mauvaises nouvelles, ce qui m'a fait comprendre que je devais obéir au rabbin et à ma mère.

– Et en leur obéissant, rachèterez-vous la mort des nôtres?

– Non, non, répondit David, mais cela peut me soulager ici.

Il serra les poings et se frappa la poitrine.

– En ce cas, dit Kao Lien, c'est pour votre propre satisfaction que vous écouteriez le rabbin et épouseriez Leah. Pourquoi pas alors?

– Parce que je ne suis pas certain de le désirer, s'écria David. Je veux redevenir ce que j'étais, lorsque j'ignorais ce qui se passait.

David était assis sur un escabeau rembourré, plus bas que le siège de Kao Lien, et lorsque celui-ci abaissa le regard sur le jeune homme, il se sentit troublé.

– Vous le savez cependant, et vous devez le savoir. Qui de nous peut échapper à la vérité?

– Quelle est cette vérité? demanda David.

Kao Lien connaissait fort bien la maison dans laquelle le jeune homme avait été élevé. Il savait quel père était Ezra, au cœur chaleureux, avide de bonheur, et dans les veines duquel se mêlait un filet de sang chinois, comme dans ses propres veines. Il connaissait la mère, Mme Ezra, fière de la pureté de son sang, et qui conservait en elle-même toutes les anciennes traditions d'un peuple jadis libre et puissant, ayant eu une patrie, mais qui, à présent, privé de cette liberté, vivait assujetti, éparpillé dans diverses nations, sans foyer et sans terres. Mme Ezra déversait tout son orgueil sur son fils et elle était jalouse de l'âme même de David.

– Voilà la vérité, dit Kao Lien. Vous devez apprendre ce que vous êtes et décider ce que vous serez. Votre mère considère le monde entier du haut de son propre point de vue.

– Mais elle veut simplement que j'étudie la Torah avec le rabbin.

– Alors vous verrez le monde entier et toute l'humanité à travers ses fenêtres étroites.

David s'agitait :

– Vous aussi, Kao Lien, vous êtes Juif!

– Avec un mélange, répondit sèchement Kao Lien. (Une pointe d'humour apparut sur sa longue figure, puis il redevint sérieux.) Il est vrai que j'ai senti la moelle de mes os se glacer lorsque j'ai vu les cadavres dans les rues de ces villes de l'Ouest, mais parce que c'étaient des morts qui gisaient là et pas seulement parce qu'ils étaient Juifs. Je me disais : pourquoi ces hommes-là, ou d'autres, doivent-ils mourir ainsi? Pourquoi les déteste-t-on?

– Oui, pourquoi? répéta David. Voilà ce que je ne cesse de me demander. Il me semble que si je le savais, je comprendrais tout.

Les petits yeux de Kao Lien devinrent plus acérés.

– Je vais vous dire ce que je n'oserais confier à âme qui vive : ils sont haïs parce qu'ils se sont séparés du reste de l'humanité. Ils se sont dis élus de Dieu. Je sais ce que c'est. J'appartiens à une nombreuse famille et l'un de nous prétendait être le préféré de mes parents. Il s'en vantait auprès de nous. « Je suis l'élu », disait-il, et nous le détestions. (Les lèvres de Kao Lien s'amincirent.) Je le déteste encore, je serais heureux de sa mort. Je ne le tuerais pas. Je suis un homme civilisé. Je ne tue rien. Mais s'il mourait, je ne le pleurerais pas.

Dans la pénombre de la salle silencieuse, David considéra Kao Lien d'un air épouvanté et il balbutia :

– Ne sommes-nous pas les élus de Dieu?

– Qui le dit, sinon nous-mêmes?

– Mais la Torah? fit David, très troublé.

– Écrite par les Juifs, répondit Kao Lien, dans l'amertume de la défaite. C'est là qu'est la vérité et je vous la dis tout entière. Nous étions un peuple fier. Nous avons perdu notre patrie. Notre seul espoir de la retrouver est de rester un peuple uni, et, pour le demeurer, il nous faut conserver notre commune foi en un seul Dieu, en notre Dieu à nous. Ce Dieu représente notre patrie, notre nation, et notre union est faite de tristesse, de lamentations et de désolation pour tout ce que nous avons perdu. Voilà ce que nous enseignent nos rabbins depuis des générations !

– Et il n'y a rien... en dehors de cela ? demanda David.

Sa voix était bizarre et neutre.

– Pour cela beaucoup sont prêts à mourir, répondit Kao Lien d'une voix ferme.

– L'êtes-vous ? demanda David.

– Non, dit Kao Lien.

David se tut. Son enfance croulait autour de lui. Des échos lui en parvenaient, visions des jours sacrés : sa mère allumant des bougies la veille du sabbat, la jolie fête des lumières, Hannkah ; la belle Menorah avec ses huit bougies à la fenêtre, en souvenir de la grande journée où, bien que vaincus, les Juifs avaient obtenu de suivre leur religion sous la domination syrienne ; Pourim, le jour où les Juifs commémoraient la bataille contre Haman, l'antique tyran ; et, souvenir plus précis que tous les autres, celui de son jour à lui, David, lorsqu'il avait été admis, « fils du commandement ».

– Devons-nous oublier ce que nous sommes ? demanda gravement David, au bout d'un moment.

– Non, dit Kao Lien, mais nous devons oublier le passé et cesser de vivre à part. Il nous faut vivre là où nous sommes et insuffler la force de nos âmes aux peuples de l'univers.

De sa longue main maigre, il s'abrita les yeux comme s'il priait, et après un silence, il fit signe à David de le laisser. David se leva et se dirigea vers la porte. Kao Lien l'arrêta :

– Je ne sais pas si j'ai eu tort de vous parler ainsi, mais quelle vérité ai-je à dire sinon celle que je ressens en moi ? Répétez cela à votre père et à votre mère, si vous voulez, je ne vous demande pas le secret.

– Je vous ai prié de me dire la vérité, répondit David, et je vous en remercie.

Sur ces paroles, il rentra chez lui.

Lorsque Pivoine eut quitté Leah dans le jardin, elle aperçut David qui venait de la cour d'entrée et elle le suivit chez lui pour savoir s'il avait mangé et s'il avait besoin de quelque chose. C'était son devoir et elle n'irait pas au-delà.

– J'ai mangé, dit David. (Et, retirant sa calotte de l'intérieur de sa robe, il la tendit à la servante.) Enlève-moi ça.

Lorsqu'elle eut obéi, Pivoine revint dans la pièce où il se tenait et le trouva assis, les bras croisés sur la table et le regard fixe.

– Puis-je faire autre chose pour vous ?

– Rien, si ce n'est me laisser jusqu'à ce que j'appelle.

Il avait une expression si sévère, si grave, qu'elle n'osa pas insister. Il était entouré de ses livres, les uns ouverts devant lui, les autres tombés à terre. Lorsqu'elle se pencha pour les ramasser, il lui dit d'un ton sec :

– Laisse-les, c'est moi qui les ai jetés.

Elle n'avait qu'à se retirer, en proie à un grand chagrin car jamais David n'avait refusé de lui confier ce qui le troublait. Une seule chose restait à Pivoine : continuer à aimer le jeune homme. Elle hésita ; devait-elle s'en aller ? Alors, grâce à une délicate intuition des sens, elle sentit un air glacé autour de David. Une lutte se passait en lui, qu'elle ne comprenait pas encore.

« Je veux arriver à comprendre, se dit-elle, mais sans rien brusquer. Les événements me viendront en aide. »

– A demain, fit-elle, très douce.

Mais, n'obtenant aucune réponse, elle gagna sa chambre et se prépara pour la nuit.

Étendue dans son petit lit, elle songea : « Un même toit du moins nous recouvre, lui et moi », et elle supplia la lune : « Vieux Chang, exauce mes rêves », puis elle ferma les yeux et, dans l'attente de ces songes, elle s'enfonça dans le sommeil.

Lorsque Ezra s'approcha de la chambre de son fils, il aperçut la lueur d'une seule bougie, et en se dissimulant, il regarda à travers le treillis de la fenêtre. Ce qu'il aperçut l'épouvanta. David, plongé dans ses réflexions, avait un visage si pâle, si triste, qu'Ezra eut peur. « Voilà ce qui arrive, se dit-il, quand on permet aux vieillards et aux femmes d'agir comme bon leur semble ! » S'il allait perdre son fils unique, tant aimé, son seul enfant, la prunelle de ses yeux, l'espoir de sa vie et de son commerce !

Il fit irruption dans la pièce, comme un ours, car Pivoine après l'avoir massé n'avait pas brossé ses cheveux et il avait oublié de remettre sa calotte. Ses cheveux frisés se mêlaient autour de sa tête, et il avait tiré sur sa barbe pendant ses méditations, si bien qu'elle ressemblait à un balai. Il était pieds nus, les vêtements en désordre, car il avait l'habitude de se gratter pendant qu'il réfléchissait et ressassait ses pensées. David le regarda, surpris.

Mais Ezra avait déjà pris une décision :

– Une telle nuit, dit-il, avec une lune si belle, je n'arrive pas à fermer les yeux. Je vais envoyer Vieux Wang savoir si Kung Chen est réveillé et si, lui aussi, n'a pas envie de dormir. Invitons-le, lui et ses fils, à venir nous rejoindre sur le lac. Je lui dois un festin et, ce soir, je m'acquitterai de ma dette. Vieux Wang louera un bateau et nous commanderons le vin, le souper et les musiciens. Allons... viens... viens... toi et moi.

Il attira à lui la main du jeune homme. Sous ses épais sourcils, il regardait David et son visage, avec sa barbe et ses cheveux hirsutes, était tout épanoui. Lorsqu'il vit son fils hésiter, vaciller, il l'entoura de ses bras :

– Viens, mon cher fils, murmura-t-il. Tu es jeune, tu es jeune ! On a bien le temps d'avoir de la peine quand on est vieux.

La chaude haleine de son père, le timbre de sa voix sonore et affectueuse, son étreinte énergique, chaleureuse, émurent David. Il se jeta dans les bras d'Ezra et éclata en sanglots mais, cette fois-ci, il n'en éprouvait aucune honte. Ce bon père comprenait ! Ezra tenait son fils étroitement serré contre sa poitrine. Des larmes lui vinrent aux yeux, mais c'étaient des larmes de colère. Il grinça des dents et marmotta :

– De la torture, – voilà ce que c'est ! Ils se torturent et torturent tout le monde autour d'eux. Mais cette fois, il s'agit des enfants ; je ne veux pas qu'on le torture, – à quoi bon ? Être jeune n'est pas un péché. Que savons-nous de Dieu ? Ces vieux rabbins...

David eut un brusque éclat de rire au milieu de ses sanglots, en entendant ce grondement de colère. Ezra l'écarta de lui et le regarda :

– C'est bien, mon fils, tu ris ! Pourquoi pas ? Qui sait ? Peut-être Dieu aime-t-il le rire ? A présent prépare-toi, mets tes plus beaux habits et partons très doucement pour ne réveiller personne en dehors de Vieux Wang. Nous nous retrouverons à la porte.

David revint dans sa chambre, surpris d'éprouver en lui-même cet étrange bien-être. La morne tristesse de ce jour avait subitement tourné à la joie. Son impression de péché avait disparu, remplacée par l'immense soulagement de ce que son père l'avait ainsi délivré du chagrin. Il se leva, brossa ses cheveux en arrière et resta la tête découverte. Il mit une longue robe en soie de Chine, d'un bleu vif, et l'entoura d'une large bande de souple soie rouge. Il enfila des chaussettes blanches et des souliers chinois en velours noir. Il fut prêt en quelques minutes et alla rejoindre son père.

Ezra contempla David avec des yeux qui débordaient d'amour.

Il se sentait prêt à lutter contre qui que ce fût pour sauver son fils, contre Dieu lui-même ! Son fils lui appartenait et il ne le livrerait pas.

– Je ne suis pas Abraham, fit-il tout à coup. Je ne te sacrifierai pas, ô mon fils !

Il passa son bras autour des épaules de David et, ensemble, ils traversèrent les cours éclairées par la lune, franchirent le portail, et sortirent dans la rue. Ils allèrent ensemble à pied jusqu'au lac, malgré l'heure tardive, mais il y avait encore du temps pour le plaisir. Tous les êtres raisonnables étaient au lit et dormaient, mais les jeunes et les vieux qui aimaient la vie profitaient le plus possible du clair de lune. L'été tirait à sa fin. L'automne approchait ; bientôt les fleurs de lotus qui flottaient sur l'eau se flétriraient, les capsules se fendraient et les graines s'éparpilleraient. C'était le moment de saisir le bonheur à pleines mains.

Ezra et David longèrent les rues tranquilles ; quelques femmes s'attardaient encore, assises sur le seuil de leur maison ; elles n'avaient pas envie de rentrer, nourrissaient leurs enfants et rêvaient au clair de lune. Le père et le fils atteignirent le lac où Kung Chen se trouvait avec ses deux fils aînés, jeunes gens remplis d'entrain et prêts à s'amuser. Le plus âgé ressemblait au père ; même figure large avec de petits yeux aimables et des lèvres très lisses. David trouva que le plus jeune, svelte et joli garçon, lui rappelait Kueilan ; il revit en pensée le charmant visage de la jeune fille, et son cœur battit plus fort. Les deux frères poussèrent des exclamations joyeuses en voyant David. Ils lui serrèrent les mains et discutèrent avec les bateliers, pendant que les deux hommes d'âge mûr attendaient sur la berge.

– Nous avons eu la même idée, dit Kung Chen à Ezra. J'allais envoyer un serviteur pour demander si vous n'auriez pas envie de fêter le clair de lune avec nous, et il a rencontré votre homme sur le seuil.

– Mon fils a trop travaillé, ces derniers temps, dit Ezra avec une certaine réserve. Il a besoin d'oublier ses livres.

Kung Chen n'ignorait pas à quoi Ezra faisait allusion, mais il remit la conversation à plus tard, lorsqu'ils se sentiraient attendris par le vin. Il ne fit même aucun signe à David qui pût lui rappeler la rencontre du matin. Chaque chose en son temps.

Les jeunes gens avaient choisi leur bateau que le batelier approcha de la rive à l'aide d'une perche munie d'un crochet. Ils montèrent tous sur le large pont plat et prirent place : Ezra et Kung Chen sous le dais de soie ; les jeunes gens s'étendirent sur le pont à ciel ouvert. A l'arrière, la vieille femme du batelier éventait les braises, dans un réchaud de terre, pour préparer le thé.

– Où ces Seigneurs ont-ils l'intention d'aller souper ? demanda le batelier.

– Pourquoi ne pas le faire apporter ici, sur le bateau ? dit Kung Chen.

On en décida ainsi et le batelier conduisit ses clients vers le restaurant de la Maison de l'Oiseau d'Or.

Jamais nuit n'avait paru plus douce à David. Au début, tout était calme. Il resta étendu sur le dos à regarder le ciel clair et lumineux au-dessus de lui et à écouter le bruit du léger frôlement des feuilles de lotus contre les flancs du bateau. Il se tourna sur le côté, se pencha et attrapa une capsule qu'il fendit. Au-dedans, le cœur était blanc et sec, avec ses graines enfouies en rangées régulières. David les retira une à une, enleva la peau verte et savoura l'amande d'un blanc crème.

Le batelier se pencha, prit la capsule vide et l'enfonça soigneusement sous les feuilles de lotus.

– Ce fils de tortue, ce Vieux Liu, a acheté cette année les lotus à l'avance. Il a donné l'ordre à la police de faire payer une amende à tous ceux qui enlèveront une capsule. Mais mangez ce qui vous plaira, Jeune Maître ; plus vous en mangerez, moins Vieux Liu en aura. Je vous demanderai simplement un peu d'argent pour glisser dans la main de la police.

Chacun se mit à rire sans penser à mal. Et David, étendu sur le dos, contemplait la lune. Il ne voulait plus songer à rien, avoir de problèmes à résoudre, de doutes et de luttes avec son âme ; il se bornerait à vivre et à jouir de la vie.

Le bateau approchait de la berge la plus basse, où se trouvait le restaurant, et les jeunes Kung discutèrent le menu.

– Des crabes, bien entendu ! dit l'aîné.

– Frits à l'huile, pas cuits à la vapeur, fit le second.

– Ayez soin, jeunes seigneurs, de commander un vin capiteux pour boire avec vos crabes, dit le batelier. Car c'est un mets substantiel ; nos crabes se nourrissent des restes que les banqueteurs jettent des bateaux, et une nourriture riche rend la chair plus appétissante.

– Faites cuire les crabes à la vapeur, dit Kung Chen sous son dais ; le parfum de la chair est plus net.

Ainsi, après quelques paroles, chacun donnant son avis, on commanda des crabes, du canard rôti, des légumes et, comme plat doux, du mil chaud avec des dattes et du sucre roux. Ce fut Kung

Chen qui indiqua le menu au restaurateur ; celui-ci descendit les marches en courant à l'appel des bateliers. Il se tint au bord de l'eau ; sa grosse face luisait au clair de lune, joviale et souriante. A chaque plat commandé, il s'écriait : « Parfait, parfait. » Puis il demanda :

– Messieurs, ne voudriez-vous pas aussi de la musique ? Manger des crabes comme je les cuisine, boire mon vin sous un pareil clair de lune, et cela sans musique, c'est épouser une femme sans dot.

Au milieu des rires, Kung le cadet dit hardiment :

– Envoyez-nous trois chanteuses avec le souper. (Il se retourna vers son père d'un air futé.) Trois suffiront-elles, père ?

– Bien assez, bien assez, fit Kung Chen avec son lent sourire. Nous regarderons vos jeunes filles, nous les écouterons, c'est tout ce qu'il nous faut, à nous autres vieux, n'est-ce pas, Frère Aîné ?

– Bien sûr, répondit Ezra. (Il s'appuya en arrière et soupira d'aise.) La vie est bonne, dit-il subitement.

– Pourquoi serions-nous tristes ? repartit Kung Chen. Lorsque nous possédons richesses et abondance il est inutile de souffrir.

Sur le large pont plat à ciel ouvert, les jeunes gens étaient étendus paresseusement sur les coussins de soie apportés par les bateliers. Le clair de lune se répandait sur eux, les enveloppait ; brillants et dorés, ils ressemblaient à des dieux au repos. Sur la rive, le restaurant était illuminé de lanternes et chaque fenêtre laissait passer une douce lueur. Des éclats de voix se mêlaient aux chants, au son des flûtes et aux battements des tambourins.

Ezra avait connu bien des soirées semblables, mais sans en comprendre le sens. Il voyait à présent qu'il devait faire un choix. Dans cette ville, ce genre de bonheur se trouvait à sa portée, mais on y rencontrait aussi l'éternelle tristesse du rabbin. Il appartient à l'homme de saisir le bonheur et de rejeter le malheur. Mais le rabbin s'était déjà plongé dans la tristesse, l'éternelle tristesse de l'homme hanté de Dieu ; il s'en était même fait une étrange et sombre joie qui s'avivait lorsque sa souffrance devenait plus profonde, de même que le papillon de nuit bat des ailes à l'approche de la flamme. La comparaison est juste : l'âme humaine se consume dans cette extase de Dieu. Mais est-il nécessaire que les hommes aient tous le même genre de bonheur ? Le rabbin est libre de choisir le sien mais non de l'imposer aux jeunes gens, « en particulier à mon fils », songeait Ezra.

– Vous méditez bien profondément, lui dit Kung Chen tout à coup. Je sens une fièvre en vous.

– Je médite sur le bonheur, dit Ezra. Peut-il exister pour tous ?

Kung Chen fronça les lèvres :

– Il est difficile aux pauvres d'être heureux, répondit-il ; difficile aussi à celui qui a placé son unique bonheur sur un autre être. Il y a un élément de hasard, qui, dans la pauvreté, vient du dehors, et, dans l'amour, du dedans. Mais si l'on arrive à surmonter la pauvreté et à aimer modérément, il n'y a aucun obstacle au bonheur de tous.

– Quand vous parlez d'un autre être, pensez-vous à un être humain ou à Dieu ?

– L'un ou l'autre, répondit Kung Chen. Les uns aiment trop un être humain et sont dominés par cet amour ; les autres aiment trop leur Dieu et en sont esclaves. L'homme doit rester indépendant et demeurer libre.

Cette conversation fut interrompue par un papillotement à la porte du restaurant. Trois jolies filles descendirent les marches, portant un luth, des cymbales et un petit tambourin. Elles ressemblaient à des fleurs, avec leurs robes rose, bleue et verte, flottant au vent et leurs petites têtes brunes qu'elles tenaient très droites. Des serviteurs suivaient, chargés de paniers de victuailles, tandis que la femme du batelier dressait les tables. Après pas mal d'agitation, tout fut prêt et les bateliers repoussèrent le bateau au milieu du lac. La rive brillamment éclairée parut dans le lointain et le son des voix ne fut plus qu'un écho.

Kung Chen pria chacun de commencer le repas ; le serveur et le cuisinier remplirent leurs rôles. Les trois jeunes filles s'assirent à l'avant. Elles tournaient le dos à la lune et faisaient face aux convives. Chacune d'elles se mit à jouer de son instrument et elles chantèrent à l'unisson une mélodie si contournée et si ensorcelante que les jeunes gens ne purent s'empêcher de rire. Les chanteuses semblaient faire partie de la nuit et du clair de lune, graciles et exquises. Leurs voix hautes et douces, tout en restant à l'unisson, tantôt s'écartaient de la mélodie, tantôt y revenaient. Les jeunes gens écoutaient et contemplaient les jolis visages pâles, si semblables avec leurs grands yeux sombres et sans passion. La merveilleuse beauté de la nuit, la délicatesse de la musique et des chanteuses, la bonne nourriture, – chaque plat assaisonné comme il convient, sans excès d'huile ou de sucre – le plaisir qui découlait de tout cela pénétra le cœur de David. La vulgarité l'eût offensé, après les longues journées passées avec le rabbin. Son âme avait été accordée à un diapason trop élevé et elle ne pouvait pas descendre trop brusquement du ciel sur la terre. Mais ce soir, la terre parlait d'enchantement et le ciel restait muet.

VII

Le rabbin ne revint pas à la maison d'Ezra. Après le départ de David, lorsqu'il se trouva seul dans la synagogue, il rentra chez lui. Rachel l'entendit arriver, et, surprise, sortit de la cuisine.

– Qu'y a-t-il, Vieux Maître? demanda-t-elle.

– Je désire être seul. Faites-le savoir à Mme Ezra. Dites-lui que je ne retournerai pas chez elle et demandez à mon fils de revenir.

– Et Leah?

Le rabbin réfléchit :

– Qu'elle reste où elle est, dit-il.

Rachel regarda fixement le vieillard. Il semblait épuisé, de corps et d'âme. Il était pâle, avec une barbe hirsute; sa main tremblait en étreignant son bâton. Rachel crut voir, dans le visage du rabbin, des traces de paralysie qu'elle n'avait pas observées jusqu'ici. Elle en fut effrayée. Elle le prit par le bras.

– Avant d'aller chez Mme Ezra, dit-elle, je vais vous préparer une soupe de mil, bien chaude, vous la prendrez et puis vous vous reposerez.

Tout en parlant, elle entraîna le rabbin dans sa chambre où tout était prêt pour son retour. Le vieillard se laissa faire; son bâton lui échappa des mains et il essuya ses yeux aveugles avec ses manches.

– Ah! il fait bon se retrouver ici! (Et il soupira.) Je n'étais pas heureux dans les pièces de riches.

– Vous n'êtes heureux que dans le malheur, voilà la vérité, fit Rachel d'un ton enjoué. Étendez-vous et reposez-vous.

Une expression indignée rendit de la vigueur aux traits du vieillard, et brusquement, il redevint lui-même.

– Qu'avez-vous fait à mon lit? s'écria-t-il.

Il s'était étendu sur son étroite couche de bambou et redressé aussitôt.

Les poings sur les hanches, Rachel le considérait.

– J'ai mis une couverture rembourrée sous la natte, dit-elle d'un ton ferme... Vos vieux os, à même le bois...!

Le rabbin se leva et tourna vers elle ses yeux privés de lumière.

– Enlevez-moi ça, femme!

Rachel haussa les épaules, secoua la tête et fit des signes de protestation. Il ne pouvait pas les voir, mais il parlait d'une voix claire qui retentissait si fort que Rachel n'osait rien dire et qu'elle finit par obéir ; elle enleva la couverture et replaça la natte directement sur le bambou. Le rabbin se coucha, soupira et joignit les mains sur la poitrine.

– Allez-vous-en, femme. (Sa voix profonde était aussi ferme que jamais.) Sortez et laissez-moi avec le Seigneur.

Rachel se retira en maugréant contre le vieux saint homme. Elle serra la couverture dans un coffre, mais elle était trop irritée pour aller chez Mme Ezra. Elle porterait le message le lendemain! Lorsque le rabbin lui demanda si Aaron était rentré, elle répondit par un mensonge : Leah avait désiré que son frère restât un ou deux jours de plus auprès d'elle. Le rabbin soupira sans répondre. Il se leva de bonne heure le lendemain, prit sa bouillie de mil et se récita des pages de la Torah.

Rachel pensa que Mme Ezra serait prête, vers la fin de la matinée, et elle alla lui transmettre la décision du rabbin. Mme Ezra surveillait le nettoyage d'une mare aux poissons près de la cuisine. Les poissons, agités, grouillaient dans des baquets pendant que deux hommes raclaient la vase au fond de la mare. Mme Ezra se fâchait autant contre les hommes que contre les poissons, et n'était pas d'humeur à écouter ce que Rachel venait lui dire.

– Que s'est-il donc passé? s'écria-t-elle lorsque Rachel s'arrêta pour reprendre haleine. Tout allait bien hier. Pourquoi est-il parti de chez moi?

– Hier, le vieil homme est revenu seul de la synagogue ; c'est tout ce que j'en sais, répondit Rachel.

Mme Ezra fit venir Wang Ma et Pivoine. Wang Ma n'avait entendu parler de rien et Pivoine savait seulement que David était rentré tard, la veille, avec son père.

– Tu aurais dû me prévenir, dit Mme Ezra.

– Maîtresse, je vous croyais au courant.

Mme Ezra n'avait plus qu'à congédier tout le monde. Elle retint simplement Pivoine pour lui dire :

– Va me chercher Leah pendant que je retourne dans ma chambre faire un peu de toilette.

Pivoine se retira et, après quelques ordres de plus aux deux hommes, Mme Ezra se dirigea vers son pavillon.

Pivoine prit l'attitude d'une servante ; elle toussa avant de franchir la porte de Leah et lorsqu'elle entendit la voix de la jeune fille qui la priait d'entrer, elle s'avança, salua et dit seulement :

– Ma Maîtresse vous demande d'aller la trouver.

Puis elle salua de nouveau, se retira dans sa chambre et réfléchit un instant. Que s'était-il passé entre le rabbin et David ? Leah s'y trouvait-elle mêlée ?

L'attente était au-dessus des forces de Pivoine. Elle voulait découvrir tout ce qu'il lui serait possible de savoir et par n'importe quel moyen. Elle courut à pas de loup et se dissimula derrière le grand cassia, dans le jardin de Mme Ezra. L'arbre était appuyé contre la fenêtre qui se trouvait ouverte, car la matinée était chaude et calme. De sa cachette, Pivoine entendit Mme Ezra dire à Leah d'une voix ferme et nette :

– Comment peux-tu prétendre qu'il ne s'est rien passé entre David et toi ? Je vous ai vus, de mes yeux, un jour, dans le jardin des pêchers. Vous étiez certainement très près l'un de l'autre.

La voix de Leah monta ensuite, précipitée, douce, et très agitée :

– Est-ce ma faute, tante, si rien de plus ne s'est passé ? En effet, ce jour-là, nous étions très près l'un de l'autre.

– Et tous ces jours, pendant que vous étiez assis ensemble, à étudier la Torah ? s'écria Mme Ezra.

– Il ne m'a presque pas parlé.

La voix de Leah faiblit en faisant cet aveu.

Mme Ezra, prise d'une colère subite, cria :

– C'est ta faute, Leah... tu n'essayes pas... tu te bornes à attendre.

– Que puis-je faire, sinon attendre ?

Pivoine écoutait. Ses yeux noirs brillaient, sa bouche s'arquait. Rien n'était décidé ! David n'aimait pas Leah. Mais qui sait, peut-être l'aimait-il ? Elle se glissa hors de sa cachette et courut au pavillon de David. Il n'y avait personne dans le petite salon, et elle lança un coup d'œil dans la chambre à coucher. David dormait encore. Le soleil de midi inondait la pièce. Pivoine avait baissé les rideaux la veille, en préparant la chambre pour la nuit, mais le jeune homme les avait repoussés derrière les lourds crochets d'argent. Il reposait dans ses vêtements de nuit en soie blanche, les bras écartés et le visage tourné vers elle.

La joie faisait battre le cœur de Pivoine. Il n'était pas trop tard! Le rabbin était parti et il n'y avait pas de fiançailles. La joie l'agitait, relevait le coin de ses lèvres, faisait briller ses yeux et dansait en elle. Il n'est jamais trop tard pour le bonheur.

Pivoine traversa la chambre et s'agenouilla près du lit :

– David, murmura-t-elle, David.

Il se réveilla, sourit, tendit les bras et la saisit par les épaules.

– Comment oses-tu me réveiller? fit-il encore à moitié endormi.

– Il est midi, reprit Pivoine, et je suis venue vous dire une chose, une chose merveilleuse.

– Qu'est-ce que c'est?

Elle était si heureuse qu'elle attendit un peu :

– Le soleil brille dans vos yeux, dit-elle. Ils ne sont plus noirs, il y a de l'or au fond.

– Est-ce cela qui est merveilleux?

Il rit tout haut, son propre rire le tirant du sommeil.

– Le soleil luit dans votre bouche, elle est aussi douce qu'une grenade.

– Est-ce pour cela que tu m'empêches de dormir?

Et il s'assit sur son lit, complètement éveillé à présent.

Pivoine lui prit la main et l'appuya contre sa poitrine.

– David, à midi... elle... se rendra au temple bouddhiste pour prier et rendre grâce. Elle a été malade.

– Tu ne me l'avais pas dit?

Pivoine sentit la main de David se raidir.

– Je ne voulais pas vous en parler. Elle est guérie, je vous l'assure. Vous pourrez en juger par vous-même.

Les yeux de David ne quittaient pas ceux de Pivoine, et elle poursuivit, très vite :

– Levez-vous, je vous apporterai votre déjeuner. Vous n'aurez qu'à entrer au temple par la porte de droite et vous la verrez lorsqu'elle ira devant la Kwanyin d'argent, dans la partie sud du temple.

– Mais elle saura que je n'y viens qu'à cause d'elle, fit-il timidement.

– Elle en sera si heureuse! répondit Pivoine en riant. (D'un air mutin, elle mit un doigt sur ses lèvres, laissa retomber la main de David et se releva.) Je vais chercher votre déjeuner.

Elle s'en alla en courant. Il fallait agir vite. Elle ne s'arrêta que pour prendre sa bourse, se hâta vers le portail de la Fuite paisible, le franchit, et prit la direction de la maison de Kung où elle demanda Chu Ma qu'elle trouva prenant son repas de midi. La grosse femme portait un énorme bol à sa bouche et y enfonçait un mélange de riz et de viande en écoutant Pivoine.

– Il faut la décider à y aller. Faites attention, c'est dans la cour de la Kwanyin d'argent. Il y sera sans une heure environ.

Pivoine disait cela tout d'une traite.

– Mais si sa mère le lui défend?

– Votre Jeune Maîtresse n'aura qu'à pleurer, crier, faire n'importe quelle menace; qu'elle se plaigne d'une douleur dans la poitrine, et déclare qu'elle veut prier. Il vous envoie cela.

Pivoine vida sa bourse dans la main de Chu Ma, arracha de ses oreilles ses boucles de jade et les lui offrit en disant :

– Et moi, je vous donne ceci.

Chu Ma posa son bol sur la table, fit un signe d'assentiment et Pivoine retourna chez elle en hâte. Quelques instants plus tard, elle sortait de la cuisine avec un plat muni d'un couvercle et rempli du gruau de riz qui se trouvait en permanence sur le fourneau. Un serviteur la suivait portant les viandes et les mets salés. Pivoine espérait que le jeune homme se serait attardé encore plus que de coutume à sa toilette, ce qu'il n'avait pas manqué de faire, car le petit salon était vide lorsqu'elle y entra.

– Jeune Maître! lui cria-t-elle.

– Dois-je mettre du rouge ou du bleu? cria-t-il à son tour.

– Du rouge sombre, répondit-elle.

Il portait du bleu pour aller à la synagogue et rien ne devait le lui rappeler en ce moment. Pivoine connaissait la subtile influence des couleurs : le gris déprime l'âme d'un homme; le bleu l'élève, la porte à la rêverie; le rouge, le rouge couleur de vin, la maintient sur terre.

David entra peu après, si beau que Pivoine en aurait pleuré. Sa tête brune était nue et, au-dessus de la doublure blanche de sa robe, son visage ressortait, coloré et plein de santé.

Mais la jeune fille se domina :

– Venez, dit-elle. Le temps presse!

En disant cela, elle découvrit les bols et David s'assit. Il mangeait sans rien dire. Il réfléchissait. Sans les événements de la veille, il n'aurait pas cédé à Pivoine. Son désir de revoir Kueilan n'avait rien d'impérieux. Il avait simplement du plaisir à se rappeler la jolie petite Chinoise. Mais aujourd'hui il tenait à la rencontrer de nouveau, pour se défendre contre lui-même. Il savait que Leah était dans la maison, il ignorait le départ du rabbin et il sentait sa mère plus décidée que jamais. Pour leur résister, il voulait gagner du temps, rester lui-même avant tout. Sa soirée sur le lac lui avait apporté du calme et ôté sa tristesse. Ce matin, il se sentait reposé, fort et seul.

Il déjeuna, puis il se rafraîchit de nouveau, se lava les mains dans une cuvette d'eau parfumée et se brossa les cheveux sans hâte, si lentement même que Pivoine en était presque hors d'elle.

– Kueilan sera partie ; vous ne la verrez pas, dit-elle d'un ton plaintif. Et quand retrouverez-vous une occasion semblable ?

Il la taquina un instant, s'attarda, prétendit qu'il avait encore du temps, si bien qu'elle s'empara des plats et l'empêcha d'y toucher. Il était si heureux de retrouver son rire et ses plaisanteries qu'il partit de bonne humeur, laissant Pivoine emporter le déjeuner.

L'amour donnait à Pivoine suffisamment de raisons d'agir, mais ce qui advint par la suite y ajouta un motif de haine.

Lorsque Rachel quitta Mme Ezra, elle se rendit dans la chambre qu'avait occupée le rabbin et que les domestiques lui indiquèrent. Elle trouva Aaron encore à moitié endormi, et qui faisait tout juste mine de se lever. Rachel lui transmit l'ordre de son père d'avoir à rentrer aussitôt. Elle se disait que c'était une honte que ce vaurien aux pieds plats, avec sa longue tête étroite, sa figure maigre et de travers, ses yeux jaunes à l'expression servile, fût le fils du rabbin.

Aaron écouta ; trop craintif pour refuser d'obéir, il demanda simplement :

– Leah revient-elle aussi ?

– Pas aujourd'hui, répondit Rachel.

Furieux, il marmotta, prétendant que son père gâtait trop Leah et il fit passer sa colère sur Rachel.

– Allez-vous-en, vieille souillon. Pourquoi restez-vous à me regarder ?

Elle se fâcha à son tour et lui dit tout net :

– Quant à moi, j'espère que vous ne reviendrez pas chez vous. Ce sera un dur travail que de faire la cuisine pour vous garder en vie !

Elle se retira, et Aaron, laissé à lui-même, se trouva fort à plaindre et pleura un peu. Il regrettait cette riche maison où on lui donnait la meilleure nourriture par égard pour son père et où aucun serviteur ne refusait de lui obéir ; il se sentait très irrité d'avoir à retrouver sa vie mesquine et sa chambre solitaire. Il n'aimait pas plus son père que Leah, mais il les redoutait, les sentant meilleurs que lui.

Rempli de pitié pour lui-même et fâché contre tout le monde, il se leva, s'habilla, fort maussade, et se dirigea vers la salle où déjeunaient les hommes. Par hasard, il aperçut Pivoine dans la cour où se trouvait le bassin des poissons. Elle venait vers lui sans le voir, jolie dans le soleil matinal. Ses cheveux noirs, ses joues roses, brillaient ; elle portait des pantalons et une veste de soie jaune, et elle avait glissé un gardénia blanc dans ses cheveux.

Aaron regarda à droite et à gauche ; ils étaient seuls. Pivoine avançait, tête baissée, se souriant à elle-même. Brusquement, elle sentit la présence du jeune homme comme elle aurait senti celle d'un serpent à ses pieds. Elle leva la tête, saisie, et au même instant il courut à elle, la prit dans ses bras et pressa ses lèvres sur celles de la petite esclave.

Jamais aucune bouche n'avait effleuré celle de Pivoine. Le contact repoussant de ces lèvres tremblantes et chaudes lui donna la nausée ; elle faillit se trouver mal, la tête lui tournait ; elle cria, mais son malaise était tel que ce cri, trop faible, ne put s'entendre. Elle sentit alors la main d'Aaron glisser sur son sein. Toute faiblesse disparut, la colère lui donna des forces. Elle se jeta sur Aaron avec fureur. Elle lui écorcha la figure, lui arracha les cheveux, lui tira les oreilles et lui donna des coups de pied lorsqu'il chercha à s'enfuir. Elle le tenait d'une main par les cheveux et lui enfonçait de l'autre son poing dans la figure. Tout cela en silence, à part le bruit de son halètement. Elle ne voulait pas que la honte qui venait de lui être infligée fût connue. A la longue, complètement épuisée, elle lui dit violemment :

– Ose me toucher de nouveau, maudit fils de lièvre, et je te tuerai avec l'épée et tu mourras comme sont morts tes tortues d'ancêtres.

Pivoine songeait à l'épée que David avait choisie parmi les objets apportés par la caravane et qui était suspendue chez lui, sur le mur. Cette épée avait un tel tranchant, et Aaron croyait Pivoine tellement capable de mettre sa menace à exécution, qu'elle n'aurait pu trouver meilleur moyen de l'effrayer. Toute l'ancienne peur, la faiblesse héritée de ses pères et contenue dans la Torah elle-même, s'emparèrent d'Aaron. Le vieux rabbin était fort, il pouvait se réjouir des tonnerres de Jehovah, mais Aaron n'était qu'un faible vermisseau qui, depuis sa pitoyable et débile enfance, redoutait et haïssait Jehovah, et ne souhaitait qu'une chose, être le fils de n'importe qui, sauf d'un rabbin. Lorsque Pivoine évoqua ses ancêtres, il serra sa robe autour de lui et se sauva furtivement.

Pivoine lui lança un long regard de mépris, puis elle se dirigea vers sa chambe où elle se lava et se frictionna de la tête aux pieds. Elle changea de vêtements, brossa ses cheveux, se parfuma, mit ses plus beaux bijoux et une fleur fraîche dans ses cheveux. Mais la colère bouillonnait encore en elle, et elle voulait débarrasser la maison de tout ce qui touchait à Aaron. Une fois propre de nouveau, elle s'installa dans l'appartement de David sous prétexte de nettoyer et d'arranger un éventail en bois de santal qu'il avait cassé.

Les joues de Pivoine était encore toutes rouges d'indignation lorsque David revint une ou deux heures plus tard. Pivoine était assise à la table, réparant l'objet délicat à l'aide d'une plume trempée dans la colle. Elle s'aperçut aussitôt que David avait rencontré Kueilan. Il entra d'un air enjoué, satisfait, et Pivoine se dit qu'un homme paraît bien content de lui-même lorsqu'il se croit aimé. L'amertume que lui causait son propre amour caché donna cette idée à Pivoine et elle la repoussa. Elle posa l'éventail avec soin, s'arma de docilité et se leva. Elle rencontra le regard de David qui pétillait de l'ancienne gaieté qu'elle aimait et qui lui avait tant manqué.

– Dites-moi...

Et elle prit un air câlin, sachant qu'il avait envie de tout lui raconter.

– Quoi donc? fit-il taquin.

– L'avez-vous vue?

– Ne m'avais-tu pas dit qu'elle serait là?

– Mais y était-elle?

– Qui sait? peut-être pas!

A la surprise de David, Pivoine éclata en sanglots.

– Qu'est-ce qui t'arrive?

Elle secoua la tête, incapable de prononcer un mot.

Il s'approcha d'elle :

– Quelqu'un t'a-t-il fait du mal? demanda-t-il.

Elle inclina la tête, et continua à sangloter en s'essuyant les yeux avec ses manches.

– Ma mère? fit-il d'un ton de colère.

– C'était... c'était... oh! je ne peux pas dire son nom!

Elle secoua la tête, pleura tout doucement, mais elle parlait d'une voix brisée.

– Un homme? s'écria David.

– Le fils du rabbin, murmura-t-elle.

David la regarda fixement, puis il se détourna d'un geste brusque et se dirigea à grands pas vers la porte de la cour. Pivoine courut à sa suite.

– Non, non s'écria-t-elle, n'ayez pas l'air de le savoir. Je ne veux pas, c'est une telle honte pour moi !

– Qu'a-t-il fait ?

– Je... je ne peux pas vous le dire, balbutia-t-elle.

– Il n'a pas...

Et David rougit.

– Non, non. (Puis, de peur qu'il ne s'imaginât des choses pires qu'elles ne l'étaient en réalité, elle rit au milieu de ses larmes.) Je l'ai frappé, dit-elle, je l'ai attrapé par les cheveux et je l'ai giflé !

David rit à son tour, mais d'un air farouche.

– J'aurais voulu être là ! Lui as-tu laissé des marques ? Laisse-moi aller le voir.

– Non, attendez. (Elle le supplia) Je vous en prie, je vous dis la vérité. Il a... il a mis sa bouche sur la mienne.

– Maudite soit sa mère ! cria vivement David.

Pivoine leva la main droite et posa son index sur les lèvres de David, des larmes débordant de ses beaux yeux et elle murmura :

– Je suis salie.

Comment David eût-il pu refuser de la consoler ? Il mit les mains sur les épaules de la jeune fille et regarda ses douces lèvres rouges. Elle laissa retomber son doigt et dit de sa voix la plus caressante :

– Touchez mes lèvres, – rendez-les pures.

Elle vacilla légèrement vers lui ; il baissa la tête et s'efforça de rire, d'en faire un jeu, mais il se pencha un peu plus et ses lèvres se posèrent sur celles de Pivoine ; jamais jusqu'ici ses lèvres à lui n'avaient touché une bouche de femme. Ce n'était que Pivoine, sa même petite Pivoine qu'il connaissait si bien ; mais, brusquement, il trouva une douceur étrange à cette bouche.

Pivoine se retira et dit d'une voix vive et nette :

– Merci, à présent je pourrai oublier. Mais, racontez-moi, Jeune Maître, avez-vous réellement vu la jolie troisième fille de Kung ?

Ce changement était si brusque que David ne sut comment répondre. En lui tout était confus. Pivoine venait d'éveiller dans son cœur cette douce chaleur nouvelle et voici qu'elle la détournait rapidement sur un autre être ? Sans se douter qu'elle l'émouvait, le séduisait, l'amenait à faire ce qu'elle désirait, il laissa son esprit revenir à cet instant au temple, où, caché derrière le grand dieu gardien de l'Ouest, il avait vu entrer Kueilan ; la bande brodée de sa longue jupe de soie vert pomme balayait le sol carrelé ; une vieille servante la tenait par la main et, à côté de cette grosse femme de forte carrure, la jeune fille ressemblait à un frêle saule au printemps. Puis il se rappela son visage.

– Oui, dit-il lentement. Je l'ai vue. J'avais oublié à quel point elle est belle.

– Elle est trop petite, n'est-ce pas ?

Pivoine insistait.

– Un petit rien, – pas plus grande que toi, mais j'aime les petites femmes.

– Ses yeux... sont-ils aussi grands que les miens ?

Les yeux de Pivoine, de la forme d'un abricot, étaient sa principale beauté, avec leurs cils droits, souples et longs, l'iris d'un brun chaud, pas vraiment noir. Ils rappelèrent à David ceux de Kueilan et s'étant approché de très près, il répondit :

– Les siens sont les plus beaux que j'aie jamais vus.

Les fossettes de Pivoine apparurent et elle porta son mouchoir à son visage, pour masquer son rapide sourire et ses larmes :

– Lui avez-vous parlé ? dit-elle ensuite.

– Oui. Quand elle est passée pour pénétrer dans le temple, elle m'a vu.

– Et vous avez dit ?

– Simplement que j'espérais qu'elle me pardonnerait d'être entré pour la voir.

David prononça ces mots avec une grande ferveur ; il mit de côté tout air badin et s'assit près de la table.

– Pivoine, fit-il gravement. Tu sais que je ne peux pas me marier comme un homme ordinaire. Si je la choisis comme femme à la place de Leah, je blesserai ma mère, le rabbin et peut-être même mon père ?

– Votre père ne pense qu'à vous.

– Oui, mais, chez nous, les femmes sont plus fortes que les hommes et je me demande ce que fera ma mère.

– Leah sait-elle... que cette autre existe ?

– Non, répondit-il, pris de remords. Et je lui ai donné lieu de croire...

Il secoua la tête.

Pivoine, qui était restée debout tout ce temps, s'assit en face de lui.

– Vous avez laissé croire à Leah que... vous l'aimiez ? demanda-t-elle d'une petite voix effrayée.

Puis elle se hâta d'ajouter :

– Comment est-ce possible ? Vous ne lui parliez pas, lorsque vous étudiiez le Livre. Le Vieux Maître était assis entre vous deux.

– Une fois, dans le jardin des pêchers..., dit-il en rougissant très fort.

– Dans le jardin des pêchers, que s'est-il passé ?

– C'était le lendemain de l'arrivée de la caravane, répondit David, un peu à regret. Nous étions assez agités.

– Elle est venue vous retrouver dans le jardin des pêchers ! s'écria Pivoine. (Et elle devina aussitôt ce qui avait eu lieu.) Pensez-vous que Leah aurait eu la hardiesse de venir d'elle-même vous y rejoindre ? C'est votre mère qui l'avait envoyée.

David regarda fixement Pivoine. Il fut frappé de la vraisemblance de cette remarque, et son poing s'abattit sur la table ; Pivoine, poussant un cri, s'empara de l'éventail qu'elle venait de réparer.

David recula :

– Je dirai à ma mère..., fit-il.

Par-dessus l'éventail sculpté dont elle respirait le parfum de santal qu'elle aimait, Pivoine lui lança un coup d'œil.

– A quoi bon ?

Et, enjôleuse, elle ajouta :

– Laissez-moi dire à votre père ce que vous pensez. Je serai votre intermédiaire, pour ce mariage.

Mais David secoua la tête :

– Ce ne serait pas honnête, malgré tout, de laisser Leah dans cette confusion. Il faut que je réfléchisse à ce que je dois lui dire.

– Ne dites rien. (Pivoine supplia.) Ce qui n'est pas dit n'a jamais besoin d'être contredit. Une fois les paroles prononcées, tout devient précis et sûr. Et elle éprouvera tant d'amertume à votre égard.

– Leah amère ? répéta David. Là tu te trompes. C'est cela qui me fait de la peine. Elle est si bonne. Et c'est pour elle-même et non pour ma mère que, de tout mon cœur, je voudrais pouvoir l'aimer.

Il s'interrompit, hésita et reprit, se parlant presque à lui-même :

– J'aurais peut-être pu l'aimer si elle était femme, tout simplement, mais elle est bien davantage.

David jugeait Pivoine trop puérile pour saisir cette pensée, mais elle l'avait parfaitement comprise, et elle était assez fine pour se taire. Leah était plus qu'une femme parce qu'elle représentait un peuple, une tradition, un passé et qu'en l'épousant, David épouserait tout cela et reviendrait à ce passé. Il deviendrait une partie de l'ancien tout et supporterait le poids de l'antique tristesse. Mais Pivoine ne laissa rien paraître. Elle sauta sur ses pieds, battit des mains et, selon son habitude, fit l'enfant tout en suppliant :

– Laissez-moi parler à votre père?

Et David, un vague chagrin jetant une ombre sur son jeune visage, répondit, avec un triste sourire :

– Qu'est-ce que mon père peut faire pour moi? Il a été pris comme je le suis moi-même.

– Il n'a eu personne pour le sauver, dit doucement Pivoine. Il n'a pas eu de fleur d'orchidée dans sa jeunesse. Pensez à cette petite qui, en ce moment, rêve à vous. Ne le sentez-vous pas? Mais si! Oh! permettez-moi de parler à votre père.

David finit par écouter cette douce voix et donna son assentiment. Pivoine sortit bien vite de peur d'être rappelée, et alla droit chez Ezra. Elle le trouva endormi dans son fauteuil de rotin, son éventail sur l'estomac, et les jambes étendues. Il ronflait, et rien de ce qu'elle put faire n'arriva à le réveiller. Elle toussa, chanta, appela à voix basse, ayant soin de ne pas le réveiller trop subitement et d'empêcher ainsi l'âme de revenir dans le corps. Elle finit par apercevoir un grillon sur les pierres. Elle le ramassa, le saisit par les pattes et le déposa dans la barbe d'Ezra. Le grillon, effaré, émit un cri mélancolique. Ezra s'éveilla, remua la tête, se passa les doigts dans la barbe, y découvrit le grillon et le lança au loin.

– J'ai vu la vilaine bête sauter dans votre barbe, Maître, dit Pivoine, mais j'ai eu peur de vous réveiller.

– Ça ne m'était jamais arrivé, dit Ezra surpris. (Il se leva, s'étira, bâilla et secoua la tête pour ranimer son cerveau.) Est-ce un présage? Je le demanderai à un géomancien.

– C'est bon signe, Maître. Les grillons ne viennent que dans les maisons solides et riches.

La théière était sur la table; Pivoine remplit un bol de thé et le présenta des deux mains à son Maître, puis elle ramassa l'éventail tombé à terre et l'éventa. Lorsqu'il eut complètement retrouvé ses esprits, elle lui dit :

– Maître, je dois vous confesser une faute.

– Encore une?

Il bâilla, se frotta le crâne et sourit.

– Mon Jeune Maître... votre fils...

Elle s'interrompit.

Ezra eut peur tout à coup. Pivoine avait l'air un peu trop heureux. David serait-il assez fou pour l'aimer? Quel bouleversement dans la maison! Une esclave? Que ferait Mme Ezra?

Pivoine aperçut cette expression d'effroi et elle tenta de sourire. Elle devina ce que pensait Ezra et son cœur frémit. Personne, pas même ce bon Maître qu'elle aimait comme le seul père qu'elle eût jamais connu, ne voyait en elle autre chose qu'une gentille servante, qui n'était faite que pour se rendre utile et agréable.

– N'ayez aucune crainte, fit-elle doucement. Ce n'est pas moi que votre fils aime.

Tout en disant ces mots, elle sentait qu'il était en son pouvoir de se faire aimer de David, dont le cœur repoussait Leah sans avoir encore admis Kueilan. Elle aurait pu se glisser dans ce vide et pénétrer dans le cœur de David. Mais elle était très raisonnable. Jamais elle ne pourrait occuper la place d'une épouse ou, si elle y arrivait, David n'aurait plus de paix. Elle l'aimait trop pour le voir malheureux et elle avait été élevée dans la soumission envers ses supérieurs. Personne n'est heureux si les rapports conventionnels ne sont plus observés. Ce n'était pas le sort de Pivoine d'être belle-fille dans cette maison. Elle serait comme la petite souris qui sort de sa cachette pour danser, solitaire, au soleil ; seule, abritée sous ce large toit, elle y trouverait son bonheur.

– Alors qui mon fils aime-t-il ? demanda Ezra d'un ton sévère.

Pivoine leva la tête et le regarda bien en face, avec son air si doux, de ses yeux qui devenaient aussi candides que des yeux d'enfant, lorsqu'elle le désirait.

– Il aime encore cette petite troisième demoiselle de la maison de Kung, dit-elle.

Ezra détourna les yeux sans répondre. Il tira sa barbe, soupira, promena ses doigts sur ses lèvres, pensant tantôt une chose, tantôt une autre, sans arriver à y voir clair. Il ne découvrait qu'un désir au fond de lui-même, celui que son fils fût heureux avec la femme de son choix.

« N'ai-je pas été heureux avec ma Naomi ? » se dit Ezra, s'interrogeant lui-même.

Il avait été heureux. Il n'avait pas été amoureux de Naomi en l'épousant, mais il n'avait vraiment aimé aucune autre femme, pas même Fleur de Jade, – du moins pas suffisamment pour contrecarrer la volonté de ses parents. Si David était venu dire qu'il aimait Pivoine, il serait fâché et aurait refusé son consentement, de même que son père lui avait résisté dans sa jeunesse. Mais on ne pouvait mépriser une fille de cette riche famille des Kung. Kueilan était l'égale de David, – sauf en ce qui concernait la religion. Cependant beaucoup de Juifs épousaient des Chinoises sans abdiquer leur foi pour cela. C'est ainsi qu'il fallait présenter l'affaire à Naomi.

Ezra avait des décisions rapides. Sans songer à Pivoine, il se leva tout à coup et partit à la recherche de la mère de son fils. Pivoine resta à se demander jusqu'où ses paroles avaient porté, puis elle suivit de loin Ezra et reprit sa place derrière le cassia. Quant à Ezra, il trouva sa femme chez elle, dans sa chambre, et de très méchante humeur. Il s'en aperçut dès qu'il franchit le seuil, mais il mit cela sur le compte de quelque tracas domestique. Mme Ezra était une maîtresse de maison capable et clairvoyante, et le vol d'un œuf ou un plat cassé suffisaient à la déprimer. Elle lança un regard froid à son mari lorsqu'il parut.

– Vous n'avez pas été au magasin, aujourd'hui? dit-elle.

Il s'efforça de sourire, et il s'assit en face d'elle, de l'autre côté de la table :

– Non, répondit-il, car je suis rentré tard, hier soir. Kung Chen m'avait invité à admirer le clair de lune. Ses deux fils l'accompagnaient et David était avec moi.

– Quelle mine vous avez! aussi jaune que du soufre.

– Allons, allons, je ne vais pas si mal que ça.

– Vos yeux sont vagues et vos cheveux ressemblent à un nid de corbeaux. David a-t-il trop bu?

– Je ne l'ai pas vu ce matin, répondit Ezra.

Sa femme pinça les lèvres :

– J'ai parlé à Leah.

Sous ses sourcils broussailleux, le marchand lui lança un regard à la fois tendre et aigu.

– Ah! Naomi, (il soupira) pourquoi ne pas laisser ce garçon tranquille?

– Je ne comprends pas où vous voulez en venir.

– Il n'aime pas Leah, poursuivit Ezra. S'il l'épouse ce ne sera que pour vous plaire et en ce cas, ils ne seront pas plus heureux l'un que l'autre.

Le beau visage de Mme Ezra s'empourpra :

– David ne connaît pas les femmes. Il est aussi stupide que vous l'étiez quand vous vous êtes marié.

– Je l'étais encore beaucoup plus que lui. J'étais de l'argile entre vos mains, ma chère.

Elle refusait de s'apaiser :

– Du reste Leah aime David, déclara-t-elle.

– Alors je la plains.

– Pourquoi cela? (Mme Ezra tourna la tête vivement pour regarder son mari.) Pourquoi la plaindriez-vous?

Ezra répondit :

– Moi je n'aimais pas, – véritablement, – quelqu'un d'autre.

Leurs yeux se rencontrèrent, puis chacun d'eux détourna les

siens. Des années auparavant, dans cette même pièce, un incident s'était produit. Mme Ezra, fière jeune femme d'une grande beauté et ferme dans sa foi, avait accusé Ezra de s'être glissé dans la chambre d'une esclave. Tous les deux avaient beau prétendre avoir oublié, ils s'en souvenaient parfaitement.

– Si vous songez à Pivoine..., dit Mme Ezra, la voix épaisse.

Erza secoua la tête :

– Non, je ne parle pas de l'esclave, mais de la fille de Kung Chen.

Mme Ezra se leva et, comme autrefois, elle regarda son mari de toute sa hauteur.

– Non, s'écria-t-elle, jamais ! Je ne le permettrai pas. Pourquoi revenez-vous là-dessus ?

Mais Ezra n'était plus un jeune homme paisible et aimable. Il avait pris de la corpulence et de la force. Durant toutes les années passées auprès de sa femme, il était arrivé à l'aimer et il put lui tenir tête.

– Ah ! Naomi, fit-il avec fermeté, quand apprendrez-vous enfin que la vie n'attend pas votre acquiescement ?

Sur ces mots, il se détourna et la quitta. Derrière le cassia, Pivoine réfléchit à ce qu'elle venait d'entendre. Irait-elle le répéter à David ? Mais en somme, il ne s'agissait que de la même vieille querelle entre les parents. Mieux valait en attendre le dénouement, selon la volonté du Ciel.

Elle se glissa hors de sa cachette, derrière l'arbre, et revint dans sa chambre.

Mme Ezra avait poussé Leah au désespoir. Elle n'en avait pas eu l'intention, mais, exaspérée par ses craintes, elle avait harcelé, blâmé, talonné la jeune fille jusqu'à ce que Leah fût terrifiée. Cette demeure, où elle avait cru trouver un abri, après tant d'espoir, ne lui offrait plus aucune sécurité. L'amie la plus proche de sa mère était fâchée contre elle. Que lui arriverait-il si Mme Ezra la renvoyait ? Elle vit s'étendre devant elle la morne tristesse d'une vie passée dans la petite maison de son père. A la mort de celui-ci, elle resterait seule et dépendrait de l'instable charité de Mme Ezra. Ce serait même pire que la solitude, car Aaron resterait. En proie à sa peur et à son désespoir, Leah renonça à se défendre, et elle finit par se taire tout à fait. Elle resta, tête baissée, tandis que Mme Ezra parlait sans arrêt. Les mains jointes de Leah étaient si froides qu'elles semblaient prises dans la glace. Son corps était lourd et meurtri ; son esprit engourdi.

Lorsque enfin Mme Ezra lui cria : « Laisse-moi et que je ne

revoie pas ta figure de quelque temps », Leah se retira sans savoir où elle allait.

Elle n'en voulait pas à Mme Ezra. Elle comprenait très bien l'angoisse qui avait entraîné cette femme au cœur trop chaleureux à se mettre dans une pareille colère. Le désespoir l'avait rendue cruelle, – le désespoir et l'amour. Mme Ezra aimait David plus que tout être au monde, et même plus que son Dieu. C'est pourquoi elle voulait le garder, le conserver dans la foi de son peuple. Ici, dans ce pays païen, David serait perdu pour sa mère sans cette foi. Dans ses rêves, Mme Ezra voyait David devenir le chef qui les ramènerait à la patrie. Leah, sachant cela, lisait si clairement dans le cœur de Mme Ezra qu'elle la comprenait et l'excusait.

Ce n'était pas Mme Ezra qui était dans son tort; mais elle-même, Leah, qui n'avait pas été capable de se faire aimer de David, de lui inspirer le désir de l'épouser. Et comment blâmer David, se dit-elle en toute humilité, car elle n'avait jamais rien fait dans sa vie sinon tenir la maison pour deux hommes. Elle leva ses mains et les regarda. Wang Ma lui avait appris à les masser avec de l'huile et elle s'était efforcée de le faire consciencieusement, mais le travail et la pauvreté les avaient grossies; inutile d'y chercher un remède. Elle avait essayé d'apprendre la Torah, mais en vain, car elle ne pensait qu'à David; elle rêvait à lui, tandis qu'il restait assis sans jamais la regarder, sans faire le moindre signe pour lui montrer qu'il se souvenait du seul jour où elle avait pu l'émouvoir, le jour de l'arrivée de la caravane, quand Dieu lui était venu en aide. Depuis, sans même implorer Dieu, sans bouger, elle avait coulé des jours dans la rêverie et dans une confiance absurde. Elle passa le long des couloirs, des vérandas, à travers les cours, sans rien voir et elle se mit à prier à mi-voix :

– Oh! Jehovah, notre Dieu, le seul Vrai Dieu, écoute-moi, viens à mon aide.

Et tandis qu'elle marchait à l'aveuglette, en priant, elle crut entendre la voix de Dieu qui lui disait d'aller trouver David et de lui ouvrir son cœur. Elle releva la tête et des larmes coulèrent le long de ses joues. Si Dieu lui venait encore en aide, tout se terminerait selon le désir de Mme Ezra et selon son désir à elle. Car elle aimait David; avec quelle joie elle deviendrait une femme!

Elle hâta le pas, par des chemins jamais parcourus depuis son enfance. Longtemps auparavant, lorsque David avait sept ans, il était passé du pavillon de sa mère dans celui de son père. La petite Leah était allée visiter cette nouvelle installation avec lui, et Mme Ezra, l'ayant appris, lui avait défendu d'y retourner. Aucune femme, en dehors des servantes, ne devait pénétrer dans les chambres des hommes.

Leah retrouva le sentier oublié. Comme les serviteurs préparaient le repas de midi, personne ne l'aperçut, et elle atteignit la porte de David sans être annoncée.

David était assis à sa table, comme Pivoine l'avait laissé ; il s'était dérangé pour prendre un livre, mais il ne lisait pas. Il n'arrivait à pas fixer son attention sur des mots qu'il croyait cependant rechercher car, ce matin-là, lorsqu'il avait vu Kueilan, toute une série de vers lui étaient venus à la pensée, mais ils ne formaient pas un poème d'amour ; ces lignes sévères parlaient du choix qu'un homme doit faire entre l'amour et le devoir.

Cependant, se dit-il, même avant d'ouvrir le livre, il ne s'agissait pas d'un choix entre l'amour et le devoir. Le choix de David se trouvait uniquement dans le devoir. Il pouvait encore se détourner de la jolie Chinoise qu'il se sentait prêt à aimer, sans l'aimer vraiment encore. La décision qu'il devait prendre dans le microcosme de son être était la même que celle qui se présentait à tout son peuple. Demeurerait-il à part, consacré à une foi qui le rendrait solitaire dans n'importe quel pays, ou déverserait-il le courant de sa vie dans le riche océan de toute la vie humaine qui l'entourait ? Oserait-il se perdre dans cet océan ? Mais s'y perdrait-il ? Rien ne se perd. L'homme, ce qu'il était, ce qui demeurait en lui de ses ancêtres, les enfants qui lui viendraient, approfondiraient cet océan, mais sans s'y perdre.

Ce fut alors, qu'au milieu de sa profonde méditation, et encore indécis, il aperçut Leah sur le seuil. Il se leva, saisi :

– Est-ce que... est-ce moi que vous cherchez ? balbutia-t-il.

A la vue du jeune homme, Leah sentit ses idées devenir plus nettes. Rien ne resterait confus entre eux, leurs âmes devaient se rencontrer.

– Oui, dit-elle. Votre mère m'a fait appeler ce matin, elle ne m'a pas ménagé ses reproches... à propos de vous.

– Elle a eu tort, répondit David avec douceur.

Mais il était comme étourdi. Que signifiait la venue de Leah à ce moment précis ? Dieu lui-même l'avait-il envoyée ?

Elle entra et s'assit à la place qu'occupait Pivoine quelques instants plus tôt. David s'assit, lui aussi. Il remarqua que Leah avait pleuré ; ses larmes, cependant, avaient séché. Ses grands yeux brillaient, limpides, et ses joues étaient très rouges. Elle était si belle qu'il se demanda pourquoi il ne l'aimait pas de tout son cœur et de toute son âme. Son cœur restait muet. Il n'aimerait personne tant que son âme n'aurait pas fait son choix.

Et, brusquement, les paroles inscrites dans la synagogue lui apparurent, imprimées sur son esprit.

« Le culte est d'honorer le ciel, et la vertu de suivre les ancêtres. *Mais avant le culte et la vertu, il y avait l'esprit humain.* »

Ces paroles hardies fortifièrent l'âme de David, la rendirent plus ferme envers Dieu et envers les hommes.

– Il ne faut pas vous laisser troubler par ma mère, dit-il brusquement. Quand j'étais enfant, il me semblait que je n'arriverais jamais à lui plaire, que je ne serais jamais assez vertueux. Elle est si bonne, – si pleine de zèle.

– Votre mère a raison, dit Leah, d'un ton décidé. C'est moi qui avais tort ; vous aussi, David.

– Ai-je mal agi ?

Il cherchait à dire ces mots d'un air badin, car il redoutait l'état d'esprit de Leah qu'il sentait opposé au désir qu'il avait de conserver sa liberté.

– Sans des femmes comme votre mère et des hommes comme mon père, notre race n'existerait plus depuis longtemps, dit Leah. Nous serions devenus semblables aux autres peuples, sans la connaissance du seul Vrai Dieu. Ce sont les fidèles qui nous ont préservés, qui ont fait de nous un peuple à part et vivant.

Les regards de David s'abaissèrent sur les mains jeunes et vigoureuses qui reposaient, croisées, sur la table. Puis il dit avec un grand calme :

– Je me demande cependant si ce ne sont pas eux qui dressent les autres contre nous, encore aujourd'hui.

Les lèvres de Leah s'entrouvraient. David s'aperçut qu'elle ne saisissait pas le sens de ses paroles et il poursuivit :

– Les gens croient difficilement que nous sommes meilleurs qu'eux. Et, après tout, sommes-nous meilleurs, Leah ? Nous sommes bons commerçants, nous nous enrichissons, nous sommes intelligents, musiciens, peintres, nous tissons de beaux satins, et partout où nous sommes, nous prospérons. Alors nous éveillons la haine et on nous massacre... Pourquoi ? Voilà ce que je me demande nuit et jour et je crois que je commence à comprendre.

Leah ne put pas supporter ces paroles :

– Les hommes nous haïssent par ce qu'ils nous envient. Ils ne veulent pas connaître Dieu ; ils sont mauvais et refusent d'être bons.

David secoua la tête :

– Nous disons qu'ils sont mauvais. Nous disons que nous sommes bons.

Ces paroles offensèrent Leah :

– David, comment pouvez-vous, de parti pris, interpréter si mal la Torah ? s'écria-t-elle. (Toute sa jeune énergie transperçait dans sa voix et dans son regard sérieux.) Mon père ne vous a-t-il pas expliqué ? Ce n'est pas que nous soyons bons. C'est que Dieu nous a choisis pour faire connaître sa volonté grâce à notre Torah. Si nous disparaissons, qui donc conservera ce qui est juste et bon ? La terre devra-t-elle appartenir au mal ?

David répondit avec la même chaleur :

– Je ne connais pas d'hommes mauvais... ni de femmes.

Il était irrité contre Leah parce qu'elle se montrait aussi obstinée que lui, et il dit tout à coup :

– Si je devais prononcer le nom d'un homme mauvais, je dirais que c'est celui de votre frère, Aaron.

Ces paroles frappèrent Leah au cœur.

– Vous... vous osez dire ça ? s'écria-t-elle. Vous devriez avoir honte, David.

– Parce qu'il s'agit de votre frère ?

– Non ; parce qu'il... il... est... est l'un de nous.

David eut un rire cassant :

– Voilà la preuve de ce que je disais : La justice n'est pas plus en vous, Leah, qu'elle n'est en ma mère. Pour moi, un homme est bon ou mauvais, qu'il soit Juif ou non.

Leah se troubla devant la colère de David.

– Qu'a donc fait Aaron ?

David se leva et se dirigea vers la porte ouverte, tournant le dos à la jeune fille :

– Je ne peux pas vous le dire, fit-il. Ce n'est pas pour vos oreilles.

Il regardait fixement la cour ombragée de bambous.

– J'ai le droit de savoir tout ce que fait mon frère, répondit Leah.

– Sachez alors qu'il s'est conduit d'une manière répugnante envers une femme.

Leah garda un instant le silence. La raison lui conseillait de se taire, mais elle était montée contre David. Il lui échappait de nouveau, et elle en était à la fois si exaspérée et terrifiée, qu'elle en perdit la tête.

– Quelle femme ? demanda-t-elle.

– Je ne vous le dirai pas.

Il lui tournait toujours le dos et continuait à regarder la cour.

Petite Chienne choisit ce moment-là pour faire son apparition à la porte de la Lune, en face de David. Elle s'arrêta sur le seuil et scruta le terrain de ses tristes yeux ronds, la langue pendante. Elle accompagnait toujours Pivoine, mais comme elle était lente et paresseuse, elle restait en arrière et suivait, guidée par l'odorat plutôt que par la vue.

Leah savait que Petite Chienne n'était jamais loin de Pivoine et elle comprit aussi vite que l'amadou prend flamme :

– Je sais qui est cette femme. C'est Pivoine!

David maudissait Petite Chienne. Mais que dire? Il revint, s'assit, et frappa les paumes de ses mains sur la table en criant :

– C'est Pivoine, une esclave dans la maison dont il est l'hôte!

Leurs yeux se rencontrèrent, irrités par un même courroux et ni l'un ni l'autre ne céda.

– S'il s'était agi d'une autre femme, vous vous en seriez moqué! s'écria Leah, prise d'une rage folle. (Elle n'avait plus qu'un désir : infliger à David une blessure aussi douloureuse que possible, et elle cherchait les mots qui lui feraient le plus de mal.) Je sais pourquoi vous ne voulez pas de moi, cria-t-elle. Pivoine vous a corrompu, vous a gâté et affaibli jusqu'à la moelle. Elle vous a pris jusqu'à votre âme.

Leah ne put continuer. Elle s'efforça de refouler ses larmes mais elle éclata en sanglots, furieuse de n'avoir pu se maîtriser.

La colère de David tomba aussitôt. La vue de ce beau visage désespéré le remplit de tendresse et de pitié :

– Ce n'est pas Pivoine que j'aime, dit-il... une autre... peut-être... que vous n'avez jamais vue.

C'est ainsi, qu'après tout, son cœur fit son choix, tandis que son âme se taisait.

Leah s'arrêta de pleurer. Elle regarda fixement David, les yeux vides d'expression, les lèvres tremblantes, pendant que ces paroles s'enfonçaient dans son esprit. Elle les sentit gronder dans son cœur et pénétrer dans ses veines comme un poison, puis elle perdit la tête. Elle bondit, arracha l'épée accrochée à portée de sa main droite et la brandit par-dessus la table. La lame recourbée et tranchante atteignit David à la tête. Il y porta la main, sentit le flot de sang qui s'en échappait et tomba à terre. Leah, penchée sur lui, tenait encore l'épée étroitement serrée.

Petit Chienne, demeurée spectatrice, s'avança à pas menus et s'approcha de son maître, elle le renifla, trempa le bout de sa langue dans le sang et se mit à hurler.

À ce hurlement, l'épée tomba des mains de Leah. La raison lui revint. Elle tomba à genoux, essuya la tête de David avec le bord de sa manche et murmura :

– Oh! mon Dieu, comment ai-je pu? (Elle se lamenta, sa colère tombée.) Oh! que vais-je faire?

Et Petite Chienne ne cessait de hurler.

Pivoine était habituée à la voix de sa chienne. Si elle ne la voyait pas venir, chaque fois qu'elle l'entendait, elle partait à sa recherche; cette fois-ci, la plainte aiguë parvint à la jeune esclave à travers les portes ouvertes des cours; elle se leva bien vite et, guidée par le son, elle parvint au pavillon de David. Du seuil, elle aperçut Leah, à genoux, en larmes, et l'épée sur le sol.

– Ciel! comment s'est-il blessé? cria Pivoine en accourant dans la pièce.

Leah se redressa, la rougeur afflua à ses joues et elle dit, la voix étranglée :

– C'est moi qui l'ai fait.

– Vous, murmura Pivoine. (Et elle lança un regard terrible à Leah.) Aidez-moi à le porter sur son lit et allez prévenir sa mère.

Elle donnait des ordres à Leah comme si celle-ci était la servante, et elle-même la maîtresse. Leah obéit en tremblant. Les deux jeunes filles soulevèrent David, le portèrent dans sa chambre et l'étendirent sur son lit. Sa tête retomba et le sang gicla à flots sur l'oreiller.

– Est-il mort? cria Leah.

– Non, dit Pivoine, avec assurance. Laissez-moi faire, allez chercher sa mère.

– Je ne peux pas, je ne peux pas, répondit Leah en gémissant.

Pivoine se retourna :

– Dois-je y aller et le laisser mourir pendant ce temps?

Que répondre? Avec de gros sanglots, Leah sortit de la chambre en courant. Puis elle s'arrêta. Elle pleurait, atterrée. L'épée gisait sur le sol; Petite Chienne, couchée à côté, semblait être de garde devant ce témoignage. Mais Leah ne lui prêta aucune attention, elle souleva l'épée, l'appuya sur sa gorge et la fine lame acérée fit son œuvre. Leah s'affaissa, l'épée tomba sur les carreaux en résonnant et Petite Chienne aboya furieusement.

De la chambre à coucher, Pivoine entendit le bruit des pas s'arrêter. Sous sa main, elle sentait les battements du cœur de David, et elle resta à écouter, la main toujours posée sur la poitrine du jeune homme. Elle perçut le silence et attendit. La chienne gronda, – Pivoine attendit encore. L'instant d'après, le cliquetis du métal sur le sol lui parvint. Elle courut à pas de loup jusqu'à la porte recouverte d'un rideau. Elle vit Leah étendue, le cou à demi tranché, les cheveux déjà imbibés de sang, l'épée à son côté et Petite Chienne qui aboyait toujours.

– Chut! dit Pivoine. Chut! Petite Chienne.

Elle traversa la pièce et se sauva en courant comme si des fantômes la poursuivaient. Elle avait demandé à Leah de prévenir Mme Ezra, mais elle-même ne s'en sentit pas le courage. Elle aimait mieux appeler Wang Ma, sans rien dire à personne avant que la vieille servante fût prévenue.

Tout d'abord elle aperçut Vieux Wang. Il avait profité de la chaleur du milieu de l'après-midi, pendant que tout le monde dormait, pour tirer un melon d'eau du puits, au nord. Après l'avoir fendu, il s'était installé dans un couloir peu fréquenté qui donnait dans la cour de la cuisine, et il était en train de savourer la fraîcheur dorée du fruit, lorsque Pivoine, ayant pris le même couloir, passa à côté de lui. Il eut peur d'être blâmé pour son larcin, mais elle ne remarqua même pas ce qu'il faisait et lui demanda seulement :

– Où est Wang Ma?

– Elle dort, là-bas, sous les bambous...

Et il avança le menton, pour indiquer la direction.

Pivoine se hâta; elle trouva Wang Ma assise sur un escabeau, endormie, la tête retombant sur ses genoux. Pivoine appela assez bas, mais avec insistance.

– Wang Ma!

Wang Ma se réveilla aussitôt de son léger sommeil de fidèle servante. Elle regarda fixement Pivoine, mais elle n'était pas encore très présente et Pivoine lui secoua l'épaule.

– Wang Ma, la mort est ici. La Juive et le Jeune Maître se sont querellés, elle lui a lancé l'épée à la tête.

– Oh! Ciel, marmotta Wang Ma. (Elle bondit sur ses pieds.) Où cela? demanda-t-elle.

– Chez lui, elle s'est servie de l'épée, contre elle même.

– Tous deux... morts? demanda Wang Ma dans un murmure terrifié.

– Non... elle, seulement.

– Les anciens savent-ils?

– Dois-je le leur dire, ou bien voulez-vous?...

Les deux femmes se regardèrent; elles réfléchissaient très vite.

– Je vais aller préparer ce que les parents devront voir, dit Wang Ma avec décision. Toi, dis-leur ce qui s'est passé.

Elles se séparèrent. Pivoine alla trouver Mme Ezra, pour la prévenir la première, mais son mari était avec elle.

Ils poussèrent une exclamation à la vue de Pivoine.
– Que t'est-il arrivé? s'écria Mme Ezra.
– Tais-toi, Naomi!
Ezra se leva, et Pivoine, des deux mains, leur fit signe de la suivre. Elle ne put que leur dire :
– Venez... venez... tous les deux. Oh... oh...
Elle pleurait tout en courant. Ezra et sa femme échangèrent un regard, puis se hâtèrent de la suivre.
Une grande frayeur s'empara d'eux lorsqu'ils virent Pivoine se diriger vers la cour de David. Ils ne prononcèrent pas un mot; ils marchaient aussi vite que possible, Mme Ezra en tête.
Pivoine s'arrêta à la porte de la Lune :
– Il faut que je vous prévienne...
Mais Mme Ezra l'écarta et poursuivit son chemin.
Ezra hésita et dit, les lèvres sèches :
– Est-ce que David?...
– Non... pas lui, mais, oh! Maître. Préparez-vous, Leah s'est tuée avec l'épée.
Ezra poussa un cri, l'écarta à son tour et suivit sa femme; Pivoine venait ensuite. Wang Ma avait saisi Vieux Wang par le col de sa veste, en passant, et l'avait entraîné. Ensemble, ils soulevèrent Leah et la transportèrent dans une pièce de la cour voisine, celle dans laquelle le rabbin enseignait la Torah à David. Ils étendirent la jeune fille sur un lit et Wang Ma arracha un rideau d'une porte pour la recouvrir. Pendant ce temps, Vieux Wang retirait sa veste, épongeait le sang sur le carrelage et le lavait avec l'eau du bassin. Puis il essuya le tout.
Lorsque Mme Ezra entra, elle ne vit rien, et passa vite dans la chambre de David. Il était couché sur son lit et paraissait dormir, la tête bandée avec la ceinture de soie blanche de Pivoine. Il respirait vite et fort. Mme Ezra était folle de peur. Elle appelait son fils en criant et comme il ne répondait pas, elle s'en prit à Pivoine.
– Tais-toi, Naomi, lui dit Ezra. Il faut demander le médecin.
– Mais pourquoi ne m'as-tu pas dit qu'il était blessé? cria Mme Ezra à Pivoine, qu'elle saisit par les épaules et qu'elle secoua.
Ezra dut intervenir. Pivoine ne répondit rien. Elle n'en voulait pas à sa Maîtresse. Elle savait que le chagrin la mettait hors d'elle; passer sa colère sur quelqu'un la soulagerait.
Vieux Wang entra, suivi de Wang Ma. Ezra envoya Vieux Wang chercher le médecin et Wang Ma préparer des infusions de plantes.
Pivoine resta seule pour raconter ce qui s'était passé. Elle le fit

en quelques mots simples. Ezra et sa femme l'écoutaient, le cœur battant, les yeux agrandis. Mme Ezra s'assit à côté de David et, sans parler, se mit à lui frictionner les mains.

– Mais pourquoi se sont-ils querellés? demanda Ezra, triste et surpris.

– Je n'en sais rien, répondit Pivoine. Je n'ai songé qu'à David lorsque je l'ai vu à terre, et pendant que je lui bandais la tête, elle...

Mme Ezra éclata en pleurs bruyants.

– Oh! la méchante, méchante créature, moi qui la traitais comme ma propre fille! si elle avait tué mon fils!

– Leah n'était pas méchante, dit tristement Ezra. Quelque chose l'a rendue folle, mais à présent nous ne saurons jamais ce que c'est.

Mme Ezra s'arrêta brusquement de pleurer :

– Je ne lui pardonnerai jamais.

– Pas même si nous sauvons David? demanda Ezra.

– Elle a voulu le tuer, répondit la mère.

A ce moment, David remua, ouvrit les yeux et regarda les visages autour de lui :

– Leah, dit-il, d'une voix faible.

– Chut! fit sa mère.

– Mais elle n'a jamais eu l'intention...

La voix de David se perdit.

– Chut! répéta Mme Ezra d'un ton péremptoire.

– Ne parle pas, mon fils, dit Ezra.

Il s'approcha, prit la main de David, et sa femme et lui attendirent. Le blessé ferma de nouveau les yeux et garda le silence. Wang Ma apporta le bol de tisane faite avec des plantes, et une cuiller; Pivoine fit boire David de temps à autre en attendant le médecin. C'était un petit homme voûté et silencieux; il portait des lunettes de corne et sentait le gingembre et les os séchés.

Quand il entra, les parents de David se levèrent; ils restèrent attentifs tandis qu'il examinait la plaie, tâtait le pouls et méditait un instant.

– Mon fils vivra-t-il? demanda enfin Ezra.

– Il vivra, mais pendant longtemps sa vie sera en danger. La blessure n'est pas seulement dans la chair, elle est aussi dans l'esprit.

Mme Ezra dit, d'un ton suppliant :

– Que devrons-nous faire?

– Lui céder en tout.

VIII

David s'éveilla. Il était dans son lit; il faisait nuit et tout était sombre, à part la faible lueur qui venait de la veilleuse d'huile de fèves, derrière le rideau du lit. La nuit? Mais il y avait du soleil...

– Leah! dit-il faiblement.

Pivoine l'entendit aussitôt. Elle était assise sur un escabeau très inconfortable, pour éviter de s'endormir et pour pouvoir entendre le plus léger changement dans la respiration de David. Elle s'avança sur la pointe des pieds, écarta les rideaux et le regarda. Il leva les yeux sur elle.

– Leah..., murmura-t-il de nouveau.

– Leah dort, répondit Pivoine.

Et avec son doux mouchoir de soie, elle essuya les joues et les lèvres de David.

– Je me sens... faible, dit-il.

– Vous avez besoin de nourriture, ne bougez pas.

Elle laissa retomber les rideaux, se dirigea vers un petit brasero, souleva le couvercle d'un pot qui mijotait sur les braises et, avec une cuiller à long manche, elle remplit un bol de potage de riz et de sucre rouge. Elle agissait sans bruit, avec calme. Elle revint près du lit :

– Je vais vous donner à manger, fit-elle tendrement.

Elle craignait que David ne lui posât des questions, voulût savoir pourquoi il était couché. Mais il ne demanda rien. Il but lentement, gorgée par gorgée, le chaud et doux mélange. Le sucre rouge donne du sang, donc il en avait perdu beaucoup. C'est pourquoi il se sentait faible. Sa tête était très douloureuse. Il se rappela pourquoi : Leah l'avait frappé avec l'épée. Il s'en souviendrait toute sa vie. Rien de ce qu'elle dirait ou ferait n'effacerait cela de sa mémoire. Et elle dormait!

– Ma tête me fait mal, marmotta-t-il.

– Je vais vous donner un peu d'opium, dit Pivoine.

Et, s'approchant de la table, elle prépara la pipe d'opium et fit chauffer la boulette jusqu'à ce qu'elle devînt molle, puis revint près du lit et porta le bout de la pipe aux lèvres de David.

– Aspirez, Jeune Maître, dit-elle.

Il aspira plusieurs fois ; les vapeurs s'enroulèrent dans les replis de son cerveau et la douleur s'adoucit. A mesure qu'il se calmait, il aperçut le visage de Pivoine environné de lumière.

– Quelle bonté... quelle... quelle bonté... quelle bonté, balbutiait-il sans parvenir à s'arrêter.

Elle posa la main sur les lèvres de David pour l'obliger au silence :

– Je vous aime, dit-elle distinctement. Je ne pourrais pas vous faire de mal – je vous aime, m'entendez-vous ?

Il sourit sans pouvoir répondre, pris d'une délicieuse somnolence. Il s'enfonçait dans une douceur veloutée, respirait des parfums, entendait de la musique entrecoupée de visions : le visage de Pivoine avec une tendre expression, toute baignée d'amour – puis ses yeux se fermèrent.

Lorsqu'elle fut certaine qu'il dormait, Pivoine lui tâta le pouls. Il était plus fort. Elle pouvait laisser David sans crainte, pendant les quelques instants qu'il lui faudrait pour annoncer à Mme Ezra qu'il s'était réveillé, s'était nourri, puis rendormi. Elle traversa la pièce voisine où, assis près de la table, la tête sur ses bras repliés, Vieux Wang était plongé dans un profond sommeil. Ezra avait demandé au domestique de veiller au cas où Pivoine aurait besoin de lui, mais, pleine de pitié, elle respecta ce repos.

La maison semblait étrange, la nuit, silencieuse dans la douce obscurité. Pivoine passa, solitaire, d'une cour à l'autre. Une lanterne de papier, suspendue à chaque portail, la guidait, et elle en suivait la faible clarté. Lorsqu'elle atteignit sa propre cour, Petite Chienne l'entendit, renifla, bâilla et la suivit en trottinant.

Pivoine atteignit le pavillon de Mme Ezra. Une lumière brillait dans la chambre. Pivoine entra et trouva Mme Ezra assise dans son lit, la tête soutenue par des oreillers. Elle avait sans doute voulu rester éveillée, mais la fatigue l'avait vaincue. Sa tête était renversée ; la bouche légèrement ouverte, elle respirait profondément.

Pivoine, debout dans l'entrebâillement des rideaux, craignait de la réveiller.

– Maîtresse... Maîtresse.

Elle adoucit sa voix au début, puis appela plus fort, pour ramener l'âme errante et troublée.

Mme Ezra ouvrit les yeux. Elle se redressa en sursaut et poussa une exclamation, les yeux fixés sur Pivoine. Son âme n'avait qu'à demi regagné sa demeure; Pivoine lui prit les mains et les tapota.

– De bonnes nouvelles, murmura-t-elle. Notre jeune seigneur s'est réveillé; il s'est alimenté, et, à présent, il dort de nouveau.

Mme Ezra avait retrouvé ses esprits.

– Est-ce qu'il me demande?

Pivoine, pour éviter de dire que David n'avait pas réclamé sa mère, répondit simplement :

– Sa tête lui faisait mal et cela brouillait ses idées. Quand il a eu mangé, j'ai préparé une pipe qui l'a soulagé. Il s'est rendormi.

– N'a-t-il rien dit? demanda Mme Ezra

Elle retira ses mains de celles de Pivoine.

– Il a appelé Leah.

– Que lui as-tu répondu?

– Qu'elle dormait.

Mme Ezra s'appuya sur ses oreillers et soupira.

– Il faut que je retourne auprès de lui, fit Pivoine.

– Quand il se réveillera, ne lui dis pas que Leah est morte.

– Non, bien sûr.

Et Pivoine revint sur ses pas. Elle ne s'arrêta que pour enfermer dans sa chambre Petite Chienne qui risquait de réveiller David.

Il dormait encore lorsque Pivoine revint auprès de lui. Elle se sentait très lasse. Depuis qu'il avait mangé, elle avait moins peur de le voir mourir. Elle se glissa au pied du lit et se pelotonna sur les couvertures en songeant au moyen d'éviter que dans un ou deux jours David apprît le sort de Leah. Il avait une conscience si délicate qu'il se reprocherait ce qui s'était passé. Cependant on ne pouvait accuser personne, si ce n'est Leah et son âme affolée de Dieu.

« Comment le lui faire admettre? » se disait Pivoine, désolée. On devait pourtant y arriver, sans quoi le pouvoir de Leah persisterait et opprimerait David sa vie durant. Il s'attacherait, comme ceux de sa race, à sa propre souffrance.

« Il faudra le distraire, songea Pivoine, avec décision, l'amuser, le rendre heureux. » Et sur cette pensée elle s'endormit.

Mais comment cacher à David la mort de Leah? Lorsqu'il ouvrit les yeux, au matin, il ne posa aucune question, mais il semblait songeur. Pivoine s'aperçut qu'il s'agitait, elle se leva et prit soin de lui. Peu après l'aube, Ezra entra, sans s'être lavé ni habillé. Mme Ezra vint ensuite, dans une grande robe ouatinée, puis Wang Ma et Vieux Wang. Des serviteurs parurent à la porte, pour essayer de voir le Jeune Maître et donner de ses nouvelles au-dehors. Mais David ne demanda rien à personne. Le vieux médecin revint, enleva les bandes de soie qu entouraient la blessure, examina de près les emplâtres noirs qui retenaient les bords de la plaie, déclara que tout allait aussi bien que possible et ordonna le meilleur des puddings au sang.

– Le sang de porc est ce qu'il y a de mieux.

Ezra lança un coup d'œil à Naomi :

– Nous ne mangeons pas de porc, Frère Aîné, dit-il doucement, mais s'il s'agit de la vie de mon fils...

– Il est jeune et robuste, répondit le Chinois, et le sang de poulet suffira. S'il était vieux, j'ordonnerais de préférence du lait de femme.

On fit donc cailler du sang de poulet avec le foie, on y mélangea du riz rouge, des racines d'épinards cuites et des œufs crus. Ce mélange contribua à rendre à David le sang qu'il avait perdu. Sa mère passait ses journées assise à côté de lui ; son père, inquiet, entrait et sortait, et David continuait à ne poser aucune question sur Leah.

Mais le lendemain et le jour suivant, pendant qu'il reprenait ses forces, certains bruits de la maison parvinrent à ses oreilles. Des pas feutrés circulaient non loin de là, le rabbin poussa un cri, et, vers le soir, des coups de marteau retentirent Pivoine faisait chauffer de l'eau sur les braises. Ezra et sa femme se trouvaient auprès de David qui appela :

– Mère !

Mme Ezra se leva de son fauteuil et s'approcha du lit :

– Qu'y a-t-il, mon fils ?

Sa voix était si triste et son attitude si humble qu'elle ne paraissait plus la même.

– Où est Leah ? demanda distinctement David.

Mme Ezra lança un regard à son mari, derrière elle. Assis près de la table, il se tournait lentement les pouces :

– Il vaudrait mieux le lui dire, Naomi.

– Avez-vous puni Leah ? s'écria David. Il ne fallait pas.

– C'est Dieu qui l'a punie, mon fils, dit Mme Ezra.

Et, tout à coup, elle se mit à pleurer. Cette grande et forte femme au cœur ardent qui, toute sa vie, n'avait agi qu'à sa guise, fondit en larmes désespérées, elle ne put articuler une parole et dut sortir en hâte de la chambre. Ezra la suivit. Pivoine resta seule et ce fut elle qui, simplement, en quelques mots calmes, apprit la vérité à David. Elle s'approcha de lui en disant :

– Leah est entrée seule dans la pièce à côté tandis que j'étanchais votre sang avec ma ceinture de soie. Elle a levé l'épée, l'a passée sur son cou... et sa vie s'en est allée.

David ferma les yeux. Cette lame qui avait traversé la rude toile des paquets de la caravane, il la vit s'enfoncer dans la chair de Leah. Soudain il eut une nausée. Pivoine poussa un cri et glissa en gémissant le couvre-pieds sous la bouche de David.

– Même morte, elle vous fait mal !

David retomba sur l'oreiller à bout de forces.

– Tais-toi, fit-il haletant... tu n'arriveras jamais à comprendre.

Ces mots tombèrent comme des pierres sur le cœur sensible de Pivoine. Elle ne répondit pas ; elle ne le pouvait pas. Elle prit le couvre-pieds et l'emporta pour le faire nettoyer ; avant de revenir auprès de David, elle s'arrêta un instant derrière une porte et s'essuya les yeux avec le bord de ses manches. Elle passa dans la pièce à côté où les menuisiers avaient fini leur travail. Le lourd cercueil en bois de camphrier était terminé, et le couvercle attendait, posé contre le mur. Les servantes y avaient déjà déposé le corps de Leah et leur tâche était terminée. Pivoine n'avait rien fait, pas plus que Wang Ma. Les servantes avaient travaillé seules. Il n'en restait qu'une qui arrangeait les plis de la robe et qui plaçait une bougie dans les mains de la morte pour éclairer son âme en chemin.

– J'ai couvert son cou, murmura la petite servante.

Elle avait posé une écharpe de soie sur la blessure.

Pivoine s'approcha et contempla Leah qui était complètement exsangue. Son visage paraissait mince et irréel, comme fait d'une claire substance blanche. Ses yeux étaient enfoncés et ses longs cils noirs mettaient d'épaisses ombres sur ses joues. Ses beaux cheveux bruns retombaient de son front pâle et ses lèvres étaient figées et dures.

Des pas trébuchèrent sur le seuil et Pivoine leva la tête. C'était le rabbin, appuyé sur son bâton. Il tendait les mains et cherchait en vain son chemin en tâtonnant.

– Quelqu'un peut-il me conduire auprès de mon enfant ? demanda-t-il d'une voix profonde. (Pivoine s'avança, lui prit la main, le conduisit et attendit pendant qu'il paraissait regarder le visage de Leah.) Je vois mon enfant, dit-il enfin. Je la vois avec sa mère. Sa mère l'a retirée de la Géhenne. Elle va la conduire devant Jehovah et appeler jusqu'à ce qu'Il entende.

En marmottant, le vieux rabbin poursuivit :

– La mère versera des pleurs, – elle se frappera la poitrine et Jehovah entendra sa voix. Leah, mon enfant, le Seigneur sonde les cœurs et comprend tous les errements de la pensée. Si tu fais appel à Lui, Il ne t'abandonnera pas.

L'aveugle murmurait d'un ton si passionné que la petite servante prit peur et s'en alla, Pivoine resta seule. Elle avait peur, elle aussi, mais elle était remplie de pitié pour le père.

– Allez vous reposer, Vieux Maître, dit-elle doucement.

Elle saisit le bout de la manche du rabbin et l'attira à elle.

Au son de cette voix, le vieillard se retourna. Ses yeux aveugles s'ouvrirent tout grands et sa longue barbe blanche frémit :

– Qui êtes-vous, femme ? cria-t-il d'une voix forte.

Pivoine était incapable de faire le moindre mouvement. Ce grand vieillard, qui la dominait, la terrifiait.

Et la voix retentit de nouveau au-dessus d'elle.

– Dieu a privé cette femme de sa raison. Il ne lui a pas accordé de compréhension. Elle poursuit sa proie et ses regards se portent au loin. Elle est là où sont les morts !

Il tendit les bras comme pour s'emparer d'elle, et Pivoine, voyant s'avancer ces grandes mains maigres, belles et terribles dans leur force, se retourna et s'enfuit comme si on la poursuivait.

Le rabbin entendit le bruit des pas rapides. Il écouta, et un sourire de satisfaction rusée passa sur son visage.

– Éloignez-vous de moi, ouvriers d'iniquité ! marmotta-t-il.

Puis il leva la tête et parut regarder autour de lui d'un air de triomphe. Il soupira et chercha péniblement son chemin dans la pièce. Il tournait en rond et, sans s'en douter, il se retrouva devant le cercueil. Il le tâta, d'un bout à l'autre, puis sa main s'enfonça et toucha Leah. Il toucha les pieds, les genoux, les mains glacées. Il découvrit la bougie, l'arracha et la jeta à terre. Puis, très lentement, tremblant d'horreur et avec des gestes d'angoisse, il promena l'extrémité de ses doigts sur la gorge blessée et sur le visage mince et exsangue. On lui avait dit que Leah s'était tuée avec l'épée. C'était Ezra qui le lui avait dit, mais il n'avait pas compris. A présent, forcé d'y croire, il ne put supporter le choc et tomba sans connaissance sur les dalles de pierre. On l'y retrouva, des heures plus tard, lorsque les femmes vinrent remplir le cercueil de chaux et que le menuisier entra pour clouer le couvercle. Ils soulevèrent le vieillard et le déposèrent sur un lit, puis ils allèrent prévenir Mme Ezra.

– Qu'on fasse venir Aaron, dit-elle.

Mais Aaron demeura introuvable. Rachel ne l'avait pas vu rentrer la veille. Il n'y avait donc qu'à soigner le vieillard et à le faire revenir à lui. Mme Ezra donna l'ordre de le transporter dans la chambre qu'il avait habitée.

Ce fut elle qui s'aperçut la première du nouveau malheur. Le rabbin reprit connaissance, il soupira, un gémissement sortit de ses lèvres et il se débattit comme s'il luttait contre un esprit invisible. Wang Ma le regardait et elle courut appeler Mme Ezra. Lorsque celle-ci entra dans la chambre il ouvrit les yeux. Mme Ezra l'appela doucement :

– Père !

Mais les yeux du rabbin restèrent immobiles.

Wang Ma s'écria dans son effroi : « Oh ! Maîtresse, son âme s'est égarée. »

C'était vrai. Pendant des jours le rabbin ne prononça pas une parole. Il restait étendu sur son lit, mangeait et gardait le silence, même pour prier. Puis, un jour, sans raison, il ouvrit la bouche et prononça des mots sans suite. Son âme s'était enfuie à jamais. Il ne reconnaissait personne, ne se souvenait de rien, si ce n'est des jours où Leah était enfant et où sa mère vivait.

C'est ainsi que le rabbin gagna le ciel avant sa mort. Ezra, inspiré par sa grande bonté naturelle, dit à ses serviteurs :

– Préparez-lui une place dans la maison. Je prendrai soin de lui jusqu'à sa mort.

Il parlait ainsi selon son cœur mais Mme Ezra en fut émue. Lorsqu'ils furent seuls elle se tourna vers son mari et s'humilia comme elle ne l'avait jamais fait.

– Vous êtes si bon ! dit-elle au milieu de ses sanglots. (Elle avança une main pour chercher celle de son mari et de l'autre se couvrit les yeux.) J'aurais voulu être meilleure pour vous, Ezra.

– Mais vous avez été très bonne, ma chérie, fit-il avec un peu d'enjouement.

Il s'empara de la main de sa femme et la retint.

– Non, car je me suis souvent mise en colère.

– Mais que de fois vous ai-je contrariée, Naomi !

– Je serai meilleure à l'avenir.

– Ne soyez pas trop bonne, ma femme, dit Ezra cherchant à tourner le propos en plaisanterie pour la réconforter, sans quoi je ne pourrais pas vous suivre. Un peu d'emportement me plaît parfois.

– Vous êtes si bon... si bon...

Elle insistait ; et lui, devant cette véhémence qu'il connaissait bien, ne répondit pas. Il attira la main de sa femme sous son bras et l'entraîna hors de la pièce tout en lui disant des paroles encourageantes.

– A présent, ma Naomi rappelons-nous que notre fils vit et qu'il est de notre devoir de lui refaire sa vie et de le rendre heureux. Des petits-enfants doivent naître ici et il faut oublier le passé.

Il cherchait à la diriger vers l'avenir, et elle se soumit, s'efforça d'être docile.

Cette soumission inquiéta Ezra. Il craignit qu'elle ne fût malade. Puis il se dit que cela ne durerait pas. Elle était vigoureuse, le temps lui rendrait sa violence de caractère et sa santé ; il la laissa parler comme elle voulait. Mais Mme Ezra avait le cœur brisé par la douleur ; elle se sentait bouleversée par l'écroulement de tous ses projets et par la perte de ses espoirs et, du moins pour l'instant, elle faiblissait.

Et, lorsque Ezra la ramena dans sa chambre et la fit asseoir dans son fauteuil, ce fut d'une voix tremblante qu'elle demanda :

– Que ferons-nous de notre fils ?

C'était une question qui l'obsédait depuis qu'elle avait vu Leah morte.

Ezra, debout, dominant Mme Ezra en larmes, pour la première fois de leur vie se sentit maître de cette femme qu'il avait aimée à sa manière et qu'il savait aimer réellement aujourd'hui. Il s'empara de la main potelée et la caressa.

– Ne songeons qu'à son bonheur, ma chérie. Marions-le dès que ce sera possible.

Elle leva vers lui des yeux humides et dociles :

– Vous voulez dire...

Elle se troubla.

Il fit un signe d'assentiment :

– Je songe à la jolie fille qu'il aime, la fille de Kung Chen. J'irai voir son père. Nous fixerons la date et nous ramènerons la joie à la maison.

– Mais, Leah...

Ezra parlait très vite, comme s'il avait déjà tout décidé :

– On l'enterrera demain. Nous compterons un mois pour le deuil, après quoi David sera rétabli.

Mme Ezra ne put répondre. Un mois ! Elle courba la tête et retira sa main.

Ezra attendit un moment, puis il demanda de sa voix forte et sonore :

– Êtes-vous d'accord, ma femme?

Mme Ezra inclina la tête :

– Oui, je suis d'accord.

Sa voix était lasse. Elle ne se révoltait plus. Ezra se pencha, lui embrassa la joue sans ajouter un mot.

Il pleuvait le jour de l'enterrement de Leah. Ezra défendit à David de sortir de son lit, ce qui amena des réactions pénibles, car David avait juré qu'il aurait la force de se lever. Leah morte s'était emparée de ses pensées comme Leah vivante n'était jamais parvenue à le faire. Il gardait en lui un sentiment de péché qu'il n'arrivait pas à pénétrer. Il se disait que s'il avait eu un peu plus de patience lors de la dernière journée, Leah n'aurait jamais complètement perdu la raison et qu'il aurait pu la sauver. A présent, il se faisait un devoir de l'accompagner à sa tombe.

Mais Ezra ne voulut pas en entendre parler et David fut surpris par l'air de décision de son père, par sa voix si forte et si ferme. Sa mère semblait être du même avis. David lui lança un regard, avec l'espoir qu'elle viendrait à son secours et il fut plus étonné encore lorsqu'elle dit simplement :

– Mon fils, obéis à ton père.

Ses parents s'unissaient donc contre lui, et David renonça à lutter. Il se contenta de se lever pour se rendre auprès du cercueil de Leah. Il y resta un moment, appuyé au bras d'un serviteur. Pivoine, auprès de lui, le surveillait, craignant une faiblesse. Il attendit jusqu'à ce que la pièce fût vide. Les porteurs soulevèrent le lourd cercueil et quelques personnes suivirent; parmi elles se tenait le rabbin, étonné et souriant. Aaron était absent. On n'avait pas encore réussi à le trouver; Ezra supposait qu'il s'était enfui de la ville.

– Lorsque nous serons plus calmes, je le trouverai et le ramènerai, dit-il à Mme Ezra... Mais qui le regrette? Le rabbin a tout oublié et Leah n'est plus.

David suivit d'un regard attristé la petite procession qui traversait la cour et franchissait le portail, puis il se recoucha. Il resta étendu les yeux fermés, et Pivoine avait trop de sagesse pour intervenir. Elle demeura près de lui, pour qu'il sentît sa présence silencieuse. Elle savait que la douleur doit se consumer avant que la joie vienne prendre sa place. Mais elle savait aussi que la souffrance s'efface.

En dehors de la ville, dans la parcelle de terrain qui était le lieu de repos des Juifs, Leah fut enterrée à côté de sa mère. Le rabbin, son père, se tenait entre Ezra et Mme Ezra, souriant et aveugle sous le frais soleil d'automne. Lorsque Ezra lui dit d'une voix forte à l'oreille :

– « Priez, Père », il répondit d'une façon inattendue ; il leva la tête, face au ciel.

– Comme le soleil est chaud, murmura-t-il. (Puis l'instant d'après il pria.) Regarde et contemple du haut du ciel, du lieu de Ta Sainteté et de Ta Gloire. Tu es vraiment notre Dieu, bien qu'Abraham nous ignore et qu'Israël nous désavoue. Toi, ô Seigneur, Tu es notre Père. Ton Nom demeure éternellement, nous sommes à Toi...

Puis le rabbin, croyant se trouver dans la synagogue, étendit les mains selon la coutume et s'écria :

– Le Seigneur Dieu, Jehovah, le Seul Vrai Dieu !

Les passants s'arrêtaient, poussés par la curiosité, et regardaient ébahis pendant que les porteurs chinois s'étonnaient de l'étrange présence de ce vieillard.

Ce fut ainsi que, sans le savoir, le rabbin pria sur la tombe de sa fille. Ezra vit que sa femme pleurait, il se mit entre elle et le rabbin et les soutint tous les deux. Lorsque la tombe fut comblée et les mottes de gazon tassées sur la terre, il les ramena à la maison.

IX

Dans le neuvième mois de la lune, après les chaleurs, et avant la venue du froid, on fixa la date du mariage de David pour le trente-troisième jour après la mort de Leah ; sur la tombe le gazon était encore vert.

Et c'est ainsi que David le vit lorsqu'il alla au cimetière pour la première fois après l'enterrement. Il avait approuvé en silence lorsque son père lui avait dit que le mariage était décidé, puis, lorsqu'il sut qu'on avait échangé les cadeaux.

– Cela te plaît-il, mon fils ?

– Oui, père, si cela vous fait plaisir, à vous et à ma mère, avait répondu David.

Il était remis de sa blessure, mais la cicatrice sur son front demeurait et ne s'effacerait que lorsque son crâne tomberait en poussière. Sa chair avait beau être guérie, son âme était atteinte. Il restait inerte des heures entières dans la journée et dormait mal la nuit. Son appétit d'autrefois, son envie de bonne nourriture, ne lui étaient pas revenus. Pivoine s'en apercevait sans rien dire. Elle s'occupait de lui comme lorsqu'il était enfant et Mme Ezra ne le lui défendait plus.

– Dis-moi ce qui te plairait, mon fils, dit Ezra anxieusement.

Il posa sa grosse main chaude sur celle, si maigre, de David. Et David eut un mouvement de recul à ce contact. Son père se montrait trop pressant, trop plein d'impatience et d'ardeur. Les forces du jeune homme n'étaient pas suffisantes pour affronter l'amour du père.

– Je sais qu'il faut que je me marie, dit David.

– Tu n'y es pas obligé... ce n'est pas forcé, répondit Ezra (mais son visage s'assombrit).

– Il le faut, cependant.

– Non, si tu n'aimes pas la fille de Kung, dit Ezra.

– Je n'aime peut-être personne encore, dit David avec un faible sourire.

Ezra se sentait très troublé. Il recula et posa ses mains sur ses genoux.

– Je croyais que tu lui écrivais des poèmes ? s'écria-t-il.

– Oui, c'est vrai.

– T'es-tu arrêté avant...

Ezra n'osa pas prononcer le nom de Leah.

David le fit à sa place.

– Avant la mort de Leah ? Non... c'est-à-dire oui ; j'ai laissé un poème inachevé parce que j'avais rencontré Leah dans le jardin des pêchers.

– Est-ce que tu la pleures ?

David réfléchit un long moment avant de répondre. Ils étaient assis tous les deux dans la chambre d'Ezra. Ezra avait fait demander son fils pour lui annoncer que les fiançailles étaient chose faite.

– Non, dit enfin David, je ne la pleure pas. Je n'aurais pas voulu qu'elle meure, – pas de cette façon-là. Si elle avait vécu...

Il s'arrêta de nouveau. Ezra sentait des picotements le parcourir à la racine des cheveux, le long de ses bras et de ses jambes.

– L'aurais-tu épousée ? demanda-t-il lorsqu'il vit que David persistait dans son silence.

David secoua lentement la tête. Quand il faisait ce mouvement, sa cicatrice lui faisait mal :

– Non, dit-il.

Puis il répéta avec plus de vigueur :

– Non, Père, soyez-en certain ! Mais si Leah avait vécu, j'aurais épousé Kueilan avec plus de joie, – comprenez-vous ?

La bouche d'Ezra s'ouvrit, il regarda fixement son fils et secoua la tête. Cela le dépassait.

– Pauvre père, dit tendrement David. Pourquoi vous causerais-je des ennuis ? Je me marierai, j'aurai des fils et des filles et je remplirai bien ma vie. Après le mariage, je retournerai au magasin et tout sera comme par le passé... Mais mieux... beaucoup mieux.

Il se leva, s'obligea à sourire, salua son père et se retira. Resté seul, Ezra demeura perplexe un long moment. Il soupira et s'en alla à ses affaires. Il fit la moue le reste de la journée et se montra de fort mauvaise humeur.

Quant à David, il était si agité, si irritable avec Pivoine, qu'elle renonça à lui plaire, et elle resta tranquillement assise à coudre. En général elle brodait, mais aujourd'hui elle avait remplacé la soie par un morceau de fine toile blanche qui avait la forme d'une semelle.

David observait les petits doigts aller et venir sur la toile avec l'aiguille qu'ils enfonçaient. Il finit par demander à Pivoine ce qu'elle faisait.

– Vos pieds sont devenus sensibles à force de rester au lit, et je crains que les chaussettes faites par les lingères vous blessent, répondit-elle tranquillement. Je couds celles-ci avec des coutures rabattues qui ne vous feront pas mal.

Il ne répondit pas, et resta à la regarder, étendu paresseusement dans son fauteuil. Tout à coup il lui annonça :

– Je vais me marier, Pivoine.

Elle leva les yeux vers lui, puis ses paupières s'abaissèrent et elle reprit son travail :

– Je le sais, dit-elle.

– Es-tu contente de moi, à présent ?

– Ce n'est pas à moi à être contente ou non, dit-elle d'une voix douce.

– Tu resteras ici, Pivoine, exactement comme tu as toujours été.

– Merci.

Et elle ajouta :

– ... Jeune Maître.

Il n'y prêta aucune attention.

– Je pense que tu voudras te marier un jour, toi aussi ? fit-il brusquement.

– A ce moment-là, je vous le dirai.

L'aiguille piquait et repiquait la toile, les doigts de Pivoine allaient très vite. David ne pensait pas à elle. Son esprit tournait sur lui-même, elle le sentait. Mais elle n'était pas préparée à ce qu'il allait dire.

– Je veux aller voir l'endroit où on a enterré Leah.

Pivoine posa son ouvrage sur ses genoux et le regarda, éperdue d'amour.

– Et pourquoi voulez-vous y aller justement aujourd'hui ? Cela porte malheur de mêler la mort à la vie.

– Quand j'aurai vu sa tombe, je saurai qu'elle est morte, dit-il d'un air étrange.

Pivoine l'examina avec inquiétude.

– Mais vous savez bien qu'elle est morte !

– Je la revois sans cesse, dit-il.

Ils étaient assis dans la pièce où Leah s'était tuée. Pivoine s'en souvenait, mais ne désirait pas le rappeler à David. Elle avait souvent songé que le jeune homme aurait dû changer de pavillon. Au début, il était trop malade pour qu'on le transportât. Et lorsque ensuite elle lui avait parlé d'un changement il avait répondu que ces pièces, qu'il habitait depuis son enfance, lui plaisaient. A présent, Pivoine se disait qu'elle avertirait Mme Ezra ; il fallait que David passât sa vie mariée dans d'autres pièces, avec des cours plus vastes ; celles-ci devraient être closes ou réservées aux visiteurs.

Pivoine plia la toile et la mit dans un coffret incrusté d'ivoire, dans lequel elle serrait ses objets de couture :

– Si vous tenez à voir cette tombe, je vous accompagnerai, dit-elle.

– A présent ? demanda-t-il.

– A présent.

Et par ce calme et doux après-midi d'automne, David, dans son char à mules, franchit les murailles de la ville pour se rendre à l'endroit où Leah était enterrée. C'était un coin tranquille, assez éloigné du bord du fleuve et proche de la synagogue. David le connaissait, car ses grands-parents et ses ancêtres y reposaient, parmi beaucoup de Juifs morts au cours des siècles, depuis qu'ils habitaient dans le pays. Les tombes étaient hautes, comme celles des Chinois, mais entourées de petites pierres.

Pivoine conduisit David à la tombe de Leah. Elle n'était pas allée à l'enterrement, ne pouvant quitter David, mais Wang Ma lui avait donné quelques indications : la tombe se trouvait du côté est, assez loin du fleuve et près du lieu où reposait la mère de Leah.

Ils s'y rendirent et David s'assit sur un manteau que Pivoine plia sur l'herbe. Tout était tranquille, sous un ciel gris ; l'air était humide et frais. De grandes tombes les entouraient, mais David ne regardait que celle de Leah. La terre était fraîche sous le gazon qui avait pris racine. Quelques reines-marguerites sauvages, d'un pourpre pâle, fleurissaient dans l'herbe.

– Je ne peux pas imaginer qu'elle est là, fit David au bout d'un moment.

– Elle est là, affirma Pivoine.

– Est-ce que tu crois à l'esprit ? demanda David.

– Je ne pense pas aux esprits, répliqua Pivoine. (Elle était debout à côté de lui et elle se pencha pour lui toucher la joue.) Sentez-vous la fraîcheur ?

Il secoua la tête :

– Laisse-moi seul un instant.

– Je ne veux pas. C'est mon devoir de veiller sur vous et on me blâmerait si vous attrapiez mal.

Elle demeura auprès de lui, petite silhouette très droite, le visage tourné vers la tombe. Mais son regard allait au-delà. Au-dessus du mur bas, elle apercevait des champs et des villages et, au-delà encore, la brillante surface unie du fleuve et la voile d'un bateau qui pendait à un mât. Elle ignorait ce qui se passait dans l'âme de David, mais elle ne la laisserait pas accaparer par l'esprit de Leah. Elle croyait profondément aux esprits, et elle savait que ceux des morts s'accrochent toujours aux vivants. De toutes les forces de son être, elle combattrait celui de Leah.

« Reste dans la tombe, disait-elle en elle-même, opposant sa volonté à celle de Leah. Tu l'as perdu et tu ne lui feras plus de mal. »

Elle demeura ferme, luttant contre chaque souvenir de Leah et contre tout ce qui s'y rattachait. David soupira et se leva :

– Elle est morte, fit-il tristement.

– Je vais vous mettre votre manteau, dit Pivoine. Vous avez froid.

Il frissonna :

– Oui, j'ai froid, rentrons vite.

– Venez. Dépêchez-vous.

Elle entraîna le jeune homme vers le char à mules, qui les conduisit le long des chemins, sur les pavés rugueux. Lorsqu'ils atteignirent le portail, Pivoine pressa David de sortir du char et de rentrer chez lui. Elle le fit coucher, courut chercher une pierre chaude pour ses pieds, du bouillon chaud et elle resta à côté de lui jusqu'à ce qu'il s'endormît. Elle alla ensuite raconter fidèlement à Mme Ezra tout ce qui s'était passé. Mme Ezra écouta, ses yeux sombres et tragiques fixés sur le visage de Pivoine. Pivoine se raidit et se prépara à la colère de sa Maîtresse. Mais Mme Ezra écouta sans irritation; elle soupira, puis elle dit avec douceur :

– A présent qu'il a vu sa tombe, nous oublierons le passé et nous préparerons l'avenir.

C'était la première fois de sa vie que Pivoine entendait des paroles semblables sortir de la bouche de Mme Ezra, à qui le passé avait toujours été si cher; elle plaignit la vieille dame et se prit d'affection pour elle :

– Ma chère Maîtresse, dit-elle doucement, je vous promets que l'avenir sera heureux pour vous aussi.

Mme Ezra secoua la tête et deux larmes lui coulèrent le long des joues.

– Si Dieu le permet, murmura-t-elle.

Pivoine salua sans répondre, mais en allant se coucher, elle se dit que les dieux ont un bien petit rôle à jouer dans les affaires des hommes.

Le jour du mariage de David se leva, clair et froid : un jour quelconque, choisi dans le calendrier, au début de l'hiver, loin d'une fête et sans qu'aucun souvenir puisse s'y rattacher. Un jour indiqué simplement par le géomancien, sous la direction de Kung Chen ; un jour chanceux où les horoscopes de l'homme et de la femme se trouvaient réunis sous une étoile de bon augure.

Grâce à sa jeunesse, sa force et sa santé lui étant revenues, David sentait son cœur s'agiter, désireux de revivre, et au matin, il se leva avec une certaine excitation, et même de la joie. Il s'était laissé absorber peu à peu par la pensée de cette jolie fille qui allait devenir sa femme. Aucun autre choix n'était possible, se disait-il. Personne ne pouvait remplacer Leah, même si Mme Ezra s'était obstinée à faire épouser une Juive par son fils. Parmi les leurs, les pauvres étaient plus nombreux que les riches, et il n'y avait aucune famille qui pût égaler celle des Ezra. Malgré tout son zèle, David savait sa mère trop prudente pour faire entrer dans sa maison une belle-fille ayant derrière elle beaucoup de parents pauvres et avides. Alors, pourquoi pas la jolie fille qu'il avait vue et qu'il savait pouvoir aimer ?

En faisant ces réflexions, il sentit son cœur se détendre et il accueillit avec joie cette journée de mariage.

Jamais Pivoine ne l'avait trouvé aussi plein de fantaisie et de caprices. Il se leva très tôt, prit trois bains, le dernier parfumé. Ses cheveux bouclés lui déplurent, la petite servante dut les rendre lisses en les brossant avec des huiles odorantes. Il ne voulut mettre que des vêtements neufs, en soie jaune clair, et, brusquement, il pensa qu'il les eût préférés vert pâle ; le jaune, prétendait-il, le brunissait.

Pivoine finit par perdre patience :

– Mais c'est vous qui l'avez commandé ! dit-elle.

– Tu aurais dû m'en empêcher, fit-il, très contrarié.

– Tant pis, il est trop tard.

Il mit les vêtements jaunes et en fut content, malgré tout, car sa robe chinoise était d'un bleu vif que les dessous jaunes faisaient ressortir. Sur le satin broché, bleu, il enfila une veste de velours noir, avec des boutons de jade. Pour éviter d'effrayer la petite mariée il ne voulait revêtir ce jour-là qu'un costume chinois, et il se coiffa d'une petite calotte en satin noir, surmontée d'un bouton rouge.

Lorsqu'il fut prêt il se tint devant Pivoine pour se faire examiner, et quand elle le vit, debout devant elle, grand, souriant, la tête haute, les talons réunis, les larmes montèrent aux yeux de la jeune fille.

Il s'avança vivement vers elle et l'entoura de ses bras :

– Pivoine, dit-il doucement, pourquoi pleures-tu ?

Elle appuya sa joue contre lui un instant, puis elle s'échappa avec un petit rire :

– Vous êtes trop beau ! dit-elle. (Puis elle s'affaira autour de lui.) Laissez-moi redresser votre col. Avez-vous frotté du musc à l'intérieur de vos mains comme je vous l'avais dit ? David, vous serez très heureux... je le sais... je le sens dans mon cœur.

– Mais toi, es-tu heureuse ?

Elle devint grave, lui prit la main et se l'appliqua contre la joue en disant à voix basse :

– Je suis heureuse maintenant que je sais que j'habiterai dans cette maison à tout jamais, jusqu'à ma mort.

Et elle s'enfuit, légère comme l'hirondelle, mais David repassa dans sa tête les paroles qu'elle venait de prononcer. L'aimait-elle vraiment ? Il songea à elle avec tendresse. Elle vivrait heureuse ici, satisfaite de ce que la vie lui donnerait ; de cœur et d'âme, elle resterait dans les limites de son rôle et ne chercherait jamais à les dépasser. David s'occuperait de son bien-être et la garderait près de lui, toute leur vie, pas tout à fait une sœur, mais plus qu'une servante. Il serait bon pour elle.

Ses parents s'avançaient vers lui, côte à côte, revêtus des habits neufs achetés pour la noce ; celui d'Ezra était en satin marron et la robe de Mme Ezra avait la teinte foncée des raisins pourpres, et bordée d'or. Ezra avait retiré sa petite calotte, Mme Ezra était tête nue, ses cheveux gris découverts. Ils venaient à pas mesurés, silencieux. David alla à leur rencontre et les salua. Il s'aperçut que sa mère avait pleuré, car ses yeux étaient gonflés et ses lèvres tremblaient encore. Mais elle se taisait et ce fut Ezra qui prononça les paroles qui devaient être dites :

– Es-tu content, mon fils ?

– Très content, répondit David d'un ton ferme.

Il s'inclina, puis ses parents s'inclinèrent à leur tour devant lui et il les accompagna dans le grand hall où ils attendirent.

Wang Ma et Pivoine attendaient, elles aussi, la mariée, dans une autre salle. Les servantes de tout rang se pressaient dans les coins de la pièce et aux fenêtres. Elles chuchotaient et regardaient autour d'elles à l'affût et très excitées, car on disait que la mariée était la plus jolie fille de la ville; il est vrai qu'on dit cela de toutes les mariées, avant leur arrivée.

A midi, exactement, la chaise à porteurs de la mariée, recouverte de satin rouge, parut au portail, suivie d'une autre, plus petite, amenant Chu Ma. La famille arrivait en chars à mules en grand apparat. Les chaises à porteurs pénétrèrent dans les cours intérieures où se trouvaient Pivoine et Wang Ma. Chu Ma sortit la première, mais Pivoine, après en avoir demandé la permission, ouvrit les rideaux de la chaise à porteurs de la mariée et offrit le bras à la jeune fille.

De tous côtés, dans la cour, s'élevèrent soupirs et exclamations.

– Oh! qu'elle est jolie!

– C'était bien vrai!

– Voyez ses grands yeux...

– Ses petits pieds...

Si la mariée entendait ces compliments, elle n'en laissa rien paraître. Elle s'avança avec grâce sur le seuil, une main posée sur le bras de Pivoine et l'autre sur celui de Chu Ma.

– Prenez garde, Maîtresse, dit Chu Ma à voix haute.

Elle trouvait indigne d'elle de faire attention aux autres servantes et elle partit en avant pour lisser le coussin du fauteuil où devait s'asseoir la mariée, le tâter et s'assurer qu'il était assez doux, puis elle cria d'une voix impérieuse :

– Où est le thé? Est-ce du meilleur? Ma Maîtresse ne boit que celui qui est infusé avec des feuilles récoltées avant la pluie.

Mais Pivoine avait tout préparé et, au bout d'un moment, la petite mariée, prise de curiosité, leva son voile puisque seules des femmes étaient présentes, et regarda autour d'elle, de ses grands yeux noirs.

– Est-ce que j'habiterai ici? demanda-t-elle de sa voix claire et douce.

– Chut! fit Chu Ma. (Elle pinça les lèvres.) Les mariées doivent se taire. Je vous l'ai dit, vilaine enfant.

– Je parlerais quand même, dit la petite mariée d'un air volontaire, et puis vous m'avez dit que c'était seulement en présence d'un homme.

Tout le monde se mit à rire et Kueilan rit aussi. Puis elle aperçut Pivoine auprès d'elle.

– Que je suis contente que vous soyez dans la maison, s'écria-t-elle. Vous n'êtes pas plus vieille que moi, n'est-ce pas?

– J'ai dix-huit ans, Jeune Maîtresse.

– Moi aussi. (La mariée battit des mains et les rires recommencèrent. Puis elle se pencha vers Pivoine.) Dites-moi, est-ce que sa mère est très bizarre ?

Pivoine secoua la tête et mit une main sur sa bouche pour masquer son sourire.

– Cependant elle est étrangère, dit Kueilan.

– Elle est moins bizarre qu'autrefois, répondit Pivoine.

Mme Ezra avait énormément changé, en effet. Elle était devenue silencieuse et ne cherchait plus autant à imposer sa volonté. Lorsque Leah mourut, quelque chose en elle s'éteignit en même temps. Tous, autour d'elle, s'en apercevaient sans en comprendre la raison. Mais Pivoine connaissait cette raison.

Des pas retentirent dans la cour et on vit apparaître David. Sa présence amena de la confusion, car le moment n'était pas venu pour lui de se montrer.

Chu Ma s'écria, alarmée :

– Votre voile, ma petite ?

Mais Kueilan ne leva pas la main pour rabattre son voile. Elle regarda David qui avait les yeux fixés sur elle. Les assistants étaient stupéfaits ; ils se disaient que, sans doute, il s'agissait là d'une coutume étrangère.

– Je sais qu'on trouvera que ce que je fais là n'est pas bien, dit doucement David à Kueilan.

Il la contempla sans honte et même avec un vif plaisir. Sans répondre, elle le regarda à son tour et parut oublier qu'elle aurait dû baisser les yeux. Leurs regards se rencontrèrent puis elle dit, d'une petite voix haletante :

– Je ne crois pas que ce soit mal.

– Alors nous sommes d'accord, répondit David.

Il la contempla encore un moment, puis il salua et se retira. Kueilan assise, souriante dans son fauteuil comme une petite déesse, n'entendit pas un mot des gronderies de Chu Ma, ni les rires étouffés le long des murs. Elle laissa Chu Ma baisser le voile. Ses yeux brillaient en dessous, mais sa bouche restait grave.

Chu Ma continuait à se fâcher et, hors d'elle, finit par dire :

– Il n'est pas bon que l'homme voie la femme trop tôt. Ça porte malheur au mariage.

Personne n'y prêta attention, car Pivoine hâtait la cérémonie.

– Permettez-moi de vous conduire dans le grand hall, dit-elle à la mariée.

Et la mince silhouette, revêtue de robes de satin écarlate, brodées et raides, s'avança au bras de Pivoine. Chu Ma se plaça de l'autre côté et tout le monde suivit. Dans le hall, Kung Chen attendait avec sa femme et ses fils. Ezra, Mme Ezra et Kao Lien leur faisaient vis-à-vis, de l'autre côté de la salle. Le rabbin devait être présent, mais ce matin-là, lorsque Ezra était allé le voir dans les pièces qu'il occupait chez lui, il trouva le vieil homme si ahuri, ses idées si brouillées qu'il craignit de l'amener devant les invités et il le confia aux soins du Vieil Eli venu là pour servir son Maître. Quant à Aaron, personne encore n'avait entendu parler de lui.

Les Kung ne regrettèrent pas plus le rabbin que son fils. Ils guettaient l'entrée de leur enfant avec des sentiments divers. Les fils hésitaient, incertains, surtout le plus jeune. L'aîné, comme son père, avait la prudence du commerçant et il désirait ignorer les différences de races. Il lui suffisait de savoir que, grâce à cette petite sœur, la maison d'Ezra se rapprochait de la leur et puisque Ezra avait la réputation d'un homme juste et bon et, de plus, très riche, tout était bien. Mme Kung conservait sa sérénité; elle trouvait que sa fille avait l'aspect qui convenait, et que ce mariage était acceptable pour une troisième fille; mais, au fond, elle se réjouissait de sentir ses deux aînées mariées dans de riches familles chinoises. Elle retint un bâillement, regarda fixement Mme Ezra et la plaignit d'être si grande et d'avoir le nez busqué.

Kung Chen, lui, éprouvait les sentiments d'amour, de doute et de tendresse d'un père. Sa petite troisième! Elle avait grandi dans sa maison sans qu'il lui prêtât plus d'attention qu'à ses autres filles. Mais, en la voyant s'avancer à pas lents, il se rappela le bébé rose et joyeux qui pleurait si rarement, la petite fille qui, dès qu'elle sut marcher, avait de brefs accès de colère, tapait du pied, serrait les poings, tandis que son père riait jusqu'à ce qu'elle fût calmée. Il se souvint du jour où elle était tombée dans le bassin des poissons. Il l'avait sortie de l'eau et l'avait laissée pleurer sur son épaule pendant qu'elle le mouillait avec ses vêtements trempés; il lui avait acheté un bâton de sucre de pomme pour la consoler. Elle était bientôt revenue propre et bien sèche.

– Comment t'ai-je trouvée dans mon bassin de poissons? avait-il demandé en riant.

– Les poissons m'ont tirée!

Et il avait ri de nouveau.

Un petit être attachant, l'esprit d'un papillon, l'âme d'une petite chatte, mais son corps svelte et rond était admirable. Kung Chen espéra que le mari se montrerait doux et patient et il lança un coup d'œil du côté de David. Debout, le jeune homme évitait à présent de regarder la mariée, par respect des convenances. Kung Chen l'examina : beau garçon intrépide, intelligent... oui... et sans doute, – pour un jeune homme – très bon. Il fallait souhaiter qu'il ne se lassât pas trop vite des papillons et des petits chats. Kung Chen revint sur son propre passé, il songea à son mariage, au plaisir et à l'espoir ressentis ce jour-là, et qui furent suivis d'une longue et lente déception. Mais il avait eu des enfants et il avait fini par comprendre que la vie est faite d'un tout et non d'un seul amour. Peut-être suffisait-il que l'homme fût bon et la femme jolie.

Kao Lien s'avança; en sa qualité d'ami commun, il dirigeait le cérémonial, et il donna les instructions au jeune couple. Les mariés s'inclinèrent devant les deux familles, à tour de rôle, puis devant les inscriptions sur le mur qui dans cette demeure, remplaçaient les tablettes ancestrales.

Ils burent le mélange de vins, rompirent la miche de pain. Les rites, basés sur les rites chinois, avait fait l'objet d'un compromis; ils étaient uniques en leur genre.

La courte cérémonie terminée, on fit asseoir la mariée sur un fauteuil d'où chacun pouvait la voir. Mais elle ne devait pas lever les yeux, parler, ou prêter attention à qui que ce fût. Décemment, David ne devait pas non plus avoir l'air de la remarquer, mais il la regarda furtivement et son pouls battit plus fort. Elle était vraiment très belle ! Derrière les cordons de perles du voile, apparaissaient les traits de son délicieux visage, ainsi que sa bouche, très rouge. David la plaignait d'avoir à rester si longtemps assise sous cette lourde coiffure chargée d'ornements d'or et d'argent, et il se promit que le soir même, lorsqu'il enlèverait cette coiffure, il calmerait Kueilan et lui demanderait si sa tête lui faisait mal. Mais il n'osa plus diriger ses regards du côté de la mariée, car on l'observait, on le taquinait à cause de son impatience; il se laissa entraîner à des jeux, à boire et à manger des mets délicats.

Les portails étaient largement ouverts sur la rue et tous ceux qui le voulaient pouvaient entrer et se nourrir aux tables dressées dans toutes les cours; des centaines de gens vinrent se goberger avec de chaleureux remerciements. Ezra allait et venait, il aperçut de grandes écuelles de porc parmi celles de poisson, de bœuf et de volaille. Mais il se tut. Il y avait aussi du mouton, pour les mahométans. « Que chacun, se dit-il, se nourrisse d'après sa religion. »

Cette journée de noce s'écoula dans les réjouissances, la musique et les rires. Kung Chen et Ezra trinquèrent maintes et maintes fois à leurs santés réciproques et à leurs petits-fils à venir. Mme Ezra invita Mme Kung à l'accompagner chez elle. Ces deux dames se rencontraient pour la première fois et chacune trouvait l'autre bizarre et de fréquentation difficile. Cependant elles avaient l'intention de faire de leur mieux. Mme Kung se disait que Mme Ezra était trop décidée pour une femme et souhaitait que son caractère eût un peu de douceur. Elle reconnut cependant que Mme Ezra s'efforçait d'être aimable. La journée leur parut pesante à toutes les deux, mais elle finit par s'écouler.

La nuit venue et les mariés conduits chez eux, chacun prit congé ; la maison redevint calme. Tout était silencieux. Les serviteurs, fatigués, l'estomac lourd, ne demandaient qu'à aller se coucher. Wang Ma poussa un ou deux gémissements dans son lit, et lorsque Vieux Wang lui demanda si elle souffrait, elle répondit :

– Seulement dans mon ventre ! J'ai mangé trois fois trop de cette carpe sucrée et piquante.

– Quant à moi, répondit Vieux Wang, j'ai mangé autant que j'ai voulu et je défie mon ventre de rien me reprocher.

– Ça ne m'étonne pas de toi, fit Wang Ma d'un ton amer.

Mais Vieux Wang dormait déjà.

La chambre de Pivoine était très tranquille. La jeune fille s'était retirée de bonne heure pour aller dans la chambre nuptiale. Elle avait déjà donné la dernière main aux menus détails : les fleurs dans les vases, les bougies neuves, les narguilés d'argent, les petits gâteaux, le thé chaud, les pêches d'arrière-saison, d'un jaune doré. Elle avait parfumé les rideaux de musc et posé une pièce de velours sur le tabouret devant le lit très haut. Elle ne trouva plus rien à ajouter. Elle alluma les bougies et regarda autour d'elle. Au fond de son cœur, elle ne se plaignait pas. Elle connaissait le sort qui lui était réservé et auquel sa naissance la destinait. Elle se sentait pleine de gratitude à la pensée que la vie s'écoulerait ici et qu'il lui serait permis d'entrer chaque jour dans cette chambre, même pour y servir.

Quand elle partit, le silence continua à régner jusqu'à ce que Chu Ma le rompe pour quelques instants. Essoufflée, empressée, elle amenait la petite mariée. Elle ne voulait pas s'attarder, à cause des convenances, car le marié allait venir.

– Asseyez-vous, Petite Maîtresse, murmura-t-elle, très affairée, à la jeune fille. Lorsqu'il entrera, ne levez pas les yeux ; laissez-le écarter le voile, mais ne faites aucun mouvement. Quand il vous demandera de le regarder, s'il met la main sous votre menton, ou s'il attend, levez la tête lentement, comme je vous l'ai appris. Les cils doivent se relever en dernier, aussi, avec beaucoup de lenteur. Oh ! Ciel, venez en aide à mon enfant !

Chu Ma éclata en sanglots et s'essuya les yeux avec ses manches. Mais la mariée ne voulut pas supporter cela. Elle tapa du pied et poussa sa vieille bonne :

– Va-t'en, sotte, lui dit-elle.

Et cela était si clair que les larmes de Chu Ma se séchèrent aussitôt et que sa pitié s'évanouit.

– Méchante petite, s'écria-t-elle, entre ses dents. J'espère qu'il aura la force de vous battre.

Roulant les yeux, les lèvres pincées, elle sortit d'un air important.

Le silence était revenu lorsque David entra dans la chambre. Il attendit jusqu'à ce que le dernier éclat de rire ne fût plus qu'un écho derrière une porte fermée. Puis il se tourna vers la petite mariée. Elle était assise sur le lit, entre les rideaux écartés, les pieds posés sur le tabouret, les mains jointes sur les genoux ; le voile cachait encore son visage. Lentement, sans rien dire, David traversa la chambre, souleva la coiffure et la posa sur la table. Puis il se tint devant sa femme. Il hésitait, son cœur battait très fort, puis il demanda :

– Votre tête vous fait-elle mal ?

Sans lever les yeux, Kueilan répondit d'une petite voix douce :

– Oui... un peu.

Il était debout devant elle et elle regardait obstinément ses pieds. A présent qu'elle était seule avec son mari, Kueilan avait peur, et elle prit soin d'obéir à Chu Ma. Mais s'il ne la touchait pas, s'il ne lui disait rien et ne lui demandait pas de relever la tête, aurait-elle le courage de le faire d'elle-même ? Le regarderait-elle ?

Elle n'eut pas le temps de trouver une réponse à ces questions car il se pencha et prit le petit visage entre les mains.

– Ne parlons pas ce soir, dit-il. Nous aurons le temps de causer demain, – et tous les jours à venir.

– Oui, murmura-t-elle.

Il sentit la chaleur monter dans les joues de Kueilan.

– Nous serons heureux, dit-il tout bas.

– Nous serons heureux, répéta-t-elle.

Le silence se prolongea jusqu'après minuit, lorsqu'un bruit de sanglots réveilla Ezra. Il avait tellement mangé et bu qu'il était tombé dans un sommeil profond dès que sa tête avait touché l'oreiller. Et maintenant il lui semblait que quelque chose de triste et de douloureux le tirait de sa paix. Il poussa un gémissement sans se rendre tout de suite compte de ce qu'il entendait. Puis il reconnut la voix gémissante, Naomi sanglotait ! Il avait dormi non loin d'elle, cette nuit-là, pour la consoler. Il tituba hors de son lit et passa dans la chambre à côté où Mme Ezra était couchée. L'obscurité palpitait du son de ses sanglots étouffés.

– Naomi, s'écria-t-il en tâtonnant pour trouver le lit. Qu'avez-vous ?

Elle continua à sangloter sans répondre. Il atteignit la table et alluma la bougie. La lumière tomba sur le visage bouleversé de Mme Ezra. Son mari avait peine à croire que c'était là la belle femme qui avait si courageusement fait son devoir au mariage de leur fils.

– Naomi, êtes-vous malade ?

– Non, non... mais je... (La voix était embarrassée.) Je pensais à... à tout ce qui est fini. Je voudrais être morte... Vous le désirez vous aussi, Ezra... je le sais... vous voudriez tout oublier.

Ezra s'assit sur le lit, près d'elle, lui prit une main qu'il caressa patiemment, avec l'impression que ce n'était là qu'une première nuit parmi celles qu'il devrait passer au côté de sa femme, plein d'amour et de patience en attendant que la souffrance qu'elle portait en elle s'apaisât.

– Vous voyez bien, Naomi, que nous allons être tous très heureux, dit-il, encore un peu endormi. David aura des enfants. Pensez à cette maison pleine de nos petits-enfants.

Elle détourna la tête, refusant d'être consolée.

– Je me suis toujours juré... que lorsque je mourrais... je serais ensevelie dans notre Terre promise.

– Alors c'est cela qui vous fait pleurer, cette fois ? s'écria Ezra. (Puis il se rappela qu'il devait s'armer de patience.) Eh bien, chère femme, faut-il vous faire une promesse ? Si vous le désirez, après votre mort, nous transporterons votre corps dans la Terre promise. Je m'arrangerai bien de façon à y parvenir.

Elle garda un moment le silence, puis elle demanda :
– Mais vous, resterez-vous avec moi ?
Ezra soupira.
– Ah ! Naomi, vous voulez toujours imposer votre volonté, sans vous soucier de la mienne. Non, chère âme, je reviendrai seul, je mourrai ici et j'y serai enterré, – là où reposent mes pères et où sont mes enfants.
Mme Ezra se remit à pleurer :
– Mais, Ezra, vous êtes Juif?
– Raison de plus, dit-il d'un ton ferme. Ici le sol lui-même est accueillant.
Et il continua à caresser la main de sa femme avec patience et amour.

Le silence était plus profond dans la chambre de Pivoine que partout ailleurs. Lorsqu'elle se mit au lit, elle sentait bien qu'elle ne dormirait pas. Cette nuit de noces, elle la passerait éveillée, et son esprit planerait sur David, dans cette autre chambre... Elle n'omit aucun de ses préparatifs habituels avant de se coucher. Elle se lava soigneusement, parfuma son corps, nettoya ses dents, brossa ses cheveux et mit des vêtements propres pour la nuit. Elle n'avait rien mangé de la journée sous prétexte qu'elle était trop occupée. A présent, la tête sur son oreiller de satin, elle se rappela chaque détail et ne trouvant rien à y redire, elle se complimenta sans fausse honte. Chaque plat avait eu la chaleur ou la fraîcheur voulues, les vins étaient à la bonne température. L'argenterie et l'étain brillaient, l'ivoire était bien clair, les boiseries cirées, et on n'aurait pu découvrir un brin de poussière, même derrière une porte. Dès que la petite mariée s'était sentie lasse, Pivoine s'en était aperçue et lui avait apporté en cachette un bol de soupe chaude au riz et elle s'était arrangée pour que personne ne s'en rende compte. Pivoine sentait bien que son propre bonheur dépendait de la façon dont elle gagnerait le cœur de la femme de David. Sa nouvelle Maîtresse apprendrait à l'aimer et à s'appuyer sur elle. Bien plus, Pivoine se tiendrait entre le mari et la femme et consoliderait leur union. Jamais elle ne les séparerait par ses paroles ou par ses actes. Sa propre sécurité reposait sur leur bonheur, – sur leur bonheur et le besoin qu'ils auraient d'elle.
Pivoine était trop intelligente pour ne pas voir clairement de quelle manière se présentait l'avenir. Elle avait pris la mesure de cette jeune femme, hauteur, largeur et petitesse, et elle connais-

sait David comme elle se connaissait elle-même. Ces deux-là auraient souvent besoin d'elle, pour réparer la trame de leur vie mariée, mais elle ne laisserait pas voir qu'elle se savait nécessaire.

Elle réfléchissait, et les heures s'écoulaient ; elle s'efforçait de chasser la vision de cette autre chambre où l'union se consommait.

Elle songeait qu'elle n'avait pas à se préoccuper de cette nuit-là, ni des nuits à venir, ni d'un acte ou de plusieurs actes particuliers, mais de l'ensemble : de la vie de tous ceux qui étaient en rapport avec la vie qui lui était la plus chère.

Elle se répéta cela pendant bien des heures, étendue, les yeux obstinément ouverts dans l'obscurité. Puis, tout à coup, elle entendit le coq chanter. L'aube était proche. Elle se détendit soudain, elle soupira. Les larmes se pressaient sous ses paupières, sa gorge se serra, mais elle retint ses pleurs.

« C'est passé, se dit-elle. A présent je peux dormir. »

X

La maisonnée d'Ezra s'éveilla tranquillement à sa nouvelle existence. Extérieurement, rien n'avait changé. Mme Ezra avait beau pleurer la nuit, le matin elle se levait comme d'habitude, mais elle se fâchait moins souvent et parlait plus doucement. Elle se montrait scrupuleusement bonne et courtoise envers la femme de son fils. Kueilan n'eut pas à se plaindre de sa belle-mère, ce qui la surprit et lui fit grand plaisir, car elle redoutait Mme Ezra. Toutes les jeunes femmes doivent craindre les femmes âgées qui sont les mères de leurs maris, mais en particulier Kueilan qui était une petite créature paresseuse, aimant ses aises, habituée à être gâtée et servie, et qui n'avait pas la moindre envie de se plier à la discipline et au devoir. Mme Ezra ne lui demandait rien et se comportait même comme si la jeune femme n'était pas dans la maison. Lorsqu'elles se rencontraient, Mme Ezra demandait à Kueilan comment elle allait et si tout était à son goût, et Kueilan souriait, baissait la tête et répondait qu'elle était contente. Elle avait le cœur allégé d'un grand poids depuis qu'elle s'apercevait que Mme Ezra ne cherchait pas à la diriger, et bien vite elle redevint aussi espiègle et joyeuse que dans sa propre demeure.

Tout d'abord, Pivoine n'arriva pas à croire que la vie pût continuer dans la maison comme avant le mariage. Puis, jour après jour, elle s'aperçut qu'elle s'était trompée, que les aînés maintenaient toujours les habitudes anciennes. David conservait les siennes, lui aussi. Il avait repris sa vie. La conversation avec Kueilan, ajournée le soir de leur mariage, fut remise à tout jamais. Il n'avait pas fallu longtemps au jeune homme pour s'apercevoir que sa jolie femme ne pouvait parler de rien en dehors de ses menus besoins et désirs journaliers. Mais elle était toujours prête à la joie; elle connaissait beaucoup de jeux qu'elle apprenait à David au milieu d'éclats de rire, et, quand elle gagnait, elle était aussi heureuse qu'une enfant ; elle sautillait à pas légers autour de la pièce sur ses petits pieds bandés. Ces pieds bandés faisaient pitié à David. Il n'avait jamais vu de femmes avec les pieds bandés de la sorte, car dans cette demeure juive, ceux de Pivoine étaient restés libres. Il pouvait tenir dans une main les deux pieds de Kueilan chaussés de leurs souliers de satin et, un soir, il les prit et s'écria, attristé de ce qu'il voyait :

– Mon tout petit (c'est ainsi qu'il appelait sa femme), comment t'es-tu laissé estropier de la sorte ?

A sa grande surprise, Kueilan se mit à pleurer moitié de colère, moitié par réaction contre la pitié de son mari. Elle retira ses pieds et les cacha sous sa jupe.

– Tu ne les aimes pas ! s'écria-t-elle (et elle fondit en larmes).

– Ils me font de la peine, dit David avec douceur. Comme tu as dû souffrir !

– Ils ne me font plus mal à présent.

– Pourquoi ne pas les laisser libres ?

– Je ne veux pas qu'ils soient grands, fit-elle, irritée. Je ne veux pas que toute ma peine soit perdue.

– Laisse-moi voir ce qu'on peut faire.

Il la suppliait, devinant ce qu'il y avait à la fois de fierté et de timidité dans ce refus.

– Non ! non ! non !

Elle criait, puis elle éclata de nouveau en sanglots et appela Pivoine, si fort que celle-ci accourut aussitôt.

Kueilan lui tendit les mains ; les larmes coulaient le long de ses joues.

– Il veut voir mes pieds, criait-elle au milieu de ses pleurs.

Et Pivoine dut s'asseoir sur le lit, à côté d'elle, lui caresser les mains et lui cacher les pieds sous la couverture de soie.

– Chut... chut. Il n'a pas voulu vous faire de peine.

Et Pivoine consola l'enfant en larmes.

David les regardait toutes les deux.

– Explique-lui que je voulais simplement lui venir en aide, dit-il à Pivoine, et c'est vrai que je n'aime pas les membres mutilés de cette façon-là.

Il sortit de la chambre tandis que Kueilan, accrochée à Pivoine, pleurait à chaudes larmes. Pivoine la laissa pleurer ; et quand sa Maîtresse fut calmée, elle parla avec douceur et fermeté.

– Je dirai à mon Jeune Maître pourquoi, dans notre pays, on bande les pieds des filles. Il ne faut pas le blâmer de ce qu'il ignore. Car chez eux, on les laisse libres, si bien que leurs femmes portent des sandales à leurs pieds nus.

– Comme des filles de ferme! s'écria Kueilan à travers ses larmes.

– Parfois ces sandales sont d'or et d'argent, inscrustées de pierreries. A présent, Petite Maîtresse, arrêtez ces pleurs. Le Jeune Maître est bienveillant et bon, une fois qu'il aura compris...

– Mais il y a trop de choses qu'il ne comprend pas, dit Kueilan sur un ton lamentable.

Pivoine montra beaucoup de patience :

– Chaque fois qu'il ne comprendra pas, envoyez-moi chercher, Jeune Maîtresse, et je lui expliquerai ce que vous ressentez.

C'est ainsi qu'avec de douces paroles enjôleuses elle consola Kueilan, et lorsqu'elle la vit tranquille et réconfortée, elle lui dit :

– Une femme doit plaire à son mari, Jeune Maîtresse. Aucun autre homme ne vous verra. Laissez-moi soigner vos pieds. Je relâcherai les bandes si peu, chaque jour, que vous ne vous en apercevrez pas et il sera très heureux de vous voir lui obéir. Comme vous serez heureuse vous aussi quand vous le saurez content.

Kueilan parut en douter. Elle releva ses cils mouillés et regarda Pivoine.

– Je suis très heureuse, à présent.

– Mais vous perdrez votre bonheur, Petite Maîtresse, si vous ne plaisez pas à votre mari.

Les longs cils s'abaissèrent de nouveau et Kueilan dit très bas :

– J'ai cinquante paires de souliers neufs et ils sont si jolis!

Pivoine rit :

– Maîtresse, si c'est là votre souci, je les copierai tous et je ferai des souliers neufs pour vos pieds neufs.

Kueilan garda la silence et Pivoine attendit :

– Puis-je le lui dire? demanda-t-elle avec un sourire, comme si elle s'adressait à un enfant.

Au bout d'un long moment, Kueilan fit un signe de tête et les pleurs recommencèrent. Mais elle ne poussa pas la moindre plainte pendant que Pivoine cherchait une cuvette d'eau chaude, enlevait les petits souliers lacés et les chaussettes blanches très serrées, ni quand elle déroula les longues bandes. Pivoine elle-même fut attristée lorsqu'elle tint les pieds si étroits dans ses mains. Elle les examina avec soin, pour voir la portée du mal.

Chu Ma avait déployé beaucoup de zèle et d'ardeur pour que l'enfant à sa charge fît un beau mariage et elle lui avait bandé les pieds très tôt. Les os étaient déformés, comprimés, mais non brisés. Jamais on ne pourrait y remédier complètement, mais on arriverait à libérer les pieds. Il faudrait s'y prendre avec grand soin, graduellement, chaque jour, sans quoi la douleur de la libération serait aussi pénible que celle de la ligature.

– Heureusement que Chu Ma n'est pas ici, dit tout à coup Kueilan.

Chu Ma n'était pas restée car des querelles auraient sans doute surgi avec les autres servantes. Kung Chen lui avait dit de retourner chez lui et de s'occuper de Lili, sa dernière fille.

– Moi aussi, j'en suis heureuse, dit Pivoine. Si elle était ici, elle trouverait pénible de voir défaire son travail. A sa prochaine visite, Petite Maîtresse, vous lui direz que votre seigneur l'a voulu.

Lorsque Pivoine eut baigné les pieds de Kueilan, et eut de nouveau enroulé les bandes en les relâchant le moins possible, elle joua une partie avec sa maîtresse, puis, la voyant bâiller, elle l'encouragea à se coucher et à dormir.

Après quoi, elle alla trouver David. Devant les ordres de sa mère, suggérés par Pivoine, David avait dû s'incliner et s'installer la veille de son mariage dans un pavillon plus vaste. A cette heure, il méditait dans la bibliothèque, une grande pièce aux murs garnis d'étagères étroites sur lesquelles il avait rangé les rouleaux de ses livres. Déjà, il en avait fait son coin préféré et Kueilan n'y pénétrait jamais. Elle savait lire, – elle avait appris – mais elle jugeait cela inutile. S'amuser, bavarder, taquiner Petite Chienne, regarder les poissons dorés, faire de grands embarras lorsqu'elle prétendait se mettre à sa broderie, mordre dans des sucreries dont elle laissait la moitié, – ses occupations se bornaient à cela. David s'en rendait compte à présent, mais il se laissait prendre à la séduction de sa petite épouse.

Son intelligence lui disait bien que l'esprit de Kueilan était enfantin, mais son cœur se nourrissait du bonheur de ses yeux. Les courbes de cette chair si lisse, les petits os recouverts de tant de douceur, la taille menue, la pureté du cou et des seins, l'odeur de la peau et l'haleine parfumée, la constante grâce des mouvements – tout cela, d'un côté, lui était précieux. Elle le retenait par le pathétique de ses petites mains et de ses pieds mutilés, aussi sûrement qu'elle le charmait par ses regards, son rire et l'abandon de son corps n'était pas de l'amour. – Comme il comprit vite que ce n'était pas de l'amour! Cela comptait cependant : une chose très douce et qui donnait beaucoup de plaisir.

Il y songeait lorsque Pivoine entra. Elle s'aperçut aussitôt de l'état d'esprit de David et prétexta qu'elle devait remplir la théière.

– Je vais vous apporter d'autre thé, celui-ci est froid, dit-elle, comme chaque soir.

Il l'entendit à peine et ne répondit pas.

Elle le regarda en ajoutant :

– Ma Petite Maîtresse me demande de vous expliquer pourquoi on lui a bandé les pieds.

– Je sais que c'est une coutume chinoise, répondit-il, sans lever la tête.

– Une coutume absurde, dit-elle. Je ne sais d'où elle est venue. J'ai lu qu'une fois un empereur fut charmé par la petitesse des pieds de celle qu'il aimait et que, les autres femmes l'ayant appris, elles voulurent toutes rapetisser les leurs. J'ai entendu dire aussi que cela datait de l'époque où les hommes voulaient empêcher leurs femmes de sortir. Qui sait ? Enfin c'est l'habitude à présent, et les petits pieds donnent plus de prix pour un mariage. Nous ne pouvons pas en vouloir à la Jeune Maîtresse, si elle a cédé aux anciens.

– Je ne lui en veux pas, fit David.

Pivoine continua :

– Elle vous fait dire qu'elle regrette d'avoir pleuré et qu'elle me laissera libérer peu à peu ses pieds, chaque soir, jusqu'à ce que nous ayons obtenu ce qu'il est possible d'obtenir.

Il leva la tête :

– Pivoine, cela vient de toi, – pas d'elle.

– Elle a consenti.

Et Pivoine détourna les yeux.

– Ah ! Pivoine, Pivoine !

Il avait une étrange impression de solitude ; il avança une main, s'empara de celle de Pivoine et la retint. Elle la lui abandonna un instant, puis rencontrant le regard si profond, si chaud, de David, elle retira doucement la main qu'il tenait et, de l'autre, elle souleva la théière.

– Je vais vous chercher du thé plus chaud, Jeune Maître, dit-elle de sa voix douce et tranquille.

Puis elle se retira.

Il l'attendit, se demandant pourquoi il était moins heureux qu'il ne l'eût désiré. Pivoine lui viendrait en aide, comme toujours. Cependant, il ne savait pas au juste ce qu'il attendait d'elle. Comment exprimer par des paroles la tristesse qu'il éprouvait alors qu'il possédait un trésor en la personne de sa petite femme ? Il réfléchissait à cela lorsque Vieux Wang entra avec la théière.

– Pivoine m'a prié de vous apporter votre thé, Jeune Maître. (Il le posa sur la table.) Dois-je vous en verser une tasse ?

– Laisse-le, je le prendrai moi-même quand j'aurai soif.

Il regarda partir le vieil homme et resta perplexe. Pourquoi Pivoine n'était-elle pas revenue ? Était-ce parce qu'il lui avait pris la main ? Pourtant, il l'avait souvent tenue ainsi. Il attendit encore un peu ; ni sa tristesse ni son impression de vague solitude ne se dissipèrent. Il soupira, se leva et passa dans la chambre à coucher où se trouvait son petit trésor.

La maison d'Ezra s'adapta à sa nouvelle existence. Certes, l'arrivée d'une épouse dans cette demeure ne devait pas modifier la loi des générations, cependant un changement s'était produit. Mme Ezra était bien décidée à ne pas critiquer la femme de son fils et à ne rien lui reprocher. Mais David n'ignorait pas que sa mère maintenait toutes les anciennes coutumes. Durant les jours fériés, la maison reculait subtilement dans le passé ; on célébrait les anciens rites, on préparait les mets selon la tradition, mais il n'était plus question d'aller à la synagogue. Aucun rabbin ne se tenait derrière la chaire de Moïse pour lire la Torah sacrée. Le grand parasol de satin rouge qu'on déployait au-dessus de la chaire de Moïse avait été replié et mis de côté. Aux murs de l'Ouest, les tablettes sur lesquelles les dix commandements étaient gravés en lettres d'or, se trouvaient toujours à leur place, mais personne ne venait les lire. Mme Ezra ne supportait pas de se voir seule à la synagogue et Ezra était occupé. Les contrats avec Kung Chen une fois signés, des bannières en satin rouge flottèrent aux portes des magasins, portant les noms des deux associés inscrits en immenses lettres de velours noir.

Une seconde caravane s'était ajoutée à celle que, chaque année, Kao Lien emmenait vers l'Ouest. En outre, Ezra achetait les produits que les bateaux apportaient des Indes : cotonnades et ivoires, objets d'argent et joyaux qu'il faisait venir du Sud par voie de terre. En retour, il envoyait aux Indes de la soie de Chine qui provenait des magasins de Kung Chen. On s'en servait pour fabriquer là-bas cette gaze que les dames hindoues affectionnent et qu'aucun métier chinois ne peut tisser.

Il n'y avait même plus de gardien à la synagogue. Eli prenait soin à présent du souriant et vieux rabbin qui n'écoutait plus que son serviteur. Eli le surveillait nuit et jour, car on ne pouvait pas le laisser parcourir la maison, de peur qu'il effrayât les domestiques.

Les quelques Juifs qui restaient dans la ville allaient à leurs affaires sans s'occuper de leur origine. Dans sa demeure, Mme Ezra fêtait assez solitairement les jours sacrés de son peuple, car elle, Ezra et David mangeaient seuls leur pain sans le levain le jour de la pâque.

La première pâque après le mariage de son fils, Mme Ezra avait fait mettre un couvert pour sa belle-fille. Lorsque David entra sans elle, sa mère le regarda et on devinait dans ses yeux un léger retour de son ancienne violence de caractère.

– Ma belle-fille ne vient-elle pas?

David s'assit avec un grand calme :

– Elle dit que ça lui fait peur.

– Peur! s'écria Mme Ezra. Quelle absurdité!

– Elle a peur que nos mets sacrés n'ensorcellent son âme, répondit David.

Puis il ajouta cette curieuse réflexion :

– Je ne l'y obligerai pas, mère. Peut-être a-t-elle raison.

L'expression sévère de son fils glaça le cœur de Mme Ezra et elle se tut. Sa tête altière se pencha, elle essuya des larmes. Mais elle ne se lamenta pas. « Jusqu'où mon peuple s'est-il abaissé? » se dit-elle. Peut-être, dans quelques autres demeures, les familles adoraient-elles Jehovah chez elles et continueraient encore quelques années, mais pour la plupart, Mme Ezra le savait bien, elles oubliaient de pratiquer, fût-ce une apparence de culte, et les jours sacrés se passaient comme les autres, entre les affaires et le plaisir.

Tant que sa mère vécut, David ne laissa paraître aucun mécontentement. Son premier fils naquit un an après son mariage et Kueilan, qui était irritable avant la naissance, accoucha facilement, mais avec beaucoup de cris et de lamentations. Dès qu'elle s'aperçut que c'était un garçon, elle cessa de faire du bruit et réclama ses mets préférés. Mais elle refusa de nourrir l'enfant et on dut chercher une nourrice. Mme Ezra sortit un instant de sa torpeur.

– Cet enfant doit-il donc boire du lait chinois? demanda-t-elle à Ezra.

Ezra eut un sourire attristé :

– Le lait de sa mère serait bien chinois, lui aussi.

Mme Ezra, frappée de sa propre inconséquence, se tut, et Ezra n'eut pas le courage de lui rappeler que lui-même avait bu le lait chinois de sa mère. Par la suite, il s'aperçut que Mme Ezra n'éprouvait aucune affection pour son petit-fils et, l'année suivante, lorsque Kueilan eut un second garçon, la grand-mère se borna à un simple signe de tête quand Wang Ma lui annonça cette nouvelle naissance.

En réalité, Mme Ezra ne tenait plus à la vie. Chacun s'en apercevait et s'en attristait à sa façon. Cette forte et excellente femme était le pilier de la maison et ce pilier s'écroulait. Elle commença par perdre l'appétit et elle se plaignit du manque de sommeil. Quand elle était seule avec Ezra, elle lui demandait souvent quelle erreur elle avait pu commettre dans sa vie pour que la fin en fût si différente de ce qu'elle avait espéré.

– Ce n'est pas dans vos actes que vous avez commis l'erreur, mais peut-être vous êtes-vous trompée dans vos rêves.

– J'ai toujours obéi à la volonté de Dieu, répondait-elle avec tristesse.

Ezra n'avait pas le cœur de lui faire observer qu'elle avait pris souvent sa propre volonté pour celle de Dieu et il se bornait à dire :

– Ah! qui peut connaître la volonté de Dieu?

Pendant que Mme Ezra déclinait, le rabbin mourut subitement. A mesure que son cerveau se désagrégeait, il passait de la condition d'homme à celle d'enfant, puis il tomba plus bas encore dans un état à peine humain. Si Vieil Eli ne le veillait pas constamment, il mangeait ce qu'il ramassait à terre. Un jour, il mangea un débris malpropre, sans être poussé par la faim car Ezra avait soin de lui faire servir de la bonne nourriture ainsi que des vêtements, chauds l'hiver et plus légers l'été, mais sans doute hanté par quelque vieux souvenir de sa faim d'autrefois. Ce débris l'infecta, et il mourut en quelques heures, torturé par le choléra, affolé par la souffrance. Il suppliait Mme Ezra d'avoir pitié de lui, car elle lui apparaissait comme l'être le plus puissant sur terre.

Mme Ezra se désolait de le voir ainsi, et elle serait restée auprès de lui pour le réconforter. Mais Ezra le lui défendit, craignant la contagion. Eli se trouva donc seul auprès du vieux rabbin lorsqu'il mourut. Il fut enterré dans le cimetière à côté de sa femme, la mère de Leah.

Les quelques Juifs de la ville prirent le deuil et, vêtus de toile grossière, ils suivirent la bière avec des pleurs et des lamentations; ils se baissaient, ramassaient en passant des poignées de poussière qu'ils répandaient sur leurs têtes. Ils sentaient que la mort du rabbin les affectait tous et ils se le rappelaient tel qu'il était dans sa jeunesse, avec sa bonté, sa force, quand il conjurait les fidèles de se souvenir de leur Dieu qui est le Seul Vrai Dieu. Sans lui, qui donc leur en parlerait, car même sur sa tombe, il n'y eut personne pour lire la Torah. Aaron restait introuvable, et le rabbin fut enterré sans aucun des siens pour le pleurer et le remplacer. David se tenait un peu à l'écart. Vêtu comme d'habitude, il garda le silence et, malgré la tristesse de son cœur, il ne versa aucune larme ; il ne se baissa pas non plus pour ramasser la poussière.

Le lendemain de l'enterrement, Mme Ezra, se sentant seule et triste, fut prise du désir d'aller dans la synagogue, accompagnée simplement de Wang Ma. Elle s'y rendit en chaise à porteurs, et Vieil Eli, qui était revenu comme gardien, fut très confus en l'apercevant et la supplia de ne pas entrer.

– Attendez, Maîtresse, que j'aie eu le temps de balayer le sol. La poussière recouvre la chaire de Moïse, et j'ai honte que vous voyiez cela.

Mais Mme Ezra s'était déplacée spécialement et ne voulut pas renoncer à son projet. Eli enfonça à regret la clé dans la grande serrure et attendit avant d'ouvrir.

– Ne faites pas retomber le blâme sur moi, Maîtresse ; j'ai trouvé la synagogue dans cet état à mon retour.

Bien malgré lui, il dut ouvrir la porte et Mme Ezra pénétra dans la cour suivie du gardien. Au début, elle ne remarqua rien d'anormal, à part la poussière amenée par le vent et les feuilles tombées qui pourrissaient sous les arbres. Mais lorsqu'elle eut traversé la dernière cour, monté sur la terrasse et pénétré dans la synagogue, elle s'aperçut du changement. Les deux lions de pierre qui gardaient la grande entrée avaient disparu, les urnes de fer également. Il n'y avait plus de rideaux aux portes et à l'intérieur, Mme Ezra ne retrouva pas les chandeliers sur la grande table, ni l'aiguière d'argent qui servait à l'ablution des mains. On avait enlevé les tables qui portaient les douze rouleaux de la loi, et arraché les belles portières de soie derrière lesquelles était déposé celui qui contenait la loi de Moïse.

Les regards de Mme Ezra découvraient une disparition après l'autre. Elle ne pouvait prononcer une parole. Elle se tenait au milieu de la synagogue, cherchant un objet connu. Ses yeux se portèrent sur le mur de l'Ouest où elle découvrit le plus vil de tous les larcins. Dans les tables de la loi où étaient gravés les dix commandements, ceux que Jehovah avait lui-même donnés à Moïse, l'or avait été arraché des lettres profondément incrustées. Mme Ezra se tourna vers Eli et cria :

– Qui a fait cela ?

Il courba la tête :

– Maîtresse, je crains de tout vous dire, marmotta-t-il.

– Autre chose encore ?

Eli montra la porte du doigt, et, en silence, il la conduisit de nouveau à l'extérieur. Elle s'aperçut alors que non seulement la synagogue avait été pillée, mais que les voleurs avaient enlevé les briques des murs. Ces briques étaient d'une fabrication spéciale et avaient été réparées après la grande inondation qui avait recouvert la ville deux siècles plus tôt. Elles étaient plus fines que celles que l'on fait de nos jours, car les anciens possédaient le secret de leur fabrication transmis depuis l'époque où les Juifs étaient esclaves en Égypte.

– Bientôt, il ne restera que la carcasse de la synagogue, dit tristement Eli, et, un jour, quand le vent du sud soufflera, elle tombera en ruine.

Mme Ezra ne put répondre, elle regardait autour d'elle, et Wang Ma qui attendait au-dehors, inquiète, vint la chercher.

– Maîtresse, venez vous reposer, s'écria la servante. Il y a des voleurs dans tous les temples.

Mme Ezra se tourna vers Eli :

– Comment se fait-il que vous ne soyez pas venu me prévenir ?

– Maîtresse, je ne savais rien. Je ne pouvais quitter mon maître ni jour, ni nuit, et aucun des nôtres n'est venu me prévenir de ce qui se passait.

– Jamais on n'aurait osé voler la maison de Jehovah sans y être entraîné par quelqu'un, s'écria Mme Ezra.

Une étrange pensée lui vint à l'esprit, mais elle ne voulut pas l'exprimer devant Chu Ma et Eli, qui n'étaient pas ses égaux :

– Je vais rentrer chez moi, dit-elle. Faites le guet, Eli. Qu'on sache que je demanderai au magistrat chinois de punir les voleurs par le fouet et qu'on les mettra ensuite au pilori où ils mourront de faim devant la populace.

Elle revint le cœur meurtri. Incapable d'attendre le retour d'Ezra et de David, elle les envoya chercher par Vieux Wang. Wang Ma ajouta un message spécial, disant de ne pas tarder car elle craignait que sa Maîtresse ne fût malade.

Ezra fit appeler David dans la salle qu'il occupait seul dans le magasin, et ils rentrèrent aussitôt. Mme Ezra les attendait. Elle éclata en sanglots en les voyant et ils eurent beaucoup de peine à comprendre ce qui s'était passé. Sans Wang Ma, qui portait un bol de thé chaud aux lèvres de sa Maîtresse, tout serait demeuré confus.

Les explications données, Mme Ezra s'arrêta brusquement de pleurer. Le moment était venu de dévoiler ses soupçons.

– Je sais parfaitement, dit-elle, que nos pauvres Juifs, si misérables qu'ils soient à l'heure actuelle, n'auraient jamais osé voler Jehovah.

Les deux hommes attendaient la suite, et Mme Ezra reprit :

– Je vous le dis, il n'existe qu'un seul être capable d'avoir fait cela, c'est Aaron. Il faut qu'on le trouve, Ezra. Il se cache quelque part en ville et il dirige les voleurs. Que la malédiction de Dieu retombe sur lui !

– Comment le découvrir ? demanda Ezra d'un ton plaintif.

– Les Chinois savent trouver les voleurs, répondit Mme Ezra.

– Il existe un roi des voleurs, dans la ville, dit David. Son nom est connu à la cour des magistrats à laquelle il paye un tribut annuel ; avec son aide on découvrira Aaron.

– Peux-tu t'en charger, mon fils ? dit Mme Ezra.

David baissa la tête :

– Triste tâche, fit-il brièvement, mais je l'entreprendrai.

David alla donc voir le magistrat et paya la somme voulue pour rencontrer le roi des voleurs. Un certain jour, cet homme se rendrait dans une maison de thé éloignée, dans les faubourgs de la ville. David le reconnaîtrait à un fil rouge enroulé à sa boutonnière. Il se tiendrait au fond de la salle pour ne pas être trop en vue. David devrait s'y rendre seul. Lorsque Mme Ezra apprit cela, elle eut peur et elle insista pour qu'Eli restât près de la porte, sans paraître. Aucun des Chinois, dans la maison d'Ezra, ne se doutait de ce qui se passait, car Ezra, ainsi que David et sa mère, en avait honte.

Le jour où David se rendit à l'endroit indiqué, l'homme, un grand individu sec, vêtu de soie noire, l'attendait, assis, un bol de thé à la main. Cette main frappa David, dès qu'il eut pris sa place, les salutations terminées ; très étroite, longue et maigre, elle le fit songer à un furet et il éprouva une telle aversion pour l'homme qu'il en vint aussitôt à son affaire.

– J'agis pour mon père, dit-il. Nous voudrions découvrir les voleurs qui enlèvent les briques de notre temple, les vases sacrés, les rideaux de soie et bien des choses qui ont disparu. Si on peut nous les remettre, nous payerons une bonne somme. Mais nous payerons aussi rien que pour savoir ce qu'elles sont devenues et qui a osé les dérober à notre temple.

L'homme eut un mauvais sourire froid :

– C'est un des vôtres, dit-il.

David comprit que sa mère avait vu juste.

– Il s'appelle Aaron, n'est-ce pas ?

– Je ne connais pas son nom, répondit l'homme, nous lui donnons celui de Li l'Étranger.

– Mais il n'a pas la force de soulever les lourdes briques, ni les grandes urnes, s'écria David.

– Non, mais il encourage ceux qui lui viennent en aide, répondit l'homme en ricanant. Ils ont peur que le dieu étranger se venge sur eux, mais ce type leur affirme qu'ils ne seront pas punis, car lui-même, étant fils du prêtre, connaît toutes les prières.

– Où se trouve-t-il ?

L'homme dit d'un air rusé :

– Si je vous le livre, quelle somme me donnerez-vous, car ce sera une grosse perte pour moi.

Profondément dégoûté, David réussit à l'égaler en ruse :

– Nous ne tenons pas particulièrement à voir sa vilaine figure. Vous pouvez le garder si vous voulez. Mais à partir de maintenant la synagogue sera surveillée et vous perdrez tout autant.

En marchandant, David acheta le traître pour trente pièces d'argent.

– Li se cache dans une cabane, derrière le portail d'une maison, à six portes d'ici. Suivez-moi et je vous montrerai l'endroit. Mais tout d'abord il faut que je voie l'argent.

– Je ne l'ai pas sur moi, répondit David. Vous connaissez la maison de mon père et vous savez que nous sommes associés avec le commerçant Kung Chen. Vous pouvez avoir confiance en moi.

Après un peu d'hésitation, l'homme accepta, se leva et descendit la rue. Il indiqua la porte du doigt :

– On le trouve toujours l'après-midi, dit-il.

– Vous toucherez l'argent ce soir, répondit David.

Puis il traversa la rue, franchit le portail sans crainte et ouvrit la porte d'une cabane. Dans une petite pièce misérable, Aaron, pelotonné sur lui-même, dormait sur un lit de planches.

David s'avança et le secoua. Aaron se réveilla, aperçut David, et s'agita, maussade.

– Que voulez-vous ? demanda-t-il.

David le regarda avec un parfait mépris, cependant il n'aurait pu ni le battre ni le maudire.

– Je devrais vous remettre au magistrat pour être roué de coups. Aaron, vous êtes des nôtres, comment avez-vous pu agir ainsi ?

– Je ne sais pas ce que vous voulez dire, répondit le cuistre.

– Vous le savez parfaitement. (David poussa un soupir, s'assit sur un escabeau et appuya sa tête sur ses mains.) Je suis heureux que votre père ne l'ait jamais su. Je suis heureux que Leah soit morte.

Aaron se gratta, bâilla et se tut.

David se leva :

– Je vous laisse le choix. Vous aurez un emploi dans nos magasins, là où on aura l'œil sur vous. Si vous refusez, je vous livre à la prison de la ville.

Quelques minutes plus tard, Aaron le suivit. A partir de ce jour, entouré de mépris de tous côtés, il mangea le pain d'Ezra, mit ses vêtements usagés et porta les messages entre Ezra et Kung Chen. Lorsqu'il était seul, personne ne lui confiait objets ou argent, et il était le dernier dans la maison d'Ezra.

Quant à Mme Ezra, certaine que jamais on ne pourrait reconstruire la synagogue, elle renonça à tout espoir, et aucune parole d'Ezra ne parvenait à la consoler.

– Voyez, ma Naomi! lui disait-il souvent. Vous avez tout ce qui peut rendre une femme heureuse. Notre fils est le plus respecté parmi les jeunes commerçants de la cité. Il y a quelques jours à peine, Kung Chen me disait : « Frère Aîné, votre fils m'a sauvé le quart de mon revenu d'une année. – Comment cela? » ai-je dit; et il m'a répondu : « Depuis dix ans, il y a du coulage quelque part dans mes affaires. Nous avons eu beau chercher, mes fils et moi, nous ne sommes jamais arrivés à découvrir d'où il provenait. L'année dernière, j'ai même envoyé mon fils aîné dans la capitale du Nord, pour prendre une copie écrite de tous les biens achetés et vendus. A son retour, nous n'avons relevé aucune erreur et cependant il y avait une perte. J'ai remis cette copie à votre fils... »

Mme Ezra l'interrompit, impatientée.

– Racontez-moi donc cette histoire tout simplement, sans ce mélange de son fils et de mon fils. Qu'a donc fait David?

Ezra conserva sa bonne humeur.

– Le fond de la chose, Naomi, c'est qu'à l'aide des seuls chiffres, David a découvert l'endroit où le marchand avait changé le prix des denrées.

Mais Ezra n'obtint de sa femme qu'un faible sourire, ce qui l'inquiéta.

– Dites-moi où vous avez mal, ma chérie? dit-il.

Elle secoua la tête, puis elle regarda son mari de ses grands yeux sombres et tristes, en appuyant sur sa poitrine :

– Je sens là un poids nuit et jour.

Ezra garda le silence un instant, puis il lui proposa ce qui représentait pour lui un très grand sacrifice :

– Voulez-vous que je vous emmène vers l'Ouest, Naomi, où vous avez toujours désiré aller?

Il ne pouvait se résigner à dire : La Terre promise, car il n'avait aucune envie d'y aller.

Elle connaissait ses pensées et elle secoua de nouveau la tête :

– C'est trop tard, dit-elle sans vouloir rien ajouter de plus.

Ezra finit par la laisser, mais il avait le cœur gros. Il s'arrangea pour voir David seul, ce jour-là et il lui dit :

– Aide-moi à remonter ta mère, mon fils.

David leva la tête de ses registres :

– Père, vous savez bien qu'on ne peut pas la remonter.

Il reprit sa plume et continua son travail. Puis il dit lentement, les yeux toujours fixés sur son livre :

– Si vous le désirez, je l'emmènerai en Palestine et je lui ferai voir le pays. Peut-être, alors, sera-t-elle contente, – soit d'y rester, soit de revenir avec moi.

La bouche d'Ezra s'affaissa :

– Me laisser ici ! s'écria-t-il.

– Vous pouvez venir, vous aussi, mon père, si vous le désirez, répondit David avec un petit rire attristé.

– Mais les affaires !

David haussa les épaules sans répondre. Il avait acquis de la taille et de la vigueur depuis son mariage, et aussi quelque chose de plus dur. Il portait une barbe courte et il n'avait rien d'un adolescent, ni même d'un très jeune homme.

– Et si vous ne reveniez pas ? dit Ezra d'un ton étrange.

David ne leva pas les yeux. Il termina sa ligne, essuya le pinceau de poil de chameau qu'il remit dans un étui de cuivre. Puis il se recula et regarda son père, bien en face.

– Avec vous ici, et mes fils, comment ne reviendrais-je pas ? dit-il, en souriant dans sa barbe.

Il n'avait pas mentionné sa femme. Ezra s'en aperçut mais n'en dit rien :

– Il y a encore cette guerre qui s'éternise dans le Sud, grommela-t-il. Les Anglais sont mécontents. Ils nous obligent à prendre leur opium. Vous risquez d'avoir des ennuis si vous traversez les Indes.

– Je leur dirai que nous ne sommes pas Chinois.

– Mais ils vous demanderont ce que vous êtes et je ne sais pas si ça leur plaira davantage de vous savoir Juifs.

David ne trouva rien à répondre et Ezra se leva lourdement ; il sentait pour la première fois que si son fils n'était plus un tout jeune homme, lui-même devenait vieux.

– Parles-en à ta mère, mon fils. Décidez cela ensemble. Vous êtes aussi obstinés l'un que l'autre.

David s'entretint de ce projet avec sa mère et pendant quelques semaines elle parut revivre, redevenir elle-même. Sans déclarer qu'elle voulait partir, elle faisait des plans dans ce sens, et David se tenait prêt. Kao Lien seul s'y opposait.

– Sœur Aînée ne sera jamais capable d'entreprendre ce voyage, dit-il à Ezra. Même en y allant par les Indes et par mer, il y a les typhons sur l'océan et les longues journées entre les tempêtes lorsque le bateau est pris dans une accalmie. Les musulmans sont méfiants et féroces et je ne réponds pas de sa vie.

– Il faut la laisser partir si elle le veut, dit Ezra.

– Et si elle meurt là-bas?

– Mon fils pourra ensevelir sa mère, dit-il.

Mais son cœur était douloureux.

Cependant le voyage n'eut jamais lieu. Brusquement, une nuit, étendue sans dormir, Mme Ezra y renonça. Si David la conduisait là-bas, il reviendrait. Elle le savait. Pivoine était venue le jour même lui annoncer que sa Jeune Maîtresse attendait son troisième enfant et qu'elle pleurait beaucoup parce que son mari la quittait pour entreprendre un si long voyage.

– Ma Petite Maîtresse a eu ses enfants trop rapprochés, disait Pivoine à Mme Ezra, et il lui faudra du repos après celui-ci, c'est pourquoi je lui ai dit que notre jeune seigneur ne serait absent qu'une année et qu'à son retour elle serait forte et se porterait bien. A présent elle est souffrante, Maîtresse, et très irritable. Elle n'a pas voulu se laisser consoler. Je ne voudrais pas vous ennuyer, Maîtresse, mais je vous dis cela à cause de vos petits-enfants.

Mme Ezra congédia Pivoine d'un simple geste de la main droite, sans rien dire, mais au milieu de la nuit, elle comprit qu'elle ne devait pas séparer David de ses enfants. Elle sentit aussi qu'elle n'aimerait pas à mourir hors de chez elle. Elle commençait à s'apercevoir que la mort n'était pas loin. Un noyau dur se formait dans son sein droit; il lui semblait que des tentacules en partaient qui tiraillaient ses côtes, ses poumons, et le dessous de son épaule. Elle avait senti venir le mal depuis longtemps, à présent il dévorait sa chair et elle maigrissait chaque jour. Plongée dans l'obscurité, elle soupira et renonça à son rêve. A quoi bon, du reste? La synagogue n'existait plus. Pourquoi une vieille femme irait-elle se traîner dans sa patrie pour y mourir, puisqu'elle ne pouvait y emmener ses enfants?

Cette année-là, elle cessa de résister à cet ennemi qui rongeait son sein et après de grandes douleurs qui torturaient sa chair, elle mourut dans son lit.

Ezra avait le cœur brisé; il lui fit des funérailles telles qu'on n'en avait jamais vu dans la ville. Dans la longue procession, tous les Juifs de la cité étaient vêtus de toile de sac et Kung Chen décida les riches Chinois à suivre en chars à mules drapés de blanc. Ezra et David étaient à pied, entièrement vêtus de blanc. Derrière eux, venaient la femme et les enfants de David, jusqu'au nouveau-né dans les bras de Pivoine, puis les serviteurs, conduits par Wang Ma. Le long des rues, les passants se pressaient pour voir ce spectacle ; tous étaient d'avis que jamais on n'avait assisté à d'aussi belles funérailles ; une seule chose manquait, les images en papier de la maison, de la chaise à porteurs et des serviteurs, destinées à être brûlées pour le monde des esprits. Quelques-uns dirent :

– Ces gens ne croient pas aux images, il n'y en a même pas dans leur temple.

On tomba d'accord là-dessus, car le mur de l'Ouest de la synagogue s'étant écroulé après un grand vent du sud, les curieux purent examiner l'intérieur du temple étranger, dont l'entrée leur avait été jusqu'alors interdite. En effet, il n'y avait pas d'images.

La procession s'avança lentement jusqu'aux portes de la ville, qu'elle franchit, puis elle se dirigea vers le cimetière juif où elle s'arrêta. David et Ezra se tinrent seuls devant la tombe. Kueilan se trouvait derrière eux, de même que Pivoine avec le troisième fils qui pleura sans arrêt jusqu'à la fin.

C'est ainsi que Mme Ezra fut ensevelie, mais il n'y eut personne pour lire une prière sur sa tombe.

XI

Pivoine se demandait quelle serait sa vie dans la maison d'Ezra, sans sa Vieille Maîtresse. Elle revint de l'enterrement, réchauffa l'enfant qui pleurait et le remit à sa nourrice. Sa première pensée allait à David et à Ezra. Kueilan était fatiguée, elle se plaignait, les pieds lui faisaient mal, elle avait besoin de manger, elle se sentait faible, et les deux petits garçons pleuraient parce qu'ils avaient faim. Pivoine envoya des servantes s'occuper d'eux ; et Wang Ma et elle donnèrent toute leur attention aux hommes.

Chacun d'eux s'était retiré dans ses appartements et Pivoine fit signe à Wang Ma d'aller chez Ezra pendant qu'elle-même veillerait sur David. Comment allait-elle le trouver ? Serait-il en larmes ? Elle était loin de s'attendre au calme avec lequel il la pria d'entrer, lorsqu'elle eut toussé à la porte. Il retirait le vêtement de toile grossière qu'il avait à l'enterrement, et sous lequel il portait, comme à son habitude, une robe de soie, bleu foncé, pour marquer la solennité de ce qui s'était passé. Quand il se tourna vers elle, Pivoine lui trouva les yeux secs, mais le visage grave.

– Entre, Pivoine, dit-il d'un ton posé. J'étais sur le point de t'envoyer chercher. (Il s'assit et la regarda avec beaucoup de gentillesse.) N'attends pas que je te dise de t'asseoir. Tu sais la place que tu tiens dans la maison.

Elle s'assit et écouta.

– Si je voyais comment me passer de toi, je n'aurais pas ces remords de conscience. Je devrais te trouver un mari, Pivoine. Nous nous montrons tous très égoïstes envers toi, et moi le premier. La vérité c'est que, sans toi, la maison serait un bateau sans gouvernail.

– Je n'ai aucun désir de me marier, Jeune Maître.

– Tu dis ça, mais ça ne me dispense pas de mon devoir.

Pivoine écarta la question.

– Que vouliez-vous me dire ? demanda-t-elle.

David se leva brusquement, il se dirigea vers la porte et regarda au-dehors. L'hiver tirait à sa fin et le printemps était proche. Par la porte ouverte sur le jardin, on sentait la douceur de l'air.

– J'ai l'intention de faire un voyage, dit-il.

– Un voyage ! s'écria Pivoine. Où cela ?

– Tu sais que nous avions fait le projet, ma mère et moi, d'aller à l'Ouest, au pays de nos ancêtres. J'ai envie de faire ce voyage, seul, à présent.

Il s'interrompit, puis ajouta brusquement :

– Il y a quelque chose qui me trouble.

– Quelque chose qui vous trouble ! répéta Pivoine.

Elle se sentait stupide et pourtant il lui faudrait garder toute sa présence d'esprit.

– J'ai au fond du cœur le sentiment d'avoir commis une faute. Cela me poursuit depuis la mort de Leah. A présent que ma mère est morte elle aussi, je veux entreprendre ce voyage, pour elles deux.

– Vous abandonneriez votre père ?

Pivoine se sentait à bout de souffle, mais elle s'obligea à rester calme.

– Il n'a aucun besoin de moi. Il a ses amis, – ses petits-fils. Je crois parfois qu'il est plus proche d'eux que de moi. Et puis tu serais là, Pivoine, et Wang Ma !

– Mais vos enfants, leur mère... Comment prendrais-je une pareille responsabilité !

– Tu la prends de toute manière, Pivoine, que je sois là ou non.

Pivoine ne put taire ses craintes et s'écria :

– Si vous alliez mourir en route ? Si vous étiez... si vous étiez tué !

Elle se rappelait l'épée, et la lame si fine, qui avait fait tant de mal aux Juifs dans d'autres contrées, et ici, dans cette demeure ; mais elle ne pouvait pas en parler. Vieux Wang avait emporté l'arme et l'avait jetée, aussi loin que ses forces le lui permettaient, dans les remous jaunes du fleuve.

– Beaucoup ont été massacrés, fit David. Il n'y a aucune raison pour que je n'affronte pas les mêmes dangers.

Que pouvait dire Pivoine ? Elle avait un tel désir de lui crier de rester à cause d'elle, qu'il était toute sa vie et que, s'il ne revenait pas, elle ne pourrait plus vivre ! Mais elle n'osa pas. David était loin de songer à elle à ce moment-là! Elle éprouva une jalousie qu'elle n'avait plus ressentie depuis la mort de Leah. Elle avait oublié la jeune Juive pendant des mois et des mois, et même des années. Et voilà qu'elle apparaissait de nouveau dans toute sa beauté. David se souvenait-il de cette beauté? Pivoine se demanda si elle devait prononcer le nom de Leah, mais elle s'abstint. Si David songeait à Leah, prononcer son nom la ramènerait ici, dans cette pièce où ils étaient seuls. Que Leah reste morte! Mais quelle emprise était-ce là, pour rester accrochée ainsi aux vivants par-delà la tombe? A quel point David en avait-il conscience? Ne pouvant pas répondre à sa propre question, Pivoine se leva gracieusement et avec un calme apparent :

– Que tout soit fait selon votre désir, Jeune Maître.

Elle fut très surprise de voir David se retourner vers elle avec colère :

– Ne m'appelle pas comme ça, Pivoine! s'écria-t-il. Appelle-moi par mon nom, au moins quand nous sommes seuls. N'avons-nous pas été frère et sœur, toute notre vie?

Aucune parole ne pouvait lui faire plus de mal, mais Pivoine répondit d'une voix tranquille :

– Je tâcherai de m'en souvenir. N'entreprenez ce voyage que si vous ne pouvez faire autrement. Si vous ne pouvez l'éviter, je m'efforcerai d'être ce qu'il faudra que je sois en votre absence.

Elle sortit, sans avoir prononcé le nom de David. Plus tard, peut-être le pourrait-elle, mais pas en ce moment, quand il songeait à Leah.

Elle se retira chez elle et y demeura longtemps. Elle se demandait ce qu'elle devait faire. On l'appela et elle se réfugia dans sa chambre, se blottit derrière les rideaux de son lit. Elle y demeura cachée, et réfléchit jusqu'à ce qu'elle vît les choses plus clairement. Elle irait trouver Kung Chen; il lui viendrait en aide. Jamais il ne laisserait le mari de sa fille partir au loin, dans les contrées de l'Ouest pour n'en revenir qu'au bout d'un an et peut-être jamais. Pivoine mit aussitôt cette idée à exécution. Elle se glissa par la porte de la Fuite Paisible, qu'elle n'avait pas franchie depuis le mariage de David.

Kung Chen était chez lui, car il se sentait las après ces longues funérailles. Assis dans son salon, il sirotait du vin chaud, les regards fixés sur le feu du petit brasero qu'il avait fait apporter, plutôt à cause de son aspect réconfortant que pour la chaleur qu'il dégageait. Pivoine fut immédiatement introduite, auprès du marchand car chacun savait qu'elle était au service de sa fille.

– Honoré Seigneur, dit Pivoine de sa petite voix douce.

Kung Chen leva les yeux, regarda aimablement la jeune personne habillée de gris qu'il avait vue à l'enterrement auprès de Kueilan, avec le bébé qui pleurait dans ses bras.

– Ne restez pas debout, devant moi, fit-il. Nous sommes de vieilles connaissances. Vous souvenez-vous de cette matinée auprès du bassin des poissons ? dit Kung Chen.

Mais il ne lui dit pas combien il la trouvait belle. La fraîche jeune fille d'alors était devenue une femme pleine de charme et d'assurance. Ses yeux avaient perdu leur ancienne gaieté, mais une délicieuse quiétude l'avait remplacée. Personne ne l'aurait prise pour une esclave ; elle était très au-dessus de sa condition.

– Que vouliez-vous me dire ? demanda Kung Chen.

Pivoine s'assit avec grâce devant le Chinois et croisa les mains. Elle ne lui dit pas combien elle le trouvait vieilli. Il avait beaucoup maigri, sa figure était devenue flasque, et la maigre barbiche qu'il laissait pousser blanchissait. Cependant sa taille et sa carrure restaient intactes. Pivoine savait que tous les enfants du marchand étaient mariés. Mais il n'avait trouvé que le fils d'un quincaillier pour Lili, la fille de sa concubine. Les familles riches ne veulent pas voir leur fils épouser la fille d'une concubine qui s'est enfuie avec un chef domestique. Kung Chen en avait éprouvé un grand chagrin, car sa petite Lili était sa préférée.

– C'est à cause de ma Jeune Maîtresse que je suis venue, dit Pivoine. A notre retour de l'enterrement aujourd'hui, je suis allée porter quelque chose de chaud à mon Jeune Maître, comme il est de mon devoir de le faire et je l'ai trouvé bouleversé. Quand je l'ai questionné, il m'a répondu qu'il avait à cœur d'entreprendre seul le voyage qu'il aurait dû faire avec sa mère, au pays de ses ancêtres. Je n'ai rien dit, mais je suis venue vous avertir. Le voyage prendra une année entière, mais ce n'est pas là le pire. Les musulmans sont féroces, le long du chemin : Kao Lien en avait averti ma Vieille Maîtresse avant sa mort. Mon Jeune Maître risque sa vie s'il part. Je songe à Ma Maîtresse, votre fille, et aux enfants.

Kung Chen fut très surpris :

– Comment un fils peut-il songer à faire un pèlerinage quand son père s'abstient ? Cela semble de l'impiété filiale. Son père ne se sentirait-il pas en faute devant le Ciel ?

Pivoine prit son courage à deux mains. Elle avait une trame très délicate à tisser.

– Notre Jeune Seigneur est le fils de notre Vieille Maîtresse. Notre Vieux Seigneur est le fils des nôtres. L'âme de la mère est dans le fils.

Kung Chen commençait à comprendre. Il hocha lentement la tête et se caressa la barbe.

– Continuez, fit-il.

Pivoine baissa modestement les yeux. La trame était commencée, mais pas terminée.

– Seigneur, il y a autre chose. Je ne voudrais offenser personne... Mais peut-être vous souvenez-vous de la jeune fille qui était fiancée, ou presque, avec notre jeune seigneur?

– Celle qui...

Kung Chen passa son long index sur son cou.

– Celle-là, répondit Pivoine.

– Est-ce qu'il... ah... l'aimait-il? demanda Kung Chen.

Il éprouvait un sentiment de jalousie pour le compte de sa fille, mais il n'en laissa rien paraître.

Pivione s'en aperçut cependant.

– Je ne dis pas qu'il l'aimait, fit-elle avec une certaine hésitation. Je dirais même que non, car c'est à ce moment-là qu'il s'est épris de ma Jeune Maîtresse, votre fille. Mais ces deux femmes luttaient d'une manière étrange l'une contre l'autre dans son cœur. L'étrangère l'empêcha d'aimer complètement notre Maîtresse actuelle, la mère de ses fils, et notre Maîtresse l'empêcha d'aimer l'étrangère que Mme Ezra désirait avoir comme belle-fille. Toutes les deux se sont mutuellement fait tort.

Kung Chen parut étudier la question.

– Cette autre, était-elle plus belle que ma fille?

Pivoine réfléchit un instant puis elle répondit :

– Non, mais elle exerçait un secret pouvoir sur lui, le même que sa mère, et qu'il aimait et détestait à la fois. Tant que sa mère a vécu, il s'est révolté et il est resté lui-même. A présent qu'elle est morte, il pense aussi à l'autre, et il éprouve un vague sentiment de culpabilité qui l'agite.

– Quel rapport ce voyage a-t-il avec tout cela?

– Elles voulaient l'une et l'autre quitter notre pays et retourner dans celui de leurs ancêtres.

Kung Chen se tut. Il se rappela tout ce qu'il avait appris sur les Juifs, sur le magnétisme de leur foi qui les attire vers cette bande de terre aride qui leur avait appartenu jadis. Il fallait certainement éviter de laisser souffrir la petite troisième, empêcher qu'elle devînt veuve, qu'elle restât seule avec ses enfants dans la plénitude de sa jeune maturité. Kung Chen agirait pour protéger les siens.

– Le jeune homme est agité, fit-il en caressant sa barbe. C'est assez naturel. Il n'a jamais voyagé. Les hommes sont souvent impatients après les premières années de leur mariage. Ils connaissent tout ce qu'ils possèdent et sont avides de voir du nouveau. Très bien, il voyagera ; vous l'accompagnerez avec ma fille, ses enfants. Je lui prêterai mes chars à mules et mes muletiers pour vous attendre lorsque vous quitterez le fleuve ; mes cuisiniers iront avec vous, et tout le monde se rendra dans la capitale du Nord. Je demanderai au gouverneur d'envoyer quelques-uns de ses gardes pour effrayer les voleurs et les pirates du fleuve. Je m'arrangerai avec le père de David et il dira que ce voyage est nécessaire à notre commerce, ce qui est très plausible.

Kung Chen était enchanté de lui-même. Il balança sa grosse tête de côté et d'autre et son imagination alla de l'avant :

– Je trouverai de belles choses à offrir en mon nom aux nouvelles impératrices. Je prierai mes amis de donner des fêtes pour mon gendre et je demanderai au théâtre du Jardin des Poiriers de préparer des représentations pour lui et pour les amis qu'il devra fêter à son tour. Comment ne pas être heureux dans la capitale du Nord ? C'est la plus belle ville du monde.

Kung Chen devenait enthousiaste. Il se frottait les mains au-dessus du brasero en disant :

– Tout est parfait. La cour impériale revient d'exil, elle est rentrée de Jahol à Pékin, – la capitale est en pleines réjouissances. On a conclu une trêve avec les Blancs au sujet de l'opium des Indes, et les chrétiens rebelles sont vaincus dans les provinces de l'Est. C'est de nouveau le moment des fêtes et de l'activité du commerce.

Il se frappa les mains sur les genoux et prit un air si épanoui que Pivoine en fut ravie. Elle se leva, le visage joyeux :

– C'est un projet qui vient du Ciel. J'attendrai donc les ordres qui me seront donnés, dit-elle.

Puis elle salua et se retira.

Alors, Kung Chen resta seul ; il se caressa la barbe et fronça les sourcils, penché au-dessus du feu. Sa petite troisième était-elle heureuse ? Il ne l'avait pas mis en doute, puisque chaque année elle donnait naissance à un fils. Une ou deux fois il avait demandé à sa femme ce qu'elle en pensait. Mais Mme Kung pensait rarement à une fille qui avait quitté la maison pour appartenir à une autre famille.

Il se sentait reconnaissant envers Pivoine. « Où elle est, tout est bien », se dit-il.

C'est ainsi que par une belle journée, un peu plus tard, au printemps, persuadé par Pivoine, David s'embarqua. Lui, sa femme, leurs enfants et Pivoine prirent une grande jonque et firent voile vers la capitale du Nord. Des servantes, des serviteurs et deux cuisiniers les accompagnaient, choisis par Kung Chen parce qu'ils étaient originaires de cette contrée et avaient supplié qu'on leur accordât la satisfaction de revoir leur ancienne demeure. Des gardes précédaient le convoi sur un plus petit bateau. Ezra vit s'éloigner les siens, le cœur gros. Mais il n'osait pas abandonner les affaires. Kao Lien était sur le point de partir pour l'Ouest avec ses chameaux chargés de marchandises de Chine qu'Ezra voulait choisir parmi les plus belles. Profitant de la paix faite avec les Blancs, aux Indes, il voulait aussi prier deux hommes de confiance d'y vendre certains objets. Kung Chen insista; si les marchandises d'Occident n'arrivaient pas, au plus tard, au début de l'hiver, il perdrait beaucoup. Ezra s'arrangea de son mieux. Wang Ma et Vieux Wang restèrent auprès de lui ; Kao Lien vint habiter la maison jusqu'au départ. David promit de ne pas rester longtemps absent et Kung Chen, de dîner chaque soir avec son associé. Et ainsi, la séparation eut lieu.

Sur la jonque tout était confusion au début. Les enfants pleuraient, effrayés par le changement; on entendait les cris et les jurons des bateliers qui, de la rive, repoussaient l'énorme jonque jusqu'au milieu du fleuve à l'aide de longues perches de bambou. Ils ramèrent jusqu'à ce que le vent eût saisi leurs voiles en plein courant. Chaque servante consola l'enfant confié à ses soins, le bébé se colla au sein de sa nourrice et le calme se fit. Pivoine s'occupa de sa Jeune Maîtresse, veilla à ce qu'elle fût bien assise, qu'elle ne manquât ni de thé, ni de sucreries ; elle déballa coussins, éventails, literie et brasero, tout le nécessaire pour assurer le plus de confort possible. Elle s'informa auprès des cuisiniers de ce qu'il y aurait pour les repas du jour, car l'embarquement avait eu lieu très tôt. Ce ne fut qu'une fois satisfaite de l'organisation qu'elle se sentit tranquille et regarda autour d'elle pour voir comment on se logerait. Sur le fleuve, l'avant et l'arrière de la jonque s'élevaient à une grande hauteur au-dessus de l'eau. Deux gros yeux étaient peints sur la proue, et une queue de poisson sur la poupe. Les bateliers logeaient dans deux étroites cabines à l'arrière avec leurs femmes et leurs enfants. Mais des portes les séparaient du reste de la caravane. Chacun de leurs enfants était retenu par une corde qui le ceinturait, de sorte que si le petit tombait à l'eau, la mère pouvait l'en retirer. Pivoine voulut en faire autant avec les enfants à sa charge. Elle prit les deux rouleaux de corde de chanvre que le batelier lui remit, mais lorsqu'elle voulut attacher les fils de David, ils poussèrent des cris de rage, si bien que Pivoine dut céder et dire aux servantes de les tenir par leur ceinture sans leur laisser un instant de liberté. Deux servantes ne furent occupées qu'à cela toute la journée, et Pivoine remercia le Ciel de ce que le plus jeune ne sût pas encore marcher.

Les cuisines étaient contiguës aux cabines des bateliers et les cuisiniers y couchaient. Elles étaient petites, mais contenaient tout le nécessaire pour préparer une excellente nourriture et les cuisiniers se mirent à l'œuvre. Devant les cuisines se trouvaient les chambres pour la famille et le grand salon central où tous se tenaient dans la journée. Pivoine dut y dormir la nuit, car les enfants et leurs bonnes occupaient une des chambres et David et sa femme l'autre. C'était très désagréable pour Pivoine, mais elle se dit que lorsqu'elle éprouverait le désir d'être seule, elle se réfugierait sous les fenêtres du salon. Là le pont était trop étroit pour que l'on permît aux enfants d'y accéder, et Kueilan n'oserait jamais s'y aventurer. Cette place devint celle de Pivoine. Devant le salon, il y avait un vaste pont dont le plancher de bois était recouvert d'un vernis spécial que ni le soleil ni la pluie ne pouvaient altérer. Il provenait de Ningpo, dont les habitants sont célèbres pour leurs jonques et leurs bateaux destinés à la navigation sur mer.

C'est ainsi que commença le voyage qui devait durer bien des jours, et Pivoine s'attendait à y trouver un certain plaisir. Elle avait beaucoup à faire, veillant à l'existence de chacun, mais il lui restait des heures pour rêvasser, à sa place préférée, où seuls les bateliers la dérangeaient lorsqu'ils allaient de l'avant à l'arrière et revenaient ensuite, ou bien quand le vent tombait et qu'il fallait se servir de rames, et prendre les câbles de halage. Pivoine craignait que David, habitué à avoir de l'espace et de nombreux jardins, pût difficilement se faire à cette vie sur le bateau, entre des enfants criards et une femme souvent impatiente. Mais ces craintes disparurent vite.

David était très intéressé par les paysages qui passaient devant leurs yeux. Parfois, on avançait si lentement qu'il pouvait marcher sur la berge. Il parcourut ainsi des milles dans une contrée nouvelle, à travers des provinces qui lui étaient inconnues. Lorsque les hommes de halage s'arrêtaient pour se reposer, manger et boire du thé, il en profitait et prenait son repas à terre. Les citadins se montraient courtois, ils s'informaient simplement de quel pays David venait et quand il nommait la ville qu'il habitait, ils s'en étonnaient.

– Nous ne savions pas qu'il s'y trouvait des étrangers.

– Je ne suis pas un étranger, répondait-il. Je suis né là et mon père aussi.

– Mais d'où venaient vos ancêtres ?

– D'au-delà des montagnes.

Et cette réponse leur suffisait.

David s'entretenait rarement avec Pivoine. Les occasions manquaient. L'un et l'autre, sans se le dire, se doutaient que Kueilan serait mécontente de voir son mari parler plus qu'il n'était nécessaire avec une esclave. Cependant, parfois, lorsque Pivoine avait aidé sa Maîtresse à se coucher, et qu'elle venait prévenir David que tout était prêt pour la nuit, celui-ci s'attardait quelques instants, surtout lorsque la lune brillait.

Et un soir, il dit à Pivoine :

– Mon père m'a toujours répété combien votre peuple montrait de bonté envers le nôtre, mais je ne saisis qu'à présent le fond de cette bonté. Les habitants des hameaux, au bord du fleuve, ou sur la rive, ne me connaissent pas, cependant ils m'accueillent et me reçoivent dans leurs auberges. Cette bienveillance me surprend.

– Tous les hommes ne sont-ils pas frères, sous le ciel ? répondit Pivoine, en empruntant la parole des sages.

David secoua la tête.

– Ces bonnes paroles s'entendent partout, mais on ne voit pas partout de bonnes actions.

Il se retira pour la nuit et Pivoine resta seule au clair de lune.

C'était une belle région. Le long du fleuve, la terre paraissait verte sous les jeunes pousses de riz, et autour de chaque village, les pêchers étaient en fleurs, roses le jour, et nacrées le soir. Des collines s'élevaient, lointaines, contre le ciel, et le fleuve coulait, doré sous la lune. Un bon pays, et de braves gens !

Il est vrai qu'il y avait aussi des voleurs, des pirates, mais ils pillaient tout le monde sans discernement, quelles que fussent la couleur ou l'apparence de ceux auxquels ils s'attaquaient. La famille ne redoutait aucun danger, protégée par les gardes, et le gouvernement avait donné aux bateliers un drapeau indiquant que des dons destinés à la cour impériale se trouvaient à bord. Personne n'eût osé les voler.

Lorsque tout était tranquille, Pivoine allait dans le salon vide et déroulait les couvertures qu'elle dissimulait sous sa couche pendant le jour. Puis elle s'apprêtait à dormir. Elle dormait bien, les vents frais soufflant sur elle.

On passait d'une province à l'autre, et le port où le fleuve rejoint le grand canal était proche. La famille n'avait pas l'intention d'atteindre la mer et de prendre les petits bateaux du canal. A un point fixe, tous descendirent de la jonque qui était devenue leur demeure, pour monter dans les chars à mules qui devaient les conduire au Nord.

Pivoine regretta bien des fois la jonque, car il fallait voyager tout le jour sur les routes caillouteuses. On ne s'arrêtait que pour des repas pris à la hâte, et la nuit pour dormir dans les auberges. Pivoine s'énervait car on ne pouvait trouver une auberge convenable. Invariablement, l'aubergiste, partout où l'on s'arrêtait, s'avançait, flatteur et servile, devant la longue suite qu'il apercevait ; il parlait, criait à ses hommes de préparer de la nourriture, du thé, promettait tout ce qu'il y avait de meilleur et des chambres propres. Mais lorsque Pivoine y entrait, elle les trouvait la plupart du temps dégoûtantes. Elle refusait qu'on déroulât les couvertures avant d'avoir versé de l'eau bouillante sur les bois de lit. En raison de l'incapacité de sa Maîtresse, toute initiative revenait à Pivoine ; quant à David, curieux de voir du nouveau, il laissait sa famille, sitôt arrivé dans une ville.

On atteignit enfin Pékin ; les enfants émerveillés de ce qu'ils voyaient, se taisaient et contemplaient les hautes murailles grises qui s'élevaient, indistinctes des plaines environnantes. Tous avaient entendu parler des splendeurs de Pékin, mais David lui-même ne s'attendait pas à tant de grandeur. Ils pénétrèrent dans la cité ; les murs des portes étaient si épais qu'entre l'entrée et la sortie en pleine lumière, ils durent traverser une zone obscure. Kung Chen avait écrit à ses magasins, demandant qu'on tînt une maison prête pour recevoir le fils d'Ezra et sa famille. Ils s'y dirigèrent par des rues pavées et si larges que Pivoine, les yeux brillants, était muette d'admiration.

Ils atteignirent une demeure entourée de murs, et lorsqu'ils franchirent le portail, ils trouvèrent les hommes de Kung Chen prêts à les accueillir. David s'attarda avec eux dans la salle des invités, pendant que Pivoine emmenait la famille dans les cours. Les servantes se mirent au travail et, bientôt, tout fut installé.

Les petits garçons étaient contents de voir du nouveau. Kueilan se promena dans les jardins et poussa des exclamations devant les rocailles et les pruniers nains. Les vacances commençaient. Pivoine s'inquiétait surtout de David. Seraient-ce des vacances aussi pour lui ? Elle se tranquillisa lorsque, ayant congédié ses hôtes, il vint retrouver sa famille, le visage joyeux, le regard animé.

– Demeurons longtemps ici, mère de mes fils, dit-il à sa femme. (Et elle lui sourit, entraînée par cette joie. Brusquement, il devint tendre.) Mon tout petit, s'écria-t-il, je te retrouve comme le premier jour où je t'ai vue.

Entendant ces paroles, Pivoine se retira silencieusement, de crainte que sa présence ne mît un frein à ce renouveau d'amour. L'ancienne et profonde tristesse de la vie reposait au fond de son cœur. Elle en sentait la présence, mais elle refusait de s'y complaire.

Des sombres et maussades profondeurs d'un lac, les fleurs de lotus émergent à la surface. Elle cueillerait les fleurs.

Pékin était florissante ce printemps-là. Ses habitants, délivrés de la peur et des épreuves de la guerre, se réjouissaient du retour de la cour impériale. Les deux impératrices, celle de l'Est, la plus âgée, et celle de l'Ouest, plus jeune, étaient régentes du jeune empereur encore enfant. Les impératrices étaient très belles et celle de l'Est débordait d'amour pour la vie et le pouvoir. On devinait aisément que sous son règne, la nation deviendrait prospère et que les arts et le commerce s'y développeraient.

David aimait cette atmosphère. Il se dépouilla de son ancienne tristesse, l'expression de ses yeux se modifia. La nuance de mélancolie, qui lui était devenue habituelle, disparut, et cette vitalité que seule la révolte éveillait autrefois en lui, se transforma en une constante énergie.

– J'aime cette cité, dit-il un jour à Pivoine. Regarde les gens... ces hommes si grands... les femmes si belles ! Pivoine, tu as l'air d'une enfant, ici.

Pivoine n'était pas sûre de trouver cette remarque à son goût. Il est vrai que les femmes la dépassaient, avec leur grande ossature et leurs hautes pommettes. Elle fit un peu la moue et David se mit à rire.

– Parlons d'autre chose, dit-il, des larges rues... j'aime l'espace.

Pivoine était de cet avis. Il y avait partout de l'espace. Les rues étaient assez larges pour permettre à dix charrettes d'y passer de front, entre les rangées de magasins remplis de belles choses. Et les habitants étaient plus que beaux, ils étaient bienveillants et nobles d'esprit. Aucune mesquinerie nulle part. Toute la grandeur du Nord se résumait dans cette ville où les gens se nourrissaient de pain de blé en guise de riz. Beaucoup de personnes se rencontraient là et David prit plaisir aux festins dans les beaux restaurants avec les amis de Kung Chen. Manger du rôti dans un restaurant musulman, passer la moitié de la nuit à savourer du canard rôti dans un autre, et déclarer que ces deux mets sont également parfaits, n'était guère difficile. Le mouton, tendre et savamment assaisonné, déchiqueté en morceaux grillés sur des broches, au-dessus de la braise, était présenté tout chaud sur la table avec de petits pains passés à la vapeur.

Cependant, les canards de Pékin formaient un mets encore plus délicat. Soir après soir, David rencontrait, dans un restaurant ou dans l'autre, des hommes si insouciants et pleins d'humour, qu'il les aurait pris pour des désœuvrés s'ils ne se révélaient, dans la journée, commerçants avisés. Ils se tenaient autour d'une grande table ronde et dégustaient de petits plats jusqu'à ce que le restaurateur vînt leur présenter des canards tués et plumés, mais crus. Ils en choisissaient une paire après en avoir apprécié la taille, le degré d'engraissement, et la qualité de peau ; on les embrochait, les faisant tourner sur les braises jusqu'à ce que cette peau devînt croustillante, brune et luisante de graisse. Bientôt on servait, comme premier plat, des spirales de cette peau brune et grasse, accompagnées de fines crêpes de farine de blé et de gelée d'aubépine sucrée. On enveloppait la peau croustillante du canard dans une de ces crêpes et on glissait au centre une cuillerée de gelée. Et on mangeait ainsi le tout, chaud et sucré, crêpes et viande ensemble, et on buvait le vin chaud dans des bols. Puis d'autres plats succédaient au premier : la chair du canard rôti, assaisonnée et mélangée de chou très tendre, puis de champignons, de pousses de bambou, de marrons ; chaque plat était différent des autres, mais tous aussi succulents que les premiers, jusqu'au dernier le plus savoureux de tous : lorsque toute la chair était mangée, on servait la tête fendue en deux, afin de pouvoir, en y piquant des baguettes, goûter la cervelle dont la saveur est si délicate.

Comment se lasser d'un pareil régime ? Il y avait aussi les restaurants végétariens, où les fervents bouddhistes pouvaient festoyer, bien qu'ils eussent renoncé à la viande pour le salut de leurs âmes. On leur servait des légumes assaisonnés et présentés de telle sorte qu'il était difficile de croire à l'absence de toute chair animale. Les dévots, les yeux et le palais satisfaits, retrouvaient, tout en sauvant leurs âmes, la saveur des viandes dont ils se privaient.

– Comme les gens sont intelligents, ici ! s'écriait David, lorsqu'il découvrait des choses de ce genre.

Les plaisirs qu'il avait goûtés dans son enfance lui semblaient bien minces auprès de ceux, si variés, qu'il découvrait à Pékin. On y voyait les plus beaux théâtres, des représentations de jongleurs, de magiciens, les plus fameux des chanteurs, des musiciens et des érudits.

En attendant l'audience des deux impératrices, l'âme de David se détendait, et il jouissait de tous les plaisirs que lui offrait la cité, mais non en égoïste ou en solitaire. Il consacrait toutes ses matinées aux affaires de son père et de Kung Chen ; il allait voir les riches commerçants de la ville, passait de nouveaux contrats pour les livraisons de marchandises et prenait des commandes pour ces fabuleux articles d'Europe et des Indes. Les marchands de Pékin avaient entendu parler des machines, des draps, des lampes et des jouets fabriqués en Occident, et ils étaient avides d'en obtenir, pour eux-mêmes et pour la vente. Des pendules en particulier ! La grande pendule dorée que Kao Lien avait apportée comme don à l'empereur avait été suivie au palais de beaucoup d'autres du même genre. On raconta même à David qu'il y en avait plus d'une centaine dans la même pièce. Ce qui avait représenté autrefois un don royal était devenu un objet de convoitise pour le commun des mortels. David écrivit à son père :

On peut vendre ici des pendules par milliers, surtout celles qui, sans être trop chères, sont ornées de figurines et de dorures. Mais tous les objets étrangers sont appréciés. Les habitants ont ce qu'il y a de mieux en tout : les plus belles soieries, les satins, les broderies, les bijoux et les meubles les plus magnifiques. Pourtant leur amour de la nouveauté est tel qu'ils achèteraient n'importe quel trompe-l'œil venu de l'étranger.

Les affaires de la matinée finies, David passait ses après-midi avec sa famille, sauf les jours de pluie, ou ceux, encore plus désagréables, de grands vents qui amenaient sur la ville des nuages de poussière venus des déserts lointains. David, un fils à chaque main, se promenait parmi les grands arbres des temples, allait au théâtre, visitait tous les bazars et assistait aux représentations des fakirs. Sa femme venait souvent avec lui, confuse d'être vue audehors, mais enhardie par la curiosité. Cependant elle en était empêchée parfois, se plaignant de ses pieds qui lui faisaient mal et la gênaient pour marcher. Mais Pivoine, qui accompagnait toujours les enfants, connut alors le temps le plus heureux de sa vie. Avec David et ses fils, elle riait, regardait autour d'elle et s'émerveillait de bien des choses. Jamais fatiguée, toujours aimable, elle finit au bout de quelques semaines par sortir de plus en plus sans sa Maîtresse.

Kueilan s'était liée avec quelques femmes de commerçants et elle prenait plaisir au jeu avec elles. Ces dames allaient tantôt dans une maison, tantôt dans l'autre, un jour ici et un jour là, sortant dans leurs chaises à porteurs garnies de rideaux et elles passaient tous leurs après-midi et leurs soirées à jouer au mah-jong. Cela devint une véritable passion. Les servantes les encourageaient car, au départ, chaque dame, par courtoisie, déposait de l'argent dans une coupe placée sur la table, et les servantes se le partageaient ensuite. Pivoine n'en prenait pas sa part, car elle se sentait au-dessus de ces questions d'argent, mais toujours désireuse de ne froisser personne, elle s'excusait :

– Puisque je dois rester avec les petits seigneurs et que je ne peux pas vous aider à servir notre Maîtresse, ce ne serait pas juste de prendre ma part des pourboires.

Il n'était pas question d'un prompt retour dans la vieille demeure. Pour une raison surtout : c'est que la présentation des dons destinés aux impératrices devait attendre leur bon vouloir. Cette attente se prolongea pendant des mois, car elles étaient occupées aux réparations du palais. Pendant l'exil de la cour, bien des choses s'étaient détériorées et il fallait les réparer. L'impératrice de l'Ouest avait encore plus à cœur ses vastes projets. Elle voulait un palais neuf, de nouvelles cours, des bassins, des ponts, des rocailles et des jardins. Les finances impériales étaient appauvries par les guerres avec les Blancs et par la révolte des chrétiens du Sud. L'impératrice de l'Ouest réclamait de nouvelles taxes, de nouveaux impôts, surtout pour son palais d'été et l'embellissement de son lac. Elle rêvait d'un bateau en marbre blanc construit dans ce lac et capable de contenir toutes les dames de la cour, pour y dîner et y assister à des représentations avec plusieurs centaines d'acteurs. Les ministres gémissaient en songeant à ces dépenses; des rumeurs circulaient en ville sur les ambitions et les caprices de l'impératrice. Les ministres la conjuraient de se rappeler que les guerres avec les blancs avaient été perdues faute d'une bonne armée, et que les sabres ne suffisent pas quand les autres nations possèdent de la poudre à canon. L'impératrice répondit avec arrogance :

– Quand la cour impériale est en pleine gloire, la nation partage cette gloire.

Et cette phrase, elle aussi, se répandit dans la ville. Les gens riaient, quand ils entendaient parler de l'orgueil et de l'énergie de l'impératrice et ils y virent un signe favorable. On redoute la faiblesse, l'alanguissement, chez un chef; il n'y avait rien à craindre de semblable. On fit des plaisanteries et des chansons sur ses querelles avec l'impératrice de l'Est. Son audace et son obstination se communiquèrent à tous.

Au début de l'été, David reçut enfin l'ordre de se rendre à la cour, et il se prépara à cette visite qui devait avoir lieu un peu après l'aube ; l'audience des ministres une fois terminée, les impératrices seraient prêtes à recevoir les offres de nouvelles ressources et les dons.

Pivoine se leva très tôt, et elle aida David à s'habiller. Elle veilla à ce qu'il eût de la nourriture et ce que tout fût prêt. Elle l'accompagna jusqu'au portail ; les serviteurs suivaient, impressionnés à l'idée que leur Maître allait être reçu à la cour. Ils admirèrent David lorsqu'il monta dans sa grande chaise à porteurs, revêtu d'habits neufs en soie bleue et velours noir, coiffé d'un chapeau orné de glands, et avec des bagues de jade à ses pouces.

Pivoine le suivit des yeux jusqu'à ce que la chaise à porteurs fût hors de vue. Puis elle se recoucha, mais elle ne put dormir. Il fallait se lever une ou deux heures plus tard, veiller à ce que les enfants fussent nourris, soignés et heureux, s'occuper ensuite de la fête du soir, car les dames venaient faire leur partie de mah-jong chez Kueilan. Pivoine ignorait l'heure du retour de David, mais la maison devait se tenir prête pour ce moment-là, sa Jeune Maîtresse habillée et se disposant à écouter le récit que ferait son mari. Pivoine avait toujours soin de préparer sa Maîtresse à se montrer telle qu'une épouse doit être. Elle ne laissait pas Kueilan venir décoiffée ou sa robe chiffonnée en présence de David. Et Kueilan grognait souvent :

– Je suis une vieille épouse et je voudrais avoir la paix. Il a fallu commencer par débander mes pieds, pour vous plaire, puis ce sont mes cheveux qui me causent des ennuis, mes sourcils qu'il faut épiler, mes ongles à peindre, et vous tenez à ce que je sois aussi parfumée qu'une fille de joie. Quand aurai-je la paix ?

Pivoine se contentait de sourire :

– Cela fait plaisir à votre mari, n'est-ce pas, Maîtresse ?

Un jour, Pivoine lui ayant fait cette réponse, Kueilan lança un regard perspicace et dit :

– Alors, c'est seulement pour lui plaire ? mais je ne compte pas pour vous !

Le cœur de Pivoine s'arrêta de battre. Puis elle dit simplement :

– Je pense que votre plus grande joie est ce qui fait plaisir à votre époux, mais si je me trompe, Maîtresse, dirigez-moi.

Kueilan se sentait embarrassée, pouvait-elle répondre qu'elle ne tenait pas à plaire à son mari ? Elle garda le silence, mais dorénavant Pivoine évita de parler de David à Kueilan. Elle acquit de la prudence et son âme devint aussi profonde que la vie même.

Lorsque David rentra, au milieu de la matinée, l'air fatigué mais triomphant, toute la maisonnée était prête à le recevoir, sa femme jolie, bien habillée, ses enfants propres et impatients, ses serviteurs respectueux mais remplis de curiosité.

Pivoine alla à la rencontre de David, au portail :

– C'est trop vous demander que de vous dire ce qui s'est passé ! Nous attendons les nouvelles, et, par un seul récit, tous les apprendront.

– D'abord laisse-moi boire et manger, car j'en ai besoin, répondit David. On ne nous a pas permis de nous asseoir et j'ai dû me prosterner à genoux, jusqu'à en avoir mal.

Pivoine le suivit chez lui dans la maison. Elle lui enleva son chapeau trop pesant ; ensuite il retira sa robe de brocart, si raide, et les hauts souliers de velours. Pivoine lui apporta sa robe d'été, en soie, confortable, ses souliers bas en satin ; il mangea et but ce que Pivoine lui envoya et il dormit une heure. Après quoi, il se sentit prêt.

Pivoine réunit tout le monde dans le grand hall de la demeure. David s'assit à la place la plus élevée d'où il voyait sa famille et ses serviteurs. La journée était belle, le soleil tombait sur le jardin et brillait à travers les portes grandes ouvertes. David songea alors que ce qu'il possédait devait suffire à rendre un homme fier. Sa femme, de l'autre côté de la table, en robe de doux satin vert, des boucles de jade aux oreilles, un ornement de jade dans les cheveux et aux doigts des bijoux d'or et de jade, était aussi jolie que la jeune fille qu'il avait vue pour la première fois dans le hall de Kung Chen. Elle avait près d'elle ses deux beaux garçons, habillés comme de petits hommes dans de longues robes de soie, les cheveux tressés en queue avec de la soie rouge. Le troisième fils commençait à marcher, sa nourrice le maintenait par une large ceinture de soie tandis qu'il trébuchait partout. Pivoine était assise près de la porte et David connaissait ce beau visage calme. Les serviteurs réunis attendaient, proprement vêtus. David prit son bol de thé, en but quelques gorgées, le posa et commença :

– Vous devinez que ce n'est pas chose aisée que de comparaître devant les impératrices. J'ai attendu plus de deux heures dans une antichambre avec ceux auxquels on avait accordé audience aujourd'hui, et on ne nous a donné ni sièges ni thé. Un eunuque nous avait conduits là et nous avait priés d'attendre. L'intendant en chef, lui-même, devait nous appeler. Lorsqu'il vint, ce fut tout d'abord pour nous expliquer comment nous devions nous comporter. L'impératrice de l'Est était souffrante ce jour-là et nous ne serions reçus que par l'impératrice de l'Ouest. Il nous faudrait éviter de regarder le paravent impérial derrière lequel nous serions.

Le fils aîné de David interrompit son père :

– Dieh-dieh, ne l'avez-vous pas vue ?

David secoua la tête :

– Personne ne peut la voir, mon premier fils. Elle est impératrice, mais elle est aussi femme, – une femme très belle et veuve. Elle a des manières correctes.

Enfin nous sommes tous entrés et on m'a donné la troisième place...

– Pourquoi la troisième, Dieh-dieh ? demanda encore le fils aîné.

David parut agacé et Pivoine se leva doucement, entraîna le petit garçon auprès d'elle et l'entoura de son bras. David poursuivit :

– J'étais le troisième parce que je ne possède pas de rang officiel, comme ceux qui me précédaient. J'étais le premier sans aucun rang et cela parce que Kung Chen jouit d'une faveur spéciale dans notre province et que notre gouverneur a fait mention de son nom à la cour.

David continua, il dit comment il était entré, comment il avait salué si profondément que sa tête touchait le sol, et comment il avait dû rester dans cette position jusqu'à ce que son nom fût appelé. Il se leva alors et, la tête toujours courbée, présenta les dons qu'on lui avait enlevés des mains à son arrivée. Il expliqua que ces dons venaient d'Europe, moins beaux que ce qui se trouvait déjà dans la salle, mais qu'il espérait cependant que Sa Majesté trouverait un moment de loisir pour se distraire en examinant ce qu'ils avaient de curieux. Puis il parla de la maison d'Ezra, de son contrat avec celle de Kung. Il remercia ensuite l'impératrice, car ses ancêtres venaient de l'étranger et ils avaient cependant vécu ici en paix.

David s'interrompit et regarda autour de lui avec une certaine fierté :

– Quand j'ai dit cela, l'impératrice de l'Ouest m'a adressé la parole.

– Qu'a-t-elle dit ? demanda Kueilan.

– Elle m'a demandé si tu étais étrangère, toi aussi. J'ai répondu non. Puis elle s'est informée de mes enfants, j'ai dit que j'avais trois fils. Alors, écoutez-moi bien, elle m'a donné ordre de les lui amener demain parce qu'elle n'a jamais vu d'enfants de sang étranger.

Quel mélange de consternation, d'orgueil et d'excitation, ces paroles n'amenèrent-elles pas ?

– A-t-elle dit le jour ? demanda Kueilan.

– Demain, à quatre heures de l'après-midi, nous devons tous y aller. J'attendrai dans l'antichambre mais toi, les enfants et leurs bonnes irez dans le jardin où les dames de la cour cueillent des fleurs. L'intendant en chef vous y conduira et vous reviendrez lorsqu'il vous le dira.

– Il faut que Pivoine vienne aussi, dit Kueilan.

– Oh ! non, s'écria Pivoine.

– Mais si, déclara David avec autorité. Tu es la seule qui puisse empêcher un enfant de pleurer.

Il en fut ainsi décidé, et, pour une fois, Kueilan se sentit trop troublée pour bien jouer au mah-jong ! Ce soir-là, lorsque Pivoine vint pour la coucher, elle la trouva très irritée d'avoir perdu tellement d'argent.

– Votre seigneur est riche et généreux, lui dit Pivoine. Il ne vous fera pas de reproches.

Mais Kueilan refusa toute consolation et continua d'être maussade jusqu'à ce que Pivoine l'eût laissée dans son lit pour prévenir David que sa femme était prête à s'endormir.

Pivoine le trouva méditant dans son jardin, assis dans un fauteuil de bambou, sous un pin tordu. Il écouta, inclina la tête, mais resta assis. Pivoine attendit ; elle se demandait s'il ne voulait pas lui faire part de ses réflexions. Comme il persistait dans son silence, elle le questionna afin de se donner une excuse pour s'attarder.

– Quelle impression vous a faite la voix de l'impératrice de l'Ouest ? demanda-t-elle.

– Forte, fraîche, mais sans douceur, répondit-il.

Il parla alors de ce qu'il avait dans l'esprit :

– Pivoine, je n'ai jamais senti aussi clairement la clémence impériale témoignée à mon peuple. L'impératrice savait que j'étais étranger, elle m'a écouté quand je l'ai remerciée et elle n'a exprimé qu'un seul désir, celui de voir mes enfants.

– La curiosité féminine chez une impératrice !... fit en souriant Pivoine.

– Mais pas la moindre aversion.

– Pourquoi y aurait-il de l'aversion ? Votre peuple n'est jamais entré en guerre chez nous, il n'a jamais pris ce qui ne lui appartenait pas, ni en terres, ni en marchandises, dit Pivoine avec chaleur. Vous vous êtes montrés un bon peuple, – vous et votre père, – vous êtes des hommes justes et bons.

David lança à Pivoine un regard étrange :

– Notre bonté ne nous a guère servis dans le reste du monde.

– Tous ces gens, dans les pays étrangers, sont déraisonnables. Ici nous apprenons la raison en buvant le lait de notre mère, répondit Pivoine.

Elle se retira alors, et plus elle réfléchissait aux paroles de David, plus elle mettait en doute que cette reconnaissance envers l'impératrice fût chose salutaire, ainsi que ce rappel de la qualité d'étranger. Pivoine soupira et, pour la première fois, désira qu'une date fût fixée pour leur retour chez eux.

Le lendemain, personne n'eut le temps de penser ou de désirer quoi que ce fût. Kueilan passa la journée à se baigner, à se poudrer et à s'habiller. Il fallut régulariser la ligne de ses cheveux sur son front, arracher chacun de ceux qui tendaient à se redresser ; Pivoine seule y arrivait sans provoquer de douleur. L'ongle si long du troisième doigt se cassa et Kueilan répandit des pleurs de rage.

– Comment vais-je cacher cela ? demanda-t-elle à Pivoine en lui tendant sa petite main qui ressemblait encore à un bouton de lotus.

– Nous lui mettrons tout de même un étui d'argent, et personne ne verra que l'ongle est cassé en dessous. Ne bougez plus, Maîtresse, je vous en prie ; laissez-vous servir, de crainte que vous n'en cassiez un autre.

Kueilan se désola ensuite à cause de ses pieds. Elle regarda ses souliers d'un air dégoûté, car ils étaient beaucoup plus grands que ceux d'autrefois :

– J'ai honte de montrer ces énormes pieds de paysanne, dit-elle à Pivoine. Je regrette bien de vous avoir écoutée.

– Votre seigneur en a été très heureux, dit Pivoine, oubliant qu'elle ne devait plus parler de lui.

– Seulement un jour ou deux... (Et Kueilan fit la moue.) Il a oublié toutes les souffrances que j'ai endurées, il ne regarde jamais mes pieds, mais moi, je les vois chaque jour. Je me sentirai déshonorée devant les impératrices ; leurs pieds doivent être minuscules.

Pivoine se rappela ses lectures :

– Non, Maîtresse, là vous êtes dans l'erreur. Les impératrices sont Mandchoues et non Chinoises, et leurs pieds n'ont jamais été bandés. Ils sont plus grands que les vôtres.

Kueilan se récria, mais se consola. Elle fut prête enfin, et elle s'assit, très belle, sans bouger pour ne pas gâter cette beauté, pendant que Pivoine faisait habiller les enfants devant sa Maîtresse, ce qui réclama aussi beaucoup de patience car la robe de l'aîné ne plaisait pas à Kueilan, et lorsque tous furent prêts, le troisième fils, trop ému par tant d'énervement et de bruit, rendit son repas, salit ses vêtements et on dut l'habiller de nouveau.

– Je voudrais que ce soit fini et être dans mon lit, s'écria Kueilan lorsqu'elle se leva pour aller au portail où attendaient les chaises à porteurs.

– Maîtresse, vous parlerez à vos petits-enfants de cette heure-ci, dit Pivoine en souriant, pour la réconforter.

Ils se mirent en chemin, David en tête et toute la famille à sa suite. Ils furent bientôt en vue du grand carré de murs du palais. Au portail, on les retint pour les pourboires à donner aux gardiens, puis on permit aux porteurs d'entrer. Les battants du portail se refermèrent derrière eux, les chaises à porteurs furent posées à terre; David sortit le premier de la sienne, puis il attendit pendant que les autres quittaient les leurs. Il passa sa famille en revue, et son orgueil grandit à la vue de sa jolie femme et de ses enfants pleins de santé, puis il se tourna anxieusement vers Pivoine.

– Reste près d'eux, Pivoine, ne laisse pas les petits garçons courir de côté et d'autre... aide leur mère à bien répondre si on s'adresse à elle.

– Que votre cœur soit en paix, répondit Pivoine.

Mais le sien était loin de posséder cette paix.

Ils laissèrent David, et un eunuque les conduisit à un portail intérieur où l'intendant en chef vint à leur rencontre. C'était un homme grand et vigoureux, un eunuque lui aussi, comme tous les hommes vivant entre ces murs, à part l'empereur. Il déplut aussitôt à Pivoine. Il était bel homme, avait la figure ronde et glabre, la voix haute, doucereuse et cependant dure. Il n'avait pas le regard d'un eunuque. Il dévisagea Pivoine avec une insistance et une admiration insolentes. Elle détourna les yeux. Malgré elle, Pivoine se sentit rougir, puis elle eut froid. S'il allait croire qu'elle rougissait parce qu'il l'avait impressionnée? Elle se tint près de sa Maîtresse, prit la main des deux petits garçons et, tous ensemble, ils suivirent l'intendant en chef dans le jardin.

A la porte il s'arrêta et, de nouveau, son regard insolent se dirigea sur Pivoine pendant qu'il donnait des instructions de sa voix haute et cruelle.

– Leurs Majestés Impériales sont en train d'examiner les nymphéas, dit-il. Vous devez vous tenir près du grand pin, à l'intérieur du jardin. Lorsque Leurs Majestés passeront devant vous, il faudra vous incliner tous, même les enfants, et ne rien dire à moins qu'elles ne vous adressent la parole. Si elles se taisent, je vous emmènerai, mais si elles vous posent une question, je la répéterai et vous me donnerez, à moi, la réponse que je transmettrai à Leurs Majestés.

L'intendant les conduisit et elles attendirent avec lui à côté du grand pin. On apercevait au loin les impératrices, au soleil, parmi les fleurs, et suivies de plus d'une vingtaine de dames d'honneur, vêtues de robes multicolores. L'effet en était ravissant, et Pivoine eût aimé y prendre plaisir, mais la présence de l'intendant l'en empêcha. Il s'était placé exactement derrière elle et se tenait si près qu'elle sentait une haleine chaude sur sa nuque, et des regards fixés sur ses cheveux, son cou et ses épaules. Elle fit un pas en avant, mais l'autre en fit autant. Brusquement, elle crut se trouver mal. La ravissante image, devant elle, devint brumeuse et les brillantes couleurs se fondirent en un nuageux arc-en-ciel. Faire un pas de plus serait une incorrection envers sa Maîtresse, et cependant Pivoine ne pouvait pas endurer la terreur que lui inspirait cet homme, derrière elle. Lorsqu'elle vacilla, il se pressa davantage contre elle, sous prétexte de lui dire tout bas :

– La plus grande est l'impératrice de l'Ouest. Si l'une d'elles doit parler, ce sera elle, car l'impératrice de l'Est ne parle jamais la première.

Il regarda par-dessus la tête de Pivoine et elle sentit ce corps énorme se coller à elle d'une manière répugnante. Elle ne put le supporter et se glissa par côté, faisant passer la nourrice du troisième enfant à sa place. Pivoine ne leva pas les yeux en opérant ce changement, mais l'intendant lui en fit reproche :

– Ne causez pas d'agitation, femme, Leurs Majestés approchent.

– Restez tranquille, Pivoine, fit Kueilan dans un murmure et, malgré tout, distinctement.

Pivoine dut se maintenir debout. Elle sentit la rougeur lui monter de nouveau aux joues, et toute trace de plaisir avait disparu. Elle entendit à peine ce qui suivit et fit de grands efforts pour ne pas pleurer.

L'impératrice de l'Ouest s'était arrêtée, ainsi que celle de l'Est et les dames de la cour.

– Qui sont ces personnes ? demanda l'impératrice de l'Ouest à l'intendant en chef.

Il les nomma, et le petit groupe de la famille d'Ezra se tint immobile pendant que l'impératrice l'observait. Pivoine ne leva pas les yeux, c'était interdit, mais elle aperçut les mains royales : l'une tenait un éventail de jade et l'autre pendait, vide, le long du corps. Ces mains étaient fortes pour des mains de femme, grandes, mais ravissantes de forme. Chaque doigt était orné, sur l'ongle, d'un étui en or ciselé et incrusté de bijoux. Sous la longue robe, les pieds paraissaient, chaussés de souliers brodés dont la semelle de satin capitonnée avait bien quinze centimètres d'épaisseur pour rehausser la taille de l'impératrice.

L'impératrice de l'Est se taisait, mais celle de l'Ouest regarda longuement les petits garçons :

– Ils ont l'aspect étranger, dit-elle à ses dames d'honneur. Des cheveux noirs, mais qui ne sont pas raides. Des yeux ronds, des nez busqués. Cependant ils sont beaux et ont l'air en bonne santé. Je voudrais bien que l'enfant royal ait une apparence aussi saine.

Elle soupira et donna l'ordre de leur distribuer des friandises, à tous. Pivoine remercia le Ciel de ce que le bébé restât sage. Puis elle entendit l'impératrice de l'Ouest poser encore une question.

– Qui est cette jolie fille?

Pivoine comprit qu'il s'agissait d'elle et elle courba la tête un peu plus bas.

– C'est notre esclave, dit Kueilan à l'intendant en chef.

Et il cria très fort :

– Une esclave, Votre Majesté.

– Trop jolie pour une esclave, dit froidement l'impératrice.

Ce fut tout. L'impératrice de l'Ouest continua son chemin, suivie de l'impératrice de l'Est et des dames de la cour. L'intendant en chef ramena la famille Ezra et Pivoine au-dehors. Il se montra fort aimable, combla les enfants de douceurs et, glissant sa main dans sa poche intérieure, il prit de l'argent.

– Ceci est pour vous, dit-il à Pivoine. Sa Majesté ne fait jamais attention à une femme. Qu'elle ait parlé de vous, c'est une chose exceptionnelle. Un mot de moi vous amènera à la cour et vous ne manquerez de rien tant que vous vivrez.

Tout en parlant, il tenait l'argent dans sa large paume. Pivoine ne le prit pas; elle se hâta, entraînant les enfants en secouant la tête sans pouvoir parler. Jamais elle n'avait été aussi heureuse de retrouver David qui s'avança à leur rencontre et elle répondit rapidement à ses questions, tandis qu'elle s'affairait.

– Oui, les enfants ont été sages. La Jeune Maîtresse était très belle. Sa Majesté a parlé de l'air de santé des enfants.

Et elle se dépêchait autant que possible pour se réfugier derrière les rideaux de sa chaise à porteurs car l'intendant en chef ne la quittait pas des yeux. Lorsque les rideaux furent baissés autour d'elle et qu'elle sentit la chaise soulevée sur les épaules des hommes, elle sortit son mouchoir et pleura abondamment. Jusqu'au départ, elle ne quitterait pas les murs de la maison! Un homme aussi puissant que l'intendant en chef pourrait étendre la main et s'emparer d'elle dans la rue. Elle déciderait David à repartir le plus vite possible. Mais comment lui dirait-elle cela?

Elle pleura tout le long du chemin et ne sécha ses larmes qu'à l'entrée de leur rue. Une fois dans la maison, elle fut très occupée, et détourna son visage. Au milieu de la lassitude générale, de l'irritabilité de sa Maîtresse, et des pleurs des enfants, elle passa inaperçue, car David se retira dans ses appartements, comme chaque fois que les enfants étaient insupportables. La journée finie, lorsque tous reposèrent, Pivoine alla se coucher, elle aussi, sans avoir vu David. Elle pleura de nouveau, se demanda si elle devait lui parler, mais, lasse de tant de frayeur et d'énervement, elle s'endormit à son tour sans avoir rien décidé.

David découvrit la situation dans laquelle se trouvait Pivoine, avant même d'avoir aperçu son esclave. Il terminait son déjeuner et se préparait à visiter, au sud de la ville, un magasin où l'on tissait des tapis d'après des dessins nouveaux, lorsqu'un messager se présenta au portail, vêtu de jaune; c'était la livrée impériale. Il se montra très hautain, et effraya les portiers et les serviteurs par sa grosse voix et ses manières grandiloquentes, disant qu'il apportait une lettre adressée à l'étranger surnommé Chao, de la cité de K'Aifeng, résidant actuellement dans le Huting du Cheval d'Argent.

Chao était le surnom de la famille Ezra, la lettre était bien pour David. Le portier la prit, fit asseoir le messager impérial et courut remettre le pli au serviteur en chef qui le donna à David au moment où il se préparait à sortir.

– Maître, cela vient du palais, dit le serviteur tout haletant.

David, très surpris, prit la lettre et l'ouvrit. Son visage changea d'expression à mesure qu'il lisait; étonné tout d'abord, il devint sévère.

– Le messager attend-il?

– Au portail, Maître.

– Payez-le bien et dites-lui que je lui donnerai la réponse lorsque j'aurai examiné la proposition.

L'homme se retira, paya le messager, puis s'empressa de

répandre dans toute la maison la nouvelle que son Maître avait été nommé à un poste élevé dans le palais. Cette rumeur parvint aux oreilles de Pivoine, et, aussitôt, elle eut peur. Si David était tenté de demeurer à proximité de la cour, comment resterait-elle auprès de lui ? Elle ne serait jamais à l'abri du méchant eunuque. Elle vit tout crouler autour d'elle, et elle se sentit si faible qu'elle avait peine à poursuivre sa tâche et à disposer des lis dans un vase. Il fallait absolument qu'elle raconte à David ce qui s'était passé.

Mais avant qu'elle en ait eu le temps, David l'envoya chercher. Il la faisait rarement demander ; et lorsqu'il voulut lui parler, il parcourait la maison jusqu'à ce qu'il l'eût trouvée. Pivoine comprit donc qu'il s'agissait d'un entretien particulier et, lorsque le serviteur vint la prévenir, elle inclina la tête, mit les fleurs dans l'eau, et sortit aussitôt.

David était au milieu de son petit salon. Il tenait une grande enveloppe jaune à la main. Lorsque Pivoine entra, il la lui tendit en demandant :

– Qu'est-ce que cela signifie ?

Elle prit la lettre et la lut. C'était une offre de l'intendant en chef d'acheter Pivoine comme servante pour une des dames de la cour. Écrit en termes arrogants, le billet était, en somme, un ordre. Pivoine le replia, le remit dans l'enveloppe et regarda David sans pouvoir proférer une parole. Des larmes lui montèrent de nouveau aux yeux.

– Assieds-toi, Pivoine, dit David en s'asseyant lui aussi.

Elle s'assit, baissa la tête et s'essuya les yeux avec le bord de sa manche.

– Connais-tu l'explication de ceci ? demanda-t-il avec bonté.

David semblait croire que Pivoine était au courant de cette demande, ce qui la consterna. Elle secoua la tête, mais ses pleurs l'empêchaient toujours de parler.

– Allons, Pivoine, dit-il, finissant par se fâcher, aie le courage de m'avouer que tu désires quitter ma maison.

La colère de David sécha aussitôt les larmes de Pivoine.

– Osez me dire que je manque de courage ! s'écria-t-elle.

– Voilà qui te ressemble davantage. Raconte-moi donc ce qui en est.

Pivoine lui dit ce qui s'était passé la veille ; David se sentait de plus en plus furieux et accablé.

– Dans quelle impasse nous trouvons-nous ! s'écria-t-il. Si nous prolongeons notre séjour ici, l'intendant en chef nous rendra la vie impossible. Un mot de lui, et tous les marchands craindront d'avoir affaire à nous.

– Et c'est ma faute, dit Pivoine, très malheureuse. Laissez-moi partir.

– Te vendre ! s'écria David.

Il y avait tant de chaleur dans sa voix que Pivoine reprit courage.

– Je pourrais m'enfuir.

– Tu pourrais t'enfuir, répéta-t-il. Et que deviendrais-je, moi, Pivoine ? Pourrais-je me le pardonner ?

– Si je me sauve, je retrouverai toujours mon chemin vers vous, dit Pivoine, très troublée.

Leurs yeux se rencontrèrent en un long regard étrange ; Pivoine, humble, tremblante et craintive, et David, effrayé, non seulement de ce qu'il lisait sur le visage de Pivoine, mais de ce qu'il découvrait dans son propre cœur. Il ne pouvait pas lui permettre de partir. Il était jaloux de ce que l'intendant en chef l'eût remarquée, et il se faisait des reproches.

– Comment oserais-je te laisser sortir de chez moi ? murmura-t-il.

Pivoine baissa les yeux sans répondre. David vit les longs cils droits de la jeune fille reposer sur ses joues et il se leva brusquement.

– Fais tous les préparatifs, dit-il, nous repartons ce soir.

Elle se leva lentement et le regarda :

– David, murmura-t-elle, sans s'apercevoir qu'elle prononçait son nom. Ne pensez pas à moi.

– Je pense à toi, fit-il d'un ton bref. Pivoine, je t'en donne l'ordre.

– Je vous obéirai, David !

Sa voix était aussi douce que son souffle.

Ce soir-là, peu après minuit, toute la famille quitta Pékin dans les chars à mules. A un ami, qui se trouvait à la tête des magasins de Kung Chen, David confia la véritable raison de son départ.

– La jeune fille a été une sœur pour ma femme plutôt qu'une esclave, et on ne peut accepter cela.

Le commerçant répondit :

– Cet intendant en chef est un véritable démon, combien de familles dans cette ville ont perdu leurs filles à cause de lui !

David dit aussi la vérité à sa femme, en quelques mots simples. Kueilan se sentit un peu effrayée, sans vouloir le paraître, et elle répondit :

– Ce serait très heureux pour Pivoine d'être au palais. Nous aurions une amie là-bas et elle est si intelligente, peut-être deviendrait-elle servante de l'impératrice !

David ne voulut pas en entendre parler.

– Pivoine a été chez nous de tout temps et on ne peut plus la vendre comme esclave.

Ici, Kueilan lui lança un coup d'œil un peu soupçonneux, mais il ne parut pas s'en apercevoir.

Le départ fut silencieux. Les portes de la ville étaient closes et David dut largement payer les gardiens pour qu'ils consentissent à déverrouiller les grosses serrures. Une fois les portes ouvertes, les chars sortirent rapidement et au matin, ils avaient déjà fait du chemin vers le canal.

XII

Sur le chemin du retour, David ne parla presque pas. Les paysages nouveaux, qui lui avaient procuré tellement de plaisir à l'aller, semblaient lui être devenus indifférents. Le pays était cependant aussi beau, peut-être même encore plus, car les arbres et les champs étaient dans toute leur gloire. On avait récolté le blé et, dans le Nord, le millet s'élevait très haut. On était en pleine saison de piraterie, car les hautes tiges du millet permettaient aux voleurs de s'y dissimuler. David ne se sentit rassuré qu'en atteignant le canal. Mais la bonne fortune les accompagna et ils eurent beau entendre parler des bandits qui les avaient précédés, ils n'en virent aucun sur leur parcours.

La raison en était que, par quelque méprise, les brigands avaient ignoré que le gouverneur de la province était en route pour la capitale et l'avaient pris pour un homme riche quelconque. Lorsque les soldats se jetèrent sur eux, les bandits se sentirent si confus qu'après une courte lutte, ils se retirèrent déconfits et se cachèrent dans leurs cavernes et leurs montagnes, pendant plusieurs jours. Assaillir un gouverneur ou quelque dignitaire est considéré comme un crime et le roi des bandits envoya aussitôt son tribut et se fit d'amers reproches pour s'être attaqué à un personnage aussi auguste ; il promit même de couper les têtes de ceux qui avaient conduit l'attaque et de les livrer au gouverneur le jour qui lui plairait. Le gouverneur lui demanda d'épargner ces hommes, mais de leur infliger une punition : interdiction pendant un mois de voler qui que ce fût sur la route entre le fleuve et la capitale, et par un heureux hasard, David et sa famille voyagèrent durant cet intervalle. Ils rejoignirent le fleuve et s'embarquèrent sur une jonque pour rentrer chez eux. Il y avait bien des pirates sur l'eau, mais David fit hisser les mêmes drapeaux qu'à l'aller, portant l'insigne de la cour impériale, ce qui assurait une bonne protection.

Le voyage fut lent, car, au milieu de l'été, les vents sont doux et faibles, et comme la jonque se dirigeait vers l'ouest, le courant était contraire. David avait tout le loisir de rester seul avec ses pensées et il s'attardait sur le pont à contempler le paysage qui glissait lentement. Les bateliers installèrent une large tente pour l'abriter du soleil brûlant. Et sous cette tente, assis sur des coussins, David était très confortablement installé, quant au corps, mais il avait l'esprit tourmenté. Ce tourment le rendait très doux avec ses enfants et sa femme. Il leur prêta plus d'attention que de coutume; il écoutait le bavardage de ses fils, et supportait avec courtoisie les moindres caprices de Kueilan. Il avait pris peu à peu, ces dernières années, l'habitude de se montrer impatient à son égard. Mais il se maîtrisa et s'efforça de répondre gentiment, même lorsqu'elle disait des absurdités. Il donna d'interminables explications à ses fils, en réponse à leurs nombreuses questions; il alla jusqu'à tenir la ceinture du plus jeune pour l'empêcher de tomber à l'eau. En somme, David avait changé.

Rien de tout cela n'échappait à Pivoine, et elle souffrait de voir que cette nouvelle mansuétude ne s'adressait pas à elle. David la fuyait. Elle s'en aperçut clairement à mesure que les jours s'écoulaient dans la promiscuité forcée de la jonque. Quand elle allait sur le pont, le soir, ceux dont elle avait la charge étant prêts pour la nuit, elle n'y rencontrait jamais son Maître, même lorsque la lune brillait, splendide, sur le fleuve. Il s'arrangeait de façon à ne jamais rester seul avec elle, à ne pas lui adresser la parole autrement que pour la questionner au sujet des enfants ou de leur mère, et c'était toujours devant les autres. Pivoine se sentit blessée au vif, car elle se demandait si ce changement ne provenait pas de ce qu'elle était la cause du départ si hâtif de la capitale où il eût peut-être préféré prolonger son séjour. Elle soupira. Il lui était pénible de croire que David ressemblait, en cela, aux autres hommes et aimait moins celle pour laquelle il avait sacrifié son plaisir. Pivoine se fit des reproches. Elle n'aurait pas dû le laisser renoncer pour elle à quoi que ce fût. L'orgueil chez elle se mêla au désespoir. Elle résolut, si cette attitude persistait, de se tenir sur la réserve, et même de quitter la maison. Mais où irait-elle? Elle ne trouvait aucune réponse à cette question. « Il me faudra rester cachée dans sa demeure, comme les souris et les grillons », se dit-elle.

Si David s'aperçut du silence de Pivoine, s'il soupçonna la blessure à son amour-propre, il n'en laissa rien voir. Les jours passèrent un à un, au milieu de l'été, et les voyageurs approchèrent de chez eux. David envoya des coureurs annoncer à son père qu'avec un vent favorable, ils arrivaient dans une semaine, mais que si le vent tombait ou si un orage éclatait, il faudrait compter une semaine de plus. David était très désireux d'arriver avant la fin de l'été, saison des orages, lorsque toutes les embarcations sur le fleuve doivent se tenir prêtes à rentrer au port. Les vents leur vinrent en aide pendant quelques jours, puis on utilisa le halage, et à la fin du dixième jour, ils aperçurent les murs de la ville qui s'élevaient dans la plaine. Tous étaient heureux de reconnaître les rives familières. Ezra, ainsi que Kung Chen et ses fils, les attendaient sur la rive, accompagnés de chars à mules, de chaises à porteurs et d'hommes de peine.

– Te voilà, mon fils, s'écria Ezra avec joie. (Il prit David dans ses bras et pressa sa joue contre l'épaule de son grand fils.) Je ne t'attendais pas avant six mois au moins, mais quelle joie de te revoir !

Kung Chen, avec un signe de tête affectueux, serra dans les siennes les mains de David ; il accueillit sa fille, les enfants, salua Pivoine, puis tous montèrent dans les chars et les chaises à porteurs pour rentrer chez eux. Les fonctionnaires avaient donné l'ordre de faire partir des pétards aux portes de la ville et à celle d'Ezra. Vieux Wang et Wang Ma tenaient des pétards enfilés à des cordes et les firent partir à leur tour, en sorte que la famille se trouva réunie au milieu du tintamarre et des réjouissances.

Comme Pivoine se sentait heureuse de se retrouver saine et sauve derrière ces portes !

– Rien n'a changé, dit-elle à Wang Ma en entrant dans la cour.

– Il y a bien une petite mort, dit Wang Ma à Pivoine, sans quoi, tout va bien.

– Ce n'est pas Petite Chienne ? s'écria Pivoine.

Wang Ma fit un signe affirmatif :

– La petite bête a langui après ton départ. Elle refusait de manger. J'ai essayé de lui faire avaler de la viande hachée très finement pour ménager ses dents. J'ai acheté du foie de porc frais pour elle, mais elle n'a rien voulu savoir.

– J'aurais dû l'emmener avec moi, dit Pivoine.

– Elle aurait regretté la maison, répondit Wang Ma, et de toute façon elle serait morte.

Pivoine ne dit rien de plus, mais Petite Chienne lui manqua beaucoup. Et lorsqu'elle eut installé sa Maîtresse et les enfants dans leur chambre, elle alla dans sa petite cour, mais elle ne put en supporter le calme. Elle s'y sentait isolée de tous. Elle s'assit, pleura un peu, doucement, et soupira de temps à autre. Le coussin de Petite Chienne était encore sous la table et Pivoine le regarda d'un air pitoyable ; elle se demanda si elle remplacerait un jour Petite Chienne. Les chiens sont nombreux, faciles à trouver et personne ne se soucie qu'ils vivent ou meurent. Mais Pivoine ne voulait que la bête qu'elle avait connue et perdue ; elle se faisait des reproches, elle était trop exclusive.

– Je suis stupide, dit-elle à mi-voix, j'aime d'une façon trop étroite.

Elle songeait à Petite Chienne, mais ses pensées allèrent vers David. Et de nouveau elle se reprocha cette exclusivité qui la faisait s'accrocher à David, alors qu'une autre femme eût renoncé à lui, eût choisi un bon mari, heureuse d'avoir des enfants, une vie gaie, même sans l'homme qu'elle aimait. Mais elle avait beau s'en vouloir, elle ne pouvait changer son cœur obstiné. « Il faut que je me contente de moi-même, telle que je suis », se dit-elle tristement, et lorsqu'elle eut versé quelques larmes, elle se lava la figure, se brossa les cheveux, changea de vêtements et sortit de sa chambre pour accomplir son devoir envers sa Maîtresse et les enfants.

David resta tard ce soir-là avec son père. Ils avaient dîné seuls, pour le premier jour, et promis de dîner avec Kung Chen le lendemain. Ils avaient des choses à se dire, tous les deux. Ezra eut beau déclarer bien se porter, David le trouva maigri. En l'observant mieux, il s'aperçut que son père devenait un vieillard. Il avait des rides sur les joues, sous la barbe, sa paupière droite retombait légèrement. Il se plaignit de raideur dans le côté gauche, et il traînait un peu la jambe en marchant. Cependant son regard restait vif et brillant et le timbre de sa voix était aussi fort que jamais.

– Cette raideur vous est-elle venue peu à peu ou brusquement ? demanda David.

– Je me suis réveillé ainsi, il y a deux mois. Pendant quelques jours, ma langue était pâteuse et je ne parlais pas clairement. Wang Ma a été chercher le médecin ; il m'a ordonné une infusion qui m'a fait du bien.

– Père, il faut me permettre de vous aider davantage.

– C'est déjà fait, mon fils. Pendant ton absence, je t'ai placé à la tête de mes affaires et, à partir de maintenant, tu es celui qui dira oui ou non et qui décidera de tout. Kung Chen a fait la même chose pour son fils aîné. Vous êtes associés, et nous, les deux grands-pères, nous resterons chez nous, à moins que nous ayons envie de vous donner un conseil.

David se sentit ému et fier. Cependant il éprouvait une vague tristesse. C'était le commencement de la fin pour son père. A mesure que lui-même atteignait la force de l'âge, son père déclinait. C'était la marche inévitable des générations et rien ne peut en arrêter le cours. Mais David se dit que jusqu'à la mort de son père, il se montrerait toujours très doux avec lui et céderait à tous ses désirs.

– Ta mère me manque, mon fils, dit brusquement Ezra.

Il regarda David, et ses yeux s'humectèrent ; il essuya ses larmes avec son poing. Il était tard, la maison reposait tranquille et les grandes bougies tremblottaient au souffle du vent d'été qui passait dans les portes ouvertes et sur la douce obscurité du jardin.

– Elle nous manque à tous, fit David, d'une voix très calme. La maison n'est plus la même depuis son départ, pour chacun de nous.

Ezra semblait à peine entendre. Il s'appuya en arrière, et ses fortes mains s'agrippèrent aux bras de son fauteuil.

– Je pense à notre vie ensemble, la sienne et la mienne, poursuivit-il. Ce n'était pas une union facile, mon fils. Elle était inflexible, jusqu'au jour où j'ai appris à la connaître. Je ne pouvais jamais m'y prendre de la même façon avec elle. C'était une femme d'humeur très variable. Parfois elle répondait à la colère par la colère, parfois avec amour ou en riant. – Il me fallait choisir mon arme. Je devais me renouveler pour me mesurer avec son renouveau. Cependant, sous tous ces changements, se trouvait une pureté inégalée. Le fond de son cœur n'était que bonté et je pouvais avoir confiance en elle. Elle n'a jamais trahi son Dieu et elle n'aurait jamais pu me tromper. C'était une femme vraie.

David se taisait. Il n'avait vu, dans ses parents, que des parents, et il commençait à découvrir en eux l'homme et la femme. Il se trouvait déconcerté de songer à eux sous ce jour-là, de considérer ces deux êtres, dont il était issu, comme séparés de lui, et menant entre eux la vie intime d'un homme et d'une femme.

– Elle était intelligente, reprit Ezra. Presque exagérément, car je m'apercevais combien elle m'était supérieure par certains côtés. Quand j'étais jeune, cela me donnait parfois le spleen. Mais, en vieillissant, j'ai compris combien j'étais privilégié. Vois Kung Chen ! Un homme solitaire, pas vrai, mon fils ? Il ne me parle jamais de la mère de ses enfants, et, d'après les rares fois où je l'ai vue... elle est un peu sotte, n'est-ce pas, David ? Et lui est un homme délicat, – il ne peut pas sortir et cueillir les fleurs sauvages le long des routes. Pas plus que moi. Quand un homme a connu une femme comme ta mère, – corps et âme...

Ezra s'interrompit, soupira et reprit :

– Pendant ton absence, mon fils, et après que Kao Lien m'a laissé pour aller vers l'Ouest avec sa caravane, j'ai eu du temps à moi, et je me suis rappelé toute ma vie avec ta mère. Quel réconfort m'a été enlevé quand elle m'a quitté, mais voici une chose étrange : je n'ai jamais été dévot, comme tu le sais, mon fils, mais tant qu'elle a été dans la maison, j'ai senti que tout était bien, chez moi, devant Dieu. Elle était ma conscience, – qui me donnait des remords contre lesquels je regimbais, – mais auxquels j'attachais du prix. A présent, je me sens perdu. Dieu est loin de moi... S'il y a un Dieu ?

C'était sans doute une question, mais David ne sut comment y répondre. Il garda le silence.

Comme il continuait à se taire, Ezra reprit :

– Nous ne pouvons ni l'un ni l'autre répondre à cette question. A cause de cela, mon fils, nous ne sommes plus Juifs. J'ai fait mon choix, tu as fait le tien. Aimerais-tu revenir en arrière ?... Mais je suis resté le même homme et, dans ce cas, mon choix serait le même et le tien aussi.

– J'en suis moins certain que vous, mon père. J'aurais pu être tel homme... ou tel autre. Si Leah avait vécu...

Il s'interrompit.

– Si Leah avait vécu, répéta Ezra. (Il réfléchit.) Si Leah avait vécu, ta mère vivrait peut-être, elle aussi. Tout aurait été différent, mais d'abord il aurait fallu que nous soyons tout autres, nous-mêmes.

– Nous ne serions pas ici, fit David.

Ezra regarda son fils, assis en face de lui, de l'autre côté de la table :

– Tu veux dire...

– Que nous n'aurions pas pu habiter ici, parmi ces gens, et vivre une existence à part. Dans les autres pays d'Europe, mon père, ce serait possible, car on nous y oblige par la persécution. Là-bas nous nous attachons à notre peuple parce qu'aucun autre ne veut nous accepter ; on nous martyrise et nous sommes glorifiés par ce martyre. Nous n'avons d'autre patrie que le malheur. Mais ici, où tous nous traitent en amis, nous reçoivent, mêlent leur sang au nôtre, ce ne serait guère les récompenser que de nous tenir à l'écart.

– C'est vrai... c'est vrai, dit Ezra. Tout ce qui s'est passé était inévitable.

– Inévitable, répéta David.

– Et tes fils, mes petits-fils se mêleront encore davantage à ceux qui nous entourent, poursuivit Ezra.

– Il en sera ainsi, fit David.

Ezra réfléchissait :

– Disparaîtrons-nous alors ?

David ne répondit pas. Comme il l'avait dit lui-même, il est inévitable, lorsqu'un peuple se montre bienveillant et juste envers un autre, que les murs tombent entre eux, et qu'ils fassent partie d'une même humanité. Mais les descendants ne le comprendraient plus, oublieraient même jusqu'au nom d'Ezra ; ils seraient aussi perdus qu'une poignée de sable lancée dans le désert ou un verre d'eau dans la mer. David contemplait la longue lignée qui descendrait de ses reins, de ceux de ses fils et des fils de ses fils. Il voyait leurs visages se tourner vers lui, et tous étaient chinois.

– Nous devenons trop tristes, dit tout à coup Ezra. Ce qui a était fait est fait et ne peut être défait. Parle-moi de ton voyage, mon fils.

David se ressaisit et fit un récit complet à son père : la beauté de la grande capitale du Nord, l'aspect des gens, la noblesse de leur nature, ce qu'il avait mangé et bu, les réjouissances, l'audience en présence de l'impératrice de l'Ouest, les rumeurs qui circulaient sur son compte, et il en vint à dire la raison qui les avait obligés à quitter si soudainement la ville, en pleine nuit, par égard pour Pivoine.

Ezra était tout oreilles. Il riait parfois, ses yeux brillaient, puis devenaient encore plus aigus et attentifs lorsqu'il s'agissait d'affaires. Mais il prit l'air grave quand il fut question de Pivoine.

– Quelle mésaventure ! s'écria-t-il. Le bras si long de l'intendant en chef peut s'étendre partout et il nous faudra prévenir Kung Chen dès demain.

– Je n'aurais pu agir autrement, père.

– Non... non.

Ezra hésitait, puis il dit fermement :

– Non, mon fils, non ! Bien sûr, si elle avait été comme d'autres femmes, heureuse de saisir cette chance d'entrer au palais... Eh bien... hm... oui, alors c'eût été une bonne aubaine pour notre maison. Nous aurions eu une amie, placée en haut lieu. Mais étant ce qu'elle est. – Non, certainement pas. Cependant nous devons saisir toutes les occasions pour éviter de fâcheuses conséquences. Ce serait un grand sacrifice à accepter pour une seule femme, si notre commerce était arrêté à cause d'un grief à la cour. Ta mère disait toujours que nous faisions trop de cas de Pivoine.

A ces mots, David sentit une bouffée de chaleur et de colère monter en lui, mais il parla froidement pour se défendre :

– Eh bien, mon père, si je n'ai pas agi sagement, il me faudra réparer mes torts de quelque autre manière, car j'ai toujours considéré Pivoine comme une sœur et je n'aurais pas pu la livrer entre les mains de ce mauvais intendant. Cela j'en suis certain.

– Tant qu'elle ne sera pour toi pas plus qu'une sœur, je n'aurai pas à m'en plaindre, dit Ezra.

Ces paroles étaient claires ; elles fouillaient trop profondément, au-delà de ce que David voulait admettre et il n'y répondit pas. Il regarda les bougies qui coulaient et saisit le prétexte pour se lever et se servir des mouchettes.

– Il est tard ! s'écria-t-il. Demain, il faut que je sois de bonne heure au magasin. Bonsoir, père.

Wang Ma attendait derrière la porte, elle entra, à ces mots, apportant du thé fraîchement infusé accompagné du gruau de riz qu'Ezra buvait avant la nuit, et la journée prit fin.

Mais David ne put dormir. Il n'alla pas trouver sa femme ; il resta dans sa chambre où il découvrait tous les signes d'attention de Pivoine : les couvertures rabattues, les rideaux abaissés, le thé chaud, la pipe toute prête, la mèche des bougies coupée ; mais la jeune fille avait disparu.

Il se prépara au coucher, éteignit les bougies, écarta les rideaux et se mit au lit. Pourtant, le sommeil ne venait pas. Sa conversation avec son père avait remué de nouveau les idées qu'il retournait dans son esprit pendant les semaines passées, sur la jonque. Sa mère, Leah, Pivoine, Kueilan, ces quatre femmes avaient en quelque sorte modelé sa vie, et continuaient à le faire. Il savait qu'un homme ne se libère jamais des femmes qui l'ont fait ce qu'il est. Il soupira, s'agita et souhaita la venue du jour qui lui permettrait de retourner au magasin et d'y rencontrer des hommes qui n'avaient rien à faire avec son cœur et son âme.

Pivoine, elle aussi, était agitée cette nuit-là. Wang Ma l'avait prévenue : David était resté longtemps avec son père, ils étaient en grande conversation depuis des heures et la vieille servante n'avait pas osé entrer bien qu'il fût plus de minuit. Pivoine avait attendu avec Wang Ma sous prétexte de lui tenir compagnie, mais en réalité pour apercevoir au moins le visage de David lorsqu'il sortirait. Il ne l'avait pas vue et elle n'avait pas osé l'appeler. Elle était assise dans la cour sombre, en dehors de la faible zone de lumière qui partait de la porte ouverte et se répandait au-delà. Pivoine entendait le son des voix, et David passa si près d'elle qu'elle aurait pu le toucher, mais elle ne tendit pas la main. Il avait dû expliquer à son père la raison de leur brusque départ de Pékin, et son père lui avait peut-être fait des reproches. Elle sentait bien que le danger de complications, venant de l'intendant en chef, existait toujours, même ici, et elle repoussait l'idée qu'elle en était la cause.

David étant rentré chez lui, elle alla se coucher et, étendue, seule par cette nuit sans lune, elle réfléchit à la situation dans laquelle elle se trouvait. Les gens riches peuvent se montrer bons, comme la famille Ezra l'était envers elle, mais si quelqu'un d'inférieur, à qui l'on a témoigné cette bonté, devient une source d'ennuis, les cœurs se refroidissent vite. Pivoine avait pu croire que David l'aimait ; elle se rappelait l'expression de ses yeux, parfois. Cependant il s'était montré très froid ces dernières semaines. « Sans doute, se dit-elle, regrette-t-il déjà ce qu'il a dû faire à cause de moi. »

L'amour-propre de Pivoine lui vint de nouveau en aide ; elle résolut, dès qu'elle jugerait le moment propice, d'aller trouver David et de lui dire qu'elle voulait entrer dans le monastère bouddhiste qui se trouvait à l'intérieur des portes de la ville. Là, elle serait à l'abri de tous les hommes et David s'arrangerait pour faire savoir à l'intendant en chef qu'elle avait depuis longtemps fait le vœu d'être nonne et n'attendait que le retour du voyage dans le Nord pour accomplir ce vœu. Dans ce refuge tranquille, habité seulement par des femmes, elle serait à l'abri ; cela lui semblait doux.

Plus elle songeait à ce projet, plus il lui plaisait. Elle n'en dirait rien pendant quelques jours, elle attendrait que la première poussée des affaires fût terminée pour David. Cependant elle n'osait pas trop tarder, car cette main doucereuse et puissante risquait de sortir du palais impérial et d'amener du tracas entre ses griffes.

Le cinquième jour, David s'attarda après le repas de midi. Il ne semblait pas pressé de retourner à ses magasins. Ezra s'endormit sur la chaise longue qu'on plaçait sous les bambous, l'été, et Wang Ma s'assit auprès de lui pour éloigner les mouches. Les enfants dormaient, les serviteurs dormaient, et Kueilan dormait, elle aussi. Pivoine surveillait le repas de midi ce jour-là et pendant que les servantes emportaient les plats, elle tendit les cure-dents de bambou à David en disant :

– Ne voulez-vous pas sommeiller un peu, vous aussi ? L'air est lourd et il y a des nuages d'orage au Sud.

– Je vais aller dormir une heure dans ma cour, dit-il.

Pivoine le précéda pour placer une chaise longue en bambou sous un vieux pin et, pendant qu'elle y étendait une natte, David parut. Il avait retiré sa robe et portait ses vêtements de dessous en soie vert pâle.

– Tout est prêt, dit Pivoine.

Et elle se prépara à le quitter. La journée était si chaude que des ruisselets de sueur coulaient sur ses joues. Elle les essuya en riant :

– Je fonds ! s'écria-t-elle.

Inconsciemment, elle rencontra le regard de David et son rire s'arrêta. Elle ne l'avait jamais vu la regarder ainsi, avec une telle fixité, quelque chose de si grave, de si passionné. La rougeur lui monta aux joues et ses genoux tremblèrent. Elle parla au hasard, sans savoir ce qu'elle disait, répétant ce qu'elle avait dans l'esprit depuis plusieurs jours.

– J'ai... j'ai... attendu le bon moment pour vous... pour vous annoncer quelque chose.

– Le moment présent, répondit David.

Elle joignit les mains.

– J'ai... j'ai tellement pleuré.

– Pourquoi ?

– A cause de ce qui s'est passé dans la capitale. (Les mots se précipitaient maintenant, dans sa hâte d'en avoir fini.) Je veux vous demander... je vous en prie... j'en mourrais si je vous avais causé du tort, même un léger ennui. Je peux... je veux... entrer dans le monastère bouddhiste. J'y serai à l'abri et vous pourrez dire au... à l'intendant en chef, que je me fais nonne.

– Toi, nonne ! s'écria David, mais d'une voix assourdie.

Il rit tout bas, comme s'il craignait d'être entendu.

Mais qui pouvait l'entendre ? La maison était endormie et le soleil de cette chaude après-midi les entourait. Aucun bruit ne leur parvenait du dehors, derrière les murs. La ville dormait et les cigales elles-mêmes se taisaient. Pivoine, debout devant David, semblait prise dans un filet. Elle ne cherchait plus à parler ; elle ne le pouvait plus.

Elle ne parvenait pas à imaginer ce qui avait causé l'émotion qu'elle sentait chez David à cet instant. Elle était saisie et effrayée à la fois. L'amour brûlait dans ses veines et faisait battre son cœur, car ce David qu'elle avait cru si froid pendant toutes ces semaines, subitement n'était plus que métal en fusion.

– Pivoine, suis-moi, dit-il.

Il revint sur ses pas et elle le suivit dans son bureau. Il s'appuya contre la table et regarda la jeune fille bien en face.

– Je vais te dire une chose à présent, qui devra rester en nous notre vie entière. Si je te la dis, t'en souviendras-tu?

– Oui, murmura-t-elle.

Leurs yeux ne se détournèrent pas.

– Je me suis trompé moi-même pendant toutes ces années en disant que tu étais pour moi comme une sœur. J'ai été fou. Tu n'as jamais été une sœur pour moi. Je n'aurais jamais pu aimer une sœur comme je t'aimais quand nous étions enfants, et comme je t'aime à présent.

Il la regardait fixement et elle ne baissa pas les paupières. Elle recevait ces paroles comme un don que la vie lui accordait. Cet instant pendant lequel David prononça ces mots, c'était là le don que la vie accordait à une esclave! Il eût été si facile de tendre les deux mains et de s'emparer de ce don, d'oublier tout le reste. Mais comment cela! Pendant trop d'années, Pivoine avait pris soin de David, l'avait protégé, fortifié, avait formé des projets pour lui et l'avait aimé. Elle ne pouvait plus penser à elle-même, à présent.

Elle s'efforça de rire :

– Raison de plus, il me semble, pour me faire nonne, répondit-elle.

Il écarta ce semblant de gaieté.

– Ne cherche pas à m'échapper en riant, fit-il d'un ton sévère. Je sais aussi bien que toi ce que je viens de dire. Cependant il fallait que ce fût dit pour que tu saches pourquoi je n'ai pas pu te laisser aller dans le palais. Tant que je vivrai, il faudra que tu restes dans ma maison, Pivoine. Je ne peux pas vivre sans toi. Je le sais maintenant.

– Est-ce pour cela que vous étiez si froid avec moi, pendant toutes ces semaines, durant le voyage?

– Ce n'était pas de la froideur, je pensais à toi jour et nuit.

Pivoine ne chercha plus à rire. David était triste et résolu; elle ne pouvait supporter l'idée que cet amour lui causait du trouble.

– Je vous remercie de m'avoir dit ce que vous avez dans le cœur. (La voix de Pivoine était claire et grave.) Je garderai ces paroles dans mon cœur à moi, tant que je vivrai. Elles sont mon réconfort et me font un foyer.

Elle joignit les mains et s'inclina; elle allait sortir lorsque David la retint en disant :

– Je n'y vois pas plus loin, mais qu'adviendra-t-il de nous?

Elle s'arrêta, un pied sur le seuil, la main sur le linteau de la porte :

– Le temps nous l'apprendra, dit-elle doucement.

Et elle sortit très vite, de crainte qu'il ne s'avançât vers elle pour lui prendre la main ou toucher son épaule, et redoutant la faiblesse de son propre cœur.

Cette nuit-là, il fut impossible à Pivoine de dormir. Elle était heureuse que la lune qui avait accompagné leur voyage eût disparu. Elle se glissa dans l'obscurité jusqu'au jardin des pêchers et s'y assit, seule, sous les arbres. Les étoiles étaient cachées par les nuages, l'air était humide, la pluie menaçait. Pivoine, cependant, ne put rester longtemps assise, bientôt les moustiques se mirent à bourdonner autour d'elle. Elle agita ses larges manches comme des ailes, puis elle se leva et marcha de long en large. Ces allées et venues, si semblables à celles de Leah, heure après heure... Et la pensée de Leah amena de nouveau, sans que Pivoine pût l'écarter, le sentiment que la morte était encore là. Mais pourquoi craindre encore Leah ? Pivoine possédait l'arme qui ferait taire à jamais le fantôme. Elle n'avait qu'à aller à cette heure même rejoindre David et sceller son amour avec son corps, que pourrait alors lui faire Leah, Leah dont la chair était poussière ? Elle leva la tête vers le ciel sombre et l'extase fit déborder son cœur. Si elle allait à pas de loup, pendant que la maison dormait, prendre avantage de l'amour de David ? La victoire serait à elle.

Pivoine s'arrêta, seule dans l'obscurité, un doigt sur les lèvres, se souriant à elle-même. David pénétrerait dans la vie secrète qu'elle menait dans cette demeure et elle ne serait plus jamais seule. Mais elle secoua la tête, sa main retomba et son sourire s'effaça. Son cœur battait très fort. Pourquoi serait-ce secret ? Il n'y avait aucune loi interdisant à un homme de prendre la femme qu'il aimait. Partout, dans la ville, les hommes agissaient ainsi, de même que Kung Chen avec la jolie chanteuse qui l'avait trompé ensuite. Personne ne blâmerait David ; il n'en résulterait que bienfait pour lui, et cela le rapprocherait de ses amis. Aucune cérémonie n'était nécessaire. Pivoine, cédant au désir de son cœur, irait trouver David tout de suite. Au matin, elle en parlerait à Wang Ma, et bientôt tous le sauraient. Sa Maîtresse l'accepterait, lui accorderait la seconde place, ou bien préférerait l'ignorer et tout continuerait comme par le passé.

C'est ainsi que Pivoine raisonnait, dans l'attendrissement de son cœur. Puis, son esprit, si longtemps livré à lui-même, s'endurcit et se clarifia. David ressemblait-il aux autres ? Et l'esprit interrogea le cœur.

A ce moment, avant qu'elle ait pu se répondre, un cri étrange, étouffé, lui causa un saisissement. Elle leva la tête pour écouter et fit taire ses pensées. Aucun autre cri ne lui parvint, mais se sentant une responsabilité envers tous les membres de la famille, elle traversa aussitôt le jardin obscur, entra dans le hall faiblement éclairé et écouta. L'appartement d'Ezra ouvrait à l'est du hall et les fenêtres en donnaient sur le jardin. Elle appuya l'oreille contre la porte fermée. Elle entendit le bruit de la respiration d'Ezra qui montait par lourds gémissements, très lents, et elle ouvrit doucement la porte.

– C'est moi, Pivoine, dit-elle tout bas. Êtes-vous malade, Vieux Maître ?

Il ne répondit pas, mais sa respiration bruyante semblait lui être arrachée de la poitrine. Pivoine accourut dans la chambre et raviva l'allumette de papier brun qui couvait toujours dans une urne de cendres, alluma la lampe à huile et l'éleva bien haut de sa main droite, tandis que, de l'autre, elle écartait les rideaux. Ezra était étendu sur son lit, son oreiller repoussé de côté, la tête renversée en arrière, et sa barbe se dressait en l'air. Ses yeux étaient ouverts, vitreux, son visage pourpre et son dos arqué et raide. Il ne voyait pas Pivoine, il ne l'entendait pas, car toute son attention était absorbée par les efforts qu'il faisait pour aspirer l'air et pour le rejeter.

– Oh ! Ciel, s'écria Pivoine.

Elle laissa retomber le rideau, courut à la chambre de David et frappa. Puis elle essaya d'ouvrir. La porte était fermée à clé. Malgré son effroi, Pivoine s'arrêta. Pourquoi David s'était-il enfermé, sinon contre elle, ou peut-être contre lui-même ? Il entendit et répondit :

– Qu'y a-t-il ?

– C'est moi, Pivoine, votre père a eu une attaque.

David vint aussitôt, très grand dans ses pâles vêtements de nuit. Il attachait sa ceinture de soie et, en sortant, il dépassa Pivoine.

– J'ai entendu votre père crier... je suis entrée... j'étais dans le jardin des pêchers...

Elle balbutiait en le suivant ; ils entrèrent dans la chambre d'Ezra.

On n'entendait plus sa respiration. Lorsque David repoussa les rideaux et que Pivoine, à côté de lui, regarda le Vieux Maître, elle le vit, les bras et les jambes largement écartés, comme en lutte contre la mort. Mais il était vaincu. Il n'était plus. Sa barbe s'étalait sur sa poitrine et ses yeux semblaient regarder en l'air, sévères et froids. Pivoine éloigna légèrement David, et ferma les paupières d'Ezra de crainte qu'elles se raidissent dans cette fixité jusqu'à la désagrégation. Elle ramena les bras le long du corps, rapprocha les pieds l'un de l'autre et recouvrit le cadavre.

– Pour qu'il ait seulement l'air de dormir, murmura-t-elle.

David était resté debout tout ce temps. Puis il tomba à genoux, prit une des mains d'Ezra et la tint dans la sienne. La mort ne faisait aucun doute. Il faudrait éveiller la maisonnée, appeler Kung Chen, faire connaître cette mort dans la ville. Tout cela, il fallait le faire, mais David s'attardait, refusait d'y croire.

– Nous causions ensemble, il y a quelques heures à peine, murmura-t-il.

– C'est une bonne façon de mourir, dit doucement Pivoine.

Mais brusquement, elle eut peur. Sans Ezra dans la maison, la source de bonté n'en disparaîtrait-elle pas ? Pourquoi... pourquoi David avait-il verrouillé sa porte contre elle ? Elle s'agenouilla, enfouit sa tête sur le lit et se mit à pleurer :

– Il était si bon. (Elle sanglotait.) Il était si bon, pour moi.

Elle attendait, se demandant, le cœur désolé, si David ne mettrait pas son bras autour de ses épaules pour la consoler. Mais il n'en fit rien. Il caressa la main de son père doucement, comme si Ezra vivait encore.

XIII

C'est ainsi que mourut Ezra ben Israël. On l'enterra auprès de son père, un peu au-dessus de l'endroit ou la poussière du corps de Mme Ezra se mêlait à la terre chinoise.

David en fut frappé lorsqu'il se tint devant la tombe ouverte de son père. Il songeait à sa mère, à cette forte personnalité qui avait influencé la sienne et l'influençait encore. La lutte qu'elle avait poursuivie toute son existence pour demeurer à part, avec sa famille, était terminée. La mort l'avait vaincue. L'air, au début de cette soirée, était doux sur la colline, et David ne restait pas indifférent à la grande foule qui assistait avec lui aux funérailles de son père. Il était presque heureux que sa mère n'y fût pas, pour voir à quel point la bonté des nombreux amis d'Ezra avait contribué à rendre cet enterrement semblable à celui d'un éminent fonctionnaire chinois, car il était difficile d'y découvrir quoi que ce fût de juif. David seul conservait en lui-même le sentiment de son origine. Il comprenait, pour la première fois de sa vie, pourquoi sa mère avait désiré si profondément retourner dans leur patrie et y être ensevelie. Elle savait certainement, comme elle savait bien des choses qu'elle ne disait pas, que, si elle mourait ici, sa poussière se mélangerait à celle d'une terre étrangère. Cinq cités mortes gisaient, superposées, dans les profondeurs du sol sur lequel David se tenait. Des générations successives les avaient construites, ces cités, les unes au-dessus des autres, sur ce vieux coin de pays où l'on ne pouvait creuser assez profondément pour éviter les anciens morts. Son père et sa mère étaient inexorablement condamnés au sol commun des autres humains et jamais plus ils ne pourraient appartenir à un peuple séparé.

Les psalmodies des prêtres bouddhistes saisirent tout à coup David. Il avait vraiment désiré les refuser lorsque le prêtre du temple du Bouddha Doré était venu s'incliner devant la mort, et il s'était efforcé d'expliquer que le bouddhisme n'était pas la religion de leur père. Avec toute la courtoisie qu'il put rassembler, il avait essayé de révéler au vieux prêtre que des chants bouddhistes n'étaient guère ce qui convenait devant la tombe de son père. Le prêtre avait répondu, avec une grande dignité :

– Votre père, bien qu'étranger, avait un grand cœur, et il ne s'est jamais écarté d'aucun homme. Nous voulons l'honorer avec ce que nous possédons, et nous n'avons rien d'autre que notre religion.

La basse et douce lamentation des psalmodies se répercuta sur le flanc de la colline et s'éleva vers le ciel. David réfléchissait en écoutant, tête baissée et les mains jointes. De chaque côté se tenaient ses fils, vêtus, comme leur père, de rude toile de sac blanche. Le plus jeune lui-même était habillé ainsi. Derrière David, sa femme pleurait, consciencieusement, tout haut, et il devinait qu'elle s'appuyait sur Pivoine. Pivoine! De tout ce qui lui était cher dans son enfance, elle seule demeurait. Il songeait à cette heure, trois jours auparavant, quand il lui avait dit qu'il l'aimait et qu'il n'avait pas osé ajouter à quel point il désirait la posséder entièrement. Il en gardait, même à présent, une sensation de malaise, se souvenant de la colère de sa mère chaque fois que son père rappelait que lui-même était le fils d'une concubine. Cependant, ici, parmi ses amis, ces gens qui le soutenaient généreusement aujourd'hui, pas une voix ne s'élèverait contre lui, s'il prenait Pivoine comme concubine. Tous le féliciteraient sur la beauté de la jeune fille et l'accueilleraient, lui, comme l'un des leurs. Aucun risque non plus que sa femme eût à s'en plaindre car Pivoine avait trop de délicatesse et de courtoisie pour blesser Kueilan, et son attitude ne changerait jamais à l'égard de sa maîtresse.

Cependant durant la nuit, bien que, avec tant d'ardeur il désirât appeler Pivoine à lui, il avait brusquement verrouillé la porte de sa chambre, et s'était obligé à prendre un livre. Par quel hasard était-il tombé sur la Torah? Cette coïncidence l'avait frappé, et il était resté assis à lire, heure après heure, jusqu'à l'appel de Pivoine.

Il se rappela le passé, le temps où Leah vivait, où il hésitait, le cœur tremblant, entre l'amour et la peur. Peut-être plus tard, cette vague de révolte contre sa mère, – due à sa jeunesse, – une fois passée, aurait-il pu aimer Leah! Il songeait à elle, même à présent, avec un étrange regret, se souvenant de sa beauté, de sa simplicité, de son esprit élevé et fier. Cette mort, désespérée à cause de lui, donnait à Leah, dans les souvenirs de David, une place qu'il ne pouvait pas renier. Quelque chose d'elle subsistait encore en lui, sous la forme d'un rêve, le rêve de ce qui aurait pu être...

Mais il ne pouvait imaginer sa vie sans Kueilan, et seul avec Leah, et Pivoine. Cependant, jamais Leah n'eût toléré Pivoine. Kueilan s'était montrée plus généreuse, et il était sensible à cette générosité. Il n'aurait pas voulu admettre devant sa mère, si elle avait vécu, les déceptions que lui causait sa femme. Il avait épousé Kueilan pour sa jolie figure, sa chair laiteuse, ses rondeurs, pour ses yeux noirs et ses petites mains et pour son cœur aussi détaché que celui d'un enfant de la crainte de Dieu. Elle avait des lacunes... David releva les épaules, brusquement, et redressa les épaules. La vérité, il devait se l'avouer, c'est qu'avec Pivoine dans la maison, rien ne lui avait manqué. Leurs intelligences se rencontraient. Avec elle, il discutait sur ses fils, son commerce, sur tous les problèmes qui surgissaient. Elle prenait soin de ses distractions, des affaires de la maison et écartait tous les tracas mesquins. La vie de David avait été bonne.

Les psalmodies cessèrent et David entendit les premières mottes de terre tomber sur le cercueil de son père ; un cercueil offert par le magistrat, fait d'un énorme bloc de bois de cyprès et orné de sculptures et de dorures. Kung Chen, debout de l'autre côté de la tombe, s'essuya les yeux. Il ne pleurait pas tout haut, à la manière de ceux que cela concernait moins directement, il gardait le silence, tandis que les larmes coulaient le long de ses joues. Il avait beaucoup aimé Ezra, même s'il ne lui avait pas toujours accordé une entière confiance. Aucun homme n'est parfait, et Kung Chen avait trouvé plutôt amusant de découvrir que l'union entre leurs deux familles n'avait pas préservé Ezra de son âpreté au gain. Cependant Ezra s'était montré généreux par d'autres côtés. « Il aurait pu me tromper lui-même, se disait tristement Kung Chen, mais il n'aurait laissé personne me tromper. » Et Kung Chen était sincèrement affligé de ne plus voir le visage rouge et barbu de son ami. Sentant qu'on l'observait, il leva la tête et aperçut, de l'autre côté de la tombe, David qui le regardait fixement.

David baissa les yeux aussitôt en se disant : « Kung Chen est plus près de moi, à présent. Il est comme un père. » David aimait ce bon commerçant chinois, mais la brusque sensation d'un tel lien d'amitié lui causa un saisissement. La dernière attache avec le peuple de sa mère se rompait. Il sentit s'éveiller en lui le souvenir de sa conscience d'autrefois, d'une façon pénible, et lorsque le long enterrement prit fin, David rentra, suivi de ce remords. C'était à lui seul à présent qu'il incombait de préserver les vestiges de l'ancienne foi – ou de les laisser mourir.

Pivoine s'était arrangée pour rentrer de bonne heure et son visage fut le premier que David aperçut en franchissant le portail. Elle vit son soulagement.

– Ah ! Pivoine. Veille à la maisonnée, murmura-t-il. J'ai besoin d'être seul un instant.

– Laissez-moi me charger de tout, dit-elle.

Il la remercia d'un sourire très chaud qui éclaira son regard et effleura ses lèvres. Il passa devant elle et entra chez lui.

Pivoine eut beaucoup à faire avec les enfants. Le plus jeune criait très fort et voulait être consolé. Elle enleva l'enfant des bras de la nourrice épuisée et le fit taire.

– Allez changer de vêtements, dit-elle à la servante. Quand vous aurez mis ceux que vous portez d'habitude, il aura moins peur.

Elle serra l'enfant contre elle et l'apaisa par de douces paroles. C'est ainsi qu'elle avait tenu et consolé tous les fils de David, car c'étaient les seuls enfants qu'elle avait. Chacun d'eux voyait en elle presque une mère, et même quelqu'un de plus fort que leur mère : une voix décisive dans leur vie et un réconfort lorsque Kueilan était irritable ou endormie ; Pivoine restait toujours la même. Kueilan pouvait aimer ses enfants d'une manière extravagante, les combler de bonbons, de caresses ; elle leur pressait les mains et respirait leurs joues ; mais elle pouvait aussi les gifler et les gronder très fort. Pivoine était douce sans aucun excès ni dans un sens ni dans l'autre. Elle était un roc à la base de leurs vies. L'enfant s'arrêta de pleurer, Pivoine lui retira ses vêtements de dessus et, quand il fut sec et chaud, elle lui donna dans un bol un peu de thé fraîchement infusé ; lorsque la nourrice revint, elle trouva l'enfant de nouveau tout réjoui.

Ainsi, Pivoine alla de l'un à l'autre, veillant à ce que chaque petit garçon fût heureux, grâce à une légère attention ou à un jeu. Elle avait une provision de jouets qu'elle cachait, des riens qu'elle achetait ici ou là, et qui paraissait toujours nouveaux aux enfants. Elle en apporta un à chacun d'eux, pour chasser la pensée de la mort.

– Ne reverrons-nous jamais grand-père ? demanda l'aîné.

– Son esprit sera toujours ici.

– Est-ce que je pourrai voir son esprit ?

– Pas avec tes yeux. Mais la nuit, quelquefois, pense à lui, à ce qu'il était, et tu le sentiras près de toi. Maintenant voici le livre que j'ai gardé pour vous. Voyez si vous pouvez le lire.

Pivoine avait servi de précepteur aux petits garçons. Elle s'assit et les deux aînés appuyèrent leurs coudes sur ses genoux. Elle ouvrit le livre et ils s'efforcèrent de lire. Elle était fière de leur vivacité ; elle leur fit de grands compliments, si bien qu'ils oublièrent la tristesse de la maison. Pivoine avait trouvé ce livre sur l'étagère de Mme Ezra. Depuis longtemps elle avait tiré les volumes qui s'y trouvaient, elle en avait mis quelques-uns dans la bibliothèque et d'autres dans le coffre qui contenait les affaires personnelles de Mme Ezra, les châles, les colifichets, les emblèmes sacrés qui ne serviraient plus à personne. Mais Pivoine avait conservé pour elle ce petit livre écrit en simples mots chinois ; il racontait l'histoire du peuple de Mme Ezra, la manière dont les Juifs réduits en esclavage en Égypte avaient été libérés par un favori de la reine qui, lui-même, avait du sang étranger dans les veines. Les fils de David lisaient maintenant cette histoire avec émerveillement.

– Où est cette Égypte ? demanda l'un d'eux.

– Pourquoi ces gens étaient-ils esclaves ? demanda l'aîné.

Puis il ajouta :

– Est-ce Moïse qui les a libérés ?

Une fois le récit terminé, le petit garçon prit un air très grave.

– Leur dieu devait être bien méchant, pour tuer tous les premiers-nés comme moi ; je suis content que ce Dieu ne soit pas ici.

Pivoine ne put répondre à aucune de ces questions et elle leur dit :

– Ce n'est qu'une histoire, depuis longtemps terminée.

Après avoir mis le livre de côté et s'être assurée que tous les enfants s'amusaient après leur souper, elle réfléchit à ces questions. Il fallait que quelqu'un dans cette demeure pût y répondre, de crainte que les enfants, ayant grandi, ne sussent rien de leurs ancêtres, ce qui est un tort. Les ancêtres sont les racines d'une maison, les enfants en sont les fleurs, il ne faut aucune rupture entre les deux. Pivoine résolut de fouiller dans les livres de Mme Ezra quand elle en aurait le loisir, et de s'instruire suffisamment pour répondre aux questions des enfants.

Il lui fallait à présent aller chez sa Maîtresse voir par elle-même si Kueilan avait tout le confort nécessaire et si elle était de bonne humeur. Le crépuscule descendait, l'air était calme, et la maison tranquille, lorsque Pivoine traversa les cours. Les deux disparus lui manquaient ; elle se sentait triste. Cependant les générations passent, et David se trouvait être à la tête de la génération actuelle. Pivoine songea tout à coup avec plus d'acuité à cette porte fermée à clef, à cette impression dont, au fond, le souvenir ne la quittait pas. David lui avait fermé sa porte pour la première fois de leur vie. Peut-être, cet obstacle, l'avait-il élevé contre lui-même? Cependant, contre elle aussi! Elle n'irait plus le trouver à présent; cette porte était verrouillée à jamais, à moins que David l'ouvrît.

Mais cela n'avait rien changé en elle. Elle avait encore beaucoup à faire pour lui. Le confort et l'amusement ne suffisaient plus. Elle devrait étudier ce qui ajouterait à la dignité et au développement de David dont la vie atteindrait alors sa pleine valeur, et ainsi il trouverait force et paix en lui-même. Elle leva le visage vers le ciel, un instant. Elle n'avait jamais prié de sa vie et elle ne connaissait aucun Dieu, mais son cœur fouilla le ciel et s'arrêta sur le Dieu du peuple de David, dont le nom, elle s'en souvenait, était Jehovah, et elle pria silencieusement :

« Daigne entendre la voix de celle que tu ne connais pas. Enseigne mon esprit afin que je puisse servir avec sagesse l'homme que j'aime. »

Elle attendit un instant mais aucun signe n'apparut. Les bambous bruirent légèrement dans l'air presque silencieux et quelque part, au loin, dans la ville, la voix désolée d'une femme s'éleva, appelant à elle l'âme errante de son enfant qui se mourait.

Kueilan était assise chez elle, en grand apparat. Elle était la Maîtresse à présent, la dame la plus âgée de la génération dirigeante. Elle se sentait remise des fatigues de l'enterrement, au flanc de la colline et elle se délectait à croquer des sucreries et à boire du thé chaud; ses yeux même n'étaient plus rouges d'avoir pleuré.

Elle fit une petite moue attristée en voyant entrer Pivoine et posa le gâteau qu'elle s'apprêtait à manger.

– Notre cher vieux seigneur me manquera, dit-elle.

– Il nous manquera à tous, Maîtresse, répondit tranquillement Pivoine.

Elle s'aperçut que Kueilan avait envie de parler, et s'asseyant sur un siège par côté, elle joignit les mains.

– Il était si bon pour moi, fit Kueilan, d'un air désolé... Je n'ai jamais senti chez lui ni dureté ni humeur irritable.

– Il n'avait rien de tout cela, répondit Pivoine.

Des larmes montèrent aux yeux de Kueilan.

– Il était meilleur pour moi que mon propre seigneur.

– Votre seigneur est très bon, Maîtresse.

Les larmes de Kueilan séchèrent aussitôt :

– Il y a quelque chose de dur dans le fond de son cœur, répondit-elle énergiquement. Je le sens et vous le sentiriez aussi, Pivoine, si vous ne le trouviez pas aussi parfait. Je vous le répète, il y a quelque chose de très dur dans le fond de son cœur, je m'en aperçois quand il me regarde, parfois.

Pivoine soupira :

– Je vous l'ai dit, Maîtresse, il aime à vous trouver fraîche et jolie. Et vous ne me permettez pas toujours de vous habiller, ni même de brosser vos cheveux, quand il rentre. Certains soirs, quand vous vous sentez lasse, vous ne me laissez pas non plus vous baigner. Ces gâteaux, Maîtresse... Vous savez qu'il n'a jamais aimé l'odeur du gras de porc et ceux-ci sont faits au lard. Pourquoi les mangez-vous ?

Pendant toutes ces années, Pivoine avait appris à parler très sincèrrement à cette belle petite créature qui la considérait en fronçant le sourcil. Kueilan était encore belle, mais une légère couche de graisse s'étendait progressivement sur sa ravissante ossature. Elle se plaignait de douleurs aux pieds, depuis que Pivoine lui avait retiré ses bandages. Elle ne bougeait que lorsque c'était indispensable et elle aimait les sucreries et les mets délicats. Devant le froncement des sourcils de Kueilan, Pivoine se mit à rire :

– Ne m'en veuillez pas, Maîtresse, car j'ai trop d'affection pour vous !

Kueilan garda le plus longtemps possible son air revêche, mais son propre rire vint bientôt tout effacer.

– Vous me grondez trop, fit-elle. Je suis la dame douairière à présent ; il faut cesser ; vous me devez obéissance et je ne veux plus que vous me disiez ce que je dois faire.

La petite personne se redressa et, très raide, elle regarda Pivoine, mais ce n'était pas simplement le rire qui faisait étinceler ses grands yeux noirs.

Pivoine s'en aperçut. Surprise, elle se demanda à quoi s'attendre. Sa Maîtresse avait toujours été capricieuse mais on arrivait à l'enjôler, à la taquiner et à la faire rire. Si elle devenait fière et prenait des airs hautains, David pourrait bien perdre patience. Le lien entre les deux époux n'était qu'un lien charnel, facile à rompre. David n'était pas un homme sensuel ; passionné, certes, mais l'âme et l'esprit se mêlaient à cette passion et il ne pourrait pas diviser en plusieurs parts ce qui formait son être entier. Tant que sa femme resterait jolie, avec suffisamment d'exubérance et de bonne humeur en présence de son mari, pour ne rien offenser en lui, assez de calme pour ne pas éveiller son mépris, elle le retiendrait par les fibres qui atteignaient son cœur ; mais qu'elle vînt à le froisser sur un point quelconque, son emprise était trop légère pour être maintenue. Elle ne le possédait pas.

Pivoine n'ignorait rien de tout cela. Elle avait beaucoup de temps pour méditer, et, toute sa vie se trouvant concentrée dans cette maison, elle s'était appliquée à réfléchir sur chacune des âmes qui se trouvaient sous son toit, et sur celle de David tout particulièrement. Elle était au-delà de la jalousie et de l'espoir; il ne lui restait plus que ce seul souci : que, de chaque source, il s'écoulât tout ce qui ajouterait au bonheur et à la santé de David.

Elle retint son étonnement en face du nouvel orgueil de sa Maîtresse et dit tranquillement :

– Vous savez bien que vous faites de bon cœur tout votre possible pour le Maître.

Pivoine entra ensuite dans la chambre à coucher, pour s'assurer que tout était prêt. C'était une chambre de femme faite pour sa Maîtresse, mais Pivoine savait toujours quand David y était venu. Elle trouvait alors, le matin, des signes de sa présence : sa pipe, ses pantoufles, son mouchoir de soie blanche, le livre qu'il avait apporté. Elle examinait souvent ces livres; au début, ce n'étaient que des volumes de poésie; à présent, David choisissait des livres d'histoire ou de philosophie, des pages abstraites, qu'il n'aurait pu lire à sa femme. Depuis son retour, il les prenait dans la bibliothèque de sa mère et les lisait pour la première fois. Pivoine cherchait à s'en expliquer la raison et elle réfléchissait beaucoup sur ce changement qui, ces derniers jours, amenait David à se rapprocher de ses ancêtres.

Lorsque Pivoine eut examiné la lampe, essuyé la table, replié le couvre-pieds et dégagé les lourdes courtines en satin de leurs crochets d'argent, fermé la fenêtre grillagée pour empêcher les moustiques et les papillons d'entrer, et parfumé la chambre en y brûlant un bâton d'encens, elle sortit doucement. Sa Maîtresse était toujours assise près de la table et Pivoine lui demanda :

– Dois-je vous aider à vous déshabiller, Maîtresse?

Kueilan secoua la tête :

– C'est trop tôt pour dormir, répondit-elle d'un ton impérieux. Laissez-moi seule un moment.

Pivoine obéit et s'éloigna. La maison serait bien changée si Kueilan devait y régler la vie de chaque jour. Pivoine se demandait si elle irait trouver David. Il avait peut-être besoin d'elle et serait surpris de son absence. Mais cela était impossible! Elle s'arrêta dans la troisième cour. Le souvenir de la porte verrouillée était trop précis; elle se dirigea vers une cour latérale et se mit à la recherche de Wang Ma. Elle la trouva assise sur son lit, Vieux Wang à côté d'elle, sur un escabeau de bambou. Tous les deux pleuraient.

Pivoine les avait oubliés au milieu de ses nombreux devoirs. Ces dernières années, ils s'étaient consacrés au service d'Ezra, tandis qu'elle-même s'occupait de la génération suivante. Ils se trouvaient dans l'affliction. Pivoine ne chercha pas à les consoler, elle se contenta de s'essuyer les yeux avec ses manches et d'attendre.

– Ma Sœur, lui dit Wang Ma au milieu de ses sanglots, je veux vous demander une faveur.

– Demandez, Sœur Aînée, répondit Pivoine.

– Je n'ai pas le cœur de rester dans cette maison, et mon vieux non plus. Nous irons au village, habiter avec notre fils aîné et nos petits-fils à nous. Parlez de notre part au nouveau Maître.

Ils étaient tellement brisés par le chagrin que Pivoine n'osa pas leur dire qu'elle les priait de servir David à sa place.

– Je lui en parlerai dès qu'il pourra oublier son propre chagrin pendant une heure. Consolez-vous, tous les deux, car il ne vous refusera rien. Mais comment pourrai-je m'en tirer seule ? Je me suis toujours appuyée sur vous, Sœur Aînée.

– Mon cœur n'est plus dans cette maison...

Et Wang Ma recommença à pleurer.

Pivoine les laissa, tristement ; elle pria un serviteur d'aller demander au Maître s'il avait besoin de nourriture ou de quelque autre chose et elle se retira seule, dans sa chambre. Il faisait nuit ; elle se sentait lasse et l'avenir ne paraissait pas clair devant elle.

Ezra n'avait pas eu le temps de parler à Kung Chen de la raison pour laquelle David et les siens avaient si brusquement quitté la capitale du Nord et David, dans son chagrin, l'avait oublié. Comme si le chagrin ne suffisait pas, les bateaux chargés de marchandises venues des Indes annoncèrent leur arrivée au port ; ces marchandises seraient envoyées à dos d'hommes à travers le pays. Mais à la suite des guerres récentes, il y avait partout de la misère, les bandits pullulaient, et David devait se procurer des gardes et des soldats pour chaque province que les porteurs traversaient. David n'eut pas le temps de pleurer, même sur la mort de son père. Il fallait revenir aux affaires, ce qui l'empêcha encore de songer à prévenir Kung Chen de ce qui s'était passé à Pékin. Il se sentait troublé par ce qui se passait en lui-même, et aussi par les choses du dehors. Il s'aperçut très vite que Pivoine s'écartait de lui. Et malgré le tourment que cela lui causait, il comprenait qu'elle agissait sagement. Quand il aurait moins de préoccupations, ses marchandises à l'abri dans les magasins, et quand sa perpétuelle souffrance causée par l'absence de son père serait un peu atténuée, il regarderait en face son propre cœur et il saurait comment agir à l'égard de Pivoine.

Il n'était nullement préparé à la venue de Kung Chen qui entra, la mine consternée, pendant que David dans son magasin, estimait la quantité de marchandises qui arrivaient chaque jour, et évaluait la qualité des belles cotonnades tissées aux Indes. Son associé, le fils aîné de Kung Chen, l'assistait dans ce travail. Tous les deux furent très surpris lorsque Kung Chen les appela.

– David, venez avec moi un instant, et toi aussi, mon fils, dit-il gravement.

Ils suivirent le vieux marchand dans une petite pièce dont Kung Chen ferma la porte. Sa face ronde était grise d'effroi et ses lèvres semblaient toutes pâles.

– Un messager est venu de nos magasins de la capitale du Nord, murmura-t-il, pour nous prévenir qu'il y a de la colère au palais, contre vous, David. L'intendant en chef a fait courir le bruit que l'une de vos esclaves s'est montrée impolie envers l'impératrice de l'Ouest. Qu'est-ce que cela signifie ?

David fut consterné. Il comprit tout, immédiatement, et, avec quelque difficulté, il raconta ce qui s'était passé. Kung Chen et son fils écoutaient sans mot dire.

Lorsque David eut terminé son récit, Kung Chen lui répondit :

– L'intendant en chef va certainement demander qu'on envoie Pivoine, sous prétexte de la punir. Si nous refusons de la livrer, il faudra renoncer à tout espoir de bonnes affaires. Le bras du favori de l'impératrice est fort long.

– J'irai seul à la capitale. Je demanderai une audience à l'impératrice et lui dirai la vérité, s'écria David.

Les deux Chinois se récrièrent :

– Folie, folie, dit Kung Chen. Pouvez-vous espérer prévaloir contre l'intendant en chef ? Il est dans les confidences impériales et vous ne feriez que courir à la mort. Non... Il n'y a d'autre espoir que d'envoyer Pivoine à la capitale.

– Je ne le peux pas, répondit David.

Les deux hommes l'observaient d'étrange façon et il eut toutes les peines du monde à soutenir leur regard. Le père et le fils échangèrent des coups d'œil, se rappelant la beauté de Pivoine. Kung Chen avait même fait observer une ou deux fois à son fils qu'il serait difficile à aucun homme de rester indifférent en face d'une aussi belle esclave, intelligente et instruite en plus.

La situation parut intolérable à David.

– Cela vous étonne, fit-il en se raidissant, mais je vous l'affirme, ce à quoi vous songez ne saurait être. Dans ma religion, – c'est-à-dire la religion de mon peuple, – un homme ne doit avoir qu'une femme. J'éprouve... de la reconnaissance envers l'esclave qui a été comme une fille de la maison. Je ne peux pas la livrer à... à l'eunuque.

Kung Chen se raccrocha à un espoir :

– Et si elle y allait de son plein gré?

David se sentit incapable d'avouer la vérité, sans se rendre compte de ce qui l'en empêchait. Ses amis ne le blâmeraient pas s'il leur disait ouvertement qu'il aimait Pivoine et la voulait pour lui. Ils riraient, chercheraient le moyen de la lui sauvegarder. Mais il ne put y arriver. Il baissa la tête et se contenta de balbutier :

– Si elle le désire, pour elle-même, qu'il en soit ainsi!

Ils retournèrent à leurs affaires. David s'efforça d'y appliquer son esprit. Mais comment pouvait-il songer à des chiffres, à des marchandises ou même à des gains? Kung Chen ferait venir Pivoine et l'obligerait à comprendre le grand dommage qu'elle causerait à David et à leurs deux maisons en refusant, et Pivoine, avec sa douce abnégation, pourrait céder. David sentit qu'il se troublait, il dut s'arrêter et dit à Kung le Premier :

– Je me sens souffrant. Je vais rentrer, dormir un peu et je reviendrai demain.

Son associé le regarda fixement sans répondre. David s'aperçut de l'air perspicace que prirent les bons petits yeux de son ami, et il se hâta de partir. Il ne pouvait rester un instant de plus. Dès qu'il atteignit la maison, il fit venir Pivoine et l'attendit avec une grande impatience, jusqu'à ce qu'elle accourût en s'essuyant les mains.

– J'étais dans la cuisine, dit-elle. On venait de me prévenir que la sauce piquante de soja n'épaississait pas suffisamment dans la jarre, et je suis allée y voir.

David ne prêta aucune attention à ces paroles : Pivoine lui parut si belle, si vigoureuse, le pilier de la maisonnée ; il ne pouvait vivre sans elle.

– Pivoine, assieds-toi, fit-il d'un ton abrupt.

Elle s'assit sur le bord d'une chaise, inquiète de l'expression de David et du son de sa voix :

– Que s'est-il encore passé?

Il le lui raconta en quelques mots rapides, désireux de se décharger le cœur et la sachant capable de tout supporter. Mais il eut peur lorsqu'il vit la couleur se retirer des joues de Pivoine et ses forces l'abandonner.

– Je vous ai dit que je devais me faire nonne, murmura-t-elle, je ne peux pas vous sauver autrement.

Elle se leva, et dénoua le tablier bleu qu'elle avait oublié d'enlever.

– Attends, dit-il, il y a une autre manière qui te permettrait de demeurer avec moi.

Pivoine savait ce que David entendait par là, mais son cœur avait fini par s'endurcir et elle ne voulait pas ménager David.

– Quelle manière? demanda-t-elle.

– Tu le sais bien, répondit David à voix basse et sans regarder la jeune fille.

Elle était fâchée parce qu'il se détournait et elle prononça les mots à sa place, et d'un ton ferme.

– Vous voulez dire, me prendre comme concubine?

Elle remarqua le visage tiré, l'expression fixe de David. Il n'y avait aucune joie dans son regard.

Le tablier tomba des mains de Pivoine.

– Vous avez verrouillé votre porte, contre moi. Pourquoi cela?

– Comment le saurais-je?

– Vous le savez parfaitement. Vous aviez peur de ce que vous me demandez à présent. Vous aviez peur de vous-même... de ce qui est encore en vous et y demeurera tant que vous vivrez.

– Ce n'est pas vrai, s'écria-t-il d'une voix forte.

– Vous ne pouvez pas le nier... C'est en vous de naissance.

David baissa la tête et l'appuya sur l'une de ses mains sans répondre. Aussi nettement que si elle vivait, il voyait Leah, entendait sa voix, et cette voix était la voix de sa mère et la voix de tous ces hommes et de ces femmes qui avaient vécu avant lui; c'était la voix même de Jehovah.

– Si je cédais, dit Pivoine, de cette manière vive et douce à la fois qui lui était habituelle, votre conscience vous deviendrait plus chère à mesure que vous m'aimeriez moins. Non, David, je n'ose pas. Laissez-moi partir. Oui, je pars de ma propre volonté, mais pas pour le palais!

Elle sortit en courant et David ne put la suivre. Elle avait dit vrai. Ce que Mme Ezra avait enfoncé dans l'âme récalcitrante de son fils y avait pris racine. Ce sentiment-là il l'avait mis au défi, il l'avait crucifié, mais rien n'était mort, ce sentiment vivait en lui. L'esprit et la foi de son peuple ressuscitaient des morts et revendiquaient le vivant. Il ne pouvait pas s'en libérer. Il tomba à genoux, et sa tête se pencha vers ses bras croisés sur la table :

– Oh! Jehovah. Le seul Vrai Dieu' Écoute-moi, et pardonne-moi!

A travers la ville, Pivoine s'enfuyait à pied, tête baissée et les mains vides. Le portail du monastère était ouvert et elle entra. Les cours étaient tranquilles et elle cria :

– Oh ! Mère Abbesse, me voici !

Une vieille femme très douce, vêtue de robes grises, s'avança et tendit les mains.

– Entrez, pauvre âme, lui dit-elle.

– Je suis en danger, dit Pivoine haletante.

– Ici les dieux nous protègent de tous les hommes, répondit la Mère Abbesse.

– Verrouillez le portail, dit Pivoine d'un ton suppliant. (A présent qu'elle se trouvait là, elle se sentait terrifiée de ce qu'elle s'était fait à elle-même. Elle saisit les mains de la vieille femme.) Si je demande à sortir, défendez-le-moi.

– Je vous le défendrai...

Et la Mère Abbesse glissa la barre de fer dans le portail.

Jamais David n'aurait pu croire que Pivoine ne reviendrait pas chez lui. Il attendit plusieurs heures, l'esprit confus. Puis, trop agité pour prolonger cette attente, il envoya Wang Ma au monastère pour savoir si Pivoine s'y trouvait. Il avait l'air sombre, et Wang Ma n'osa pas le questionner; elle partit consternée, sans mot dire.

Au fond, David craignait que Pivoine se fût jetée à l'eau et il se sentit soulagé lorsqu'au bout d'une heure, Wang Ma revint lui dire qu'en effet Pivoine était au monastère. Il écouta en silence, puis, sachant que cette nouvelle se répandrait très vite dans toute la maison, il alla aussitôt prévenir Kueilan. Il lui dirait simplement que Pivoine redoutait le chef des eunuques, craignant qu'il ne s'emparât d'elle, malgré tout ce qu'on ferait pour l'éviter. Il ne parlerait à sa femme ni de l'état confus de son propre cœur ni de l'étrange quiétude qu'il éprouvait depuis qu'une grille le séparait de Pivoine. Cependant c'était elle qui l'avait quitté, et il se sentait en même temps blessé de ce qu'elle se fût enfuie de la maison comme une esclave battue, elle qu'il aimait depuis son enfance au point qu'il ignorait à quel moment cette affection de jeunesse s'était transformée en un amour plus grand. Il avait craint de regarder cet amour en face, d'en comprendre la nature, et il le craignait encore. Il s'en détourna, accusa Pivoine. « Elle n'avait pas le droit de me quitter aussi brusquement », se dit-il. Il se sentait traité d'une manière injuste, et se laissa aller à sa rancune; fâché contre Pivoine, il se dirigea vers le pavillon de Kueilan.

Par un heureux hasard, Kueilan se trouvait dans les meilleures dispositions. Elle était ravie d'être Maîtresse de la maison, de sentir son mari Maître lui aussi, sans anciens au-dessus d'eux. Le côté occidental de la famille n'existait plus, aussi Kueilan souriait et se montrait patiente envers les serviteurs et les enfants. Lorsque David parut à la porte ronde de sa cour, il vit un tableau qui eût ravi le cœur de n'importe quel homme. La jolie femme, son épouse, assise, environnée de ses enfants qui s'amusaient autour d'elle. Ses fils avaient congé, Pivoine n'étant pas venue les faire travailler. L'aîné jouait au volant, et le second avec un grillon attaché au bout d'un fil. Kueilan tenait le troisième sur ses genoux. Des chrysanthèmes fleurissaient sur les banquettes le long des murs et le soleil de l'après-midi brillait sur les fleurs et les enfants. David fut de nouveau frappé par la grande beauté de sa femme, qu'il oubliait parfois. Cette peau laiteuse était aussi satinée dans l'éclatante lumière que celle du bébé. Les lèvres étaient rouges et les cheveux, grâce aux soins assidus de Pivoine, luisaient, noirs et huilés. Ce matin même, Pivoine avait glissé dans le chignon opulent des épingles de jade assorties aux boucles d'oreilles, de jade également, et à la veste vert pomme.

« Pourquoi ne serais-je pas heureux ? » se demanda David.

Il s'arrêta à la porte, et tous l'aperçurent. Kueilan se leva et ses fils coururent à lui. Les servantes se trouvaient occupées ailleurs et Kueilan le suivit. Le soleil s'était montré aussi bienveillant pour lui que pour elle, et, au moment où David admirait Kueilan, elle le remarqua, debout à la porte de la Lune ; il était grand et au plus beau moment de sa maturité. Jamais il n'avait laissé allonger sa barbe, à la manière des étrangers, et son visage à la peau lisse, ses grands yeux noirs, sa bouche ferme, et surtout sa forte charpente, émurent le cœur de Kueilan. Elle aimait son mari, mais dans le train-train journalier elle avait oublié à quel point ! Elle s'assit à côté de lui et, lorsqu'ils se regardèrent, leurs yeux brillèrent. David enleva son plus jeune fils des bras de sa femme.

– Laisse-moi voir comme il est grand ?

Kueilan se hâta de glisser sous l'enfant un tissu matelassé :

– Pas assez grand, le petit vaurien, pour ne pas te mouiller.

David se mit à rire, les deux aînés l'entendirent et vinrent appuyer leurs coudes sur les genoux de leur père. Au-dessus de leurs trois beaux enfants, les yeux des parents se rencontrèrent de nouveau, et ils se sourirent.

– Comment se fait-il que tu sois ici à cette heure-ci ?

– Une chose curieuse s'est passée, répondit David. Tu te souviens du chef des eunuques qui voulait avoir Pivoine ?

David disait cela si aisément qu'il s'étonna de son propre calme.
– Ne va pas me dire qu'il la veut encore? s'écria Kueilan avec le plus vif intérêt.
David fit un signe d'assentiment :
– Pivoine ne veut pas y aller et il n'y a eu qu'un seul moyen d'échapper à l'eunuque sans danger pour notre maison.
Kueilan examinait de très près l'expression de son mari. Jamais, il le sentait bien, il ne pourrait lui dire ce qu'il y avait au fond de son cœur. Du reste, en connaissait-il lui-même les profondeurs? Comment un homme peut-il savoir ce qui lui est le plus cher, quand tout ce qu'il possède lui est pesé, mesuré, un amour contre un autre?
– Elle est allée au monastère, fit-il doucement.
– Pour y rester? demanda Kueilan, ouvrant de grands yeux.
– Où serait-elle à l'abri, ailleurs?
Les enfants se mirent à questionner :
– Pivoine n'habitera-t-elle plus chez nous? demanda l'aîné.
– Si elle est nonne, il faudra bien qu'elle soit au temple, dit Kueilan.
Le plus jeune fils s'écria :
– Je veux revoir Pivoine!
Et il éclata en sanglots.
– Tais-toi, lui dit sa mère. Elle pourra revenir ici dès qu'elle ne sera plus novice.
David gardait le silence. Il jouait avec la main de son petit garçon qu'il étendait sur sa main, et la paume de l'enfant était chaude contre la sienne.
Kueilan rassemblait ses esprits. Elle aussi pesait et mesurait le bon et le mauvais. Pivoine lui manquerait énormément. Mais, son noviciat terminé, elle reviendrait aussi souvent qu'elle le voudrait. Elle retournerait au temple à la nuit mais peut-être serait-il agréable de ne pas l'avoir constamment ici. Sa présence était moins indispensable depuis la mort des parents de David. Peu importait si tout ne marchait pas selon les règles et la tradition. En effet, ce serait préférable! Pivoine semblait presque être la maîtresse parfois. Une secrète jalousie, qui sommeillait chez Kueilan quand Pivoine lui était utile, se réveilla soudain. Pivoine était beaucoup trop belle. Pivoine lisait des livres et David aimait à causer avec elle.
– C'est très heureux que Pivoine se fasse nonne, déclara soudain Kueilan. Elle ne voulait pas se marier et qu'est-ce qu'une femme peut faire en ce cas, sinon entrer au monastère? Que de

fois j'ai dit à Pivoine que nous lui choisirions un mari, mais elle ne voulait pas m'écouter. Une femme ne rajeunit pas. Il lui aurait fallu prendre les ordres un jour ou l'autre, c'est-à-dire si elle avait refusé d'entrer au palais impérial. Sans cela, bien entendu...

– C'était impossible, dit brusquement David sans lever les yeux.

La jalousie de Kueilan reparut.

– Elle y serait allée si elle nous avait aimés autant qu'elle le prétendait. Qu'y aurait-il eu de plus heureux pour la famille que de la savoir à la cour impériale ? Elle aurait pu parler en ta faveur, et quand nos fils grandiraient, ils seraient allés la voir, moi aussi ; et toutes sortes de bienfaits en auraient découlé.

David ne répondit pas. Les doigts du bébé se recourbèrent sur la paume de son père et il referma la main sur le petit poing. Brusquement il se leva, se pencha et posa l'enfant sur les genoux de sa mère.

– Cela semblera bien étrange ici, sans Pivoine, dit-il. Mais elle a choisi sagement. Il faut que je retourne pendant une heure au magasin.

Il caressa la joue de sa femme et sortit. Le calme était dans son cœur. Une partie de sa vie avait pris fin. Mais il sentait aussi la lutte terminée. Il était maître de son cœur aussi bien que de sa maison.

Lorsque Wang Ma partit à la recherche de Pivoine, la nonne au portail ne laissa pas entrer la vieille servante avant d'avoir reçu la permission de la Mère Abbesse. On chuchotait dans les cloîtres ; les nonnes et les novices étaient fort excitées par l'arrivée de la belle jeune femme de la maison d'Ezra. Elles savaient que le Vieux Maître était mort peu de temps auparavant, car, qui donc, dans la cité, avait ignoré les splendides funérailles ? La Mère Abbesse était au courant de ces bruits, mais elle n'avait pas encore questionné Pivoine. Il faut laisser le temps à la douleur de s'épuiser. D'après les ordres de la Mère, on avait conduit Pivoine dans une grande chambre tranquille qui donnait sur un petit bocage de bambous ; les novices avaient apporté de l'eau chaude pour qu'elle puisse se baigner, et elles avaient posé sur une chaise de fraîches et douces robes grises en toile végétale bien lisse. Pivoine s'étant baignée et ayant revêtu les robes grises, les novices vinrent prévenir la Mère Abbesse qui leur fit enlever les anciens vêtements de la jeune fille pour les serrer dans une armoire, et elle leur ordonna de placer devant la nouvelle arrivante des mets végétariens et le thé le plus délicat.

Lorsque la Mère Abbesse apprit qu'une vieille femme attendait à la porte, elle alla elle-même prévenir Pivoine, qu'elle trouva assise à la fenêtre, les mains jointes. Dans ses robes grises, elle paraissait si belle que la Mère Abbesse en éprouva un serrement de cœur. Longtemps auparavant, à la mort de son jeune mari, moins d'un mois après leur mariage, elle-même était arrivée ici, après s'être assurée qu'elle ne portait aucun fruit dans son sein, et elle s'était consacrée au Ciel. Elle savait ce qu'exprime le visage d'une femme qui se sait vouée à vivre solitaire.

– Il y a au portail une vieille servante surnommée Wang Ma ; elle désire vous voir, mon enfant. Dois-je la prier d'entrer ? demanda la Mère Abbesse d'une voix douce.

Pivoine se leva et ses grands yeux douloureux se portèrent sur le bienveillant visage de l'Abbesse. Au moment de secouer la tête et de refuser, elle s'en sentit incapable. Elle avait agi si rapidement ! Sans nul doute, c'était David qui envoyait Wang Ma à sa recherche.

– Il vaut mieux qu'elle vienne, répondit-elle.

Wang Ma entra et, à la vue de Pivoine dans ses robes grises, elle ne put prononcer un mot et les larmes coulèrent le long de ses joues ridées. Elle tendit les bras et, malgré elle, Pivoine s'élança vers Wang Ma ; les deux femmes pleurèrent ensemble, tout haut, tandis que la Mère Abbesse attendait, tête baissée.

Ce fut Wang Ma qui, la première, s'arrêta de pleurer. Elle s'assit :

– Mes jambes tremblent, marmotta-t-elle.

Pivoine resta debout, les larmes sur les joues.

– Que t'a-t-il donc fait ? lui demanda Wang Ma.

Pivoine secoua la tête et s'essuya les yeux avec ses manches.

– Rien, dit-elle d'une voix faible.

– Alors, il n'a rien fait ? répéta Wang Ma sans quitter Pivoine des yeux.

Pivoine regardait le sol :

– L'eunuque m'a recherchée de nouveau, dit-elle de la même petite voix.

– Et toi, n'étant ni femme ni concubine...

– Je n'avais personne pour me protéger.

Wang Ma poussa un gros soupir.

– Est-il trop tard pour que tu reviennes ? demanda-t-elle.

– Qu'ai-je à attendre, sinon de la douleur ?

– Si seulement tu avais fait comme moi, j'ai pris l'homme qu'on m'a donné. J'ai continué à vivre avec la famille, j'ai servi mon Maître jusqu'à son départ pour les Sources Jaunes et maintenant, mon vieux mari lui-même m'est une consolation.

Pivoine ne pouvait pas répondre que David était différent d'Ezra, comme elle l'était de Wang Ma. Elle sourit, pendant que ses yeux se remplissaient de larmes :

– Vous souvenez-vous de m'avoir dit un jour que la vie est triste ?

Elle prononça ces mots d'une voix si douce et si lointaine que Wang Ma ne sut que dire. Les deux mains plantées sur les genoux, elle poussa deux ou trois petits gémissements tandis qu'elle regardait fixement Pivoine, puis la Mère Abbesse.

– Lui raserez-vous la tête ? demanda-t-elle.

– J'obéirai à la règle, dit Pivoine sans laisser à la Mère Abbesse le temps de répondre.

Wang Ma soupira et se leva.

– Si ton cœur est porté vers le Ciel, il est inutile que je reste, dit-elle d'un ton bref. Mais n'as-tu aucun message pour notre Maître ?

Et la Mère Abbesse, observant Pivoine, vit clairement ce qui en était. Une teinte rose se répandit sur le cou et le visage de Pivoine. Ses lèvres rouges frémirent et des larmes pendaient, lourdes, à ses cils.

– Peut-être ne le reverrai-je jamais ? murmura-t-elle.

La Mère Abbesse eut pitié de Pivoine. Autrefois, elle aussi avait pleuré des nuits entières pensant qu'elle ne pourrait jamais se libérer de l'amour et du désir de son cœur. Mais, après tout, ce cœur avait guéri et l'angoisse n'existait plus, perdue dans le passé. Elle se le rappelait à peine, et quand un souvenir reparaissait c'était celui de la douceur des jours écoulés avec son mari, tandis que la douleur de son affliction avait disparu.

– Il n'est pas nécessaire de décider cela à présent, dit-elle à Pivoine. Nous verrons comment le cœur guérira.

Wang Ma hocha la tête d'un air avisé, et sortit.

Après son départ, la Mère Abbesse s'assit.

Pivoine resta debout. Les paroles de l'Abbesse avaient été prononcées très doucement, mais elles résonnaient dans le cœur de Pivoine comme des cloches.

– Voulez-vous dire, ma Mère, que je cesserai de l'aimer ?

La Mère Abbesse sourit.

– L'amour se transforme. Lorsque la flamme s'éteint, son rayonnement subsiste, mais il ne se concentre plus sur un seul être humain, il réchauffe l'âme entière. Cette âme englobe alors toutes les créatures dans un amour diffus.

Pivoine écoutait, sans mot dire, debout, ses robes flottant autour d'elle, et la Mère Abbesse sentit s'élever dans son propre cœur une pitié qui enveloppa la jeune femme.

– Dois-je vous dire pourquoi je suis venue ici? demanda Pivoine, au bout d'un moment.

– Seulement si cela vous apporte une consolation.

– Il n'existe aucune règle disant qu'il faut que je donne la raison de ma fuite?

– Aucune. Nous sommes toutes ici à cause d'un chagrin. Ce qui était notre vie nous apparaît comme une chose monstrueuse et nous cherchons un refuge. Le seul point dont je dois m'assurer c'est que vous ne soyez pas en pouvoir de mari, car en ce cas, il me faudrait obtenir de lui votre libération.

– J'ai dit la vérité : je n'ai pas de mari.

– Alors vivez ici, en paix. Le ciel est au-dessus de nous, et la terre au-dessous de tous.

Sur ces mots, elle se leva et sortit. Pivoine resta debout un long moment; elle n'éprouvait ni lassitude, ni douleur. Un calme profond la pénétra.

Pendant trois ans, Pivoine vécut derrière la grille des cloîtres. Il lui fallut ce temps-là pour que la flamme, au fond de son être, se changeât en ce rayonnement dont avait parlé la Mère Abbesse. Pendant cette période, elle ne revit pas David. L'intérieur du cloître était interdit aux hommes et Pivoine ne sortait pas. Le jour même, après le départ de Wang Ma, elle commença à mener la vie cloîtrée. Lorsqu'elle eut étudié les livres sacrés, appris le rituel des prières et pris sa part des travaux en donnant ses soins aux dieux, entretenant le jardin et servant à la cuisine, et que la plus âgée des nonnes lui eut coupé les longs cheveux noirs et rasé la tête, son existence de novice prit fin. Elle prononça ses vœux, et devint nonne. La vie secrète de son cœur était close. La Mère Abbesse lui donna un nouveau nom, Ching An, ou Claire Paix.

Mais durant ces trois années, Kueilan était souvent venue voir Pivoine, sauf au cours de la première année où elle ne vint que deux fois. Pivoine était restée très silencieuse, tandis que Kueilan, toujours la même, bavardait, pleine d'entrain et de curiosité pour tout ce qu'elle voyait, et racontait les commérages de la maison. Pivoine apprit ainsi que Wang Ma et Vieux Wang étaient retournés dans leur village et habitaient avec leur fils. Elle apprit aussi qu'Aaron, après la mort d'Ezra, avait repris ses habitudes anciennes et sa paresse. David, furieux, avait demandé aux fils de

Kao Lien de l'emmener avec eux lorsqu'ils conduiraient la caravane à la place de leur père, trop âgé. Ils avaient laissé Aaron dans une contrée, à l'Ouest des montagnes. Les Juifs qui l'habitaient lui apprendraient peut-être à s'amender. Depuis, personne n'entendait plus parler de lui.

Après cette première année, Kueilan vint souvent. Elle avait donné naissance à un autre enfant, un quatrième fils et lorsqu'il eut un mois, elle l'amena à Pivoine. Kueilan était fière d'avoir autant de fils, mais quand les nonnes se furent éloignées et l'eurent laissée seule avec Pivoine, elle donna libre cours à son aversion pour ce nouvel enfant.

– Regardez, s'écria-t-elle, tandis que la nourrice se balançait en tenant le bébé dans ses bras : Est-ce mon enfant, Pivoine ?

Kueilan ne put jamais arriver à appeler autrement son ancienne esclave.

– Vous l'avez porté ? dit Pivoine en souriant.

Le Ciel l'avait rendue l'égale de Kueilan et elle n'avait plus besoin de lui dire : « Maîtresse », comme autrefois.

Kueilan fit la moue :

– Il ressemble à sa grand-mère occidentale.

Pivoine ne put s'empêcher de rire. En effet, l'enfant ressemblait étrangement à Mme Ezra. Ses gros traits vigoureux juraient avec sa petite figure. Pivoine fit signe à la nourrice de lui donner le bébé. Elle le tint sur les genoux et examina ses pieds et ses mains, grands, eux aussi.

– Il sera grand, déclara-t-elle. Voyez ses oreilles, avec leurs lobes si longs, signe de hardiesse et de sagesse. Ce fils aura de la chance.

Elle consola ainsi Kueilan, et celle-ci, attendrie, s'efforça de persuader la jeune nonne :

– Venez nous voir, de nouveau ; pourquoi pas ? Les servantes ne m'obéissent pas comme à vous, Pivoine. Mon fils aîné paresse sur ses livres et son père l'a battu hier, à cause de cela. J'ai pleuré et alors David s'est fâché contre moi. Si vous venez, on vous écoutera, Pivoine, comme on l'a toujours fait.

Pivoine sourit, secoua la tête, et remit le bébé à sa nourrice.

– Vous êtes toujours la même, Pivoine, malgré votre tête rasée, fit Kueilan pour l'enjôler.

Mais Pivoine fut saisie. Ces mots découvraient-ils le secret de son cœur ? Est-ce à cause de sa tête rasée, et parce qu'elle était nonne, qu'elle redoutait de paraître devant David ? Devant son air grave, son silence, Kueilan crut qu'elle avait obtenu gain de cause.

En rentrant, ce jour-là, elle annonça à David qu'elle avait persuadé Pivoine de venir passer une journée chez eux, alors lui aussi devint grave et garda le silence.

Dans sa cellule, Pivoine examina impitoyablement son cœur. « Il est vrai, se dit-elle, que je redoute les regards de David. »

Les nonnes n'avaient aucun miroir dans leurs cellules. Pivoine emplit sa cuvette d'eau claire et se pencha au-dessus. A la faible clarté de cette fin d'après-midi, le reflet de son visage lui apparut vaguement. Pour la première fois, elle constata la disparition de ses cheveux et se trouva laide. Elle ne vit pas autre chose, ni ses yeux sombres et tranquilles, ni sa bouche rouge et les jolis contours de son jeune visage. Il lui semblait à présent que toute sa beauté avait résidé dans ses cheveux, dans la tresse qu'elle enroulait sur une oreille et dans les fleurs qu'elle aimait y glisser. Elle s'examina longuement puis elle versa l'eau de sa cuvette par la fenêtre, sur un massif de lis, auprès du mur.

« Me montrer à lui sera ma punition », se dit-elle.

Cependant elle n'alla que deux ans plus tard dans la maison de David. Kueilan avait donné naissance à son cinquième enfant, une fille cette fois, et elle avait conçu le sixième, lorsqu'un jour, une servante vint en hâte au monastère pour supplier Pivoine de venir car le fils aîné de son maître se mourait. Elle lui remit un papier plié sur lequel Pivoine lut ces mots :

Par amour pour mon fils, viens.

– J'y vais, dit-elle à la servante.

Et elle se hata de demander la permission à la Mère Abbesse. Ces dernières années, celle-ci était devenue si âgée et si frêle qu'elle ne quittait plus sa cellule. Elle se montrait bonne envers toutes mais elle aimait particulièrement Pivoine, comme la fille qu'elle n'avait jamais eue. Elle lui saisit la main et la retint un instant.

– Le feu en vous est-il éteint ?

– Oui, ma Mère.

– Alors, allez, ma fille et, en votre absence, je prierai pour la vie du jeune garçon.

Pivoine sortit donc ce jour-là du refuge qui était devenu son foyer et, en longeant la rue, elle calma les battements de son cœur par des prières persistantes, son rosaire brun, en bois satiné des Indes, enroulé autour de ses doigts. Lorsqu'elle entra par l'ancien portail familier, elle trouva David qui l'attendait. Le cœur de Pivoine battit encore plus fort jusqu'à ce que sa volonté lui imposât du calme. Elle regarda David sans crainte, résolue à ce que rien, en dehors d'une simple affection, ne pût paraître dans leurs yeux.

– Pivoine! s'écria David.

Et elle sentit qu'il l'examinait, cherchait à découvrir les changements.

– Mon nom est Claire Paix, dit-elle en souriant.

Elle ne voulait pas avoir peur de son propre sourire.

– Je pense toujours à toi sous celui de Pivoine.

Elle ne répondit pas.

– Où est votre fils? demanda-t-elle.

Ils marchaient côte à côte. Elle calmait son cœur et occupait ses doigts avec son rosaire. Elle avait oublié combien David était grand et fort. Il n'avait plus son air de jeunesse; c'était un homme puissant et grave. Elle pouvait être fière de lui sans péché. Elle leva les yeux et rencontra de nouveau le regard de son ancien Maître.

– Tu n'as pas changé tant que cela, dit-il brusquement, à part tes cheveux.

– J'ai beaucoup changé, fit-elle, enjouée. Menez-moi auprès de l'enfant.

– Ah! mon fils, dit-il avec un soupir.

Ils hâtèrent le pas et entrèrent dans le pavillon que David occupait à présent avec ses fils. Chacun d'eux, dès l'âge de sept ans, avait quitté le pavillon de leur mère pour habiter avec leur père. David conduisit Pivoine à sa chambre où le malade était couché sur son lit. Le corps long et mince n'était plus le corps d'un enfant, Pivoine s'en aperçut aussitôt. Il respirait encore mais avec peine; il suffoquait. Son visage était congestionné et il fermait les yeux.

Pivoine lui prit le poignet entre les doigts, le pouls était trop rapide pour qu'elle pût en compter les pulsations.

– Nous n'avons pas de temps à perdre! s'écria-t-elle, il a des membranes empoisonnées dans sa gorge.

Pivoine, comme le doivent toutes les nonnes, s'était beaucoup occupée de malades; elle savait qu'il existait une épidémie dans la ville, amenée par les mauvais vents du nord. Elle demanda à un serviteur d'apporter une lampe avec une longue mèche, et à un autre de couper une jeune tige de bambou, très fine, d'une certaine longueur. En attendant, elle plongea des linges dans de l'eau très chaude et en entoura la gorge du jeune garçon, pour réchauffer les muscles. Dès qu'elle eut le mince tube de bambou dans la main, elle pria David de maintenir fortement son fils tandis que le serviteur tiendrait les pieds. Puis elle pressa délicatement le pouce et l'index de sa main gauche sur la mâchoire du jeune garçon l'obligeant à ouvrir la bouche, elle y enfonça le tube et aspira lentement. Il étranglait et se débattait, mais elle persista jusqu'à ce qu'un caillot remontât dans le tube, et que l'enfant retombât sur le lit, en haletant.

– Brûlez ce tube, jetez-le dans le feu, dit-elle au serviteur, il est rempli de poison, et apportez-moi du vin, pour que je fasse boire l'enfant.

Elle resta immobile, en observation, jusqu'à ce qu'elle eût le vin ; elle en versa alors dans la gorge du jeune garçon et s'en lavant la bouche ensuite, elle le rejeta dans le crachoir d'argent placé au pied du lit.

– Il est mieux, s'écria David avec joie.

– Il vivra, répondit Pivoine.

Cependant elle resta auprès du malade jusqu'à l'approche de la nuit, heure à laquelle la règle l'obligeait à rentrer au monastère, mais elle revint le lendemain et les jours suivants jusqu'à la guérison du petit malade. Elle comprit alors qu'il lui faudrait venir fréquemment. David avait grand besoin d'elle, car il était dans l'embarras avec ses enfants qui grandissaient, des fils pleins de fougue et trop de serviteurs paresseux et désobéissants ; il était surmené aussi, parce que son commerce, très prospère, l'obligeait à demeurer hors de chez lui. Pivoine prévoyait clairement ce qui se passerait dans les années à venir, lorsque fils et filles devraient être fiancés, les mariages décidés, et qu'il faudrait préparer l'existence de cette grande maison active pour de nouvelles générations. Et Pivoine n'avait plus rien à craindre, car David aimait sa femme. Pivoine s'en aperçut et en éprouva une peine dont elle n'arrivait pas à se défaire, bien qu'elle se demandât pourquoi elle souffrait. N'était-ce pas elle qui avait amené Kueilan dans cette demeure ? Et Kueilan n'était-elle pas cause de sa fuite ? Le mariage, favorisé par Pivoine, avait fleuri et porté ses fruits. David et Kueilan étaient unis par le lien étroit et charnel de la maison, du foyer, des enfants et de la prospérité. Leurs vies étaient entrelacées. N'était-ce pas là ce que Pivoine avait espéré ?

L'agitation de David avait disparu. Il semblait oublier qu'on avait vécu différemment autrefois dans cette maison. Rien n'était resté de ce que sa mère y avait laissé. La grande tenture de satin au-dessus de la table du hall avait été remplacée par une peinture représentant des rochers, des nuages et des pins. Pivoine ne chercha pas à savoir par ordre de qui s'était faite cette substitution, symbole des transformations opérées dans la demeure et en David lui-même. Il était satisfait, à présent..

Ainsi, pendant bien des années, Pivoine alla du monastère à la maison de David. Elle était l'égale de David et de Kueilan et, avec le temps, plus qu'une égale. Ils en vinrent à s'appuyer sur elle, à écouter ses avis, et elle parlait chez eux avec autorité.

Pivoine était depuis dix ans la nonne appelée Claire Paix, lorsque la Mère Abbesse mourut. Durant ces années, Pivoine avait atteint une situation respectée, et les nonnes la choisirent pour remplacer la Mère Abbesse. Elle eut dès lors moins de temps pour aller chez David, car elle avait sa propre demeure de femmes à diriger, et elle le faisait sagement, sans jamais abattre l'esprit ou blesser le cœur de personne, même la dernière des nonnes de la cuisine.

Dans les années qui suivirent, David et Pivoine parvinrent à une compréhension profonde. Étant Mère Abbesse, Pivoine avait toute liberté d'aller et de venir à son gré sans que personne pût en médire. Elle n'était plus jeune, du reste. Les deux fils aînés de David étaient mariés, leurs femmes et leurs enfants habitaient la maison, et le troisième fils était fiancé. La fille aînée avait été mariée très jeune dans une maison chinoise et les femmes des fils étaient également Chinoises.

On aurait pu oublier que cette maison n'était pas uniquement une maison chinoise sans la présence du quatrième fils de David, qui, en grandissant, ressemblait si peu aux autres qu'il rappelait de temps à autre à son père ses ascendants juifs. Avec son cœur chaleureux, sa véhémence, sa vigueur, son caractère ardent, ce quatrième fils mettait dans la maison un tumulte perpétuel. Pivoine en riait et le préférait à tous. Il devint d'étrange façon le fils de ce cœur privé d'enfants.

– Laissez-le-moi, dit-elle un jour à David lorsque le père et le fils s'étaient de nouveau querellés, comme ils le faisaient souvent, je le comprends mieux que vous ne le faites parce qu'il vous ressemble plus que vous ne le croyez.

– Je n'ai jamais ressemblé à ce jeune fou.

Pivoine se contenta de sourire.

Les années passèrent et chacune leur paraissait meilleure que la précédente à mesure qu'ils vieillissaient tous les trois, Pivoine, David et Kueilan. Kueilan était traitée par les deux autres, qui avaient plus de sagesse, comme une chère enfant, pas très jeune, mais qu'ils gâtaient beaucoup, tout en la plaisantant un peu. Elle se laissait gâter mais se servait de sa langue pour leur répondre et faisait la moue lorsqu'ils se moquaient d'elle. Cependant elle s'appuyait sur leur amour.

C'était une demeure prospère ; David était un des anciens les plus honorés de la cité et Pivoine, la femme la plus avisée. La vieillesse tombait doucement sur eux.

Dans la cité, la synagogue n'était plus qu'un tas de poussière. Les pauvres avaient tout ramassé, brique après brique. Les sculptures avaient disparu. Il ne resta plus bientôt que trois grandes pierres plates, puis deux seulement. Ces deux dernières, demeurées à terre, regardèrent le Ciel assez longtemps, puis un chrétien, un étranger, les acheta.

Cela fit beaucoup de bruit dans la ville. Le fils du quatrième fils de David, surnommé Chao, les avait vendues. La colère du gouverneur retomba sur lui :

– Comment se fait-il que vous, fils indigne, ayez vendu les pierres de vos ancêtres à un chrétien étranger ? Il faut qu'il les rende, de crainte qu'il ne les enlève à notre pays et les transporte dans le sien, et que les morts de votre maison ne se lèvent pour nous le reprocher.

Et il donna l'ordre de jeter ce Chao en prison.

Mais Chao avait dans ses veines une forte dose du sang de Mme Ezra et il cria à travers les barreaux :

– Vous auriez beau entasser une fortune sur ma tête, je ne demanderai pas à ce chrétien de me rendre ces pierres. Elles appartenaient à notre religion qui n'existe plus ici, mais sa religion est sortie de la nôtre, aussi laissez-les-lui.

Ce Chao était soutenu par tous le membres de la famille issue des reins de David ben Ezra surnommé Chao, et ils démontrèrent au gouverneur que pendant plus de vingt ans, ces pierres étaient demeurées sous la neige et la pluie, qui les avaient fait craquer, sans que personne fût venu les protéger ; alors pourquoi se plaindre qu'on les eût vendues ?

Il n'y avait personne pour trouver un compromis. Mais on se souvint tout à coup que la Mère Abbesse avait beaucoup connu la famille, et le gouverneur lui envoya des messagers qu'elle reçut sur le seuil du monastère, puisque aucun homme ne devait y pénétrer.

Pivoine était très âgée, mais son esprit était resté clair et elle avait beaucoup de sang-froid. Elle écouta les messagers, puis, toujours debout, elle prononça les paroles de la sagesse :

– Cet Ezra surnommé Chao a été un enfant très vif et il est devenu l'homme que vous connaissez. Avec sa nature, il passera sa vie en prison à moins qu'on ne découvre un moyen de l'en faire sortir sans qu'il y laisse son honneur. Je connaissais son père avant lui et le père de son père. Je vais vous indiquer ce moyen. L'étranger conservera les pierres sacrées qu'il a achetées, mais il ne les enlèvera pas de notre cité. Il devra les placer devant son temple à lui et construire un pavillon qui les préservera pour les générations à venir.

Les hommes se regardèrent, se grattèrent le menton et, appréciant la sagesse de la Mère Abbesse, ils la remercièrent et se retirèrent.

On agit selon les conseils de Pivoine. Et, dans ce nouveau temple, les pierres demeurent encore à ce jour sous l'abri du pavillon. Les paroles anciennes y restent gravées : *Le Temple de la Pureté et de la Vérité* et, au-dessous, il y a l'histoire du peuple juif ainsi que Sa Voie, et il y est dit : *La Voie n'a ni forme ni visage, mais elle est faite à l'image de la Voie du Ciel qui est au-dessus de nous.*

Pivoine se plongea dans ses réflexions lorsqu'elle revint à sa cellule. Son souvenir fit revivre à ses yeux tout le passé de la famille Ezra, à laquelle le sien se trouvait mêlé par un hasard et dans un but qu'elle ne pouvait comprendre. Mais elle savait que tout arrive par la volonté du Ciel. Cette forte et puissante famille, la semence d'Israël, d'Ezra et de David, disparaîtrait elle aussi un jour, de même que la synagogue construite par leurs ancêtres pour être le temple de leur Dieu. Pivoine avait-elle mal agi en détournant David de Leah pour lui faire épouser Kueilan ?

Elle réfléchit longuement, et comme souvent, dans son grand âge, la réponse lui parvint. Elle n'avait pas mal agi, car rien n'était perdu.

– Rien n'est perdu, dit-elle. Israël vivra toujours parmi notre peuple. Partout où l'on rencontre un front plus hardi, un œil plus vif, une voix plus limpide, l'habile tracé d'une ligne qui rend un tableau plus net, une sculpture plus vigoureuse, Israël est là. Partout où l'on rencontre un homme d'État plus honorable, un juge plus juste, un érudit plus instruit, une femme plus belle et douée de plus de sagesse, Israël est là. Son sang est vif dans le corps qu'il arrose et quand ce corps n'est plus, sa poussière même enrichit le sol toujours accueillant qui le reçoit. Son esprit renaît dans chaque génération. Il n'est plus, mais il vit à jamais.

Cet ouvrage a été réalisé par la
SOCIÉTÉ NOUVELLE FIRMIN-DIDOT
Mesnil-sur-l'Estrée
en décembre 1996

Imprimé en France
Dépôt légal : septembre 1996
N° d'impression : 36981